Cristián H. Ricci

¡Hay moros en la costa!
Literatura marroquí fronteriza en castellano y catalán

Ediciones de Iberoamericana, 69

Cristián H. Ricci

¡Hay moros en la costa!

Literatura marroquí fronteriza en castellano y catalán

Iberoamericana · Vervuert · 2014

Amor de Dios, 1 – E-28014 Madrid
Tel.: +34 91 429 35 22
Fax: +34 91 429 53 97
info@iberoamericanalibros.com
www.ibero-americana.net

Elisabethenstr. 3-9 – D-60594 Frankfurt am Main
Tel.: +49 69 597 46 17
Fax: +49 69 597 87 43
info@iberoamericanalibros.com
www.ibero-americana.net

ISBN 978-84-8489-786-6 (Iberoamericana)
ISBN 978-3-95487-332-6 (Vervuert)

Depósito Legal: M-1390-2014

Diseño de la cubierta: a.f. diseño y comunicación
Imagen de la cubierta: © Abdel Karim Bentato
Impreso en España
The paper on which this book is printed meets the requirements of ISO 9706

Índice

A mis padres, Estela y Horacio

Agradecimientos

Deseo expresar mi sincero agradecimiento a Gustavo Geirola, que me incentivó para iniciar "el camino a Marruecos". A Juan José Sánchez Sandoval, Abderrahman El Fathi, Mohamed Akalay y Mohamed Bouissef Rekab por abrirme "las puertas de Tánger". A Abdellatif Limami que desde Casablanca me dio los teléfonos y direcciones de casi todos los hasta ahora casi desconocidos autores marroquíes que viven en Marruecos y se expresan en castellano. A Mohamed Lahchiri, Ahmed Ararou, Mulay Ahmed El Gamoun, Sergio Barce Gallardo y Larbi El Harti por recibirme en sus casas, en las que he pasado semanas enteras recogiendo material escrito y sus propias versiones sobre el campo cultural marroquí y sus distintas interpretaciones del Islam en el Magreb. Al decano de las letras marroquíes en castellano, Mohamed Chakor; mil gracias por sus entrevistas en RTVE y RNE. A los Institutos Cervantes de Tetuán y Tánger, particularmente a Arturo Lorenzo y Abdel Karim Bentato. Al personal de la Biblioteca del Protectorado español en Tetuán. A mi incondicional colega y guía, Ignacio López-Calvo. A Benita Sampedro, gran africanista y mejor persona; gracias a la carta de recomendación de Benita he obtenido la prestigiosa beca del National Endowment for the Humanities-Faculty Award. A Karen Pérez por haberme facilitado las últimas referencias bibliográficas cuando me encontraba lejos y en apuros. A mi maestro, siempre, Víctor Floreal Fuentes. Este libro se empezó a escribir entre Tetuán y Buenos Aires, y se terminó entre París y Buenos Aires.

I'd like to thank the National Endowment for the Humanities for conferring me the prestigious Faculty Award 2013-2014. This book was finished while collecting data for the NEH-sponsored project "Moroccan Literature and the Broadening of Postcolonial Literary Studies". Special thanks to Dr. Mark Aldenderfer, UC Merced's Dean of the School of Social Sciences, Humanities and Arts for being a terrific administrator and acknowledging my research endeavors. Many thanks to my French-Moroccan friend and co-worker, Fatima Paul, for helping cope with the difficult and time-consuming role of Chair of the Undergraduate Council during the final stages of this book. I'd like to acknowledge the UC Merced's Center for Research in the Humanities for awarding me several mini-grants to travel to Morocco and Spain to conduct my research. Finally, my sincere gratitude to UC Merced's SSHA staff: Janet Hansen, Rhonda Pate, Becky Smith, Christine Howe, Amanda Khamo, and Rebecca Dugger; as well as to the proof reader, Aurore Baltasar; typesetter Adela Mogorrón; my editor in Iberoamericana Editorial Vervuert, Anne Wigger, and the cover designers a.f. diseño y comunicación.

Prólogo

Gema Pérez-Sánchez
University of Miami

¡Hay moros en la costa! –el cúmulo de muchos años de investigación, lectura, entrevistas y erudición por parte de su autor– es una obra de capital importancia en la divulgación de la valiosísima obra de autores marroquíes contemporáneos de expresión castellana y catalana. Se trata éste de un corpus hasta ahora poco y no muy sistemáticamente estudiado, salvo en contados artículos sueltos por un puñado de críticos –sobre todo marroquíes– y por el mismo Cristián H. Ricci, quien, desde el principio, ha ido marcando la cartografía de este campo, delimitando el área de estudio, y, ante todo, se ha entregado con pasión a la labor de diseminar la obra de estos escritores.

Hoy por hoy, se conocen bien los nombres de Laila Karrouch y Najat El Hachmi, por la categoría y novedad de ser las primeras escritoras bereberes-catalanas en publicar obras de autoficción y narrativa de gran calidad en catalán. De cualquier manera, el lector podrá descubrir en estas páginas, gracias a la generosidad y el trabajo incansable de Ricci, a otros valiosísimos escritores de importancia capital para las letras hispanas y catalanas. Entre ellos, cabe mencionar a las escritoras marroquíes de expresión castellana desconocidas para la mayoría de estudiosos de la literatura contemporánea en castellano, como lo son Sara Alaui, Karima Aomar Toufali, Sanae Chairi o Lamiae El Amrani, quienes a partir de esta sustanciosa obra de Ricci empezarán, sin duda, a recibir la misma atención de la que han gozado Karrouch y El Hachmi (y más recientemente el también amazigh-catalán Saïd El Kadaoui). Y rescata, asimismo, el crítico argentino la obra de grandísima calidad de narradores de deliciosa pericia e intrincadas armazones narratológicas como Larbi El Harti, Ahmed Ararou o Mohamed Lahchiri, felices descubrimientos, lectores, al menos para la que estas líneas redacta.

Ricci apuntala su estudio de los autores más recientes delineando la historia literaria hispano-marroquí y rescatando nombres como los de Mohammad Sabbag, Mohamed Ibn Azzuz Hakim, Mohamed Chakor, Saïd Jdidi y, más recientemente, Mohamed Sibari, Ahmed Daoudi, Abderrahman El Fathi, Mezouar El Idrissi y Mohamed Bouissef Rekab –narrador prolífico y de gran impacto en las letras hispano-marroquíes.– Y por si fuera poco, Ricci nos devuelve –o nos coloca en su apropiado contexto– al "escritor fronterizo" larachense-malagueño Sergio Barce Gallardo, cuyas novelas bien merece la pena conocer y estudiar.

El autor recorre en este libro los lugares comunes de la narrativa hispana y/o catalana-marroquí desde el mito de Al-Andalus y los espacios y experiencias de la época de la colonización y el Protectorado, hasta problemáticas actuales como el cruce del Estrecho en pateras, la situación jurídica de la mujer en el reino alauita y la identidad híbrida de muchos escritores a ambos lados de esa "calle de agua", como la llamara Aziz Tazi.

Sin embargo, Ricci no sólo se conforma con presentarnos y analizar a los nombres y sus obras más importantes de este canon de la literatura marroquí fronteriza en castellano y catalán; también aquilata su análisis con acercamientos eclécticos pero efectivos provenientes de los estudios literarios hispánicos y marroquíes, de los trabajos de frontera y migración y de la teoría poscolonial –no simplemente aquélla producida en naciones de la Commonwealth inglesa o en el ámbito de la literatura de expresión francesa, sino especialmente aquellas teorizaciones procedentes de Latinoamérica y autóctonas del Magreb, insistiendo así en un importantísimo y necesario diálogo entre las naciones del llamado "sur global"–. Tal vez en este privilegiar las conversaciones sur-sur radique una de las mayores contribuciones de su autor, amén de la mencionada labor de divulgación de la obra de escritores marroquíes que merecen una mayor atención, más allá de los oportunismos del mercado editorial.

Por tanto, este libro resultará de gran ayuda a críticos de las literaturas contemporáneas peninsulares, marroquíes, poscoloniales africanas y del sur global, así como de aquéllos que quieran adentrarse en profundidad en el estudio de las relaciones hispano-marroquíes o aquéllos a los que les interese explorar las posibilidades enriquecedoras de las relaciones culturales e intelectuales sur-sur y los estudios de la migración. Por ende, el estudio de Ricci cumple con el propósito de su autor de demostrar cómo los escritores marroquíes de expresión castellana, al hacer suya la lengua de Cervantes, intentan "dar universalidad al discurso a través de una lengua que es hablada por más de 400 millones de personas y de este modo acercar a los lectores hispanohablantes a sus perspectivas y apoyar 'su causa'".

Sólo queda darle las gracias a Cristián H. Ricci por la enorme labor de recopilación, diseminación y trabajo incansable que ha llevado a cabo para dar voz y publicar un valiosísimo corpus literario que está necesitado de mucha más atención académica y de lectores en general interesados por lo que sucede allende el Mediterráneo y/o en su propia tierra a través de la voz de los escritores inmigrantes provenientes de Marruecos, uno de los países socios más importantes en materia comercial y cultural de España.

Cuéntame el cuento del árbol dátil
de los desiertos,
de las mezquitas de tus abuelos.
Dame los ritmos de las darbukas
y los secretos
que hay en los libros que yo no leo…

…ven, pero sí con tus ojos y con tus bailes
ven, pero no con la rabia
en los malos sueños

Contamíname, mézclate conmigo
que bajo mi rama tendrás abrigo…

PEDRO GUERRA ("Contamíname")

But Spain was baffling; it looked and seemed Western, but it did not act or feel Western… Spain was a holy nation, a sacred state –a state as sacred and as irrational as the sacred state of the Akan in the African jungle

RICHARD WRIGHT (*Pagan Spain*)

No se van porque quieren. Se van porque los echan.
Los emigrantes son desesperados,
gente que se ha cansado de tanto esperar y que,
ya sin esperanza, huye. Pasan los años.
A algunos les va bien, a otros no tanto.
Pero todos siguen, mal que bien,
lo confiesen o no, con las raíces al aire.
Los que vamos al dentista sabemos que
las raíces al aire duelen

EDUARDO GALEANO

Introducción

Si bien queda claro que utilizo de manera irónica el adagio "hay moros en la costa" en el título del libro, quisiera también mencionar el hecho de que los autores marroquíes se aproximan a España/a lo ibérico al narrar, en la mayoría de los casos, historias de sus paisanos inmigrantes o de ellos mismos y, a la vez, al juzgar lo propio y lo Otro/al Otro desde su posición subalterna, estableciendo confluencias dialécticas y culturales a partir de la intervención colonial y de los posteriores y variados cambios socioculturales por los que ha pasado el país magrebí. Por su parte, en el proceso escriturario, los autores marroquíes que se analizan en este libro están "reconquistando" ocho siglos de presencia en España/Al-Andalus escribiendo, precisamente, en las dos lenguas más habladas de la Península. En consecuencia, parafraseando a Salman Rushdie, los autores marroquíes que se expresan en castellano y en catalán, lo hacen a pesar de la ambigüedad hacia la lengua materna y/o a propósito de ello, y encuentran en "la contradicción lingüística" un espejo de otras (¿verdaderas?) contradicciones que se presentan en el mundo real. Son contradicciones, en todo caso, que se dan en/entre las culturas que habitan. Por ende, para los escritores marroquíes "conquistar" el castellano y el catalán reditúa no simplemente un gesto que les llevaría a ostentar un conocimiento del mundo occidental o de intentar (de nueva cuenta) una explicación del mundo árabe-musulmán, sino que van aún más lejos para posicionarse indistintamente –y con una habilidad que la mayoría de los intelectuales occidentales no posee– entre "Oriente" y "Occidente" en su afán de "recuperar" la identidad histórica de Marruecos; una recuperación de la identidad histórica que posee, en términos escriturarios, similares características con otras literaturas poscoloniales, en efecto, pero que al mismo tiempo es consciente de las relaciones neocoloniales que el nuevo orden mundial impone. En el caso de las sociedades musulmanas del Magreb se están sucediendo cambios a un ritmo vertiginoso provocados por los estímulos que les llegan desde "afuera" (y no siempre de Occidente), pero que también se gestan a partir de reacciones "internas" de cara a las revoluciones, intentos de modernización y/o revisiones políticas y teológicas de los distintos regímenes gobernantes desde las independencias respectivas entre los años cincuenta y sesenta del siglo pasado.

Por tanto, origina este libro la necesidad de dar a conocer desde un punto de vista teórico poscolonialista y *transmoderno* la producción literaria de escritores marroquíes contemporáneos que (re)presentan a España, Marruecos y, sobre todo, las relaciones hispano-marroquíes como temas principales en sus textos. Entiendo poscolonialismo en los términos que lo hace Ella Shohat:

> Postcolonial theory has dealt most significantly with cultural contradictions, ambiguities, and ambivalences. Through a major shift in emphasis, it accounts for the experiences of displacement of Third World peoples in the metropolitan centers, and the cultural syncretisms generated by the First/Third worlds intersections [...]. The term "post-colonial" would be more precise, therefore, if articulated as "post-First/Third Worlds theory," or "post-anti-colonial critique," as a movement *beyond* a relatively binaristic, fixed and stable mapping of power relations between "colonizer/colonized" and "center/periphery." Such rearticulations suggest a more nuanced discourse, which allows for movement, mobility and fluidity [...] (1992: 107-108; énfasis añadido).

Seguidamente, enlazo la formulación de poscolonialidad de Shohat con el concepto de transmodernidad de Enrique Dussel, en tanto y en cuanto el ensayista argentino-mexicano profundiza aun más con este concepto *trans-* las formas en las que las literaturas y teorías poscoloniales están contribuyendo al desplazamiento del concepto y de las prácticas de nociones de conocimiento, pensamiento, teoría y entendimiento durante el periodo pos- y neocolonial hacia espacios subalternos-fronterizos:

> La transmodernidad es una co-realización desde lo imposible para la sola Modernidad [y, por añadidura, la posmodernidad]; es decir, es co-realización de solidaridad, que hemos denominado analéctica [método adecuado para realizar la tarea filosófica], entre centro/periferia, mujer/varón, distintas razas, distintos grupos étnicos, distintas clases, Humanidad/Tierra, cultura occidental/culturas del Mundo periférico excolonial; no por pura negación, sino por *incorporación* desde la Alteridad [...]. De manera que no se trata de un proyecto pre-moderno, como afirmación folklórica del pasado; ni un proyecto anti-moderno de grupos conservadores, de derecha, de grupos nazis o fascistas o populistas; ni un proyecto post-moderno como negación de la Modernidad como crítica de toda razón, para caer en un irracionalismo nihilista. Debe ser un proyecto "transmoderno" (y sería entonces una "Trans-Modernidad") por *subsunción real* del carácter emancipador racional de la Modernidad y de su Alteridad negada ("el Otro" de la Modernidad), por negación de su carácter *mítico* (que justifica la inocencia de la Modernidad sobre sus víctimas y por

ello se torna contradictoriamente irracional) (Dussel 1995: 50-51; énfasis en el original).

Concluyo, así, esta breve impronta teórica con el concepto de modernidad periférica que presenta el filósofo marroquí Mohamed Abd al-Jabri; modelo moderno que no se adapta a la modernidad universalista europea, incapaz de analizar la realidad árabe cuya historia se ha gestado y desarrollado en disparidad con la del "viejo mundo":

> Under these conditions, modernity would perhaps consist in *going beyond* [an] understanding of tradition that is confined within tradition, in order to establish a modern understanding and a contemporary view of tradition. Modernity, therefore, is not to refute tradition or break with the past, but rather to upgrade the manner in which we assume our relationship to tradition at the level we call "contemporaneity," which, for us, means catching up with the great strides that are being made worldwide [...]. [M]odernity must not be "fundamentalism" that clings to some inspiring sources/foundations [...]. As long as we have not applied rationality to our own tradition, exposed the sources and denounced the manifestations of despotism in this tradition, we will most assuredly remain incapable of building a modernity of our own through which *we can engage in the "universal" modernity, no longer as patients but as agents* [...]. Now, since the dominant culture with which we are confronted is a traditional culture [se refiere a la árabe-musulmana], it is above all towards tradition that the modernis[t] discourse must be directed, so that we can effect a rereading of it and from it create a modern-day vision (al-Jabri 1999: 2; énfasis añadido).

En este sentido, podemos completar la idea de modernidad que plantean los escritores marroquíes con el concepto de modernidad eurocéntrica de Enrique Dussel, quien observa que "[l]a modernidad surge cuando Europa se afirma a sí misma como 'centro' de una historia mundial inaugurada por ésta; la 'periferia' que rodea este centro es consecuentemente parte de su autodefinición" (1995: 65). Continúa Dussel reflexionando sobre la oclusión de esta "periferia" (y del papel de España y Portugal en la formación del sistema-mundo moderno) que conduce a los pensadores contemporáneos más importantes del "centro" a una falacia eurocéntrica en su comprensión de la modernidad. Si su comprensión de la genealogía de la modernidad es, por lo tanto, parcial y provinciana, sus intentos de elaborar una crítica o una defensa de la misma son igualmente unilaterales y, en parte, falsos (ibíd.).

Si ceñimos las citas de al-Jabri y Dussel estrictamente al ámbito marroquí y a la "magrebidad" del castellano y al surgimiento de una literatura amazigh-catalana, podemos concluir que se produce una estética adaptada a la singularidad de quien escribe, sujeta a la jerarquía mental del autor, quien mantiene una actitud respecto al mundo que lo rodea acorde a sus propias imágenes, geografía y posiciones sociales, de modo que es él o ella quien ha dominado el lenguaje para acomodarlo a su entorno personal, social, psicológico y cultural. Consecuentemente, dicho lenguaje es el que permitirá representar, en primer lugar, a Marruecos en su pluralidad lingüística, cultural y política; y, en segundo lugar, cotejar la exterioridad de Marruecos representada por discursos de intelectuales no-marroquíes hechos sobre cualquier aspecto del país magrebí con el afán de reflexionar en torno a la historicidad de las diferencias.

En *¡Hay moros en la costa!* el lector encontrará una indagación sobre los lugares desde los que se construyen discursos enunciativos que reflejan el conocimiento y la comprensión académica complementados con formas de hacer ficción llevadas a cabo por parte de autores, intelectuales, historiadores y críticos literarios que están viviendo y pensando desde los legados coloniales y poscoloniales, que generan sus propias teorías y reflexionan sobre su propia cultura y su propia historia, teniendo como parámetro un diálogo crítico con España y Europa en su totalidad, pero también con otros autores e intelectuales de los diferentes "sures" que conforman el orbe. En estas condiciones, parafraseando a Nadji Safir (1997: 272-273) y a Mohammed Arkoun (1997: 310-311, 315-316), que se refieren al ámbito del Magreb en su conjunto, la cuestión principal que ha de plantearse es la de la capacidad de formular desde Marruecos, y a través de sus intelectuales-escritores, una nueva problemática sobre aspectos de la modernidad que pueda hacerse cargo de la nueva redistribución mundial y que, sobre todo, no reproduzca esquemas que en un pasado cercano han demostrado su insuficiencia e inadecuación en términos de justicia social y pluralismo.

Con base en la noción de pensamiento fronterizo, sigo a Walter Mignolo para establecer que este estudio parte de la intersección conflictiva del conocimiento producido desde la perspectiva del colonialismo moderno y del conocimiento derivado de la perspectiva de las modernidades coloniales (Mignolo 2000: 70) del Magreb. En efecto, la epistemología fronteriza es una reflexión crítica sobre la producción de conocimiento tanto desde el interior de las fronteras del sistema mundo moderno/colonial (conflictos imperiales, lenguajes hegemónicos, direccionalidad de las traducciones) como desde sus fronteras exteriores, existentes entre España y el mundo norteafricano-musulmán (conflictos imperiales con las culturas [neo]colonizadas, así como las fases subsiguientes de independencia y descolonización).

En mi análisis sobre este nuevo fenómeno de la literatura marroquí escrita en las lenguas más habladas de la Península Ibérica resalto hasta qué punto la convivencia entre magrebíes/musulmanes y españoles y la utilización voluntaria de la lengua castellana o catalana como expresión artística da como resultado cuatro culturas perfectamente definidas; siendo la suma de ellas el fundamento básico de una quinta: híbrida, intersticial e interpelante en igual dimensión tanto de lo autóctono (Marruecos/la cultura amazigh del Rif) como de lo "foráneo" (España/Europa). Hago prevalecer, pues, el contenido híbrido de la mayoría de los textos analizados en este libro, en cuanto la hibridación no es una mera síntesis que resuelve las dialécticas de las culturas, sino más bien un cuestionamiento a través del mimetismo, el reconocimiento y la parodia del contenido y de la forma de ejercicio del poder –"la diferencia colonial", tal como lo define Walter Mignolo (2000: 8)– tanto de la otrora autoridad colonial como de las prácticas neocoloniales (postindependentistas). Con especialidad, entiendo la hibridación como una subversión de textos históricos y literarios surgidos desde la antigua metrópolis y de aquellos originados en propio territorio marroquí que constituyen, a fin de cuentas, formas remedadas y desplazadas –"fracturadas" o "disruptivas", diría Mignolo (2000: 8-9, 22, 28; Glissant 2006: 120-121)– que acaban minando la "autoridad", provenga ésta de la cultura o tradición literaria que provenga.

Anjali Prabhu en su libro sobre hibridación cuestiona la lectura que hace Homi Bhabha de *Peau noire, masques blancs* de Frantz Fanon, a la vez que advierte la manera en la que el crítico parsi se "apropia" de las teorías del martinico, despojándolas del contexto social y la ideología marxista sobre las que este último basa su ya canónico ensayo. De manera breve, a juzgar por Prabhu, se podría decir que Bhabha, al elaborar su teoría sobre la hibridación, no haría más que soslayar lo concerniente a las estructuras de poder para repetir el discurso colonialista (2007: xii, xiv, 123, 124). La preocupación esencial de Prabhu radica en la pérdida de "agency in postcolonial theories of hybridity" (ibíd.: 1, 124), que redundaría, como consecuencia, en la parcial elisión de los cambios sociales en materia de iniquidades e injusticia en los discursos poscoloniales. En este sentido, en *¡Hay moros en la costa!* se subrayará el análisis concerniente a la representación de los procesos de hibridación, en tanto y en cuanto éstos son consecuentes con la historicidad sociocultural marroquí. Se reflejarán, de esta manera, las distintas posturas que ofrecen los autores con respecto a la colonia/protectorado (Mohammad Sabbag, capítulo I) y al capitalismo una vez concretada la transición hacia la independencia (Saïd Jdidi, capítulo II) para finalizar con una literatura en castellano y catalán que, sin dejar de reflejar los intercambios/hibridaciones con otras literaturas, tanto árabo-musulmanas como europeas, proponen una perspectiva menos comprometida –y hasta veces lúdica, como en el caso de Ahmed Ararou (capítulo VII)– y en espacios de enunciación subversivos en cuanto a los discursos tradicionales de autoridad (europea), contradictorios y/o ambivalentes.[1]

Por su parte, la escritura de la migración de los escritores marroquíes en castellano y catalán no necesariamente significa pérdida o fragmentación, sino más bien estrategias de negociación entre fronteras culturales y lingüísticas. En una entrevista que le hace Søren Frank a Salman Rushdie, este último insiste en la riqueza y múltiples posibilidades que la migración supone para ejercer su oficio de pensador/escritor:

> I don't think that migration, the process of being uprooted, necessarily leads to rootlessness. What it can lead to is multiple rooting. It is not the traditional identity crisis of not knowing where you come from. The problem is that you come from too many places. The problems are of excess rather than of absence (Frank 2008: 142).

Por ende, en un mundo moderno donde la idea de "canon literario" está completamente cuestionada y haciéndome eco en las "reflexiones sobre el exilio" que hace Edward Said, plantearé y desarrollaré en este libro el siguiente interrogante: ¿están los escritores inmigrantes o transnacionales mejor equipados para evocar una poética del nuevo orbe que rompa con las subdivisiones basadas en fronteras políticas y esencialismos culturales inalcanzables?[2] Parafra-

---

[1] Creo conveniente resaltar que Prabhu, hacia el final de su estudio y como ejemplo de la utilización de la hibridación de manera "revolucionaria", hace mención de un solo ensayo de Néstor García Canclini, "The State of War and the State of Hybridization" (2000), cuando en 1995 *Culturas híbridas* ya había sido traducido al inglés. En *Culturas híbridas* García Canclini hablaba sobre la compartimentación de motivos culturales autóctonos que no se dejan hibridar y de la necesidad de reformular las diferencias y desigualdades en los distintos procesos de hibridación (2001: 50). Sobre el "ingenuo traslado" de la modernidad europea a contextos islámicos, véase Arkoun (1997). Con respecto a la decadencia del secularismo árabe-musulmán en función a la modernización cultural que se produce en el seno de los países del Magreb, véase Martín Muñoz (1997).

[2] Said, por su parte, basa su análisis en el de George Steiner: "Modern Western culture is in large part the work of exiles, émigrés, refugees [...]. 'It seems proper that those who create art in a

seando a Amin Maalouf, no estamos en los albores de la era de las nacionalidades, sino en su crepúsculo (1999: 102). La mayoría de los escritores marroquíes analizados en *¡Hay moros en la costa!* son muy elocuentes en demostrar que las culturas no son excluyentes, que las culturas modernas no son monolíticas, sino más bien proclives a amalgamaciones. En el proceso de mezcla de culturas, estos escritores marroquíes contemporáneos ofrecen un nuevo paradigma de formación de identidades culturales marcadas por la inmigración, la hibridación y la *créolité* (que no implica pérdida de identidad; Glissant 2006: 28).[3] Se trata de un proceso escriturario que rechaza identificarse con unos pocos rasgos culturales definidos y determinantes, para considerarse producto de influencias múltiples y de múltiples pertenencias. Más importante, en un país como Marruecos, donde en determinados círculos intelectuales sólo se reconoce a los escritores que han sido traducidos y reconocidos en Occidente, lo cual no puede menos que despertar un legítimo descontento en varios autores de expresión castellana, el objetivo de este libro también radica en utilizar escritores que luchan por la descolonización de la crítica literaria y de la historia de la literatura. En el estado marroquí, con fronteras y barreras internas y externas por donde se mire –siendo el alto índice de analfabetismo el mayor escollo– la lectura constituye un privilegio al que tienen acceso grupos muy reducidos. Serán pues presentados en este libro, en la mayoría de los casos, escritores que ejercen su oficio no de manera profesional (salvo Najat El Hachmi); son autores que ejercen roles de periodistas, funcionarios públicos, docentes e investigadores que concentran sus energías en la creación, sin esperar remuneración pecuniaria alguna. Por consiguiente, casi siempre adoptan un punto de vista personal, apasionado, pero también efectúan análisis crítico-literarios concienzudos en relación con los distintos aconteceres sociopolíticos y culturales surgidos en ambas márgenes del Estrecho. Se concentrará este estudio, por ende, en las distintas formas críticas de pensamiento analítico y de proyectos futuros asentados sobre las historias y experiencias marcadas por la colonialidad más que por

civilization of quasi-barbarism, which has made so many homeless, should themselves be poets unhoused and wanderers across language. Eccentric, aloof, nostalgic, deliberately untimely...'" (Said 2000: 173-174). Abdelkader Benali, galardonado escritor rifeño en lengua holandesa, opina que "migration means storytelling, telling stories to the world. After all, we are Mother Migration's impatient children who can only become quiet thanks to stories" (cit. y trad. por Merolla 2007: 49).

[3] En palabras de Glissant: "Llamo criollización al encuentro, a la interferencia, al choque, a las armonías y desarmonías entre las culturas en la totalidad ejecutada del mundo-tierra" (2006: 181).

aquéllas, dominantes hasta ahora, asentadas sobre las historias y experiencias de la modernidad europea (la modernidad que se define desde "el centro" y es consecuentemente otra forma de colonialismo) (Mignolo 2000: 20). Las preguntas que se hace la mayoría de los escritores estudiados en este libro tienen como objeto la necesidad de modernizar la cultura magrebí sin perder su identidad, asimilar la cultura occidental sin renegar de la propia y, por encima de todo, adquirir los productos culturales europeos sin quedar a su merced.

En términos generales, y en consonancia con "el pensamiento en lenguas" que hace Abdelkebir Khatibi en *Maghreb pluriel*, se analizará en *¡Hay moros en la costa!* la "doble crítica" de los discursos imperiales, así como de los discursos nacionales que afirman la identidad y las diferencias articuladas desde dentro y por medio de los discursos imperiales (1983: 39); doble crítica que se convierte en una estrategia crucial para construir micro y macronarrativas (lugares desde los que "un paradigma/pensamiento otro" puede llevarse a cabo) desde la perspectiva de la colonialidad.[4] Dichas narrativas no estarán siempre avocadas a contar "las verdades" que los discursos coloniales han silenciado, sino más bien a pensar y escribir ficción de "otro modo", para desplazarse hacia "una lógica otra" tendiente a cambiar los términos de la conversación intercultural, transfronteriza, no sólo su contenido (Mignolo 2000: 133). Utilizo textos de Frantz Fanon, Édouard Glissant, Homi Bhabha, Enrique Dussel, Abdelkibir Khatibi, Gloria Anzaldúa, Walter Mignolo, Mohamed Abd al-Jabri, Assia Djebar, Ghita El Khayat, Fatema Mernissi y Mohamed Mesbahi, entre otros, para elucidar el pensamiento que surge en y desde la periferia o en los espacios intermedios (espacios conflictivos y superpuestos de instituciones y saberes europeos con instituciones y saberes no-europeos), creados a lo largo de la expansión colonial. El marco teórico es complementado con estudios sociológicos y antropológicos que abordan el tema de la inmigración en España por parte de ciudadanos del Magreb.

Por su parte, la literatura marroquí (aun la escrita en castellano y en catalán) abarca temas muy diversos de alcance nacional y panarábigo, incluida la presencia española en Marruecos. En esta vertiente también entran los casi 400

[4] "[U]ne pensée-autre, telle que nous l'envisageons, est une pensée en langues, une mondialisation traduisant des codes, des systèmes et des constellations de signes qui circulent dans le monde et au-dessus de lui [...]. Chaque société ou groupe de sociétés est un relais de cette mondialisation. Une stratégie qui ne travaille pas activement à transformer ces relais est, peut-être, condamnée à se dévorer, à tourner sur elle même, entropiquement" (Khatibi 1983: 59-61).

libros escritos en castellano por escritores españoles e hispanoamericanos que tienen por espacio, bien sea militar o social, mítico o nostálgico, el suelo marroquí; desde el siglo XIX, Pedro de Alarcón (*Diario de un testigo de la Guerra de África*, 1859), pasando por José Díaz Fernández (*El blocao*, 1930), hasta Ángel Vázquez (*Fiesta para una mujer sola*, 1964, y *La vida perra de Juanita Narboni*, 1976), Juan Goytisolo (*Señas de identidad*, 1966, *Reivindicación del conde don Julián*, 1970, *Juan sin Tierra*, 1975, *Makbara*, 1980 *Crónicas sarracinas*, 1982) y Lorenzo Silva (*El nombre de los nuestros*, 2001, y *Del Rif a Yebala*, 2001), entre otros.[5]

Como apuntan Susan Martin-Márquez (2008: 345) y Mohamed Abrighach (2006: 118), gran parte de los textos recién mencionados están inspirados en artículos periodísticos y en un pedido de solidaridad por los derechos de los inmigrantes. Demás está decir que hay una literatura marroquí en árabe que versa sobre distintos aspectos de Al-Andalus, desde aquella literatura aljamiada de los peninsulares musulmanes y judíos hasta autores paradigmáticos como Mustafa Al-Misnawi, Miloudi Chaghmoum y Rachid Nini. En francés, en holandés y en inglés también hay autores que se han dado a la tarea de novelar sobre los (des)encuentros y desplazamientos (en el sentido más amplio de la palabra) de ciudadanos del Magreb a España y a toda Europa: desde los *best seller* de Tahar Ben Jelloun (Francia) y Abdelkader Benali o Hafid Bouazza (Holanda) hasta Mahi Binebine, Youssouf Elalamy, Mohamed Teriah, Abdallah Taïa (también francófonos) o Laila Lalami (en inglés), por nombrar algunos.

---

[5] Hay que agregar a la lista: Serafín Estébanez Calderón (*Cristianos y moriscos. Novela lastimosa*, 1833), Gaspar Núñez de Arce (*Recuerdos de la campaña de África*, 1860), Benito Pérez Galdós (*Aita Tettauen*, 1904), Ernesto Giménez Caballero (*Notas marruecas de un soldado*, 1923), Ramón J. Sender (*Imán*, 1930), Fermín Galán (*La barbarie organizada*, 1931), Arturo Barea (*La forja de un rebelde*, 1951), José María Rodríguez Méndez (*Pudriéndome con los árabes*, 1974), Luis Antonio de Villena (*Para los dioses turcos*, 1980), Fernando González (*Kábila*, 1980), Víctor Alperi (*Alá bendice Marruecos*, 1982), Rafael Chirbes (*Mimoun*, 1988), David López García (*Raisuni*, 1991), Alejandro Gándara (*Ciegas esperanzas*, 1992), Rafael Torres (*Yo, Mohamed*, 1995), Oriol Vergés (*Un pueblo contra los Hamid*, 1996), Josep Lorman (*La aventura de Saíd*, 1996), Josep Piera (*Seducciones de Marraquech*, 1998), Rodolfo Gil Grimau Benumeya (*La puerta de los sueños*, 1999, *De cómo la Granjales hízome una venganza*, 2001, y *Las fuentes del sol*, póstuma, en prensa), Ignacio Martínez de Pisón (*Una guerra africana*, 1999), Concha López Sarasúa (*En el país de Meriem*, 2000), Andrés Sorel (*Las voces del estrecho*, 2000), Manuel Valls (*¿Dónde estás, Ahmed?*, 2000), Gerardo Muñoz Lorente (*Ramito de hierbabuena*, 2001), Antonio Lozano González (*Harraga*, 2002, y *Donde mueren los ríos*, 2003), José Manuel García Marín (*Azafrán*, 2005) y María Dueñas (*El tiempo entre costuras*, 2009), entre otros.

Las investigaciones sociológicas e históricas también abundan, pero se centran en los movimientos poblacionales y en factores socioeconómicos; cifras, en todo caso, que se deben tomar en cuenta (y así se hace en este libro), pero que no profundizan los distintos matices del encuentro de culturas y la producción cultural, con sus choques, sus hibridaciones, sus superposiciones. Daniela Flesler es enfática en el capítulo 5 de *The Return of the Moor* al catalogar tanto a los textos testimoniales como a los sociológicos y a algunos de los "literarios" con base en artículos periodísticos como poco menos inicuos esfuerzos de darle voz a los inmigrantes: "[Esta narrativa representa] what I call ethnographic performance. Its formula constructs immigrants as subalterns to be interviewed, analyzed, and written about by Spaniards, in an attempt to represent an 'accurate picture' of what their lives are like" (Flesler 2008: 163).

Salvo el pequeño libro de mi cuño publicado en 2010, *Literatura periférica en castellano y catalán: el caso marroquí*, no es de mi conocimiento la publicación de libro alguno que presente características idénticas al que aquí propongo, y menos que analice a todos los autores marroquíes que en *¡Hay moros en la costa!* se presentan. Por su parte, los siguientes estudios muestran el renovado interés sobre el colonialismo español en Marruecos y la inmigración marroquí en España: *Disorientations: Spanish Colonialism in Africa and the Performance of Identity* (2008) de Susan Martin-Márquez, *The Return of the Moor. Spanish Responses to Contemporary Moroccan Immigration* (2008) de Daniela Flesler y *Memories of the Maghreb: Transnational Identities in Spanish Cultural Production* de Adolfo Campoy-Cubillo. Como se puede inferir del propio título, el excelente libro de Martin-Márquez analiza el colonialismo sólo desde el punto de vista español (o desde España). En *Disorientations* sí se le dedica casi un capítulo a la autobiografía de Najat El Hachmi, *Jo també sóc catalana* (2004). También concentrado en la literatura, cine y fiestas populares españolas, el muy bien documentado estudio de Daniela Flesler menciona la autobiografía de El Hachmi y un artículo periodístico de Mohamed Chakor. El estudio de Campoy-Cubillo es de fundamental importancia ya que aborda un tema que por cuestión de espacio no he podido abordar extensamente en mi estudio: la producción literaria de los marroquíes sefarditas. El otro tema de interés inminente es el de la literatura saharaui en castellano[6].

[6] El estudio de Campoy-Cubillo analiza textos de Ahmed Daoudi y Mohamed Bouissef Rekab que complementan y/o contradicen mis estudios sobre ambos autores.

¡Hay moros en la costa! dialogará con los textos de Martin-Márquez, Flesler y Campoy-Cubillo, y a su vez contribuirá al conocimiento de más de doscientos libros, artículos periodísticos, poesía, ensayos literarios de otros autores que no han sido analizados críticamente en España y el resto de Europa, Marruecos o Estados Unidos. En castellano existen libros como el de José Enrique Monterde, *El sueño de Europa. Cine y migraciones* (2008), con una aproximación al fenómeno migratorio desde la literatura y el cine similar a los libros de Martin-Márquez, Flesler y Campoy-Cubillo. En Marruecos, *La inmigración marroquí y subsahariana en la narrativa española* (2006), de Mohamed Abrighach, presenta las mismas características. En 2008, en España, un grupo de escritores españoles y marroquíes ha publicado una antología, *Calle del agua. Antología contemporánea de literatura hispano-magrebí,* con una detallada introducción que lleva por título "Literatura magrebí de expresión hispana" y que es de valiosa utilidad, aunque no refleja, entre otras cosas, la obra de Ahmed Ararou, quien, desde mi punto de vista (compartido con el de los escritores Lorenzo Silva, Juan Goytisolo y Vicente Molina Foix), es uno de los escritores marroquíes en castellano más destacados al haber perfeccionado la técnica narrativa de tal manera que "se lo debería considerar dentro del canon de los mejores cuentistas en lengua castellana" (Ricci 2006b: s/p). También, debido a que la referida antología es de "literatura magrebí en español", la introducción de *Calle del agua* menciona de soslayo a las autoras imazighen (beréberes-)catalanas, Laila Karrouch y Najat El Hachmi, concentrándose, en cambio, en el "hispanismo argelino y tunecino". Y digo hispanismo para diferenciarlo de literatura/creación literaria, ya que salvo el caso absolutamente aislado de Mohamed Doggui en Túnez (un poemario y dos libros más en prensa) no existe una literatura argelina o tunecina escrita en castellano *per se.*[7]

Con la publicación de mi última antología *Letras Marruecas. Antología de escritores marroquíes en castellano* (2012), que complementaría a la antología *Caminos para la paz. Literatura israelí y árabe en castellano* (2007, Ricci y López-Calvo) y al breve estudio y antología *Literatura periférica en castellano y catalán:*

[7] La información, aunque breve, que han hecho los editores de *Calle del agua* la han sacado de mi artículo "Najat El Hachmi y Laila Karrouch: escritoras marroquíes-imazighen-catalanas en el marco del fenómeno migratorio moderno". Se hace esta mención porque la cita no figura en la antología. Me resulta también bastante contradictorio que Ahmed Mgara, uno de los cinco recopiladores de *Calle del agua,* en su libro *Divagaciones* (2005) sí hace la distinción entre creación literaria e hispanismo marroquí (8).

el caso marroquí (2010), creo haber cubierto el espacio de creación literaria dejado por *Calle del agua* y textos afines que destacan la "literatura utilitaria" –moralizante, costumbrista, antropológica– producida en castellano en el norte del país magrebí. Asimismo, me serviré de la información consignada en *Literatura periférica en castellano y catalán: el caso marroquí* para no abrumar al lector con un número significante de nombres, títulos y fechas, particularmente concernientes al origen y desarrollo de la utilización del castellano como lengua de expresión periodística, filológica, histórica y literaria en Marruecos. Me limito, pues, aquí a subrayar los puntos más sobresalientes ceñidos a la producción literaria moderna de marroquíes de expresión castellana. Ya entre los años treinta y cincuenta del siglo XX encontramos a periodistas e historiadores como Abdul Latif Al Jatib, Mohammad Temsamani y Mohamed Ibn Azzuz Hakim que escribían crónicas periodísticas y columnas políticas en periódicos españoles durante el Protectorado: *España, Marruecos, Diario Marroquí, Diario de África, El Lukus, El Día*, entre otros. Desde 1947 la revista *Al-Motamid* publica en cada número a un poeta marroquí que escribe directamente en castellano o se traduce a sí mismo.

En líneas generales, la producción que ha podido realizar esta primera generación abarca cuatro campos: la historia, la etnografía, el periodismo y la literatura, en la que Mohamed Khallaf incluye la traducción de ciertas obras representativas del castellano al árabe y viceversa (1998: 2). En el número 25 de *Al-Motamid* (año 1953), ya instalada en Tetuán, se redobla la apuesta de unir poéticamente a los jóvenes escritores "musulmanes", "dueños de un verdadero mundo creador constantemente defendido" y españoles residentes en Marruecos, "en igualdad de circunstancias", "contra el aislamiento ['olvido intelectual de la Península'] y sus duras circunstancias" ("Llamamiento" 1; Azcoaga, 1953: 3).

Entre 1963 y 1964 una decisión del gobierno de Marruecos desplazó al castellano al rango de segunda lengua extranjera –condición que sigue ocupando ahora– obligando a que todas las asignaturas que se estudiaban en castellano en la zona norte se estudiasen en lengua gala y que esta lengua se impusiese desde la primaria en todas las escuelas del reino. Es un golpe que el castellano y/o lo español, lengua y cultura, sigue hasta cierto punto padeciendo hasta comienzos del siglo XXI. La consecuencia más grave la sufrieron la inmensa mayoría de profesionales que utilizan el castellano como material de trabajo y quienes, salvo en contadas excepciones, no dominan el francés.

Por su parte, es importante recalcar la relación que establece Mohamed Lahchiri con la lengua castellana cuando nos dice que, a pesar de haber tenido en su juventud muy buenos profesores de literatura española, sus modelos "no eran ni Bécquer, ni Baroja, ni Unamuno, ni Valle-Inclán, ni Azorín, ni tampoco eran los autores de *Episodios nacionales*, de *El Quijote* o de *Platero*"; el castellano sólo lo utilizaban "para acceder a la literatura de Chejov, de Gorki, de Dostoyevski, de Tolstoi, de Somerset Maugham, de Stephan Sweig o de Maupassant" (2007a: 27).[8] Bien entrados los años ochenta del siglo XX, los jóvenes de Nador, Chauen, Tetuán, Tánger o Alhucemas se expresaban en francés con preferencia al castellano.

Volviendo a lo meramente literario, un caso aislado, que no se ha dado a conocer en época reciente, es el de Mohammad Sabbag, Premio Nacional de Literatura en 1970. Este escritor tetuaní publicó sus dos primeros poemarios de corte social en castellano antes que en árabe, *El árbol de fuego* (1954) y *La luna y yo* (1956). Sabbag dominaba perfectamente el castellano al punto que incluso antes de salir a la luz sus dos poemarios en castellano ya había escrito varios poemas traducidos en las revistas más importantes del Protectorado, *Al-Motamid* (nacida en marzo de 1947) y *Ketama* (junio de 1953) (Aleixandre 1954). Mohamed Ibn Azzuz Hakim, historiador que colaboró con el régimen franquista y que admiraba la intervención de "España como precursora de la civilización en Marruecos" (título homónimo de su libro/panfleto de 1950) –y que todavía sigue activo (véase capítulo I)–, se convirtió, según consta Mohamed Bouissef Rekab, en un referente literario para algunos cuentistas marroquíes que se expresan en castellano debido a dos libros publicados muy temprano, *Rihla por Andalucía* (1949) y *Cuentos populares marroquíes* (1954) (Bouissef Rekab 2005a: s/p).[9]

En 1970, la cadena de Radio y Televisión Marroquí (RTM) comienza a emitir telediarios en castellano.[10] Los dos periodistas y escritores de ficción

[8] El sefardita León Cohen Mesonero atestigua lo expresado por Lahchiri con respecto a la utilización del castellano para acceder a la literatura extranjera: "Descubrí a Camus, a Sartre, a Kierkegard, a Dostoievsky" ("El alquimista", *Relatos robados al tiempo* 73, "Tánger" *La memoria blanqueada* 55).

[9] Los editores de *Calle del agua* y Mohamed Bouissef Rekab (2005a) señalan que *Rihla por Andalucía* se publica en 1942. Lamentablemente, de nueva cuenta, los editores de *Calle del agua* han calcado lo expresado por Bouissef y lo han reproducido sin revisar las fuentes. Por lo que pude constatar del original, *Rihla por Andalucía* se escribe en 1939 y se publica en 1949. Según consta Bouissef, Azzuz Hakim ha escrito 227 "obras": 185 en castellano y 42 en árabe. Del mismo Azzuz Hakim sabemos que hasta 1997 había publicado 181 libros en castellano y 37 en árabe (Azzuz Kakim 1997: 4).

[10] No cuento las radios establecidas en la época del Protectorado. Por ejemplo, la primera emisora de radio que transmite en castellano en Marruecos es Radio Martil en 1934. La sucedieron Radio Tetuán en 1939 y Radio Dersa en 1950.

encargados de las noticias en castellano desde sus comienzos son los prolíficos y multifacéticos Mohamed Chakor y Saïd Jdidi. Muy importante para la difusión post-Protectorado de la cultura hispana en Marruecos es la publicación entre 1982 y 1992 de "L'Opinion semanal", en el suplemento cultural semanal del francófono diario *L'Opinion* (Rabat), órgano de prensa del Partido Istiqlal (Partido de la Independencia), que sale a la luz el 3 de enero de 1982. Mohamed Messari reconoce en esos años ochenta que frente al castellano, el inglés se seguía imponiendo por ser la lengua del comercio y la tecnología. Una de las soluciones para la propagación de la escritura en castellano que sugería Messari en el año 1985 era la instauración de premios literarios. Su deseo se hizo realidad en 1999 (precisamente el 8 de febrero) cuando la Consejería de Educación y Ciencia de la embajada de España en Rabat estableció dos premios literarios en las modalidades de Poesía y Narración Corta: el Premio Rafael Alberti y el Premio Eduardo Mendoza, respectivamente.

En 1990, momento en que las relaciones entre Marruecos y Francia se enturbian debido a la publicación de *Nuestro amigo el rey* de Gilles Perrault (en francés, *Notre ami, le roi*), libro en el que se critica severamente a Hassan II, se empieza a editar en Casablanca *La Mañana del Sahara y del Maghreb* (*La Mañana*), el primer diario marroquí "moderno" producido, dirigido y escrito en castellano por una pléyade de periodistas, traductores, maestros de escuela y profesores de instituto y universidad. Según consta el ministro de Interior e Información de Hassan II en el primer número, *La Mañana*, "conforme a la filosofía de su majestad el Rey basada sobre la apertura, el diálogo y la comprensión", pretendía estrechar "las relaciones existentes entre Marruecos y España", encontrando en este nuevo medio de prensa en español "un medio de inspiración y una tribuna de diálogo, intercambios y de amistad" (9 de julio de 1990, 1).

Los editores de la antología *Calle del agua* (Manuel Gahete, Abdellatif Limami, Ahmed Mgara, José Sarria y Aziz Tazi) confirman que es a partir de la llegada de la democracia a España cuando se empieza a mirar de nuevo hacia Marruecos y el Magreb, "ahora ya como países vecinos con grandes relaciones históricas y puente entre Europa y África" (2008: 27). Entre la ambigüedad que representa lo marroquí en el imaginario español, de la que ya se han escrito (y se siguen escribiendo) varios ensayos y libros, se debe remarcar el renovado afán de expansión de la lengua castellana a través de diversas instituciones de enseñanza primaria, secundaria y terciaria. En este sentido, el catalán no se ha quedado atrás, por lo menos en Marruecos, ya que por varios años y hasta la toma de poder del Tripartito en Cataluña (2004) funcionaba una oficina (dirigida por Àngel Colom) y una cátedra del Instituto Ramon Llull en la Universidad Hassan II de Casablanca. En el preciso instante en que escribo esta introducción (2009), el Parlament anuncia que "se reabre la representación catalana en Marruecos", para "reforzar la red catalana en el mundo", según consta Josep Lluis Carod Rovira. Actualmente existen en Marruecos Departamentos de Lengua y Literatura Españolas en las Universidades de Rabat (1959), Fez (1974), Tetuán (1978), Casablanca (1988) y Agadir (1992).

A las mencionadas universidades que conceden licenciaturas y doctorados en Filología Hispana se unen la red de centros docentes de la Consejería de Educación de la embajada de España en Marruecos y el Instituto Cervantes, con sedes en las ciudades de Rabat, Casablanca, Fez, Tánger, Tetuán, Marrakech, y un "aula externa" en la ciudad de Alhucemas que depende del Instituto Cervantes de Fez. Al presente, Marruecos es el segundo país –luego de Brasil que posee ocho centros– en tener más Institutos Cervantes (siete en total más el aula externa en Alhucemas). El problema que presentan los centros educativos españoles, en todos los niveles –exceptuando los departamentos de lenguas de las universidades públicas marroquíes, por supuesto– es el alto costo de la matrícula.

Si bien, en el caso específico de Marruecos, la etapa de colonización por parte de franceses y españoles se había acabado en el 56 y con ella una copiosa literatura de resistencia, la etapa poscolonialista da comienzo a una "retórica de denuncia" contra los nuevos patrones imperialistas de dominio, materializados con la irrupción del capitalismo y el estilo de vida occidental y su correspondiente triada: explotación, dominación y conflicto. Mientras las costumbres occidentales son rechazadas por un gran número de intelectuales y escritores marroquíes, hay otro grupo de escritores que se debate entre el afianzamiento de los valores tradicionales y la apertura o exilio hacia Occidente. Al-Andalus comienza a ser reclamado histórica y geográficamente, y, de esta forma, se empieza a validar la peregrinación hacia ese "lugar de pertenencia"; trashumancia que coincide, en muchos casos, con el ascenso social y la adopción de los valores de la clase media "occidental" (como se verá en el caso de las autoras marroco-imazighen-catalanas y en algunas novelas de los escritores marroquíes en castellano, como *La señora*, 2006, de Bouissef Rekab, por poner el caso). La inmigración clandestina que se cobra las primeras víctimas ocurre en el verano del año 1989, pero será el 7 de febrero de 1992 cuando se produzca el primer desembarco masivo de magrebíes (trescientas personas; una veintena de ellos murieron) en costas españolas desde las últimas invasiones de almohades y binemerines hace ocho siglos. La primera narración que surge de este entorno es un ensayo literario publicado por el escritor marroquí Tahar Ben Jelloun en *El País* el 28 de febrero de 1992, "¿Cómo se dice 'boat people' en árabe?".

A partir del texto de Ben Jelloun surge una gran cantidad de material literario de "la Generación del 92" que presenta la particularidad de estar escrito en la lengua de Cervantes.[11] Conviene, por ende, comenzar a delinear cuáles son los factores que llevan a los cronistas de la migración a escribir en la lengua del Otro, del opresor en todo caso. La respuesta podría ser que la mayoría de estos escritores son profesores de literatura española o hispanoamericana en Marruecos y se agrupan en la Asociación de Escritores Marroquíes en Lengua Española (AEMLE), fundada en 1997 como consecuencia del I Coloquio sobre Literatura Marroquí en Español (1994).[12] El hecho de que estos autores no están escribiendo para un público marroquí (de otra forma lo harían en árabe o *darīǧa*) nos puede llevar a la conclusión de que están buscando un lugar en el mercado literario en castellano, aunque, como he mencionado antes, la mayoría de los autores analizados en este libro no persigue un rédito pecuniario por la venta de sus libros.

La pregunta que cabría es: ¿por qué no lo hacen en francés? De hecho, la mayoría de la intelectualidad marroquí domina el francés y sus escritores más

---

[11] Véase Ricci (2005). La utilización de este término generacional se debe en parte a la conmemoración de los 500 años de la expulsión de moros y judíos, y también a la evocación del primer desembarco masivo de magrebíes arriba referido. Esta generación coincidiría con la Generación del 90 que establece Bouissef Rekab (1997: s/p).

[12] Khallaf distingue dos generaciones de escritores marroquíes en castellano: la primera dentro del contexto colonial y la otra luego de 1976. Bouissef Rekab alude a la "Generación de los 90": un grupo de universitarios del norte de Marruecos y que han nacido en la década de los cincuenta del siglo pasado. Miguel A. Morata no utiliza el término generación, sino "última horneada" (2004: 287) y en su lista coloca a los siguientes cuentistas y novelistas Mohamed Sibari, Bouissef Rekab y Ahmed Daoudi; a los cuentistas Mohamed Messari, Mohamed Saadan, Ahmed El Gamoun, Laarbi El Harti y Ahmed Ararou; a los poetas Ahmed Mohamed Mgara, Mesmoudi Dris Jebrouni, Ahmed Sabir, Chukri El Bakri, Karima Belmounti y Zoher Afilal. En el rubro "los más seguros poetas", Morata coloca a Abderrahman El Fathi y a Larbi El Harti, "por cantidad y calidad" (2004: 290). En mi criterio habría que agregar algunos nombres más a esta "última horneada": Laila Bel Ghali, Karima Hajjaj, Mohamed Benaboud, Souad Ben Abdelouaret, Abderrahman El Bakkali, Mohamed El Kihel, Abderrahman El Haouzi, Suad A. Abdelouarit, Laila Beghali, Faisal Bakur, Abdelkader BenAbdellatif, Saima El Ouazzani, Abdeluahed Salem y Samira Abdelaziz Brigüech; y a los novísimos: Aziz Tazi, Yasser Hamout, Mohamed El Hanini y Meryem Maoulainine. Esta última escribió un cuento infantil a los 16 años, que fue publicado en forma de libro en 2004 y lleva por título, *La mirada de cristal*.

conocidos (Ben Jelloun es un muy buen ejemplo) han triunfado porque escriben en lengua gala. Esta misma tesis se podría contradecir aduciendo que escriben en castellano ya que los marroquíes que lo hacen en francés –los que poseen el capital cultural– ya han saturado el campo y no permiten el ingreso de nuevos escritores. Las pruebas de esta última opción no favorecerían el argumento puesto que Mahi Binebine, Youssouf Elalamy y Mohamed Teriah –escritores que todavía se están forjando un lugar en el mercado literario– se han inclinado por narrar sus "crónicas sobre el paso del Estrecho" y otros textos de temática no-migratoria en francés; estas narraciones se han convertido en un éxito de ventas y circulan también en el mercado del libro español (traducidas al castellano).

En contraste, propongo una aproximación alternativa –y a la vez más ecléctica– sobre la escritura marroquí en castellano: en primer lugar, el docente de literatura en castellano marroquí entiende que la presencia hispana en su país (recordemos que no sólo españoles han escrito sobre Marruecos, sino también Domingo Faustino Sarmiento, Rubén Darío, Enrique Gómez Carrillo, Roberto Arlt y Rodrigo Rey Rosa, entre otros hispanoamericanos) ha legado un patrimonio cultural que debe ser contado en castellano para demostrarles a sus propios alumnos y a los lectores hispanos "del otro lado de la orilla" que ellos mismos poseen la competencia lingüística y la capacidad literaria apropiadas para formar parte del canon literario en lengua castellana. Creo que el escritor Ahmed Mgara apoyaría tangencialmente esta tesitura cuando dice que "es lindo expresarse en español y mantener una conversación con nuestros amigos de la otra orilla del charco en su idioma mientras a ellos, a los españoles, les siga costando aprender el árabe" (2005: 33). En segundo lugar, se le intenta dar universalidad al discurso a través de una lengua que es hablada por más de 400 millones de personas y de este modo acercar a los lectores hispanohablantes a sus perspectivas y apoyar "su causa". De alguna forma, estos autores intentan también responder "a la cáfila de clisés etnocentristas" de viajeros, escritores y diplomáticos occidentales, como dice Juan Goytisolo (2003c). Por su parte, José María Ridao es concluyente cuando asevera que

> los escritores africanos saben de antemano que la difusión de sus obras será difícil dada la escasez y la debilidad de las editoriales del continente. Además, las tasas de analfabetismo que padece África, por no hablar directamente de las acuciantes situaciones de miseria, reducen de manera inapelable el ámbito posible de conocimiento para cualquier literatura, no sólo la escrita por autores africanos [...]. Al mismo

tiempo, se han multiplicado las obras que aseguran traducir a las lenguas del colonizador el universo que expresan las lenguas del colonizado, en concreto la tradición oral. Es como si los escritores africanos se hubiesen inclinado por exportar sus conocimientos al territorio de las lenguas europeas en lugar de importar los conocimientos que les ofrecen las lenguas europeas hacia África (2007: s/p).

En esta coyuntura, surge una literatura migratoria marroquí que expresa la frustración de los intelectuales en un estilo realista para representar las injusticias sociales, la ironía para contrarrestar los estereotipos racistas y las comparaciones diacrónicas entre un pasado de pertenencia, de afincamiento, de progreso y un presente de ilusiones rotas a causa del desplazamiento geográfico y económico.[13]

En debates llevados a cabo en distintos puntos de encuentro sobre la producción literaria de escritores marroquíes en castellano (he participado en doce de ellos desde 2005), en artículos periodísticos, en antologías y hasta en páginas web de hispanistas marroquíes se ha puesto en tela de juicio la naturaleza del fenómeno literario en cuestión. Definitivamente creo y lo avalan no sólo los hechos (más de cuarenta escritores y un centenar de publicaciones en España y Marruecos entre 1992 y el presente), sino la calidad del material literario que trataré de reflejar lo más ampliamente posible en este libro, que nos encontramos más allá de una fase inicial de adquisición y/o aprendizaje en la manera de relatar, novelar o poetizar en el lenguaje del "Otro". Como afirmaba hasta hace poco Gil Grimau Benumeya, se ha producido la "magrebidad" del castellano, una estética adaptada a la singularidad de quien escribe, sujeto a la jerarquía mental del autor, quien mantiene una actitud respecto al mundo que lo rodea acorde a sus propias imágenes y posiciones sociales, de modo que es él quien ha dominado el lenguaje para acomodarlo a su entorno personal, social, psicológico y cultural (Gil Grimau Benumeya 2002: 133-136); "una escritura que, por hispánica, no deja de ser marroquí (o magrebí), de contenido árabe o arabizado, actual, inquieta, e incluso lingüísticamente dialéctica" (2002: 127).[14] La doble crítica es la que permitirá escuchar, en primer lugar, a Marruecos en su pluralidad lingüística, cultural y política; y en segundo lugar estar atento a la

[13] Allí van los autores que narran la experiencia trashumante de los marroquíes con imágenes muchas veces desgarradoras (aparte de los que lo hacen en castellano, como Bouissef Rekab y Sibari, también los francófonos Binebine y Elalamy, por nombrar algunos).

[14] Véase también Corral (1998: 6-8).

exterioridad de Marruecos (Khatibi 1983: 39); sea esta exterioridad representada por discursos no-marroquíes hechos sobre cualquier aspecto del país magrebí, como también estar al tanto de las distintos pensamientos y textos que reflexionan acerca de la historicidad de las diferencias.

Por su parte, decir, como lo hace Alfonso de la Serna en el epílogo de la antología *Literatura marroquí en lengua castellana* de Macías y Chakor, que "pensar plenamente en español no es para ellos [los marroquíes] un acto alienante sino la penetración en un territorio mental que es vecino, mas no sólo por la geografía o la circunstancia política, sino vecino en una larga vida de ocho siglos pasados juntos" (De la Serna 1996: 337-338), suena muy bonito, multicultural, propio de la "alianza de civilizaciones" (con todo lo positivo y peyorativo que este esfuerzo conlleva), pero un poco desajustado a la realidad, salvo quizás casos muy puntuales como el de Mohamed Bouissef Rekab o Mohamed Chakor, que son perfectamente bilingües (árabe/*darīǧa*-castellano) y que viven y/o trabajan en España o en Ceuta. Ni que hablar del juicio vertido por el advenedizo escritor devenido crítico literario, José Sarria, quien quiere ver en la literatura marroquí escrita en castellano "la revelación de un mundo nuevo, mágico, cargado de una muy diferente sensualidad: la sensualidad de Oriente" (Sarria 2008: 150).

Por ende, sigo coincidiendo parcialmente con los editores de *Calle del agua* –que a su vez hacen suyas las palabras de Abdul Latif al-Jatib en "Un patrimonio común" (1958) y de Antonio Gala en la *Antología de relatos marroquíes en lengua española* (Chakor/López Gorgé 1985: 9)–, en tanto y en cuanto una vez superado el riesgo de ser embargado por la Otredad, y alejados los peligros de una posible aculturación, los escritores marroquíes se convierten en portadores de valores pluriculturales pertenecientes a los pueblos que han habitado y habitan en ambas riberas, propiciando un "diálogo entre culturas" gracias a un idioma común, al lenguaje, que se transforma en eje central de la situación (habiendo pasado desde un plano de sujeto pasivo a ser sujeto activo), encontrándonos, en tal caso y como lo asevera Gil Grimau Benumeya (2002: 128), ante un fenómeno de similares características (aunque salvando las distancias históricas, geográficas y temporales) al de la literatura hispanoamericana. Por ende, "tendríamos que hablar de una literatura hispano-marroquí" que va más allá de la descripción del "Marruecos superficial y pintoresco", como ya lo anunciaba Guillermo Gustavino Gallent en 1955, con el afán de reaccionar contra ese cromo literario que consiste en "intentar adentrarse en lo marroquí hasta alcanzar más genuinas y profundas investigaciones" (299-304).

Desde un punto de vista comparativo, resulta revelador el estudio de Subha Xavier sobre la aplicación del concepto decimonónico de Welterliteratur de Goethe en el contexto de la *Littérature-monde* moderna francófona. Sin renunciar de manera tajante a las literaturas nacionales (2010a: 59), sino muy por el contrario, la literatura contemporánea está llamada a trascender el ámbito lingüístico y cultural de origen (60). Una manera de hacerlo es a través de la inserción e intersección de aquellas literaturas periféricas/marginales en el marco de aquellas literaturas y culturas que rechazan a las primeras. Para el caso, Xavier cita a Franco Moretti para resaltar no al desarrollo autónomo de la novela, sino al ensamblaje "formal" de la literatura de Occidente con "local materials" (se entiende desde la periferia) (60). Por el mismo derrotero, Xavier apunta a un modelo universal de cooperación humanista (62) con base en la negación hecha por Salman Rushdie en 1983 de reconocer una "literatura del Commonwealth", con todo lo segregacionista que esta última conlleva. Es así como el manifiesto escrito por Michel Le Bris y Jean Rouaud sobre la *Littérature-monde* de 2006 determina el final de la "Francophonie" y el nacimiento de una literatura mundial en francés (62). El manifiesto mencionado es sugerente para *¡Hay moros en la costa!* ya que incorpora hibridación, mestizaje, inmigración y la ausencia de un "centro regidor de una lengua, una cultura", a la vez que impulsa "the privilege of inhabiting two cultures and languages [como mínimo]" (63), motivo que auspicia una multiplicidad de experiencias y reconoce la fuerza del arte en medio del aparente "desorden de la vida" (63). Por su parte, "leer a través de naciones y lenguajes" es un reto que también implica el valor superlativo del arte de la traducción; así las traducciones navegan entre las distintas economías de mercado (infiero editorial). Las redes literarias exceden el ámbito de lo nacional y, sobre todo, obligan a pensar "más allá" (*beyond*) de las rúbricas coloniales y poscoloniales (64)

Ahora bien, tengamos en cuenta que la etapa poscolonial marroquí da inicio a una "retórica de denuncia" contra los nuevos patrones imperialistas de dominio, materializados con la irrupción del capitalismo y el estilo de vida occidental. Por ende, con la emigración moderna se comienza a pergeñar un tipo de literatura marroquí que, sin abandonar completamente la tradición elegíaca, el interés por contar una historia con hechos heroicos basados en la Historia, posee también mucho de testimonio, de crónica y de estudio sociológico. En este ámbito, la literatura marroquí escrita en las lenguas más habladas de la Península remite, siguiendo a Walter Mignolo, al espacio en el que las historias locales que están inventando y haciendo los diseños globales se encuentran con aquellas historias locales que los reciben; es el espacio en el que los diseños globales tienen que adaptarse e integrarse o en el que son adoptados, rechazados o ignorados (Mignolo 2000: 8).

"El paradigma otro" (Khatibi), gestado como relación dialógica y asimetría de poder desde el siglo XVI hasta nuestros días, es complementario a la transición paradigmática. Esta última emerge, en su diversidad, en y desde las perspectivas de las historias coloniales (criticando a la modernidad eurocéntrica desde la colonialidad periférica/desde el sur); en el conflicto entre las lenguas, los saberes y los sentires; pensando desde el dolor de la diferencia colonial sufrido por los "desheredados de la modernidad". Estos lugares (de historia, de memoria, de dolor, de lenguas, de saberes diversos) ya no son "lugares de estudio" sino "lugares de pensamiento" donde se genera pensamiento; donde se genera el "bilinguajeo" y las epistemologías fronterizas (Mignolo 2000: 22, 25, 27, 41, 53). Emergerá, pues, del análisis de la mayoría de los textos escogidos para la elaboración de *¡Hay moros en la costa!* la necesidad de integración de las diferencias más que de la marginación del otro más allá de las fronteras; así, el pensamiento fronterizo se convertirá en un "cosmopolitismo crítico" (Mignolo 2000: 35, 54), que trasvase el "orden natural" de los Estados-nación y de las respectivas lenguas "nacionales".[15] Azade Seyhan complementa y profundiza la idea de cosmopolitismo crítico:

> [W]ether writing in their native countries and languages or beyond the borders of their respective homelands in another language, such writers transform the literary work into a forum of "cosmopolitical claims" by challenging one –or two-dimensional representations of other selves, cultures, beliefs, practices [...]. Perhaps we have reached the point where we can leave behind the hyphenated designations of writers and see writers who –whether writing within or outside national boundaries– engage in conversations that transcend tribal, national, ethnic and cultural borders. This would make them transnational writers or writers with "cosmopolitical claims" [...]. Furthermore, if cosmopolitical claims imply an ethical imperative [...] [los escritores transnacionales] need to negotiate between artistic integrity and the pull of social conscience, between poetic sensibility and critical reason (2010: 14, 19).

[15] Amin Maalouf observa que "los 'fronterizos' que sean capaces de asumir plenamente su diversidad servirán de 'enlace' entre las diversas comunidades y culturas, y en cierto modo serán el 'aglutinante' de las sociedades en que viven. Por el contrario, los que no logren asumir esa diversidad figurarán entre los más virulentos de los que matan por la identidad, y se ensañarán con los que representan esa parte de sí mismos que querrían hacer olvidar" (1999: 44).

En este sentido, lo que plantean la mayoría de los textos analizados (especialmente a partir del capítulo II) es que el futuro de la sociedad marroquí no podrá surgir pura y exclusivamente del pensamiento de la modernidad europea, sino que tendrá que ser un trabajo conjunto donde el lado oscuro (explotado, dominado) entra decisivamente a participar en el conflicto y a diseñar el futuro (Mignolo 2000: 47). A nivel temático, la literatura de la migración marroquí representa las renegociaciones radicales de identidades personales y nacionales a través de "excavaciones arqueológicas" y "comunicaciones transversales" (Frank 2010: 52) que ponen de relieve la cualidad impura e híbrida de la identidad. A nivel formal, dicha literatura emana de "impurezas" lingüísticas y heteroglosia, perspectivas errabundas y voces foráneas y de formas narrativas y poéticas inclusas, multidimensionales y rizomáticas (Glissant 1992: 59, 66, 132-138).[16]

Un párrafo aparte obliga a precisar quiénes son los portadores del capital cultural en Marruecos que publican a autores marroquíes en castellano. Hay que especificar, asevera Mgara, que "la mayoría de las publicaciones en español editadas en Marruecos durante [1995 y 2005] fueron [subvencionadas] por asociaciones de tinte político o por Departamentos de Español de algunas universidades mientras que el resto fue costeado por los mismos autores" (2005: 24, 31). A esto se suma la menguada calidad de una gran parte de los textos impresos en castellano en el país magrebí. Algunos de los textos que citaré en los capítulos siguientes dan cuenta de un proceso editorial en el que no sólo sobresalen los errores ortográficos, sino yerros en la misma estructura gramatical y sintáctica de las oraciones; fallos, en la mayoría de los casos, que no pueden achacarse a los escritores solamente, sino a la casi nula aportación editorial en lo que a corrección de pruebas se refiere.

No quiero pasar por alto en esta introducción el inconmensurable aporte a *¡Hay moros!* de la cultura amazigh (plural, imazighen; lengua, tamazight). Si

---

[16] Pultz Moslund resume la naturaleza rizomática de los textos de la migración: "Bakhtin speaks of 'linguistic homelessnes' [...] a cacophony of voices and languages, as a decentred heteroglossia, and Deleuze's poetics accumulate and entire vocabulary of geographical and migratory terms, such as root-networks, nomads, movement, speed and lines of flight, territories and borders, in-betweennesses and multiplicities [...]. True literature [...] is 'rhizomatic' literature [...]. Minor literature is rhizomatic. It involves a linguistic deviance, an impoverished vocabulary, and improper use of grammar, an unadorned, minimalistic style, which turns it into a sign machine that avoids closure, that keeps pushing language to its limits, breaking down signification and multiplying meaning potentials. Minor literature is thus supposed to radically disrupt the purity and homogenising unity of major cultures" (2010: 7-8).

bien me explayaré con respecto a la literatura amazigh en catalán en el último capítulo de este libro, quisiera dar aquí un pequeño bosquejo sobre la literatura amazigh-rifeña en castellano (periodismo, novela, poesía, crítica literaria, teatro y cuentos). Para ello me apoyo en el libro escrito y autopublicado por Mohamed Toufali (hermano de Karima Toufali, mencionada en el capítulo III): *Escritores rifeños contemporáneos* (véase también el epílogo titulado "Breve reflexión sobre la escritura en el Rif y en Marruecos", 113-115). La política oficial del nacionalismo marroquí ha intentado contraponer al idioma del "protector" su idioma árabe, que considera original, en detrimento del idioma tamazight de estructura oral y sin escritura tradicional (se "ha inventado" el tifinagh con caracteres latinos). Durante el Protectorado se empezaron a publicar una serie de periódicos y revistas locales que atrajeron a algunos escritores y periodistas marroquíes. Algunos de ellos eran bilingües o añadían una sección en árabe (como la sección que editaba el líder de la resistencia rifeña contra la administración colonial Mohamed Abdelkrim el Khattabi en el *Telegrama de Melilla* de 1919). En estas publicaciones se ofrecía más poesía que prosa. Algunos de los escritores precursores de esta literatura en castellano de la zona del Rif son Abdelkader Uariachi y Mohamed Temsamani, entre otros.[17]

Los rifeños han tenido siempre cierta ambivalencia lingüística con todo idioma vecino o dominante (latín, árabe, francés o castellano) que ha competi-

[17] Si bien me referiré a esta cultura del norte de Marruecos utilizando siempre la palabra amazigh, se debe tener en cuenta que los pueblos imazighen también son mencionados en distintos estudios como "beréberes". Los imazighen no sólo se encuentran en la región rifeña-nororiental del Magreb (Irifiyen, singular, Arifi; el geolecto hablado por los rifeños es el tafirit), sino que se encuentran esparcidos en subgrupos por toda la geografía de Marruecos: imazighen de la zona central y sur oriental, Ishelhiym (singular, Ashelhi) de la región sur occidental de Shluh o Swasa (singular, Susi). Hoy representan el 40% de la población de Marruecos y el 30% de la población de Argelia. Los imazighen se esparcen por extensos territorios de Argelia (particularmente en la Gran Kabilia y en la Pequeña Kabilia), Tuareg al sur del Sahara, Malí y Níger. Algunos antropólogos y lingüistas advierten que el uso del alfabeto imazighen, el Tifinagh, data del siglo II de la era cristiana. Sin embargo, lo cierto es que el uso del tifinagh se perdió posteriormente en casi todos los territorios tamazhightófonos, siendo mantenido únicamente por los tuareg para transcribir su idioma, el tamasheq. A finales del siglo XX varias instituciones culturales imazighen han recuperado y reformado el tifinagh para transcribir diferentes variantes de lengua tamazight que carecían hasta hoy de norma escrita. Los imazighen fueron colonizados desde el año 3000 a. de C. hasta el siglo VII de la era cristiana por egipcios, griegos, romanos y árabes; españoles, portugueses y turcos se lanzaron a su conquista hasta el siglo XVIII. En los siglos XIX y XX fueron sometidos por franceses y españoles.

do con el tamazight de alguna forma u otra. Con el idioma árabe la solución era y es siempre muy fácil: hay que aceptarlo puesto que es el idioma de la religión musulmana. El castellano es considerado como el idioma de un extranjero, no musulmán y "colonialista", por lo tanto existe alguna renuencia a aceptarlo, salvo aquellos rifeños que han nacido o que viven en Melilla. Como los rifeños no han podido desarrollar su idioma ni han podido escribirlo, para los que habían adquirido una educación española, poder utilizar el castellano y expresar en la escritura sentimientos y pensamientos que su idioma "materno" no les podía ofrecer representó una buena oportunidad para realizar las tareas más básicas como, por ejemplo, entablar relaciones comerciales con los españoles. De la misma manera, con la adquisición de la lengua se constituye un movimiento cultural que, basándose en el castellano, produce una literatura con tonos especiales y tocando temas relacionados con la sociedad rifeña. La literatura rifeña, por ende, demuestra la compatibilidad entre la oralidad y la escritura, y despega la barrera que podría separar a la cultura materna oral de la cultura escrita de la escuela: cuentos maravillosos, chistosos, mitos fabulosos, niños avispados y maliciosos, fábulas con un cariz moral y moraleja final y toda una órbita no cotidiana de sucesos, universo de genios, hadas, seres extraordinarios y bullentes de imaginación (Merino 2002: 117, 119).

Me permito concluir esta introducción con la siguiente afirmación: la literatura marroquí en castellano y en catalán no sólo ayuda a preservar ambas lenguas, sino que también se produce, gracias a la aportación de los inmigrantes y de los escritores africanos que residen allende el Mediterráneo, un renacimiento de la literatura en ambas lenguas. Un renacimiento de la lengua y literatura que han llevado a cabo desde finales de los años sesenta el grupo Souffles en Marruecos, aunque con el francés, y en los años ochenta del siglo pasado escritoras y escritores de Guinea Ecuatorial, por poner un ejemplo. Son estos nuevos escritores guineanos y/o marroquíes los que han de dar un nuevo aire saludable a dos de las literaturas más prolíficas de la Península Ibérica.

Poesía y narrativa social e independentista escrita en castellano

En una antología titulada *Del fuego y de la luna y otros poemas* (1990), Jacinto López Gorgé consigna que Sabbag no sólo irrumpía en el amplio mundo de la poesía árabe con su primer poemario titulado *Aroma ardiente* en el año 1953 (prologado por el renombrado Bulus Salama), sino que, a partir de entonces y desde las revistas hispano-árabes *Al-Motamid* y *Ketama*, publicadas en Tetuán, comenzaba a ser conocido y muy estimado por poetas y críticos españoles "gracias a las *traducciones que de sus poemas se hicieron en estas dos publicaciones*" (López Gorgé 1990: 10; énfasis añadido). Según López Gorgé, el traductor al castellano de los poemas de Sabbag reproducidos en *Al-Motamid* en 1953 habría sido Mohamed Ibn Azzuz Hakim. Sin embargo, posteriormente, López Gorgé indica que Sabbag traducía tanto del castellano al árabe como del árabe al castellano, "ayudado a veces por mí en la versión final de estas últimas traducciones" (11).[1] Sus propios poemas fueron "traducidos al español por él mismo o por Abdelatif Jatib, ayudándoles, a veces, en la versión castellana definitiva, Trina Mercader, Pío Gómez Nisa, Dora Bacaicoa o yo [López Gorgé]" (13), y publicados en revistas de Madrid, Málaga, Córdoba, Santander, Mallorca y Cádiz. No es claro López Gorgé con respecto a la posible traducción propia o ajena que hace Sabbag de *El árbol de fuego* (1956, prólogo de Vicente Aleixandre), aunque deja intuir que el tetuaní habría recibido ayuda en la versión final en castellano (16-17).[2] Por su parte, es también ambigua la referencia

---

[1] "Tradujo poemas inéditos de [Vicente Aleixandre,] Gerardo Diego, Jorge Guillén, Luis Cernuda, Dámaso Alonso, Adriano del Valle y otros significativos poetas de generaciones posteriores [...]. Él es quien fue acercándonos, de una manera global y pormenorizada, a la gran poesía árabe del Novecientos, escasamente conocida en España" (López Gorgé 1990: 11).

[2] Comenta Pío Gómez Nisa al momento de la publicación de *El árbol de fuego* que Sabbag conoce profundamente "nuestra poesía mejor [la española] y ha sabido aprovechar de ella muchas facetas". De ello da idea la "traducción al castellano hecha por él y Trina Mercader [...]. Trabajo esperanzador y verdadero que anticipa los frutos cosechables de una más intensa colaboración hispano-árabe, que intercambie una y otra poesía" (Gómez Nisa 1954: 9).

a la "traducción" de *La luna y yo* (1956, prólogo de Gerardo Diego), ya que si bien primero dice que "fue hecha por la arabista y colaboradora barcelonesa [de Sabbag], Leonor Martínez Martín" (17), luego observa que la traducción fue hecha por ambos, Sabbag y Martínez Martín, "en colaboración" (19).

Frantz Fanon reconoce tres fases de evolución en los escritores colonizados. En la primera, el intelectual colonizado prueba que ha asimilado la cultura del ocupante. En un segundo momento el colonizado se estremece y decide recordar viejos episodios de la infancia. Por último, en el tercer periodo, el de la lucha, va a "sacudir al pueblo". En vez de favorecer el letargo del pueblo, el escritor se transforma en el que despierta al pueblo (Fanon 1971: 202-203). Comenzaré este capítulo con la poesía social de Mohammad Sabbag como hilo conductor entre la literatura que se produce durante el Protectorado y lo que surge tras la Independencia de 1956. Sin duda, como ya lo mencionaba en la introducción, y no sólo por el mero hecho de haber publicado en castellano, sino por su compromiso con un pueblo dolorido y vejado por el colonialismo, es el de Mohammad Sabbag un ejemplo cimero del hispanismo literario sólido en Marruecos. Abderrahman Chergui opina no saber a ciencia cierta qué llevó a Sabbag a publicar sus "divanes" en castellano antes que en árabe, pero que la "rebeldía" poética del tetuaní (Aleixandre 1954), entendida en el hecho de escribir poemas en prosa –hecho sumamente inusual en la poesía árabe, en la que se consideraba una herejía apartarse de las pautas que marcaron los poetas preislámicos–, se debe a la gran influencia de la obra del poeta libanés Jubran Khalil Jubran (que muere en 1931), por quien Sabbag sentía una gran admiración (Chergui 1981: 139).[3]

Cierto es también que la poesía de Sabbag responde a lo que Fernández Parrilla atinadamente considera la "reivindicación de la *Nahda* marroquí", un estado de "ebullición política y cultural [proveniente del] Oriente árabe", en el que se enmarca un "proceso de mezcla de reacción contra el colonialismo y de renacimiento cultural" (2006: 18). Con origen en la *Nahda* decimonónica, en

---

[3] El también gran renovador Mijail Naima proclamaba en los años treinta: "¡Feliz aquel día en que oigamos a nuestros poetas cantar al son de las notas que le dicten sus corazones, y que muevan sus almas! Sin sentirse atados por las exigencias de la rima y el metro [...]. ¡Y feliz el día en que enterremos la rima en el polvo de la Historia, abriendo a nuestros poetas el ámbito de la imaginación, y de la libertad de expresión! (Chergui 1981: 140). Por otro lado, cabe constatar que Jacinto López Gorgé dice que *El árbol de fuego* sí fue publicado antes en castellano que en árabe, pero no es el caso de *La luna y yo* (1990: 17).

la que el país magrebí entra en contacto por primera vez con el colonialismo europeo debido a la batalla de Isly contra los franceses en 1844 y, luego, con la ocupación española de Tetuán por parte de las tropas del general O'Donell en 1860, el movimiento reivindicativo, que posee sus orígenes en la reforma religiosa denominada *Salafiyya*, hace enfrentar de manera intempestiva a "Marruecos [con] la modernidad" (Fernández Parrilla 2006: 18).[4] El proceso de regeneración cultural presenta claros tintes políticos, de tal manera que a partir del *Dahír Beréber* de 1930 se catapulta "una copiosa actividad intelectual, cultural y literaria" (ibíd.: 19).[5] No es en vano, por ende, que en el marco de la actividad de Sabbag dentro del Movimiento Nacional (*al haraka al-wataniyya*) se le eleve a la categoría de protagonista fundamental de las alteraciones en el sistema tradicional de poetizar en Marruecos y, también, gestor del desarrollo de la prensa y las revistas culturales de los años cincuenta hacia adelante, siendo estas últimas los órganos principales que impulsan una nueva conciencia *engagée*, germen de la literatura marroquí moderna.[6]

El tetuaní es un poeta que, como opina Jacinto López Gorgé, sin hacer alusiones explícitas a un Marruecos que clama y lucha por su libertad, posee efec-

---

[4] El reformismo religioso de la *Salafiyya* en Marruecos abarca desde finales del siglo XVIII hasta mediados del siglo XX. Junto a otras particularidades, la *Salafiyya* incorporó la lucha contra el colonialismo. La *Nahda*, cuyo nombre se desprende de *Salafiyya nahdawiyya*, es una de las dos orientaciones de la *Salafiyya* y se concentra en una visión sociocultural del presente; la otra variante es la *Salafiyya wahhabiyya* que recrea hechos del pasado en pos de un rechazo de las innovaciones religiosas y un combate contra las desviaciones de la ortodoxia de las cofradías sufíes. Durante los primeros años del Protectorado, ambas *Salafiyyas* se fundieron con el incipiente nacionalismo dando lugar a una variante específicamente marroquí en la que se entremezclan todos los ideales antes mencionados. Dicha variante se llama *Salafiyya al-yadida* o neo-*Salafiyya* (Fernández Parrilla 2006: 31, 33).

[5] El *Dahír Beréber* fue ideado por las autoridades francesas como intento de sustraer a los imazighen de la ley islámica y someterlos al derecho consuetudinario amazigh. Además de las consecuencias políticas que trajo consigo la promulgación, se ha señalado que el "dahír beréber" supuso la reivindicación de la lengua árabe como seña identitaria.

[6] A sólo cuatro años de la primera publicación en castellano de *El árbol de fuego*, Pío Gómez Nisa subrayaba el rol renovador de Sabbag con visos claramente paternalistas. Gómez Nisa no divisaba en el ámbito "musulmán" una renovación en las letras y depositaba su confianza, entre otras cosas, a "una mínima convivencia entre el poeta musulmán y el español" que motivaría "un intercambio de ideas siempre beneficioso" (Gómez Nisa 1950: 15). Véanse también Mercader (1950b) y Fernández (1951). Francisco Salgueiro apostaría en esos mismos años por una poesía "hispanomarroquí" no creada por "peninsulares más o menos de paso, que sólo cantan su geografía [la de Marruecos] y su espíritu" sino a "auténticos poetas marroquíes" (1952: 14).

tivamente "un tono de rebeldía latente que alude a su nación y a su pueblo; [creando] un alto clima de poesía no política, pero sí social y testimonial" (1998: 46). López Gorgé se hace eco del arabista José Ángel Valente, quien asevera que la "poesía tensa, vibrante" de Sabbag,

> conjuga su personal pasión con el sentimiento de solidaridad hacia su pueblo, cuya tragedia hace suya [...]. El libro de Sabbag [se refiere a *El árbol de fuego*] puede ofrecer una *nítida lección a muchos protagonistas peninsulares* de una poesía social parcial y falsificada desde el remoquete a los resultados (cit. por López Gorgé 1998: 47; *Del fuego y de la luna* 15; énfasis añadido).

Vicente Aleixandre no escatima elogios para el poeta tetuaní al aseverar que la poesía de Mohammad Sabbag tiene "un perfume ancestral, con una emanación desprendida de un corazón de hoy [...]. En medio de su pueblo eleva unos cantos inconfundibles, donde hay tanto de pasión propia, coloreada y patética, como de alcanzados acentos de iluminada solidaridad" (Aleixandre 1953: 2-3; 1954: 47). Sabbag responde en los mismos términos al futuro Nobel español: "Aleixandre [...] visitó Tetuán hace dos años [...]. [A]penas si me separaba de él, *tratando de asimilar* sus ideas en torno a las escuelas poéticas españolas, la clásica y la moderna" (Aleixandre 1953: 2-3; énfasis añadido).

El árbol de fuego abre con una cita de Leónidas Andreiev: "Cuando sufre el alma de un gran pueblo, toda la vida está perturbada, los espíritus vivos se agitan, y los que tienen un noble corazón inmaculado van al sacrificio" (7). Por ese camino va la noble intención socializante del por entonces joven poeta Mohammed Sabbag, lleno de pujante ardor que nutre a su verso de una enorme y belicosa tensión vital, tal como lo podemos constatar en el primer poema de su primer libro en castellano:

Mi cosecha

Hay gentes
que siembran sus sueños en el invierno
para que florezcan en la primavera.

Hay otras
que siembran sus sueños en el verano
para que nazcan al salir el sol.

Pero yo siembro mis pensamientos
en el otoño, entre las ascuas,
para recogerlos del fuego con mis dientes.
(*El árbol de fuego* 9)

Hace más de una década el escritor y filólogo marroquí en lengua castellana, Ahmed El Gamoun, se preguntaba si podemos, en el caso español, decir a modo de Driss El Khouri (escritor marroquí) "mon écriture c'est mon exil" (El Gamoun 2004a: 153).[7] Un claro ejemplo de lo expresado por El Gamoun lo encontramos en el poema "El loco" de Sabbag:

En los primeros diez años de mi vida
dibujé con tiza sobre mi traje escolar:
"Mi patria es mi canción". Y seguí cantando.
Pasaron los días,
vino el aire y lo borró.

En los segundos diez años de mi vida
escribí sobre mi libro:
"Vuestra patria, mi patria,
se durmió en vuestros brazos".

Y pasan mis compatriotas
y dicen burlándose de mí:
"¡[É]ste es el loco! ¡Apartaos de él!"
(*El árbol de fuego* 11)

Este poema nos remite tangencialmente a lo expresado por Abdelkebir Khatibi en *Magreb pluriel* (179) –que El Gamoun recoge, aunque no para referirse a la poesía de Sabbag–, por la posición estratégica de la voz poética entre dos continentes, por la variedad étnica de Marruecos y su peculiaridad histórica, en tanto y en cuanto también se refiere a la raigambre pluricultural y multilingüe del país norteafricano: árabe, idioma oficial; francés, "administrativo y de la élite, real o ficticia", "el bereber [*sic*], desplazando a ambos por el número de parlantes"; y "restos del castellano en el Norte" (Chergui 1981: XVII). A lo que

[7] El Gamoun no menciona a El Khouri. La referencia la obtuve de Chergui (1981: XXVIII), al que cita continuamente El Gamoun en su artículo.

apunta Sabbag es a situar su lucha en el plano de la legitimidad, aporta pruebas, acepta desnudar su pensamiento otrora colonizado para exhibir mejor la historia de su vida para luego sumergirse en las entrañas de su pueblo. Ahora bien, para realizar esa sumersión en su pueblo, decide librar combate a las mentiras colonialistas y darle trascendencia más allá de las fronteras de Marruecos, lanzando su grito/verso a escala universal. De esta forma, consolida la reivindicación del hombre de cultura del país colonizado, y lo hace, como apunta Fanon para el caso de los árabes, de manera "sincrética, continental y universalista" (1971: 195, 213-214). En gran medida, también la creación literaria marroquí que surge tras la *Nahda* bebe de fuentes árabes como europeas (Fernández Parrilla 2006: 23, 34). En este sentido, tanto el poema "Mi cosecha" como "El loco" invitarían a dar cuenta, junto a Jean-Paul Sartre y Frantz Fanon, de la toma de conciencia por parte del poeta acerca de su "perniciosa" y "falsificada" formación occidental, para luego consubstanciarse con el drama de su pueblo oprimido y reprochar su propia (la del poeta) "inhumanidad" (Fanon 1971: 7-8, 15, 214). Sin embargo, en los versos de Sabbag no hay una negación radical del "falso burgués" que ha hecho el europeo de él. En su afán de "reintegrarse" a su pueblo como intelectual y poeta existe sólo un hálito de la violencia irreprimible, tal como la describe Fanon. Este hecho, por un lado, habla a las claras de la transición más bien moderada del pueblo marroquí hacia la independencia. Por otro lado, y sin soslayar el lema "dividir para vencer" (obvio en el "Apartaos de él" de sus conciudadanos), da a entender cómo el europeo ha fomentado las oposiciones en el forjamiento de clases y racismos; estratificación de las sociedades otrora colonizadas que al día de hoy, a casi sesenta años de la independencia y debido a que el ejercicio del poder ha pasado de la fuerzas coloniales a una burguesía autóctona mentalmente colonizada, sigue siendo el maleficio que el país magrebí carga sobre sus hombros.

Por otra parte, El Gamoun observa que la situación lingüística de Marruecos fue formulada de manera pertinente e ingeniosa por Hassan II al comparar a Marruecos con un árbol que tiene sus raíces en África y las ramas que respiran en Europa, lo cual rechaza tajantemente el concepto de una cultura nacional monolítica, ya que no existe una cultura andrógena que se autocopule (El Gamoun 2004a: 153). La opción de escribir en castellano se hace consciente y deliberadamente, hecho que lleva ineluctablemente al escritor marroquí de expresión castellana a observar qué tipo de relación tendrá con la cultura a la que pertenece la lengua elegida, es decir, asumida como "medio de expresión" de un imaginario que le es ajeno. Naturalmente, sigue El Gamoun, esta relación puede ser conflictiva o, en cambio, puede efectuarse dentro de un clima de armonía y de aceptación (2004a: 154). Ahora bien, si la relación es de lengua extranjera-escritura como alienación, la lengua extranjera adoptada en la escritura mantiene una visión estereotipada y caricatural frente a la lengua de origen, como fruto de un estrecho etnocentrismo. En esta situación, la actitud del escritor se considera negativa cuando es acrítica y refuerza la dependencia ideológica y cultural con la lengua adoptada. Evidentemente, ése no es el caso de Mohammed Sabbag, como podemos observar en el poema "Os dejo mi corazón":

> Así como el huracán habla en su idioma
> a los altos árboles y a las florecillas;
> del mismo modo que el sol viste con sus rayos
> la inmensidad de los campos,
> las quebradas y los abismos,
> mirad: sobre el espino
> el corazón de la amapola;
> en el cielo, una inmóvil bandada
> de palomas mensajeras;
> en los nidos, plumas de distintos colores;
> y en el seno materno
> pueblos y naciones nonatas.
>
> ¿A qu[é] me pregunt[á]is
> por el odio, hermanos míos?
>
> Ya os dejé en lo más alto mis labios ardientes;
> mi entraña destrozada por el lago;
> y en la orilla, palpitando, jirones de mi piel.
>
> Muero en el umbral de vuestra patria.
> La espada de vuestras generaciones
> descansa sobre mi cuello
> y el látigo de vuestros años me flagela.
>
> Muero bajo vuestros pies
> para vivir en vuestras lenguas,
> para mezclarme al hielo invernal
> y brotar en la primavera
> hecho capullo de vuestras flores.

Las hojas de los árboles se marchitan,
pero sus semillas son
el inextinguible eco de la tierra.

El corazón me invade
mientras me contempl[á]is,
ahora que lentamente me apago
y vuestros cuerpos crecen ante mis ojos.
(*El árbol de fuego* 19-20)

Si bien la descolonización es casi siempre un fenómeno violento contra el colonizador y contra aquellos autóctonos burgueses que reivindican en mayor o menor grado la mentalidad colonizadora, en la poesía de Sabbag jamás veremos algún tipo de abstracción de la cultura nacional (de origen), considerando la otra que nos brinda la lengua extranjera como paradigma de riqueza, belleza o como modelo absoluto e insustituible digno de imitación. Muy por el contrario, y consecuente con el reclamo de unión contra todas las discordias y particularismos de los marroquíes, y/o renunciando a las abstractas formulaciones de universalidad que imponen los europeos, en la poesía de Sabbag observamos una relación lengua extranjera-escritura como enriquecimiento, o más bien, poesía extranjera (en este caso española, pero también la siro-libanesa y, particularmente, la siro-americana, como hemos mencionado) que sirve tanto para entablar un diálogo de iguales con la intelectualidad europea como para fustigar la supremacía de los valores narcisistas del Viejo Continente. Por este derrotero, sin llegar a adoptar una actitud abiertamente crítica con respecto a la lengua extranjera que maneja, sí se ve una actitud de censura contra los procesos colonialistas al que es sometido Marruecos, denunciando la actitud déspota del colono/"protector" y su violencia desplegada. Leamos, como poema paradigmático de este caso, "Exilio":

[...]
Venid. Venid que el llamamiento
lo dirijo a vosotros;
a vosotros, oh mis hermanos del dolor,
hijos del fuego
que una sangre amarilla os acrecienta.

[...]

Venid vosotros todos a mi pecho,
que os espero en el monte y mis huellas os llaman.
Los cuervos y los buitres
nublan el cielo de vuestra nación
y el frenético sol clava su garra
en vuestra entraña.

No soy Nerón, que incendió la ciudad
de vino y carcajadas;
ni Napoleón
[...]

No soy Noé
[...]

Pero si pregunt[á]is por mí, oh marroquíes,
responderé que soy vuestro hermano,
el huérfano, el desconocido;
aquel que con sus dientes desgarra su corazón
y cuyo dedo es el hito de vuestros caminos.

Sus huesos son las piedras
de vuestra joven nación
y sus venas ríos de vuestros valles.

Sólo soy el sudor de vuestros labradores,
la espiga de vuestras eras,
la espuma de vuestros manantiales
y la nieve de vuestras montañas.

Cuánto tiempo necesitó mi alma
para reconocerlo. [...]
(*El árbol de fuego* 35-36)

En torno a las huellas que delinea la voz poética podríamos atisbar el eco del "grito del mundo" que lanza Édouard Glissant en *Tratado del todo-mundo* (2006: 19-34); huella que pone al poeta en "Relación" y que reside en el hecho de no limitarse a los estrechamientos del sistema normativo de Occidente para "ser uno mismo, pero derivado al otro" (ibíd.: 22-23); práctica de la derivación o desvío que no es ni huida ni renuncia. De allí que Sabbag adapta su poesía al imaginario colectivo de su grupo y lo marca con el sello inconfundible de su cultura. "A este nivel se puede hablar de la 'identidad' de una literatura", continúa El Gamoun (2004a: 155). En la misma línea, Abderrahman Chergui advierte que "la literatura exige una 'patria', ésta no sólo en el sentido de un medio de desarrollo, sino también en el de una fuente de emanación que le confiera una identidad propia" (1981: XVII). Por su parte, Abdallah Mdarhri Alaoui subraya que los escritores magrebíes que escriben en lengua extranjera pueden contribuir a la literatura mundial una fuerte impronta magrebí a través de su vocación de pasar de una cultura a la otra (1991: 17). La originalidad de un texto depende del grado de la dinámica que rige la interacción y el diálogo entre la lengua materna y la lengua de escritura. Cuando se elige una lengua extranjera como forma de expresión literaria, la otra lengua no está ausente, porque, como lo observa Khatibi, la lengua materna y la lengua extranjera se enfrascan en una traducción permanente. Es como una subversión consciente o inconsciente de una lengua a la otra (Khatibi 1983: 7-9). Esta "traducción mutua" es un indicio de la insubordinación del imaginario de cada lengua para ser asimilado totalmente por la lengua "aleatoria", lo cual puede constituir la fuerza y la originalidad de una escritura y preservarla del proceso asimilador y servil de la alienación (El Gamoun 2004a: 156).

Prosigue El Gamoun con su análisis de la literatura marroquí y asevera que ésta se encuentra frente a dos modelos: una literatura nacional de expresión árabe, de tradición secular, y una literatura de expresión francesa, de herencia colonial (ibíd.); sin embargo, olvida en este caso a la literatura española, como es evidente en la poesía de Mohammad Sabbag. Cada una de estas tres literaturas ha conocido un ritmo evolutivo diferente de la otra. En una breve pincelada, podemos decir que la literatura árabe posee una etapa precolonial, de orientación nacionalista, en la que la actividad literaria se ha considerado como una forma de liberación nacional. La literatura de esta etapa es de carácter didáctico, moralizador, investigador a veces, y el interés está centrado en lo que se dice, el fondo, para comunicarlo al máximo de los lectores. Como ejemplo, he aquí "Seno herido":

> Si mi pueblo existiera
> mi madre no me hubiese concebido.
>
> Pero broté de sus más honda oscuridad
> como el rayo de luz en la mañana.

Desde sus agarrotadas gargantas
arrebaté mi lengua.

Y mi lanza
desde las ligaduras de sus manos.

Desde su abandono
conocí la inquietud y la audacia.

Y desde su ignorancia, la sabiduría.

¡Desgraciado de mí, ay, pueblo mío!

De lajas se construyen las tumbas
y los palacios.

La mano que borda las suntuosas vestiduras
es la misma que teje el sudario.

Y el clavo que afianza el trono de la novia
también clava el ataúd.

Oh, pueblo, eres ante mis ojos
ataúd, sudario, laja, debilitada mano.

Mas no esperes que me conmueva
tu extremada debilidad.

La lágrima que resbala hiriendo mi mejilla
cae sobre ti y te quema.
(*El árbol de fuego* 13-14)

En este poema se resume la tragedia, en su acepción espantosa, como sentimiento alienante más adecuado y capaz de expresar con fidelidad el contenido de la anómala relación que une al poeta con las estructuras coloniales existentes; dicha tragedia es la única que puede cristalizar la dimensión de odio y rechazo que alberga Sabbag hacia la realidad social. Sin embargo, no será la poesía, y mucho menos la novela o el cuento, el género que haya ostentado el nivel técnico consonante con el resto del mundo árabe y con la moderna literatura europea que muchos autores conocen e imitan. La entrega de los intelectuales a la lucha por la identidad histórica da lugar a la mencionada *Salafyyia*, que incitaba a luchar en nombre de la religión, factor de gran raigambre en Marruecos. Junto a este grupo tradicionalista, por así decirlo, existía otra de carácter literario que mostró interés por la narrativa periodística (el artículo periodístico), que alcanzó niveles de perfección poco comunes y que todavía sigue vigente, vaya el caso de Rachid Nini.

También, en esta primera etapa, la de los pioneros que precede inmediatamente a la independencia, se caracteriza hacia una propensión a lo exótico, lo etnográfico, brindando una serie de imágenes pintorescas y estereotipadas que no distan de la visión colonial. La segunda generación corresponde, según Marc Gontard (1981: 11), a la aparición de la revista *Souffles*, animada por un grupo de jóvenes progresistas de inspiración marxista-leninista, que conciben la escritura como toda forma de acción contra las diversas maneras de opresión, particularmente aquéllas emanadas del "desilusionante" proceso independentista: "*Souffles* [...] posed questions of national culture, popular culture, linguistic alienation, Eurocentrism and, on a more general level, the problematics of decolonization" (Wolf 1992: 32). La distinción ideológica entre una literatura reaccionaria y otra progresista ya no se limita al contenido sino a la forma. En cuanto a la lengua, los componentes de Souffles (entre los que se encontraba Khatibi), decidieron seguir escribiendo en francés ya que ellos "considered the political crisis at hand to be more important [que la elección de la lengua de expresión]" (ibíd.: 34). Se debe recordar también que todavía a mediados de los años sesenta del siglo pasado no se habían establecido las reglas de un árabe-marroquí escrito. Así explicaba la decisión de escribir en francés otro importante miembro del grupo Souffles, Abdellatif Laâbi: "A poet's language is, first of all, 'his own language'; the one he creates and elaborates within linguistic chaos. It is also the way he repatterns the topoi of dynamic worlds coexisting within himself" (ibíd.).

Concluyo así este apartado sobre Sabbag con una cita del poeta extraída de una entrevista que le realizara Jacinto López Gorgé en *La Estafeta Literaria* (Madrid) con motivo de la salida de su nuevo poemario, *Cascada de los leones* (1956), esta vez publicado solamente en árabe. En la entrevista, declaraba Sabbag:

> *Cascada de los leones* es mi libro más importante y, en cuanto a su significación, creo que, por ser la historia poemática de la independencia marroquí, ha de alcanzar

> en el futuro una trascendencia que ya anunciaron algunos críticos y publicaciones árabes en Marruecos [...]. Marruecos es un país viejo y nuevo al mismo tiempo y se encuentra en inmejorables condiciones para producir una poesía y una literatura nacionales (López Gorgé 1990: 20).

Y razón no le faltaba a Sabbag; quizás por eso, irónicamente o a propósito del retiro de España de Marruecos, el libro nunca se tradujo al castellano, llegando a publicarse en *Ketama* sólo tres poemas: "Yo soy la libertad", "Cuerdas de fuego" (transcrito anteriormente en este capítulo) y "Un huracán en un momento" (todos traducidos por Leonor Martínez Martín). Lo que nos queda de la poesía de Sabbag, más allá de su sentido de fraternidad con su pueblo, de su nacionalismo y por ser oficialmente el primer poeta marroquí completamente bilingüe, es la idea moderna de abrazar los tropos históricos de migración de una lengua a la otra, como de pensamientos "orientales" a "occidentales", para que sus textos sirvan de guía a los escritores que han vivido y escrito sobre la emigración moderna y que conforman el corpus más extenso de *¡Hay moros en la costa!*

Azzuz Hakim: "el desorientador" y la narrativa cómplice de la explotación colonial

Si durante los años cincuenta, sesenta y setenta del siglo pasado el poema y el relato breve conocieron una amplia difusión y una fuerte presencia en Marruecos fue debido a la facilidad de publicación en periódicos y revistas, captando los giros y las tensiones sociales. Por su parte, la producción local se limita primero y esencialmente a la poesía. Después se abordan novelas, cuentos y ensayos. A partir de los años ochenta será la novela la que registrará un importante desarrollo y una notable mayor acogida por parte del lector, de la crítica y de la enseñanza. ¿Dónde colocar, entonces, la producción prosística de Mohamed Ibn Azzuz Hakim de los años cincuenta? Como bien apuntan Abdelhamid Akkar y Gonzalo Fernández Parrilla, la novela magrebí nace y se desarrolla en relación con la novela del oriente árabe. Su evolución es experimentada por formas de expresión seudonovelísticas como el relato histórico y la autobiografía. Ambos aparecieron como respuesta a las transformaciones vividas en Marruecos por la prosa literaria y de autor durante la primera mitad del siglo XX, inspirándose al principio en los moldes de las *maqamat* (prosa taimada de corte picaresco) y la *rihla* (libro de viajes), empleados como expresión del cambio de los tiempos y los valores, pasando luego por las reflexiones y los relatos de leyendas y crónicas, para llegar, por último, al relato breve y la novela. Lo anterior no quiere decir que la *rihla* haya sido en absoluto la única modalidad precursora de la novela marroquí (Fernández Parrilla 2006: 25; Wolf 1992: 36).

Mohamed Ibn Azzuz Hakim escribió casi toda su obra en castellano: libros de historia, relaciones diplomáticas hispano-marroquíes, lexicología dialectal, refranes populares, mitos, folclore, cocina, vestuario y costumbres marroquíes.[8] Para Azzuz Hakim, el castellano "representa en Marruecos una lengua tan indispensable como el árabe" (1953: 22). Este historiador va aún más lejos para afirmar que entre los españoles y marroquíes sólo hay "diferencias del traje" y que los dos pueblos "tienen la misma mentalidad y la misma paralela personalidad psicológica" (ibíd.). Habría que entender que este excesivo esfuerzo de encontrar un parentesco entre ambos países remite a una manifestación fogosa y arrebatada de un intelectual identificado con el franquismo. Como corolario de esta carta de presentación de Azzuz Hakim deberíamos decir que en 1993 la hoy disuelta Asociación de Hispanistas Marroquíes le designa "el padre del hispanismo marroquí" (1997a: 4). Según el mismo autor,

> existe un deliberado interés en que la obra acometida por mí sea silenciada por los "conspiradores del silencio" contra el Norte, ya que con mis publicaciones documentadas saco a relucir verdades que ponen de manifiesto y descubren muchas cosas que nadie quiere que sepan las generaciones actuales y venideras (1997a: 4).

Veremos en las siguientes páginas hasta qué punto tienen asidero las aseveraciones de Azzuz Hakim.

---

[8] Destacan *Epítome de historia de Marruecos* (Madrid, 1949), *Compendio de los pactos internacionales de Marruecos* (Tetuán, 1949), *Viaje por Andalucía* (Tetuán, 1949), *Historia de Tetuán de R'honi* (Tetuán, 1953), *Glosario de voces españolas en el árabe marroquí* (Madrid, 1953), *Refranero marroquí* (Madrid, 1954), *Pensamientos y máximas de al-Maxdub* (Madrid, 1955), *Cuentos populares marroquíes* (Madrid, 1955), *Historia de Marruecos hasta la dominación almorávide* (Madrid, 1955), *Diccionario de supersticiones y mitos marroquíes* (Madrid, 1955), *Pactos internacionales de Marruecos* (Madrid, 1955), *Folklore infantil de Gumara Hayla* (Madrid, 1956), *Breve historia de la literatura marroquí* (Ceuta, 1957), *Embajada marroquí en el Vaticano* (Madrid, 1957), *La prensa árabe del norte de Marruecos* (Tetuán, 1961), *Que por la rosa roja corrió mi sangre* (en colaboración con Rodolfo Gil Grimau, Madrid, 1977), *El socialismo español y el nacionalismo marroquí de 1900 a 1939* (Tetuán, 1978), *Mohammad V frente al Protectorado* (Rabat, 1990).

Uno de los primeros libros que publica Azzuz Hakim es *Cuentos populares marroquíes* (1954).[9] El libro iba a ser incluido de una serie dentro de la Colección del Instituto de Estudios Africanos, pero sólo se llegó a publicar un primer tomo: "Cuentos de animales", todos ellos recogidos de la tradición oral entre los años 1946 y 1950 en las regiones de Yebala y Gumara (incluyendo las ciudades de Chefchauen y Tetuán) y traducidos por el propio Azzuz Hakim. Los cuentos que formarían parte de ediciones futuras serían de índole citadina, sin intervención de animales. Uno de los objetivos primarios del primer tomo consistía en dar a conocer los mencionados cuentos populares a los jóvenes, que "ya no prestan a sus tradiciones la atención debida" (*Cuentos populares marroquíes* 5). A pesar de que el libro haya sido publicado en Madrid, es obvio que el autor se está refiriendo a la juventud de su país, razón que nos obliga a aseverar que sí existía un número considerable de lectores marroquíes en castellano. Los relatos son básicamente de dos clases: una popular, breve, sencilla, sin aparato retórico e inspirados en hechos cotidianos, y otra basada en composiciones extensas, de trama más compleja y acción más variada, que por su fondo y su forma denotan ser producto de imaginaciones más fecundas y/o cultivadas. Si los primeros son contados por sencillos labriegos, las segundas son de personas más cultas que habitan en las medinas marroquíes.

Azzuz Hakim posee dos novelas cortas que han pasado completamente desapercibidas por la crítica: *La Intifada de Tetuán. Novela histórica* (1997) y *Diario de un alfaquí rural* (2002). En ellas nos concentraremos en este apartado, no sin antes dar cuenta de *Rihla por Andalucía* (1949) y *España precursora de la civilización en Marruecos* (1950) para observar la evolución y posicionamiento del historiador/"escritor" tetuaní. En el prólogo a la *Rihla* leemos:

> Quisiera presentar en esta breve MEMORIA una faceta m[á]s de la desinteresada, digna, sincera, abnegada obra de España en esta su Zona del Protectorado en Marruecos, y con ello dejar perenne la fiel memoria de una acertada iniciativa española, que es símbolo de la fraternidad hispano-marroquí, y a la vez manifestar mis buenos sentimientos, como todo escritor marroquí, hacia la Nación Protectora y hermana (5).

---

[9] Los capítulos del libro aparecieron también el mismo año (1954) en la revista *Mauritania (Revista ilustrada)*, que se publicó en Tánger de manera discontinuada entre mayo de 1928 y diciembre de 1962, y que a partir del año 1955 fue codirigida por la reconocida escritora, antropóloga y periodista italiana Elisa Chimenti.

Sobran las palabras para catalogar los intereses que llevan a Azzuz Hakim a ensalzar la *mission civilizatrice* española en Marruecos, teniendo en cuenta que a lo que apunta el "escritor" (tal como se define en el prólogo) es que Marruecos, bajo la tutela de España, pueda incorporarse "al concierto de las naciones civilizadas" (6). El grado de sumisión a España que demuestra Azzuz Hakim en esta "loa" es el más explícito y significativo que podemos encontrar en los escritores marroquíes de expresión castellana, llegando incluso a "postrarse de hinojos", que no es otra forma de "dignificar[se] a [sí] mismo" (6), para rendir tributo a quien "[se] lo debe [...] porque nunca es m[á]s agradecido el protejido [*sic*], ni afirma mejor el marroquí sus títulos de nobleza racial, que cuando se muestra m[á]s reverente ante quien está realizando por él una labor humanitaria de postulado" (6).

Si bien "falt[a] de estilo literario" (6), como lo explicita Azzuz Hakim en *Rihla*, su objetivo es recopilar sus notas con la sola aspiración de "embellecer una obra digna del mayor agradecimiento [a España]" (6). Por ende, cabe preguntarse qué le lleva a escribir con crítica tenaz hacia el colonialismo *La Intifada de Tetuán* y *Diario de un alfaquí rural*, cuarenta y siete y cincuenta y tres años, respectivamente, después de la *Rihla*. Una causa podría ser la edad del escritor. Cuando escribe la *Rihla* tiene quince años y se siente inspirado por las organizaciones juveniles de la FET y de la JONS (8), y por el "civilizado y civilizador Continente europeo" (13). Los jóvenes camaradas falangistas que Azzuz Hakim conoce en Algeciras le instan a dejar algunos hábitos marroquíes como el "taifor" en la comida colectiva para utilizar la mesa y los "utensilios indispensables para la comida individual", al "estilo europeo" y cambiar el té por el café (14). Se evidencia de esta manera la cooptación por parte del colono de las élites de adolescentes colonizados, en tanto y en cuanto este último reconoce "en voz alta e inteligible la supremacía de los valores [europeos]" (Fanon 1971: 38). El agraciado viajante se alegra de que los "hospitalarios" falangistas españoles, "sanos y alegres", se hayan percatado de no colocar *jalufo* (cerdo) en la comida (14, 16). En Granada, debido a la fuerte impresión que le causa esta ciudad a Azzuz Hakim, el autor dice no poseer palabras para describir la monumental Alhambra, por lo que elige rememorar los versos de Francisco Villaespesa, a la vez que recibe, de manos del gobernador civil, un folleto titulado "José Antonio, Poeta de la Nueva España" (23). La nostalgia embarga al paseante, quien rememora algunos versos del poeta marroquí Meleksalon, y augura la "feliz restitución" del último reducto musulmán a los árabes (25). Con esta rememoración nostálgica comprobamos lo que Svetlana Boyt denomina "erroneous representations" que causa en los afligidos por este estado de ánimo una pérdida de sentido con respecto al presente, confundiendo pasado y presente y eventos reales e imaginarios (2001: 3): "Nostalgia operated by an 'associated magic,' by means of which all aspects of everyday life relates to one single obsession. In this respect nostalgia was akin to paranoia, only instead of a persecution mania, the nostalgic was possessed by a mania of longing" (ibíd.: 4).

En esta instancia, Azzuz Hakim fuerza un discurso conciliador entre Marruecos y España, y hasta se cohíbe al fantasear con la presencia de un almuédano que llama a los creyentes a la oración, a sus acompañantes a hacer las abluciones en la Mezquita de Córdoba y ver el Libro sagrado en lo que ahora es la catedral cordobesa. A su regreso a Tetuán el autor rememora la figura de cuantos españoles había tratado, los barrios de Triana, los Parques de María Luisa, los alcázares de Sevilla y Málaga, la Alhambra de Granada, la Mezquita Catedral de Córdoba, los Paseos de los Grandes Capitanes, los puentes sobre el Guadalquivir, los minaretes morunos, las Torres de Oro, los Generalifes granadinos, los "Flechas" y los campamentos de verano; todo ello para decir, una vez más, que España "tiene a su disposición –por si en algo puede servirle– todo lo que sea fruto de aquella aportación suya y de nuestras propias dotes" (59). En *España precursora de la civilización en Marruecos* se repiten los elogios, respeto, veneración y admiración hacia el país "Protector", "adelantado de Europa en África", que ha reportado a Marruecos "manifestaciones genuinas de progreso y de adelanto", rechazando, por su parte, "lo que viene de otras partes [...] por conductos no españoles" (s/p).

Sin embargo, "la noble" acción civilizadora española no estaba en su apogeo al momento de publicar Azzuz Hakim *España precursora de la civilización en Marruecos*, como le quiere "vender" el autor al lector, sino que estaba agonizando: ya se había producido el alzamiento en Tetuán y la mayoría de los marroquíes no se consideraban "legítimos descendientes" de españoles. De hecho, el periodista Miguel Martín arroja datos que contradicen notoriamente lo expresado por Azzuz Hakim: España dejaba Marruecos en 1956 con un índice de analfabetismo de un 95% entre la población autóctona; en ambas zonas del Protectorado había sólo 28 médicos marroquíes y en la parte española se podían contar los hospitales con los dedos de la mano. 16 869 marroquíes –4000 de ellos menores de 18 años– de un total de 17 500 presos, cumplían condenas en cárceles españolas y más de 5000 trabajadores marroquíes eran víctimas de los casi 7000 accidentes laborales anuales (Martín 1973: 8).[10] Muy a pesar de

[10] Para una versión totalmente contrapuesta a la del investigador Miguel Martín y más cercana a la de Azzuz Hakim, véase Ríos García (1957a y 1957b).

Azzuz Hakim, ya los marroquíes querían educar e instruir a sus hijos guiados por los faroles de la independencia. De eso trata su novela *La Intifada de Tetuán*, que pasaremos a analizar a continuación. Queda sólo efectuar una última reflexión sobre los dos textos de Azzuz Hakim analizados hasta aquí. En ambos, escritos en los últimos años del Protectorado, se observa el "fruto exótico y prometedor" de la cultura educacional y cultural de la administración española, que veía en intelectuales como Azzuz Hakim el nacimiento de una élite asimilada y adepta. Es definitivamente meritorio observar a casi sesenta años del fin del Protectorado que el vestigio de la época colonial ha mermado considerablemente y que, salvo contadas excepciones, la literatura marroquí en castellano ha progresado cuantitativa y cualitativamente, con un contenido temático genuinamente marroquí que no difiere en nada del resto de la literatura nacional contemporánea.

Se podría leer *La Intifada de Tetuán* en el contexto de esa literatura de la independencia y de la aparición de los movimientos nacionalistas, de reforma y de renovación. Lo que es curioso es que Azzuz Hakim lo haga en 1997, cuando la literatura de naturaleza social y documental que pretendía despojar a la lengua de la escritura convencional y liberar su contenido de la monotonía, se encuentre en un estado que podríamos tildar de novela histórica tardía. En *La Intifada de Tetuán* existe un interés particular por registrar en clave de ficción las reacciones producidas frente a las particularidades de la época colonial y, especialmente, las cuestiones de identidad y los elementos constitutivos de la personalidad marroquí. Se aprecia en esta novela la riqueza del legado cultural y la influencia permanente de la memoria, la conciencia y la educación. Ahora bien, en paralelo con la visión multiculturalista del propio Azzuz Hakim en los años cincuenta, en *La Intifada* se pueden percibir aspectos interculturales y –aunque parcial e ideológicamente manipulada– una necesidad de apertura positiva cultural y lingüística hacia el otro, con un horizonte crítico. No en vano el personaje femenino, Fauzia, es una muchacha que estudia hispánicas, y que quiere "saber la verdad" sobre el levantamiento de febrero del año 1948 en Tetuán con afán cuasi-científico. Como contrapartida, será su abuelo el que aporte al hecho histórico la presencia del conocimiento de acervo popular, recuperado y dotado de nuevas funciones historiográficas (aunque muchas de ellas sean completamente tergiversadas como ya observaremos). Esta novela de Azzuz Hakim, por otro lado, representa el fruto de las transformaciones vividas por la sociedad marroquí tras el choque directo y violento con Occidente; producto, en definitiva, del consiguiente crecimiento de la conciencia nacional y efecto de las influencias de los procesos de aburguesamiento e interculturalidad.

La Intifada de Tetuán, según reza la contraportada, se publica con motivo del cincuentenario de los sangrientos sucesos de Tetuán, en memoria de los "21 mártires que dieron su vida por la libertad, la independencia y la unidad de la Patria".[11] En la advertencia aclara el autor que si los protagonistas (Fauzia, la estudiante de letras, su padre, Mohammad, álter ego del autor, y su abuelo, Abdul-Lah) son ficticios, los hechos y personajes históricos citados en la novela "se ajustan estrictamente a la realidad histórica, apoyada documentalmente" (3). El prólogo, escrito por Manuel García Rato, no tiene desperdicio: éste opina que Azzuz Hakim es el "marroquí que más conoce a los españoles y que más sabe de España" (5) y si bien dice desconocer lo que significa Intifada "en [su] lengua", entiende que es una "obra" que tiene por objeto dejar testimonio para las generaciones jóvenes del comportamiento tetuaní "frente a los gobernantes extraños que un periodo anómalo de su historia vinieron a regir a su país sin títulos legítimos para ello" (6). García Rato agradece también el honor que le hace Azzuz Hakim a los españoles "por escribir en su lengua". Ahora bien, de repente, en el mismo prólogo, un profundo arrebato de españolismo ataca a García Rato quien dice lamentar la agresividad que emplean los personajes de la novela, ya que cree que "el Protectorado Español estableció en su zona de actuación un régimen benigno, tolerante y respetuoso" (6), opinión que coincide perfectamente con lo que hemos leído del mismo Azzuz Hakim en sus libros y ensayos antes citados, llegando a tildar al Protectorado, en *El socialismo y el nacionalismo marroquí,* como "el régimen más democrático que Marruecos había gozado" (11).

La novela comienza dando cuenta del árbol genealógico de Fauzia, una muchacha de la burguesía tetuaní con pasado andalusí (de Almería). Abdul-lah, su abuelo, había nacido en 1895 y en el año 1920 entra a formar parte de la administración majzeniana. Aprende el castellano y "es considerado como fuente de primera mano para la historia del movimiento nacionalista en el Norte de Marruecos" (9). Se mantiene en la administración jalifiana hasta la caída en desgracia de ulema Ahmed ibn Mohammed al-Rahuni por haber hecho la defensa del cabecilla de la resistencia armada del Cherif Mulay Ahmad Raisuni.

[11] La cifra de víctimas varía según las fuentes. Hay quienes hablan de un solo muerto (Abdullatif Meduri) y otros, como Azzuz Hakim, de una veintena.

Al perder Abdul-lah su puesto en el Ministerio de Justicia, un español le procura trabajo en la Casa Singer de Gibraltar. Una vez de regreso a Marruecos, Abdul-lah ingresa en la masonería nacionalista de Chauen. Ante el alzamiento franquista de 1936 Abdul-lah es encarcelado y Gerardo Muñoz Sánchez, de Falange, le salva de una segura ejecución y le consigue trabajo de conserje en el todavía existente colegio Padre Larchundi de Tetuán. El hijo de Abdul-lah, Mohammad, se especializa en lengua castellana y comienza su tarea docente en el instituto Ramón y Cajal de Chauen, convirtiéndose de esta manera en el primer marroquí que frecuenta un colegio para la enseñanza de niños españoles. Mohammad "quiso que también su hija Fauzia hiciese estudios en español" (11). Fauzia "sabía poca cosa de la historia de su Patria, ya que en [el colegio La Milagrosa] sólo se enseñaba la historia de España" (11). La sangrienta represión de una manifestación pacífica nacionalista liderada por Muhammad Tanyi marca el comienzo del fin del Protectorado. El 30 de marzo de 1948 una huelga general, algo insólito, se extiende por todo Marruecos, en protesta a la fecha en que se firmó el tratado de Protectorado en Marruecos.

Coincidentemente, las sequías en el Rif precipitan la llegada de miles de imazighen a Tetuán donde se unen con los manifestantes nacionalistas. Según consta un personaje español de *Las inocentes oquedades de Tetuán* (2010) de Bouissef Rekab, los españoles temían la llegada de "la enorme cantidad de rifeños" ya que podían "atacar" a sus connacionales (107-108, 113-114). Bouissef también se encarga de borrar el mito de que fue el Alto Comisario, José Enrique Varela Iglesias, el que brinda apoyo económico a "los rifeños hambrientos" que llegan a Tetuán, sino que es el mismo pueblo tetuaní el que lo realiza (117). De cualquier manera, muchos españoles de la zona tenían opiniones completamente opuestas:

> Todo el que ha osado levantarse contra España ha sido detenido... Todas las diabólicas manifestaciones fueron desarticuladas y los organizadores encarcelados... Se merecen esto y mucho más...
>
> –Efectivamente, mi comandante, nuestro general Varela, es un valiente... merece una tercera Laureada por lo que está haciendo... ¡Estos moros deben saber que aquí mandamos nosotros! (*Las inocentes oquedades* 182)

En la novela de Bouissef también se menciona el libro de Tomás García Figueres, *Ramadán en Paz*, en el que el filólogo franquista trata de conciliar las diferencias entre España y Marruecos. Por su parte, García Figueres es consecuente con el apoyo que Varela Iglesias le brinda a El Keskasi, un amazigh de la zona de Tetuán "comprado" por los falangistas para que, junto al general Martínez Belda, entregue y masacre a miles de marroquíes nacionalistas (*Las inocentes oquedades* 118-119).

Mientras que el régimen franquista había sido tolerante con el movimiento nacionalista, una serie de medidas entre 1945 y 1948 empieza a reconocer que el Partido Reformista Nacional (PRN) liderado por Abdeljalak Torres se convertía en una amenaza. Franco jugó durante algún tiempo la carta antifrancesa, pero enfrentado bruscamente al retorno triunfal del rey depuesto y el ineluctable advenimiento de la independencia, no supo o no quiso aprovechar el capital de simpatía forjado por la actitud española entre las masas marroquíes. En 1947 se celebra el I Congreso del Magreb Árabe en El Cairo, donde se decide la independencia de Marruecos, Argelia, Túnez y Libia. Al mismo tiempo, el líder Torres recorría Irak, Siria, Líbano y Palestina desacreditando al régimen franquista por haber expresado su lealtad a Mohamed V y por haber pedido la unificación de Marruecos en abril de 1947. En septiembre del mismo año, se crea el Frente de Liberación del Magreb Árabe bajo el mando del mítico héroe de la batalla de Annual, Abdelkrim el Khattabi. Unos días antes de la Intifada de Tetuán, el 3 de febrero de 1948, se le prohíbe la entrada a Torres en Tetuán, debiendo quedarse en la internacional Tánger. Los huelguistas se dirigieron al Palacio Jalifiano, pero el príncipe Mulay Al-Hasan se niega a recibirlos. Sigue la huelga por dos días y cuando se decide una reunión en la Mezquita Grande, "marroquíes renegados al servicio del colonialismo" (*Las inocentes oquedades* 22) alertan al general Martínez Belda. Los manifestantes deciden cambiar de sitio y se reúnen en la Zagüía ("zawyya" en árabe marroquí) Raisunía. Como señala Gonzalo Fernández Parrilla, la tradición requiere que los conflictos que estallan sean debatidos en público y las zagüías han sido instituciones clave y fuertemente arraigadas en Marruecos desde el siglo XV.

Como veremos en el capítulo dedicado a la producción literaria de Mohamed Lahchiri, la formación impartida en las mezquitas constituía el ciclo superior del sistema tradicional de enseñanza, que comenzaba en las escuelas coránicas citadinas (*msid*) y en las zagüías y *madrasas* diseminadas tanto en las ciudades como en las zonas rurales. Una de las características de la *Nahda* consistió en el envío masivo de estudiantes –las denominadas *ba`atat* (misiones)– a Europa y a otros países árabes (Fernández Parrilla 2006: 56-57, 60).[12] La

[12] Durante el Protectorado las autoridades coloniales crearon también un sistema denominado Raymi o hukumi de escuelas para los colonizadores y para los hijos de las grandes familias de notables (a `yan). En este tipo de escuelas, todas las materias, excepto religión, se impartían en

zagüía, institución multifuncional y en sus comienzos clandestina, es importante no sólo por su relación con el despertar religioso patriótico sino por su rol como bastión de los enfrentamientos con el Majzén (ibíd.: 116-120). Paradójicamente, el hecho histórico de febrero de 1948 evocaría inmediatamente la invasión de Tetuán por los españoles en 1912, hechos similares en 1860 y la caída de Granada en 1492. Las fuerzas colonialistas entran en el sitio sagrado y obligan a los fieles a abandonarla, a culatazos. Los manifestantes salen a las calles dando alabanzas al Profeta, vivas a la independencia y a su líder Torres. En el zoco grande se libra una batalla con las fuerzas del orden compuesta por policías y la majzenía que dispararon contra la muchedumbre. El Majzén utilizaba prácticas de tortura tan duras como las de las fuerzas de ocupación española. Era como una especie de Guardia Civil que actuaba como fuerza de choque con soldados marroquíes y mandos españoles. Intervenía en las cabilas como en las ciudades. El Bajá Mohammed Achaach, último gobernador de Tetuán, impuso hasta el final del Protectorado prácticas de tortura sólo comparables a las que ejercieron los gobiernos dictatoriales sudamericanos en los años setenta y ochenta del siglo XX.

Es así como vemos el terror que significa creer en lo que nos dice el autor en la contraportada sobre la "bien documentada Historia" que se narra en esta protonovela. Si bien algunos hechos sí responden a la realidad, los hechos son completamente tergiversados para dar una buena imagen de la figura de Franco. En 1951 muere el general Varela Iglesias y es reemplazado por Rafael García Valiño, quien negocia con Torres su regreso a Tetuán para reanudar sus actividades al frente del PRN. El personaje Mohammed/Azzuz Hakim se convierte en consejero de Torres. Debido a su labor en la Delegación de Asuntos Indígenas y en la Alta Comisaría como director de enseñanza religiosa musulmana del Ministerio de Instrucción Pública, Mohammed/Azzuz Hakim le facilita a Torres información sobre los sucesos acontecidos en los últimos ocho años, por lo que Mohammed/Azzuz Hakim pasa de colaboracionista del régimen franquista a autoproclamarse un adalid de la causa nacionalista. De esta manera, el personaje Mohammed de Azzuz Hakim representa un personaje gris, nada combativo, nada conquistador, sino arribista, contrario a toda acción bélica o aventurera. Lo único que posee el personaje Mohamed es admiración por aque-

francés. Los nacionalistas reaccionaron frente a esta política colonialista y emprendieron la creación de escuelas libres (al-madaris al-hurra), donde todas las materias se impartían en árabe (Fernández Parrilla 2006: 59).

llos que ostentan el poder, siendo del bando que sean e importándole poco, o mejor dicho nada, la bandera política con tal de mantenerse en el poder.

A finales del siglo XIX y comienzos del XX aparecen incipientes intentos narrativos en Egipto y Líbano, que culminan con los cuentos de Mahmud Taymur, más tarde con *Zaynab* de Muhammad Huseyn Haykal y *El diario de un fiscal rural* (1937) del egipcio Tawfik al-Hakim. No es coincidencia que *Diario de un alfaquí rural* de Mohamed Ibn Azzuz Hakim no sólo presente características similares a los otros diarios mencionados, sino que hasta haya copiado el título de su homónimo egipcio. El *Diario de un alfaquí rural* más que como una novela se lee como una autobiografía. Como alfaquí, el personaje tuvo ocasión de conocer ese Marruecos rural (particularmente el Tetuán rural) del que nos habla. Siempre teñida por un deje de humor, la lectura del *Diario de un alfaquí rural* da pie a comparar pasado y presente y a comprender que las diferencias entre aquel Marruecos rural de la primera década del siglo XX y el Marruecos de ahora son menos radicales de lo que parecen. La existencia del alfaquí es mísera, como miserable es la cultura del medio agrícola del que no ha salido nunca. Pero si inmóvil y atrasada es la sociedad en la que vive el alfaquí, activo e imparable es el Estado español invasor, llegando a todas partes con sus funcionarios, sus procedimientos y el peso de su autoridad. De esta contradicción se deduce que el alfaquí cae de bruces en un mundo ruinoso, tanto en cuanto a la riqueza material se refiere como a la contaminación de la vida espiritual. De esta forma se convierte en un abnegado defensor de la religión musulmana y la justicia, consciente, muchas veces, de rozar lo quijotesco. Con ironía, al borde de la desesperación, el relato del alfaquí desgrana la tediosa tarea de explicar las costumbres del Estado invasor, acompañado de la convivencia de hombres y mujeres distintos, que se transforman a la vez en vecinos y en rivales. Se advierte la ironía al contemplar al Otro y sus faltas, picaresca en la relación de unos y otros, y el cansancio de un alfaquí "de instrucción limitada al aprendizaje del Corán" en su ingente y escasamente reconocida tarea de enseñar "a los niños del poblado de Azagar" (8).

El *Diario* se presenta como una "traducción española" de un texto escrito en árabe dialectal marroquí por el alfaquí Mohammad ben al-Ayyachi al-Tagui a partir de la llegada de los españoles a la zona de Tetuán el 19 de febrero de 1913. La presentación del texto la hace el mismo Azzuz Hakim, quien dice haber "comprado" el manuscrito –referido a veces como "Notas" (5)– de ciento ochenta y tres folios en la región de Gumara en 1948; año, como se ha mencionado antes, en el que el historiador recogía relatos orales en la región vecina a

Chefchauen (5). El historiador utiliza el recurso cervantino de la transcripción del original árabe, aclarando que la traducción "no se amolda a la de un texto escrito en árabe literal" ("Advertencia" s/p). Se da así Azzuz Hakim a la tarea de ordenar "las notas" y, quizás por única vez en su obra –por eso trata de diferenciarse del supuesto "autor" del texto–, intenta juzgar al propio y al otro desde dentro y desde sus posibles confluencias humanas, dialécticas, culturales, y no desde la perspectiva europea, la intervención colonial y los variados orientalismos precedentes y actuales. El historiador "coloca" copias de retazos del texto en árabe, haciendo creer al lector que realmente se encuentra frente a la traducción de un original. Azzuz Hakim dice haber encontrado en el original "voces españolas bastante deformadas por haberlas tomado [el alfaquí] de viva voz de unos narradores no familiarizados con el castellano" (7). Al final, Azzuz Hakim da un glosario de tales voces y una lista completa de los treinta y cinco informadores de Mohammad ben al-Ayyachi al-Tagui. En la primera página del manuscrito se lee el refrán marroquí muy difundido que dice "Ich nahar tasma jabar"/"vive un día más y escucharás una nueva noticia" (7). Por su parte, comenta Azzuz Hakim que cuando el alfaquí encuentra una noticia escandalizadora o que considera inverosímil, añade la fórmula "Al-lah ineyyina min had al-qawm"/"Dios nos libre de esta gente" o "Al-lahu A'lam"/"sólo Dios es sabedor de la verdad" (8).

El mismo Manuel García Rato, que prologó *La Intifada de Tetuán*, vuelve a hacerlo con este *Diario*. García Rato tilda de ingenuo, espontáneo y natural al *Diario*. El alfaquí se sorprende con los artilugios mecánicos de los "cristianos", el comportamiento alejado de la ortodoxia islámica y su rechazo a la extranjerización. García Rato opina que el texto de alfaquí "no [...] muy ilustrado en achaques literarios" (2) tiene "más interés para la historia menuda y cotidiana, y para comprendernos a nosotros mismos, que muchas exposiciones literarias, llenas de erudición y de sapiencia" (2-3). Sin embargo, contradictoriamente, concluye que el *Diario* representa una "perla literaria" (4). El *Diario* está dividido en veinte partes: "Seguridad-ejército", "Justicia", "Religión", "Muerte", "Costumbres", "Sanidad", "Higiene", "Urbanización", "Comunicaciones", "Lugares públicos", "Enseñanza", "Material de escritorio y artes gráficas", "Muebles", "Indumentaria", "Comercio-artesanía", "Alimentación", "Juegos y espectáculos", "Fiestas", "Inventos" y "Observaciones diversas". De todos ellos es digno destacar algunos pasajes. En el apartado "Urbanización", el narrador-personaje observa que a la plaza del Feddan se le ha cambiado el nombre por el de "Plasa de Spanya [...] porque consideran que la ciudad pertenece ya a su país [...] y que no es otra cosa que la tierra que fué [*sic*] de los musulmanes y se llamaba Al-Andalus" (37). En varias ocasiones el alfaquí proclama la superioridad del Islam y de los musulmanes sobre el cristianismo y los cristianos, especialmente cuando cree descubrir alguna cosa "tomada" por los cristianos de los musulmanes. En el apartado la "Muerte" observa que los españoles pueden dominar todo menos la muerte, "a la que tienen mucho miedo. Por eso cuando se les muere alguien no pueden soportarlo como hacemos nosotros, y se visten de negro durante todo un año. Dios nos libre de tan mala costumbre" (28).

Más allá de los motivos conocidos que difieren en las dos culturas, las dos religiones (falso evangelio, falsos libros sagrados), también rescata el alfaquí los rasgos que los emparentan: Navidad-Mulud, festividad de los Reyes Magos-Achur, el pañuelo que las mujeres españolas usan en la iglesia y el velo islámico y muchos más. Alaba el hecho de que los españoles hayan construido un hospital, el establecimiento de farmacias, la distribución de medicamentos y los servicios de un veterinario. De todas las coincidencias y desavenencias entre musulmanes y cristianos, quizás lo más digno de destacar sea que los marroquíes se vistan a la europea y que los soldados del país "se rebajen" saludando militarmente a los oficiales cristianos: "Dios nos libre de esta gente que ha cometido la ignominia de servir al cristiano y además se pone a rebajarse ante él, saludándole a su modo" (20). En cuestiones castrenses hace las siguientes deducciones: considera que los desfiles militares españoles se hacen para impresionar a los musulmanes y que las derrotas de los musulmanes se deben a los anteojos de que disponen los militares cristianos: "Las armas que muestran [...] son de diferentes clases y en esto se dice que ellos son superiores a los musulmanes, que s[ó]lo tienen *kulata* (fusil) y *mekuhla* (espingarda) [...]" (20); "los soldados cristianos consiguen derrotar a los *muyahidin* porque sus jefes tienen *qanutat* (anteojos) con los que ven desde lejos a los musulmanes" (22). Se sorprende y califica de artefactos malignos al telégrafo, al teléfono y al casino, "casa del diablo". Con respecto a las invenciones, implora a Dios que no llegue el día en que los cristianos consigan inventar una imprenta árabe que fuera capaz de editar el Corán, porque "ello sería el fin del mundo, ya que el nombre de Dios no pueden escribirlos manos infieles" (52).

Como conclusión podríamos conjeturar para qué nos sirve el *Diario de un alfaquí*, una crónica supuestamente escrita en 1913, pero que se publica en 2002. Podríamos responder que entramos en un mundo homogeneizado, intercomunicado y con una inmensa, progresiva e inmediata base de datos y opiniones, un orbe compuesto por cientos o miles de sociedades locales. Nadie puede ser y sentirse ciudadano globalizado del mundo sin ser y sentirse vernáculo de un punto específico. Es ésa seguramente la virtud del texto de Azzuz Hakim, quien nos recuerda, como apuntábamos al principio, que existen todavía las culturas locales, aisladas y que los "productos modernos" no llegan de manera democrática a todas partes del mundo. La lectura del *Diario* parecería indicar la particular importancia que poseen los fundamentalismos y nacionalismos como modo de protección y salvaguardia de los propios esquemas de valores. Por otro lado, esta pequeña novela de Azzuz Hakim se podría utilizar como una metáfora mucho más amplia que nos permite concluir que el conocimiento que posee el mundo árabe y musulmán de Occidente es seguramente mucho mayor que a la inversa, aunque sea verdad que las capas de acceso más limitado a la cultura reciben menos influjo de los procesos de globalización sin estar ausentes de ellos, lo mismo que en realidad ocurre en las cada vez más pauperizadas zonas periféricas de Occidente.

Si el analfabetismo funcional del occidental, alimentado por los medios de difusión que desinforman o tergiversan la realidad de Oriente, se observa desde el lado musulmán que esos mismos errores se producen con menor intensidad. Adviértase que en el *Diario*, aunque "no familiarizados con el castellano", existe un interés del musulmán con respecto al Otro y no sucede lo mismo a la inversa. Por ende, y otra vez haciendo más amplia la metáfora que nos presenta el libro de Azzuz Hakim, la realidad dicta que hay una clase media musulmana que ha crecido mucho, que entiendo podría estar representada en el *Diario* por los informadores del alfaquí. Esta clase media ha llegado a ocupar la mitad del horizonte social y ha nutrido las escalas operativas regidoras de los países musulmanes del Magreb. Es una clase media por lo general plurilingüe, lo que ocurre con menos frecuencia en Occidente. Por su parte, hay una sociedad rural de magnitud superlativa donde evidentemente la modernización, la información y el cambio en el estilo de vida también tienen su presencia y sus exponentes de personalidad definida. Todos ellos mantienen una corriente de migración que es ya de una segunda o tercera generación en las grandes ciudades o en el exterior. Integrados estos inmigrantes en las grandes ciudades o en el extranjero no han de abandonar sus semillas propias, en muy buena medida musulmanas, pero lejos de la ortodoxia.

"Desventuras de la conciencia nacional" y nostalgias de Al-Andalus

Hace diez años Ahmed El Gamoun observaba que la literatura marroquí de expresión castellana moderna no representaba más que un conjunto de experiencias esporádicas, que no había llegado a resaltar en el panorama literario marroquí como una nueva forma de expresión nacional (2004a: 158). Si bien en gran cantidad de textos prevalece el sentido explícito y el valor de la palabra culmina en su sentido literal, creo que es importante resaltar la vocación de los escritores analizados en este capítulo de transmitir un mensaje poniendo no tanto énfasis en las estrategias formales o pretensiones estéticas, sino más bien en el contenido. Como apunta Frantz Fanon, la búsqueda de una cultura nacional más allá de la etapa colonial se legitima por la preocupación que comparten los escritores postindependentistas de fijar distancias en mayor o menor medida en relación con la cultura occidental. Sin embargo, notaremos que muchas veces los autores aquí estudiados no sólo se afanan por reestablecer el contacto con la savia más antigua, sino que se "pierden" (Fanon 1971: 190), se (con)funden en una suerte de ida y vuelta con la cultura del otrora colonizador y con todo lo que la cultura autóctona ha colaborado en tiempos precoloniales a forjar la cultura española (precisamente de 711 a 1492). En tanto y en cuanto la literatura marroquí de expresión castellana se va alejando de los exotismos etnográficos, la mencionada literatura, aunque antitética o de argumento enmarañado, sí se enfrenta a un momento histórico: la mundialización, el diálogo entre las culturas, los discursos sobre el terrorismo, el dilema sobre la preservación o no de la identidad nacional o, muchas veces, como se ve claramente en este capítulo, regional. Si, como opina El Gamoun, el diálogo entre España y Marruecos "conoce periodos de transparencia y otros dominados por grandes nubarrones, es porque este diálogo está acaparado por los políticos y [economistas]" (2004a: 160). Dejemos entonces que los escritores asuman ese diálogo.

Tetuán, "la joya más preciosa del África andaluza" (Gil Grimau Benumeya), capital del Protectorado... Abandono, nostalgia, desidia, esperanza

Ahmed Mgara es muy crítico sobre la ficción costumbrista del norte de Marruecos y, aunque no le faltan motivos para tildarla de "una literatura sin carisma y falta de profundidad" (2005: 15), tampoco creo que sea certero decir que el hispanismo de otrora –se refiere al de antes de la década de los noventa del siglo pasado– "era una manifestación intelectualmente seria y decente, se palpaba como algo serio y de peso" (ibíd.). Lo expresado por Mgara no corresponde con la realidad por dos motivos principales: uno es la cantidad de escritores y publicaciones que surgen hasta comienzos de los años noventa, y segundo porque, otra vez contradictoriamente a lo que expresa en el mismo texto y en la antología *Calle del agua*, Mgara "vuelve a mezclar hispanismo marroquí" con "creación literaria". En lo que definitivamente se debe evaluar el criterio de Mgara es cuando asevera que hay "funcionarios" (intuyo que se refiere a algunos profesores de universidad y a instituciones como AEMLE y/o Tetuán Asmir) que

> cobran para [*sic*] interesarse (entre otras misiones) de esa expresión en español [...] y s[iguen] mintiendo con estadísticas y con disertaciones en coloquios y encuentros de hispanistas con aportaciones previamente corregidas o que repitan [*sic*] de un "encuentro" a otro sin variar siquiera los puntos o las comas [...]. Es una vergüenza para quienes apoyan esos ejercicios faltos de seriedad y de decencia (2005: 15-17, 21).

Mgara extiende su crítica a los "productores literarios", "simpl[istas] y mediocres [...], improvisa[dos], chapu[ceros] y desac[ertados]" (2005: 21). Es, entonces, necesario comenzar a analizar qué es lo que ha producido Mgara en los últimos años en lo que atañe a su propia creación literaria para ver cómo se sitúa su literatura como parámetro de lo que con tan fervientes epítetos acusa. Como contraparte, y de manera comparativa, analizaremos algunos textos de Mohamed Chakor y Saïd Jdidi, ambos también tetuaníes, quienes, con una visión crítica más profunda, ofrecen un recorrido contrapuntístico de la otrora capital del Protectorado español hasta nuestros días.

Comenzaré con "La metamorfosis de un áscari" –del libro *La llave y Latidos del Sur* (1992)–, un relato corto paradigmático de Mohamed Chakor que servirá como punto de enlace entre el Tetuán del Protectorado y el Tetuán postindependencia. El protagonista, Alí El Hozmri, es un mutilado de la Guerra Civil que vende "lotería de ciegos e inválidos" en la plaza de El Feddan. El domingo 8 de febrero de 1948 se desata el conato de rebelión nacionalista mencionado en el capítulo I. Mientras que el narrador observa que el país se encontraba "descuartizado" (18) por las fuerzas invasoras, los tetuaníes recorrían las arterias de la ciudad proclamando su hostilidad contra el colonialismo, reivindicando la independencia y la unidad. Si bien el protagonista, Alí, no militaba en ningún partido político, pronto se ve en medio de una refriega entre soldados y manifestantes. Alí es agredido por los militares y, a pesar de reclamar mejor trato por haber sido "soldado de España" (19), le insultan llamándole "morango" y "reliquia de mercenario" (19). Más humillado aún se siente el protagonista cuando le comunican que ha perdido todos los privilegios y condecoraciones, y se le revoca la autorización para vender lotería. En el hospital y en la cárcel Alí conoce a otros legionarios que, como él, fueron "enrolados" para ir a luchar en España contra "los rojos, seguidores de Satanás, [...] enemigos de Dios y [del] Islam" (21). Convencido por otro legionario que los mutilados son aquellos que carecen de "saber y principios", Alí aprende a leer y a escribir, licenciándose en ciencias coránicas e historia. Si bien el relato culmina con un final bastante predecible, se rescata el siguiente mensaje: "un tercio de [la] generación [de Alí] se malogrará, el otro se identificará con el colonialismo y el último será esperanzador" (19). En este cuento Chakor muestra la verdad del colonialismo y se convierte en vocero de los menospreciados combatientes marroquíes que lucharon en la contienda española, que los españoles no dudaron en considerarlos como personajes infrahumanos y quintaesencia del mal una vez acabada la "amenaza comunista". Muestra también Chakor el proceso de involución que a la postre resultaría en la Independencia a través de la reivindicación mínima de los colonizados, aunque no se consigue extinguir el fin de la mentalidad colonialista de los gobernantes autóctonos.

Como corolario, la esperanza está encarnada en el protagonista que, movido por su formación sufí, luchará contra el analfabetismo, la superstición, la "morabitolatría" y la droga, que "atrofian la voluntad, adormecen las energías y arruinan el cuerpo y el alma" (23). Aunque Chakor sostiene que la fuente del sufismo es el mensaje profundo del Corán, el misticismo en su poesía adquiere un alto grado de universalidad basado en la ética y la pureza contra las manifestaciones de egoísmo, odio, envidia e hipocresía. Se podría pensar también que el final del cuento responde, adaptando los conceptos de Frantz Fanon al contexto marroquí, a la voluntad de la burguesía colonialista que en su afán de tranquilizar al pueblo marroquí insurrecto apela a todos los santos de la religión musulmana que han ofrecido "la otra mejilla" y que han perdonado todo tipo de ofensas (Fanon 1971: 59). Si no supiéramos que Chakor es una autoridad en sufismo y que ha escrito varios textos sobre este tipo de misticismo musulmán, el texto no haría más que enfatizar, tal vez de manera inconsciente, una elegía manumisa de la burguesía colonialista.[1] Por el contrario, podría entenderse en la actitud del protagonista Alí que el pueblo marroquí se dispone a reanudar la marcha hacia su liberación, a interrumpir (a través de los estudios por parte de un proletario) el tiempo muerto introducido por el colonialismo y "atreverse a hacer Historia", como diría el citado Fanon (1971: 62). Esto último sería coherente con la voluntad de los nacionalistas de contrarrestar las viejas cofradías morabíticas y las "tradiciones esterilizantes" propulsadas por españoles y franceses con el afán de separar, regionalizar y fomentar las diferencias a instancias de la reactivación del tribalismo; "[e]l Tercer Mundo no debe contentarse con definirse en relación a valores previos" (Fanon 1971: 92).

Saïd Jdidi ha publicado cuatro libros desde 2001: *Grito primal* (2001); *Autodeterminación de invernadero* (2002); *Precintado* (2005); y *Yamna o Memoria íntima* (2006).[2] En todos ellos se entrevé un cariz autobiográfico y el género literario es la narrativa. A más de medio siglo de producida la independencia marroquí, la narrativa "nacionalista" de Jdidi podría ser considerada como *demodée* en el concierto de las literaturas modernas. Sin embargo, como bien apunta Fernández Parrilla (2006: 20), todavía hacia finales del siglo XX (cuando Jdidi comienza a publicar), la *intelligentsia* marroquí seguía reclamando la existencia de una verdadera *Nahda*, supeditada a la interrelación entre lo político y lo literario. De hecho, "[u]no de los pilares fundamentales en el proceso de una identidad nacional es la emergencia de una literatura" (ibíd.); una literatura nacional, podríamos añadir, que por los procesos coloniales a los que fue sometido el país magrebí va a la zaga no sólo de las literaturas occidentales sino tam-

---

[1] "Diván sufí" es el primer capítulo de un libro titulado *Aproximación al sufismo* (con prólogo de Juan Goytisolo), publicado en 1993. Es un conjunto de poemas que contiene quince composiciones y al principio de todas ellas Chakor cita a ilustres pensadores musulmanes como Ibn Hazm e Ibn Arabi. En los últimos ocho años el autor tetuaní ha autopublicado otros tantos libros/folletos que regala a sus amigos (*Bosque viviente. Cuentos ecológicos y sufíes*, 2004; *Nuestra diáspora*, 2003; *Las dos orillas* o *Narraciones mediterráneas*, 2004; *Pesadilla y otros relatos*, 2008). Otro libro digno de destacar es *España en el pensamiento político de Hasan II* (1979).

[2] Partes de estos textos han sido publicados en "L'Opinion semanal", otros se han leído en la radio y televisión marroquí (RTM) y otros ya habían sido antologados por Mohamed Chakor y Sergio Macías en *Literatura marroquí de expresión castellana.*

bién a aquéllas pertenecientes al mundo árabe-islámico. La novela, por su parte, aunque tardía en su nacimiento y desarrollo en Marruecos, es uno de los géneros más cultivados en los últimos años en el país norteafricano, pero definitivamente detrás de la poesía y el cuento.[3] La novela viene a alterar la hegemonía de la poesía y la narración corta, a su vez, para representar el modo de expresión más genuino de modernidad artística.

Catalogar a los textos de Jdidi dentro del género novelístico resulta una labor dificultosa. En realidad, los cuatro textos de Jdidi son una mezcla de crónicas periodísticas, reflexiones sociopolíticas e historias de encuentros y desencuentros amorosos entre personajes de distinto credo y nacionalidad. Sus cuatro novelas se desarrollan en Tetuán, desde la época del Protectorado hasta el siglo XXI. Definitivamente, Jdidi conoce muy bien la realidad marroquí; lo que no significa que sus textos sean un dechado de virtudes literarias. Lo digo por el simple hecho de que sus textos no poseen coherencia alguna y el lector se pierde en un maremágnum de diálogos enrevesados y soliloquios de un narrador. Dichos diálogos se presentan consecutivamente, no poseen antecedentes y, a veces, son dejados librados al azar en el texto, sin retomar un mínimo hilo conductor que los aglutine y le dé sentido al texto. En *Grito primal* el autor nos advierte que su libro

> es una chorrada [...]; un rompecabezas que no logré descifrar durante m[á]s de veinte años [...]. [P]retende ser una invitación en términos simples, con ideas que espero que sean claras, con una transparencia que por ser tercermundista traté de que no sea relativa, a conocer al prójimo, a estudiarlo, a escucharlo, comprenderlo. Luego vendrá la concordia, la coexistencia pacífica y civilizada, y quién sabe, a lo mejor con un poco de suerte, el amor al prójimo... y no a sus pecados ni a sus enclaves (3, 5).

Sencillamente, por este posicionamiento del autor es digno rescatar algunos pasajes de su obra. Y más, como bien apunta Muhammad Benabud en el prólogo de *Autodeterminación de invernadero*, ese caos que representa el texto, sin metodología ni objetivos, "es también una realidad [...]. El objetivo final no es

[3] Si bien la primera novela marroquí data de 1942 (*La zagüía* de Tuhami Alwazzani), es, sin embargo, el año de 1972 el que marca un cambio en la narrativa nacional con la publicación de las novelas poscoloniales *La mujer y la rosa* de Muhammad Zafzaf y *El extrañamiento* de Abdallah Laroui, ambas escritas en árabe.

otro que la liberación" (6). Michel Foucault apuntaba que "it is in discourse that power and knowledge are joined together. And for this reason, we must conceive discourse as a series of discontinuous segments whose tactical function is neither uniform not stable" (1980: 100). Tratar de comprender esa realidad se convierte en un "grito" esperanzador que no sólo invita al diálogo entre intelectuales de ambas márgenes del Estrecho, sino también a "contrarrestar el discurso de los más poderosos" (*Autodeterminación* 6) y "hablar [...] mejor que ser hablado" (73); entendiendo a los "poderosos", como veremos inmediatamente, a los europeos (particularmente españoles) que hasta ahora han definido, manipulado y explotado a los marroquíes sin haber entendido nunca su "idiosincrasia", incurriendo en "equivoca[ciones] estrepitosa[s]" (50, 65).

La historia de amor entre Hach Ahmed Ben Alí y la monja Marta durante el Protectorado permite al hijo de esta pareja, Alí Ben Ahmed, poder ver la realidad de un país y, particularmente, de una región (Tetuán), a treinta y tres años luz. Jdidi coteja la versión más popularizada de "los moros de Franco" con la utilización de marroquíes por parte de los republicanos –a los que llama repetidamente "rojos" (11, 12, 34, 43)– para combatir a los fascistas o liquidar a Franco en el año 1936.[4] Queda claro, por su parte, que no sólo los epítetos que utiliza Jdidi para los republicanos, sino también la idealización que hace de la "tolerancia" (20) a la que alude en el texto, lo posicionan como un autor que a menudo puede ser identificado con el colonialismo y, a su vez, tomar distancia de éste debido al desprecio y escasa preocupación de los españoles con respecto a "la procedencia de esos 'moros' [y] su destino" (43); "moros que s[ó]lo sirvieron a la Patria [se refiere a España] con su pólvora, sus balas y sus pellejos" (43). En los capítulos "Boleto de vuelta" y "Regalo mortal" de *Grito primal*, el protagonista Hach Ahmed Ben Alí asevera:

> [C]ada vez que atravesaba el Feddan sentía un desenfrenado desprecio hacia los cada vez más reducidos grupos de mutilados marroquíes de la [G]uerra [C]ivil [E]spañola, que se congregaban en pequeñas manadas con sus fácilmente reconoci-

[4] En *Yamna*, Jdidi repite la historia: "[N]o era Franco sino los republicanos que recurrían a los 'moros' para resolver sus problemas interiores. España siempre fu[e] así con nosotros. ¡Pan blanco! [...]. Los morangos somos los que salvamos siempre los reg[í]menes en la península y luego los derrotados o sea los que derrotamos se pasan la vida odiando a los 'moros'. ¿Pero qué podemos hacer nosotros si nos llevan por fuerza? [E]llos mandan y el que manda, manda, tío, si no [*sic*] que se lo pregunten a Emilio Mola" (58-59).

> bles turbantes de la época y sus cortas chilabas como si fueran personajes recién escapados del algún reportaje del NODO o de algún cuadro de Picasso. Todos parecían haber olvidado su miseria, el retraso de sus pensiones y la negligencia y la ingratitud de quien seguían llamando "caudillo". Se pasaban el día contándose odiseas que sólo existían en sus desequilibradas imaginaciones (55).

De esta manera, creo que el texto de Jdidi, dentro del caos que representa su lectura, es mucho más profundo en cuanto a la pasividad de los marroquíes que no se animaron a contar con precisión y hasta si se quiere denunciar las irregularidades que se cometieron contra los "favores" proporcionados por los marroquíes a los españoles, fueran del bando que fueran. A la sazón, el personaje se obsesiona con saber "más la historia, la geografía y las verdades de la Guerra Civil Española, con especial interés por la participación marroquí en los dos bandos" (57). Allí descubrirá, entre otras cosas, que los "nacionales" se llevaron de Marruecos "a los más desheredados" (57). Los "desheredados" marroquíes desde la época del Protectorado se encuentran en las zonas rurales, siendo dichas zonas las más desposeídas del reino alauí actual, y de las que se nutrían las tropas franquistas para engrosar sus filas, principalmente los imazighen del Rif.[5]

Jdidi percibe la posición geográfica de Marruecos, la interdependencia económica de su región, aún más fuerte que el pasado glorioso que otros escritores nacionalistas pretendieron revivir. En este punto se advierte la evolución en la narrativa de Jdidi al dar un paso más allá de la utilización de un pasado glorioso como tema literario para dejar paso a la realidad y al presente. Los "convenios" con la "rica Europa" representados en la prosa de Jdidi tomarán el nombre de turismo y se asimilarán circunstancialmente a la industria nacional. Cuando se publicó *Grito primal*, las empresas españolas ya habían cruzado el Estrecho de nueva cuenta y el narrador critica "el complejo de inferioridad de [los marroquíes] ante los que cruzan el charco" (37). Si bien es cierto que Jdidi sólo se ajusta a la realidad de los hechos –y como ejemplo es la construcción de la "salvaje urbanización" (*Precintado* 52) turística *Tamuda Bay* en Rincón, una suerte de nueva Costa del Sol en territorio marroquí–, un aspecto que habría que resaltar es la mentalidad colonialista de las nuevas élites económicas marroquíes. Jdidi lo expresa acertadamente en *Precintado*.

---

[5] En el año 2008 el documentalista melillense Driss Deiback describe durante 82 minutos en *Los perdedores*, la historia de los casi 100 000 rifeños que lucharon en la contienda española y a los que no se les ha reconocido, sin embargo, ningún derecho social.

En consecuencia, como se lee en *Grito primal*, si los españoles echaban a los marroquíes del Bar Playa en la época del Protectorado porque "olía[n] mal y podía[n] atraer moscas" (9), ahora son los mismos marroquíes los que expulsan a sus propios compatriotas de los modernos complejos turísticos. En su aspecto decadente, los capitales nacionales serán considerablemente "ayudados" por los capitales extranjeros que se presentan como turistas enamorados del "exotismo moruno", de las playas, de las núbiles mujeres marroquíes. Es consecuente, por ende, el pronunciamiento del personaje Hach Ahmed Ben Alí al decir que "nosotros fuimos exactamente lo que ellos querían que fuéramos" (*Grito primal* 44). Este pensamiento se puede unir a las elucubraciones del propio autor en la introducción, en la que anuncia que "[a]l norte no le bastaron sus riquezas... morales, materiales e inventó la 'Globalización' o 'Mundialización' y el sur que perdió el sentido de realidad... su realidad y se ha encontrado obligado a 'tragar' todo lo que se le propone" (4). De esta manera, sin que el discurso de Jdidi se constituya en una protesta contra la total erosión de la identidad nacional, sí es una invitación a la revalorización de la cultura marroquí a partir de la brecha existente entre la riqueza de la especificidad y el peso de la diferenciación. Y aún más importante es la aserción del personaje Hach Ben Ahmed Alí cuando se refiere a la situación política y a la psicosis tras la independencia: "No olvides que la abrumadora mayoría de nosotros nunca fue independiente. Nacimos y crecimos colonizados. Que no sabemos qué pinta tiene todo esto" (*Grito primal* 59).

El pensamiento del personaje posee cierto grado de sentido común en tanto y en cuanto durante el periodo de descolonización ciertos intelectuales colonizados han entablado un diálogo con la burguesía del país colonialista; ergo, el personaje sólo ve un cambio de nombres en sus dirigentes, pero la política sigue siendo la misma y su posicionamiento dentro del campo de la ignominia no ha sido modificado sustancialmente. "Ahí tenía a la nueva burguesía funcionarial que pasaba por encima del resto de la ciudadanía, los nuevos privilegiados", observa el personaje Abel Egea de la novela *Sombras en sepia* de Sergio Barce Gallardo (2006: 92). Mary Ellen Wolf ilustra el caso: "Since independence large segments of Moroccan society (the urban proletariat and the peasantry) have remained voiceless, their culture diluted by the class aspirations of a nationalist, bureaucratic bourgeoisie. Además, dicha burguesía, "marginalized and excluded [a la cultura autóctona] from [its] agenda" (1992: 33, 35). La burguesía nacional que toma el poder tras la Independencia es una burguesía subdesarrollada. La Independencia que la pone literalmente contra la pared va a desencadenar en ella reacciones catastróficas y a obligarla, como bien lo narra Jdidi, a lanzar llamadas angustiosas a la antigua metrópoli. En lo que respecta a Tetuán, en ese clima de incertidumbre postindependentista, "los [tetuaníes] tenían que aprender a sobrevivir y por eso [los gobernantes, especialmente Hassan II] se desinteresaron de las urgentes necesidades de esta región del Norte (*Grito primal* 64).

Entre la identificación con el colonialismo y una carencia de esperanza considerable se enmarca la obra de Ahmed Mgara, quien lleva publicada media docena de libros. Hasta cierto punto, la prosa de Mgara, que nace y se desarrolla al amparo de la prensa, considerándose el mismo autor periodista y escritor, se convierte en una de las modalidades de expresión de la intelectualidad marroquí moderna, vinculada en gran parte a los continuos y todavía cotidianos deseos de establecer una identidad cultural nacional. La prosa poética de Mgara,[6] erratas aparte, nos permite dilucidar no sólo la idealización que hace el autor de su tierra de origen, sino también el "lamento [histórico] traído de las Alpujarras" que le impulsan a ver sembrado entre el Dersa y el Gorgues "el alma de [Al] Andalus y la cuna de la poesía eterna", y el olor de "romero arrancado del Albaicín" (3, 7). En este primer libro de Mgara, el lector se expone a atravesar toda la geografía tetuaní, en la que se detallan con percepción estática decimonónica calles, plazas y edificios históricos.

El Ensanche español de Tetuán, según consta Mgara, se antoja como un extraño escenario de grandes casas destartaladas, un repertorio de estilos del pasado, un decorado que traslada al lector a otras épocas de las que parece haber venido sin alteración alguna (*Desde Tetuán* 8). Para Mgara, gran parte de este sitio es ahora sucio, ruinoso y de mal gusto (57), contrario a aquellas épocas del Protectorado de "convivencia total [...] de nostalgia y de suspiros" (56). Alude, por ende, un nostálgico Mgara al favorecimiento de Tetuán por las construcciones edilicias durante el Protectorado, olvidando al país que queda detrás, hambriento, miserable y sin dignidad. En su silencio cómplice respecto a las desigualdades que sufre su pueblo, para Mgara todo parece nacido de la misma tierra y de alguna manera se integra con ella: desde los tostados rostros imazighen hasta las desordenadas antenas de televisión satelital que parecen la flora espontánea y vernácula de las azoteas, de boscosa densidad. Pareciera, entonces, que Mgara reproduce lo que en la introducción, a través de Walter Mignolo, lla-

[6] Dice el propio autor: "En Tetuán es difícil no ser poeta. Y, cuando no se es, el Tetuán andalusí hace al ser 'poeta en prosa'" (*Desde Tetuán* 6).

mamos "diferencia colonial". La diferencia colonial consiste en clasificar grupos o poblaciones e identificarlos en sus faltas o excesos, lo cual marca la diferencia y la inferioridad del proletariado tetuaní con respecto a quien clasifica (Mgara), que a su vez se coloca en el lugar epistémico de enunciación en el que se describe y se legitima el poder neocolonial en manos de la burguesía marroquí.

En *Tetuán... embrujo andalusí*, la voz poético-narrativa de Mgara se traslada esporádicamente a las ciudades andaluzas de Almería, Sevilla, Málaga y Granada para ver allí, con orgullo, su "raíz moruna" ("Almería" 12, "Llanto en Gibralfaro" 13 y "Granada" 14). Tras regresar a Tetuán el autor descubre "la imperial genuinosidad [*sic*] del espíritu andalusí" ("Arcos y sombras" 20). Es allí donde el poeta-narrador se postra como "siervo [...] ante la majestuosidad de la historia" (20). El amor que demuestra Mgara en su narrativa poética es más amor hacia Al-Andalus que hacia Tetuán, por eso insta a sus coterráneos a "cuidar y sostener" Tetuán "para la posteridad del Andalus [*sic*]" (20), y así "escribi[r] en la lápida de [su] postrera morada una estrofa de Almutamid y otra de Lorca" (21). Por una especie de "perversión de la lógica" (Fanon 1971: 192), Mgara se orienta hacia un pasado que no hace más que distorsionar la historia anterior a la colonización. Uno de los grandes errores de los intelectuales es intentar inventos culturales, tratar de revalorizar la cultura autóctona dentro del marco del dominio colonial (ibíd.: 224). Por ende, como apunta Mignolo, la teoría del colonialismo interno (a pesar de sus vinculaciones obvias con el "poscolonialismo y el posoccidentalismo"), quedó oscurecida por el valor mercantil adquirido de proyectos semejantes surgidos de legados coloniales con más valor de cambio que el diferido colonialismo español (Mignolo 2006: 199). Dicho "pasado de perlas" adquiere en los textos de Mgara una significación dialéctica no orientada a denunciar el pasado del pueblo oprimido, sino a resaltar cómo el dominio colonial (el protector) había venido a tierras magrebíes para convencer a los autóctonos de "arrancarlos de la noche" (Fanon 1971: 192).

Por su parte, en lo que se puede intuir como otro esfuerzo tal vez "inconscientemente" colonialista, Mgara celebra un viaje de Tetuán a Valencia "a lomo de la afilada espada del Cid" a rendir un oximorónico homenaje "a la convivencia fraticida de moros y cristianos borrando el odio en fiestas de jolgorio y reflexión madura" ("Tetuán-Valencia" 39). Sobre esa Valencia, que el autor llama "ramillete de Al Andalus" (39), se explaya brillantemente Daniela Flesler en el segundo capítulo de su libro *The Return of the Moor*, "Playing guest and host" (2008: 97-129). Flesler observa que las mencionadas fiestas representan un pasado "distante" y "seguro" para los españoles/valencianos, un espacio imaginario e idealizado de la España multicultural *avant la lettre* (ibíd.: 97). Los "moros" de las fiestas valencianas son traicioneros y violentos, pero a la vez sensuales y creativos (ibíd.: 99). El lector comprometido quisiera ver en ese peregrinaje a Valencia si no una crítica por lo menos una relación irónica, y lo único que encuentra en la narrativa de Mgara es el encuentro con una "nueva amada" (Valencia) y el deseo considerado poco menos que de naïve "de encuentros nuevos entre nuestros pueblos" (39). Muy por el contrario a la benévola, integrativa y romántica visión de Mgara, lo que sucede en estas tierras valencianas (particularmente en Alcoy) no es ni más ni menos que borrar el hecho fehaciente de que Alcoy fue fundada por los musulmanes y no por los cristianos (Flesler 2008: 107-109).[7] Si bien las reflexiones de Mgara no llegan ni por asomo a parecerse a la visión de los europeos sobre Marruecos, plagada de inquinas religiosas y ambiciones colonizadoras, es menester llamar la atención a la altivez y desprecio con la que Mgara se explaya con respecto a sus connaturales, esmerándose muchas veces en presentar una imagen desfigurada de Marruecos, en resaltar todo lo negativo y omitir lo positivo de la cultura autóctona.

Mgara reniega del presente tetuaní (y de todo Marruecos) y sugiere como fórmula de "recuperación de memoria histórica" abrir las páginas de "los legados y seculares herencias [...], los restos de [una] identidad apagada" ("A los hombres de mi tierra", *Tetuán... embrujo andalusí* 52). Mohamed Chakor, como he mencionado antes, es parcialmente consecuente con la visión recupe-

[7] Muy distinta es la visión que promueve Rachid Nini en *Diario de un ilegal* (1999 en árabe, 2000 en castellano) sobre la fiesta de Moros y Cristianos. Como espectador de las fiestas, el narrador observaba que no se pretendía recordar a las nuevas generaciones lo que ocurrió realmente cuando los árabes fueron expulsados de Al-Andalus. Notando la ausencia de trazos de la Inquisición, pensaba que no había mejor manera para contar con delicadeza la expulsión. Además, le sorprendía que todos los parlamentos estuvieran escritos en una poesía agradable que destilaba amor y paz, con desfiles vistosos e increíbles. Al ver al caudillo de los moros con la cara pintada de negro blandiendo su espada, corpulento y orgulloso, sintió vanidad por un instante. Sin embargo, su presencia como espectador en la escena comenzó a perturbarle y salió, dice, destrozado. Es interesante notar que el narrador no sólo se limita a criticar la fiesta de moros y cristianos sino también la subvierte, comparando los personajes de los desfiles con otros legendarios marroquíes. Entonces el caudillo de los moros le recordó no sólo a Alí, compañero del Profeta, cortando la cabeza del monstruo con su espada bífida, sino también al legendario personaje Antara, un rey avaricioso (37). Contando la versión popular de la muerte de Antara a manos de un ciego, se pregunta por qué Antara no percibió el peligro que le acechaba, por qué se había empeñado en no verlo (40). Nini parece exhortar al inmigrante a cierta introspección en cuanto a su relación con el mundo que le rodea y sobre todo su pasado.

rativa de la historia que nos ofrece Mgara, aunque definitivamente más reivindicativa. En "La llave o reflexiones neomoriscas", una reflexión autobiográfica que hace sobre el presente y pasado andalusí, la voz narrativa remite a dos contextos fundamentales: Boabdil le entrega las llaves de Granada a los Reyes Católicos (por lo que se inicia un largo periodo de expulsiones de las minorías religiosas) y la llave como metáfora propiamente dicha, o sea, como solución final que induce a la diáspora (Oubali 2009: 127). Por su parte, en casi todas las casas de familias andalusíes de Tetuán de la alta burguesía, expulsadas de Al-Andalus, está colgada en el vestíbulo la llave de la casa de Granada con la esperanza de volver algún día (Jdidi, *Yamna* 10). Como su antecesor Sidi Abdellah Molina al-Andalusí,[8] Chakor se considera

> el guardián y el servidor del santuario [Tetuán y el Norte de Marruecos] de la conciencia andalusí [...]. Soy el depositario de la Llave de Granada, imán de nuestros anhelos. Desde el siglo XVI somos un pueblo desarraigado que vive del recuerdo; si perdemos nuestra memoria histórica, corremos el riesgo de desparecer (*La llave* 38).

Ahora bien, contrario al relato desesperanzador de Mgara, Chakor avanza hasta negar el "descubrimiento" de América por parte de España en pos de la teoría de que fueron unos monjes marroquíes de origen vándalo de finales del siglo V los primeros en arribar al "nuevo continente" (39). Chakor da un compendio de grandes pensadores, navegantes, científicos y pacificadores moriscos, y traza paralelos con otros descendientes de la tribu de Abraham (desde Averroes hasta Einstein) para culminar con una pregunta: "Los moriscos, ¿somos los palestinos del Mediterráneo Occidental? Los palestinos ¿son los moriscos del siglo XX?" (42). Definitivamente, para Chakor Al-Andalus tiene color de nostalgia y de esperanza, y por más que teja redes de tolerancia entre ambas márgenes del Estrecho, su prosa y poesía son rayanas a los vientos de "rebelión reprimida del contorno mediterráneo", como observa Inma Fernández Hernández en el prólogo a *Latidos del Sur* (1997: 53).

Volvamos, entonces, a la prosa poética de Mgara para constatar que es a partir de las últimas páginas de *Tetuán... embrujo andalusí* donde el autor insta

[8] Soldado que luchó indistintamente bajo el mando de Abén Humeya y Fernando de Córdoba y Valor en la Alpujarra, en 1558, y quien, por otro lado, durante las invasiones de España y Portugal en el Magreb, en 1578, defendió al Dar al-Islam. Hoy goza de gran veneración en el norte de Marruecos.

a olvidarse del abandono de Hassan II (no menciona su nombre explícitamente) hacia el norte y no confundir "el mendrugo con el yugo [y] levantar el silencio del polícromo azulejo [para] clavarlo en el anzuelo que pende [del] mugriento arado" (52). Lo que hace Mgara es confirmar que en el pasaje del nacionalismo global e indiferenciado al ámbito poscolonial el pueblo comienza a tener conciencia social y económica, pero nunca se plantea el autor abandonar el maniqueísmo primitivo del colono para percibir ni el racismo que algunos marroquíes le siguen prodigando a sus conciudadanos imazighen, ni que la nación independiente conduce automáticamente a ciertas capas de la población (particularmente a la burguesía, principal sostén de la monarquía) a renunciar a sus privilegios, caprichos e intereses. Cuando se ve en la narrativa de Mgara un atisbo de crítica y reivindicación social, la voz se apaga para acabar en un concierto de lugares comunes poéticos. En contraste, muy distinta es la aproximación que hacen Mohamed Chakor en *La llave* (1992) y Saïd Jdidi. Este último cuestiona "cómo se negoció la independencia del país. O si [se] quiere... del norte de[l] país" (*Precintado* 26), al tiempo que no duda en catalogar la emancipación de 1956 como "una independencia mutilada" (26), dando a entender que en el norte nunca se llevó a cabo una "descolonización reflexionada" (*Grito primal* 10), sino más bien "otra" colonización "más indirecta, eso sí, pero no menos eficaz" (*Precintado* 96). Jdidi, en *Precintado,* observa que "el colonialismo en 1956 y más tarde los poderes públicos nacionales se fueron de puntillas de Tetuán y del Norte desde hacía lustros para que nadie lo sintiera... dejando muchas zonas de obscuridad en cuanto a la posibilidad, el modo y el modelo de desarrollar socio-culturalmente la zona" (13). Lo expresado por Jdidi es consecuente con la "debilidad clásica, casi congénita, de la conciencia nacional de los países subdesarrollados", según Fanon (1971: 136), que remite "no sólo a la *mutilación* del hombre colonizado por el régimen colonial" (énfasis añadido), sino también "[a]l resultado de la pereza de la burguesía [nacional], de su limitación, de la formulación profundamente cosmopolita de su espíritu" (ibíd.: 136-137) que "desencadena reacciones catastróficas", omitiendo una orientación cohesiva de todo el país hacia la producción, la industria, la construcción y, fundamentalmente, a la creación de trabajo (ibíd.: 137). A nivel socioeconómico, la región tetuaní nunca estuvo integrada a la totalidad del reino, ahondando, de esta manera, su subdesarrollo y su miseria. En lo correspondiente a Hassan II, su comportamiento mezquino y la imprecisión de sus posiciones doctrinales nunca le legaron un reconocimiento digno a la totalidad de los tetuaníes, exacerbando las diferencias regionales.

Posteriormente, ya en su segundo libro, *Desde Tetuán... con amor* (2002), la prosa poética de Ahmed Mgara se convierte en prosa periodística, lo que en la modalidad narrativa del Marruecos postindependentista y muy en la línea de la regenerativa *Nahda* literaria se considera *maqala* o artículo periodístico. En *Desde Tetuán*, Mgara carga las tintas sobre aquellos que han atravesado el Estrecho sin equipaje, para erigirse el autor mismo en el único residente que "no ha huido" (4). Es un Tetuán que agoniza por la dejadez (4) y que pide con clemencia que vuelva a latir "el herido corazón andaluz" (4). Es en el texto que le da título al libro, "Desde Tetuán... con amor", donde el autor acierta, sin dejar de lado cierta arrogancia colonialista, en "ofrecer a los lectores [¿hispanos?] un elenco de [sus] aportaciones en una *variante del español propia de la andalusí zona de Tetuán*" (5; énfasis añadido):

> [E]xclamo los gritos que el decoro y la garganta no pueden exhalar y aportar a la elegante humildad de mis antepasados un sino de orgullo y de prestabilidad [*sic*] para mantener la cúspide de la llamarada de una fugacidad llamada "Al Andalus" [...]. [H]istorias que narran, por medio de versos, enlaces y frustraciones de eras pasadas que testifican grandes amores a la tierra y a los orígenes andalusíes de cada poeta según el calibre de su pertenencia a la arbórea saga arabigoandalusí que durante muchos siglos fue fusionando parentescos entre magnas gentes de ambos lados del Estrecho (5, 6).

Aquí, hasta cierto punto se debe distinguir la actitud de Mgara en tanto y en cuanto resalta el carácter nacional para hacer a la misma permeable a las demás culturas, lo que permitirá influirlas y penetrarlas. El costumbrismo y el color local siguen siendo los lugares comunes en los que se recrea la voz narrativa de Mgara, ahora sí, con más ahínco, haciendo alusión a los jóvenes que salieron en busca del saber, otros en busca del sustento y de un futuro menos cruel y más prometedor (13). Son aquellas tierras donde fueron a parar los emigrantes "menos prometidas" que las que ofrece Tetuán (14). El Tetuán que adora el autor ya no es como relucía en las ruinas melodiosas de las profanas prosas de los idílicos profetas; "[a]hora no son más que llantos esparcidos sobre las ruinas de los sueños sietemesinos" (16). Culpa el narrador a aquellos tetuaníes de los años cuarenta y cincuenta el hecho de no cumplir con la realización de sus anhelos (19), con todo lo dudoso que cabe en esta aseveración, en tanto y en cuanto se condena a esa generación de españoles de "no saber educar" (19) a su relevo marroquí. En realidad, los pocos jóvenes que se beneficiaron de las escuelas coloniales no supieron y no quisieron poner a disposición del pueblo el capital técnico e intelectual adquirido durante el Protectorado. Según Mgara, los tetuaníes postindependentistas no han sabido coger el testigo para seguir concentrándose meramente en lo material y personal, en detrimento del trabajo por la mejora de la condición social e intelectual de su tierra (19):

> Se perdieron muchos distintivos seculares a nivel arquitectónico, desaparecieron de los museos y de las bibliotecas tesoros intelectuales de valores universales, los patrimonios de la administración pasaron a formar parte de patrimonios privados (muebles, pinturas de reconocidas firmas, manuscritos...). Puros saqueos (19).

Por un lado, nada más cercano a la realidad es lo que expresa Mgara en lo concerniente a los robos que han hecho los españoles de determinadas obras de arte y archivos periodísticos y literarios, con la anuencia, beneplácito y hasta apropiación sin tapujos de personajes como los perpetrados por el historiador Mohamed Ibn Azzuz Hakim con respecto al patrimonio histórico perteneciente a los tetuaníes. Por otro lado, como bien lo expresa Jdidi en *Autodeterminación de invernadero*, desde los años cuarenta hasta la Independencia "el paisanaje [tetuaní] se acostumbró a vivir acorralado entre aspiraciones desproporcionadas y una imaginación poco laboriosa... de espaldas a la realidad" (45). Desmitifica así Jdidi la idílica "convivencia perfecta" que algunos autores invocan al hablar de "los años felices del Protectorado", para concluir que si bien "todo el mundo hablaba de amistad, concordia y fraternidad [...], nadie creía ni lo que decía ni lo que decían los demás" (45). Es mucho más contundente Jdidi en *Yamna* cuando hace referencia al pensador argelino Malek Benabi y su concepto de "colonizabilidad [*sic*]" (97):

> a nadie se le ocurría en Tetuán o fuera de ella si en 1912 los marroquíes éramos o no 'colonizables'. Pero era evidente que muchos veían, no se sabe por dónde, lazos de parentesco o de posible incluso condenada cohabitación pacífica con los de la otra orilla. Las vicisitudes de la historia común nunca contribuyeron ni contribuirán a acercar a los dos pueblos. Pues será allí en España donde se sigue con la morobofobia [*sic*]. Aquí en Marruecos el español es respetado y considerado [...]. Tetuán estrenaba manera de ser aunque nadie tragaba lo de los aspectos "positivos de la colonización" (97).

Muy acorde a lo expresado por Jdidi es la perspectiva que nos brinda el dramaturgo y ensayista madrileño José María Rodríguez Méndez de ese mismo

Tetuán en *Pudriéndome con los árabes* (1974), título que puede confundir. En los militares de baja graduación, en los funcionarios de escasa categoría y "aventureros del bajo pueblo andaluz", Rodríguez Méndez advierte palabras y gestos que "en aquellas tierras pisaban fuerte, ordenaban y disponían. Los que en sus pueblos habían sido simplemente criados, ahora se encontraban convertidos en amos y con criados a su servicio" (1974: 9). En esta crónica del Protectorado, que no tiene desperdicio, de prosa sencilla y sincera, leemos también que todos esos colonizadores ejecutaban,

> el mandato del testamento de Isabel la Católica [...], hablaban despectivamente de los 'moros', como designaban a los musulmanes [...] y en la escuela les habían enseñado a denominarlos. A veces en lugar de 'moros' les llamaban 'moritos' con un aire paternalista que quería ser cariñoso (Rodríguez Méndez 1974: 9-10).

Lengua castellana, ¿patrimonio común?

Si bien, como apunta Fanon (1971: 195), la Liga Árabe en los años cincuenta concreta la voluntad de recoger la herencia del pasado y hacerla culminar a través del diálogo e interpelación a través de las fronteras transnacionales e interétnicas, con las afirmaciones precedentes, Mgara, estimo que de manera inconsciente, auspiciaría una tensión regional que a la postre pudiera revestir cierto grado de racismo. De allí que no es muy laborioso dilucidar que Mgara apunta a la tradición cultural milenaria del Mediterráneo, que prolonga a Europa y que quiere hacer participar a Marruecos de la cultura grecolatina. No sorprende, así, que en la prosa de Mgara se pueda comprobar la presencia de comportamientos paternalistas que dan la impresión de que, en lugar de Tetuán, el autor nos esté hablando de Madrid, París o Bruselas. De nueva cuenta, los balidos paternalistas de Mgara respecto a los autóctonos imazighen prolongan el pensamiento franco-español que los "beréberes" son impermeables a la lógica y las ciencias. Por otro lado, al volver la espalda a sus conciudadanos imazighen, el razonamiento de Mgara cuajaría perfectamente con la idea de Hassan II de integrar a Marruecos en Europa, consiguiendo en cambio, para estabilizar al régimen y perpetuar el dominio de la burguesía nacional, atraer solamente a los capitales extranjeros que harán su agosto en el país magrebí.

Más allá de la arenga proandaluza que promueve el autor –hecho que se contrapone con la total ausencia de mención alguna hacia los territorios de

Ceuta y Melilla–, lo que creo meritorio destacar es su aproximación al fenómeno migratorio moderno a través de su poesía. Leemos en "Pobre de ti, idioma de mis versos":

> Sobre maderas carcomidas llegaste
> a la tierra que grita tu ausencia
> Aquí, siglos llevas y llevaste
> soportando las renuncias.
> ¿Qué espina te hirió, Castellano?
> ¿Quién arrancó tu flor de mis tertulias?
> ¿Quién cerró tus aulas
> y las hojas de tus libros[?]
> Castellano, idioma cautivo,
> Bajo tu sombra riego
> El verso más altivo.
> [...]
> De mi pluma fluyes
> como el Darro bajo sus nubes.
> En mi pesar anidas
> con Alberti, B[é]cquer y sus estrofas.
> Castellano, déjame profanar tu léxico,
> y serle fiel a cada línea
> de tu diccionario.

No es tarea difícil descifrar el poema, sino más bien una labor que lleva a constatar, una vez más, el deseo imperioso que tiene el autor de ver afincarse la lengua castellana en territorio marroquí.[9] Mas si bien, para la finalidad de este libro, lo interesante radica en observar hasta qué grado el autor es capaz de "profanar [el] léxico [castellano]", es también hasta cierto punto decepcionante observar que el verbo *profanar* está mal usado o que los dos versos finales del poema componen una *contradictio in terminis*. Más aún, cuando el autor, creo

[9] En "La adquisición y el desarrollo de la lengua árabe en situación de diglosia y diversidad lingüística", Abdelkedir Al Fasi realiza una analogía muy acorde a la de Mgara, aunque esta vez con respecto al árabe "contaminado" por el francés: "El Magreb se afrancesa día a día [...] y los desplazamientos dentro de la triple situación lingüística contribuyen, entre otros factores, a crear un contexto lingüístico dinámico y heterogéneo que podría derivar en una hibridación o en un embrutecimiento de la lengua si no se proveen las medidas necesarias para la conservación de su sistema y su pureza" (cit. y trad. por Akkar 1999: 164).

ahora que conscientemente, establece que el idioma castellano cruza por primera vez el Estrecho "sobre maderas carcomidas", podría haber explotado el fenómeno migratorio moderno en comparación con la previa presencia y expulsión masiva de "moros" (1609-1614).[10] Y, lo más importante, este cercenamiento afectó a la lengua, el árabe (lengua clandestina en aquel entonces), y provocó el desarrollo de la aljamía. El romance que hablaban los moriscos de Castilla y Aragón sin querer "profana" el árabe para convertirlo en mozárabe; mozárabe que hablaban y en el que escribían en el norte de África (especialmente en Marruecos y Túnez). Esa lengua que hablaban y escribían había sido silenciada por sus opresores (valga el ejemplo del paisano tetuaní de Mgara, Juan Alonso Aragonés) y los moriscos no sólo se enorgullecían de usarla, sino también de poder impartir la religión musulmana para la fácil compresión de los expulsados de la Península Ibérica, entre otras utilizaciones didácticas. ¿Por qué no dejar que los marroquíes modernos acopien en un "castellano profanado" historias, recuerdos e impresiones de su país de origen, testimonios del parecer marroquí sobre España para incluso mirar más allá del Mediterráneo quizás para encontrar su propia imagen? Al fin y al cabo, la lengua es de quien la habla, de quien la siente, de quien la trabaja, la elabora y la reelabora. La lengua es tan "traidora", ¡afortunadamente!, que se hace de quien la habla y la escribe. Aunque por una cuestión de espacio en *¡Hay moros en la costa!* no se podrá realizar, sería interesante cotejar esto último con la profanación que del castellano realiza Juan Goytisolo mediante la injerencia del árabe en varias de sus "novelas marroquíes".

Por su parte, como bien lo hace notar Gil Grimau (2002: 25), en la utilización del léxico castellano de origen árabe encontramos la recuperación del vocabulario y de los modismos regionales e incluso morisco-aljamiados. En muchos de los escritores marroquíes que se expresan en la lengua de Cervantes se puede rastrear una reutilización del idioma (a veces involuntaria), de sacar de sus rincones las palabras en reposo, al mismo tiempo que se usan las palabras y geolectos que se van creando cada día (el caló, el lunfardo, el portuñol y el spanglish son buenas referencias comparativas). De este hecho paradigmático no sólo podemos pensar que los modernos escritores marroquíes vuelven a poner en circulación el fondo del léxico árabe-castellano, sino también, y más importante,

[10] Ambos fenómenos responden a los mismos condicionantes históricos: economía, política y religión. En este sentido, San Juan de Ribera (el Torquemada de Felipe II) en 1609 decía que el problema morisco se disolvía como "la sal en el agua", y de esta forma tramaba un plan para embarcarlos en viejas naves para que se hundieran en el trayecto.

de aumentarlo. Así lo entiende también el crítico Saïd Sabia al decir que los escritores marroquíes que se expresan en castellano tienen la oportunidad de "enriquecer la lengua que utilizan con nuevos contenidos y nuevas dimensiones expresivas y culturales absolutamente insospechadas en creaciones de nativos" (1998: 82).[11] En este sentido, debemos recordar que el léxico hispano-árabe procede de la época andalusí y mudéjar, sí, pero por otro lado se ha "renovado" durante la colonia y, con el moderno trasvase facilitado por la emigración y el comercio, y los medios de comunicación como la radio y la televisión, se propicia un vocabulario anejo y vivo. No podemos olvidar, como bien lo recuerda Ahmed Ararou en "Trabanxi", que en el viaje de ida y vuelta muchas palabras castellanas están presentes en el habla coloquial marroquí. Dicha comparación, acompasada con el hurgamiento en los anales de la historia y la mitología, enriquece los textos de Miloudi Chagmoum o Rachid Nini (en árabe), como en los de Abderrahman El Fathi, Ahmed Ararou y Ahmed El Gamoun (en castellano).

Realidad social en la prosa y poesía de Mohamed Bouissef Rekab y Mohamed Chakor

Mohamed Bouissef Rekab es uno de los más prolíficos escritores marroquíes de expresión castellana. En este apartado haré referencia a su tetralogía *Desmesura* (1994), *Inquebrantables* (1996), *Intramuros* (1999) y *Las inocentes oquedades de Tetuán* (2010). *Desmesura* narra la historia de tres jóvenes, Sadek, Dris y Munem, que viven en una aldea de la tribu Ban Maadán y que deciden mudarse a Tetuán en busca de un futuro más promisorio. La urbe les ofrece diferentes caminos: Sadek cae en la prostitución, el alcoholismo y el robo; Dris se dedica al fútbol y logra salir adelante; y Munem logra montar un comercio, pero no puede salir de la pobreza. En el texto se representan las distintas lacras sociales de Tetuán, principalmente la mentira y el engaño. Solapadamente hay una denuncia de las injustas prácticas estatales acerca del abandono del campo en el norte de Marruecos: no hay ayudas materiales para que los jóvenes encuentren

---

[11] Saïd Sabia nos recuerda que muchas veces los autores marroquíes de expresión castellana se niegan a recibir la crítica de otros escritores o filólogos a los "graves errores" que algunos de los primeros comenten con la lengua (1998: 82). Algunos escritores (se refiere particularmente al caso de Mohamed Sibari) tildan a aquellos que se atreven a proferir algún juicio sobre sus obras de "envidiosos, necios y apoltronados, incapaces de crear" (ibíd.).

alicientes para permanecer en sus tierras y trabajarlas, y no hay escuelas. Como contraparte, las personas mayores que viven en la aldea se sienten a gusto, a pesar de las inclemencias naturales. La religiosidad de estos últimos está por encima de cualquier avatar y lo demuestran con rogativas a Allah para que les ayude siquiera a sobrevivir en un entorno declaradamente hostil.

Inquebrantables resume la historia de una serie de personajes que recrean acciones imaginadas. La novela posee peculiaridades comunes a los héroes urbanos y rurales. Más firmes y duros que el héroe árabo-oriental, los personajes imazighen de Bouissef soportan sin ayuda toda clase de pruebas y privaciones morales y físicas, rasgo en el que se insiste numerosamente en la narración. Es el caso de Farid, un joven enfermero de Tetuán que es destinado a una aldea rifeña. En la novela el joven Farid es partícipe de innumerables encuentros amorosos, razón por la cual su madre acude a una prestidigitadora para alejar a todas las mujeres que se acercan a su hijo. En *Inquebrantables* el rechazo de lo rural por parte del personaje urbano ya no es tan abrupto como en el caso de *Desmesura*. En cambio, la imagen del campo se manifiesta sacralizada. En la aldea aparece un agorero que, aparte de ser el transmisor de las noticias nacionales, conoce los secretos más íntimos de todos los vecinos. Su influencia en la vida de los habitantes de la aldea cesa cuando éstos emigran. El agorero representa la memoria viva del pasado y es el que transmite las historias de los habitantes originales de la aldea.

En *Las inocentes oquedades de Tetuán* se trae al presente la historia novelada de la capital del Protectorado español. Las narraciones intercaladas empiezan en 1936 y finalizan en 2004. En la intercalación de historias pretéritas y presentes los marroquíes musulmanes conviven con españoles, marroquíes de origen español y sefarditas en un marco de óptima convivencia. Muy común a toda la obra de Bouissef, en *Las inocentes oquedades* no faltan los enredos amorosos que unen a algunos protagonistas jóvenes con sus antepasados. Existen tres personajes principales: Julián Paz, español, propietario de un edificio, dueño de una aseguradora, franquista y otrora contrabandista de oro desde Gibraltar; Hammad, tetuaní y portero del edificio de Julián Paz; y Anisa, tetuaní, nuera de Hammad y adúltera. Las tres historias principales se relatan de manera lineal y el tratamiento que hace Bouissef sobre la época del Protectorado, aunque muy bien documentada, no deja de ser bastante maniqueísta.

En *Las inocentes oquedades* es importante también el tratamiento que le da Bouissef a los periódicos editados en castellano en la zona española antes y después de la Independencia. El periódico *África* desparece hacia el año 1962, llegando a Tetuán sólo periódicos en árabe y en francés. Estos últimos "lo esta[ban] avasallando todo" y "las autoridades marroquíes" siempre daban la razón a lo que tenía "color francés" (43). La crítica por elevación es destinada a las autoridades españolas que, contrario a las francesas, jamás consiguieron dejar un legado cultural muy digno, salvo el caso de las mencionadas revistas *Al-Motamid*, *Ketama* y *Cuadernos de la Biblioteca de Tetuán*. Durante los últimos años del Protectorado también comienza a llegar a Tetuán el periódico *España*, publicado en Tánger y que, a juzgar por el protagonista español de *Las inocentes oquedades*, no posee el mismo rigor periodístico que "el *África*" (111).

Las historias narradas en *Los bien nacidos*, *Intramuros*, *Inquebrantables* y *Las inocentes oquedades* son el resultado de las entrevistas de un narratario-narrador que se ocupó de recoger noticias de los habitantes de Tetuán y de algunas aldeas circunvecinas. Se puede rescatar de la tetralogía el discurso polifónico en el que se hace intervenir a los personajes, todos ellos con estratos y registros lingüísticos diversos. En estos relatos se revela a Bouissef en su etapa de escritor en formación (particularmente en las primeras tres), pero a la vez gran conocedor de la cultura popular en todas sus vertientes, siendo la tradición oral marroquí el detalle que más resalta, una de las más ricas de África por la variedad y multiplicidad de sus afluentes históricos: el amazigh con sus Ahidous, el afro-sahariano con sus Gnaua y Dakka Marrakchia, el arabomusulmán con su *Kalil awa Dimna* y sus *Mil y una noches*. Es ésta una tradición oral (que definitivamente se puede rastrear no sólo en los textos de Bouissef, sino también, muy particularmente, en los de Sibari y Lahchiri, entre otros) que resalta Abdelhamid Akkar en conjunto con la pluralidad de lenguas habladas en Marruecos (y en todo el Magreb); transmisión oral, hablada o registrada en una de las lenguas maternas, que se mantiene cercana a la realidad cotidiana del hombre –lejos de cualquier análisis o clasificación precisa– por medio de la repetición y el ritmo característicos de la oralidad, así como por la utilización de intensificativos, refranes o imágenes pertenecientes a la memoria colectiva (166).

Observo, por ende, que las virtudes más elocuentes de la prosa de Bouissef radican en narrar el desfase entre las mentalidades representativas de las distintas capas sociales y resaltar las diferencias entre los distintos géneros sexuales. En la literatura de Bouissef se reconoce la dimensión de este contacto al aludir el autor constantemente al conocimiento de la verdad social a través de la convivencia con dichas capas. Si bien en ocasiones los personajes de Bouissef –que abarcan desde el campesino hasta el estudiante, pasando por la prostituta– aparecen poco efectivos y, en ocasiones, débiles o desorientados, este motivo no quita que su vocabulario sencillo y la espontánea descripción de escenas contribuya a que sea uno de los autores marroquíes de expresión castellana más leídos.

Quiero darle una conclusión a este apartado sobre Tetuán y la literatura costumbrista, para luego dar paso a los primeros testimonios sobre la literatura de la migración de los años noventa, con la poesía de Mohamed Chakor, en tanto y en cuanto para este autor escribir no es sólo contar cosas, sino mas bien convertir la lengua en metalengua, nitidez estilística, vigor literario e imaginación fértil. En sus poemas encuentro el intento de mimetizar la vena humanista de su condición de escritor árabe-musulmán-marroquí en una sociedad española no muy receptiva a los cambios que depara el siglo XXI. Me interesa resaltar en los poemas de este decano de las letras marroquíes en castellano la naturaleza híbrida y hasta cierto punto contestataria de su escritura. En la apertura del mundo árabe moderno a su vecino europeo, el caso español se presenta con tantos atractivos como paradojas y peculiaridades. En tiempos modernos, desde mediados del siglo XX, España va a ser el único país europeo en permitir a los árabes que lo visiten reflexionar conjuntamente sobre lo propio y sobre lo ajeno, sobre el pasado y sobre el presente. En este sentido, ya he mencionado la importancia que le da Chakor a celebrar el mito de Al-Andalus, haciendo continuas referencias al pasado de su ciudad natal. Sin embargo, creo conveniente transcribir algunos de sus versos para constatar que la nostalgia por Al-Andalus, paradigmático e idealizado, inspira un sentimiento que, lejos de ser connatural a un pretendido espíritu árabe-mediterráneo, nació de razones históricas precisas, condujo a mitificar esa parte de su pasado medieval que, de esta manera, se convirtió en uno de los elementos más destacados del pensamiento nacionalista árabe de los sesenta:

Canto inconcluso a Tetuán

Tetuán, destello de Albaicín,
remembranza estelar
del Paraíso Perdido.
Cuando Al-Andalus
entregaba a Dios su alma
sobrevivientes granadinos
le dieron vida y esperanza
[...]
Estallan de belleza sus mil zocos,
sus calles arden fragantes,

su siempre despierta juventud
es el capullo de nuestra esperanza
(*Latidos del Sur* 72, 74)

Noto, por otro lado, que la exacerbada imagen idílica de Al-Andalus y el deseo de entendimiento y compromiso entre España y Marruecos reditúa en vanos esfuerzos comerciales equitativos, desplazamientos y rechazos de todo tipo; y, en materia cultural, claros visos paternalistas por parte de algunos colegas europeos. El novelista Abdelkader Chaoui es contundente al respecto cuando dice que la historia entre Marruecos y España "ha sido formada por el núcleo más duro y rígido del desencuentro y la confrontación para unos, o del odio y la desconfianza para otros" (2007: 4).

Pregunto: ¿hasta qué punto los autores marroquíes que se expresan en castellano son bienvenidos en España? ¿Hasta qué punto sus textos se toman como una experiencia multiculturalista totalmente eurocéntrica y/o paternalista? ¿Hasta qué punto se celebra a estos autores y otros intelectuales mientras se desdeña y se explota al "moro" que se desloma en los campos de Almería o en las huertas de Murcia? La España real, la que Chakor conoce y recorre, queda transformada en un salón de pasos perdidos, mera antesala obligada y necesaria a la visita andalusí, sin duda el afán primordial que otrora empujó a muchos viajeros marroquíes (y del resto del mundo árabe) a conocer la Península Ibérica. Hoy, gracias a los servicios satelitales, la invitación virtual que hace TVE y CNN+ trae "a los moros" en medios de transporte mucho menos convencionales. Bien fuera por comparación con Al-Andalus magnificado o por contraste con los vecinos europeos más desarrollados, la literatura marroquí en castellano "problematiza"-cuestiona-interpela en mayor grado tanto a entidades locales como europeas no sólo sobre el cruce del Estrecho, sino también acerca de los desplazamientos sociales que sufren gran parte de los ciudadanos magrebíes y subsaharianos. Muchas veces se observa una visión dicotómica entre lo árabe y lo español no desmentida por esporádicas pinceladas de sentimentalismo romántico, cuyo estudio resulta hoy más atractivo e interesante que nunca. En Chakor se puede notar que este deseo de volver a Al-Andalus, más que una voluntad de reconquista forzosa es sobre todo un topos literario. Mientras las costumbres occidentales son rechazadas por un gran número de intelectuales y escritores marroquíes, hay otro grupo de escritores que se debate entre el afianzamiento de los valores tradicionales y la apertura o exilio hacia Occidente. Al-Andalus comienza a ser reclamado histórica y geográficamente y, de esta forma, se empieza a validar la peregrinación hacia ese "lugar de pertenencia"; trashumancia que coincide, en muchos casos, con el ascenso social y la adopción de los valores de la clase media "occidental". La poesía de Chakor va por esta senda. Leemos de "Medias Lunas errantes":

I

Mi vida tiene rostro de muerte.
Soñar con emigrar es el pan
de cada día para paliar el hambre.

El inalcanzable visado, espectro
del "Muro de Berlín" en el Mediterráneo,
no me abre las puertas del Edén.

Surcar la alcatifa azul del Estrecho,
cementerio marino de medias lunas errantes,
tampoco me salva de explotación y racismo.

En el aduar el buitre picotea mi sombra
En la diáspora el sabueso sigue mis pasos
¿Cuándo alboreará la era de la hermandad
entre el Norte y el Sur?

II

No es peor ser paria en [Á]frica
que africano en Europa.
Indignidades las condena esta sentencia:
"Sal de la ciudad donde estás humillado,
aunque esté construida con rubíes"

Del músculo, del sudor, del desafío
brotarán preñadas espigas.
¡Madre África, tu mal es benigno,
tu matriz alumbró al primer hombre,
tu cielo nos reveló el monoteísmo
y tu genio reiventará el futuro!
(*Latidos del Sur* 62)

En síntesis, la poesía de Chakor es, en cierto modo, una forma de refugio y liberación. De acuerdo con esta tesitura, leemos de la pluma de Chakor el resumen sincrético perfecto entre oración, expresión (testimonio o autobiografía) y arte. Se rescatan de estas aseveraciones una amalgama de palabras que conjugan perfectamente con el deseo vinculante (puente Norte-Sur, igualdad genérica y racial) en la escritura testimonial: exilio, deseo de justicia, fraternidad y esperanza.

A través de la realidad social en los textos de Bouissef Rekab y Mohamed Chakor se puede dilucidar la cara oscura del mítico y a la vez desatendido norte de Marruecos por el Estado. Entre otras cosas, y debido a las causas mencionadas, no sorprende constatar que Tetuán y sus alrededores es el sitio donde los movimientos radicales islámicos yihadistas (léase al Qaeda o Ansar Sharia) reclutan la mayor cantidad de jóvenes para sumarlos a su causa. Los mercados de Al Massira y Bonamar en Fnideq, muy cerca de Ceuta, son dos focos de reclutamiento de jóvenes que acceden a Siria a través de la frontera terrestre con Turquía. En la misma Ceuta, y particularmente en el Barrio Príncipe Alfonso, escenario de la gran mayoría de los cuentos de Mohamed Lahchiri (capítulo IV), debido a la marginalidad real por el alto índice de desempleo, como la marginalidad percibida, por sentirse ciudadanos de segunda clase al no haber alcanzado el estatus social deseado o por entender que los jóvenes están siendo discriminados por razones políticas, culturales, religiosas o étnicas, es donde la militancia yihadista (cuyo grupo se denomina Nadim al-Maghribi) se encuentra en un periodo de alta participación. La acción de estos grupos data incluso desde la época del atentado en la Casa de España en Casablanca en 2003, como en los atentados del 11-M.[12]

---

[12] Para más información, véase el portal jihadmonitor.org y, en particular, el texto de Javier Jordán y Humberto Trujillo titulado "Entornos favorables al reclutamiento yihadista".

Repensar el involucramiento de la mujer marroquí en el ámbito poscolonial

Este capítulo lo escribo con la consigna de que la mayoría de los textos escogidos beben de los preceptos que enumera la argelina Assia Djebar en el prólogo de su novela *Femmes d'Alger dans leur appartement*, publicada en 1979:

> Don't claim to "speak for" or, worse, to "speak on," barely speaking next to, and if possible very close to: these are the first of the solidarities to be taken on by the very few Arabic women who obtain or acquire freedom of movement, and body and mind. And don't forget that those who are incarcerated, no matter what their age or class, may have imprisoned bodies, but have souls that move more freely than ever before (*Women of Algiers in Their Apartment* 2; énfasis en el original).[1]

En general, la sociedad occidental considera que el mundo musulmán es desigual, machista y muy cerrado, una imagen entendible si la única fuente de información es la de los medios de comunicación occidentales (El Amrani 2012b: s/p). Se habla de poligamia (*jebr*), matrimonios con menores de edad, obligación de que la mujer lleve el *hijab* y otros menesteres como directrices de la religión musulmana. Sin embargo, los que conocen esta religión, las culturas y tradiciones árabes e imazighen pueden hacer una estricta separación entre lo que la religión pregona y lo que las culturas y tradiciones arcaicas imponen (ibíd.: s/p). Al respecto, profundiza Djebar, esta vez en *Women of Islam* (*Femmes d'Islam*):

> Just as Islamic civilization declined [...] because of the shifting of the spirit of liberty in the interpretation of the sacred writings, so the condition of women deteriorated because her place in society was determined too rigidly, according to the l[a]tter rather than the spirit of the Koran (1961: 33).

En Marruecos, y en el Magreb en general, los años ochenta fueron un periodo crucial en la transformación de los movimientos de mujeres. No es coinci-

[1] Cito por la edición inglesa.

dencia que los nombres de las nuevas asociaciones de mujeres incluyeran palabras como "democrático", "progresista" y "derechos". Su independencia y valentía distinguía a estos movimientos según se abrían un camino cubierto de obstáculos, sitiado y acosado por los regímenes en el poder. Hoy en día, la nueva generación de asociaciones de mujeres se distingue por su cercanía cualitativa al tema de los derechos equitativos. Los considera cuestiones clave, igual de importantes que la democracia, el desarrollo y los derechos humanos. El discurso internacional sobre las mujeres ha ejercido una influencia significativa en el movimiento de mujeres árabes/imazighen y el motor de su perseverancia y de la reformulación de sus objetivos (El Khayat 2004: 31). El nuevo enfoque ha pretendido desplazar opiniones tradicionales aún aferradas a la cuestión femenina. Por tanto, las leyes de estatus personal eran la prioridad más importante entre los objetivos de los movimientos reivindicatorios de los derechos de la mujer, seguidas por la promulgación de una legislación que garantizara la igualdad de las mujeres y los hombres en la vida política y económica (El Amrani 2010b: 16). Las distintas asociaciones de mujeres también instaron al gobierno marroquí a aplicar los acuerdos internacionales que habían aprobado las Naciones Unidas, el Mouvement Féministe Tunisien Indépendant (MFTI), la Association Tunisienne des Femmes Démocrates (ATFD), la Association des Femmes Tunisiennes pour la Recherche et le Développement (AFTURD), el Collectif 95 Maghreb Égalité y el colectivo feminista en torno a la revista *Nissa*.

En consecuencia, merece especial atención el tema de la mujer que ha dado lugar a una literatura marroquí de tendencia claramente feminista que trata la dificultad de comunicación con el hombre, a la vez que se presenta como obstáculo que los personajes femeninos intentan vencer a fin de liberarse y encontrarse realizadas en su condición de mujer (El Amrani 2010b: 16). Por su parte, en su controvertido ensayo sobre *La mujer en el mundo árabe*, Ghita El Khayat sostiene:[2]

[2] Alguien incluso podría considerar el texto de El Khayat no sólo controvertido sino hasta escéptico. La ensayista hace generalizaciones casi sin apoyo en estudios cuantitativos al decir que los países árabes son los menos desarrollados desde el punto de vista científico (2004: 8, 20), o que un reducidísimo grupo de mujeres árabes han aportado sustancialmente al desarrollo de la humanidad en ámbito alguno (17, 74). En algunos casos, El Khayat afirma que no hay bases teóricas acreditadas sobre los temas antes mencionados sobre la mujer en el mundo árabe (18, 19, 21, 30, 97, 106, 108). El Khayat concluye su ensayo sobre *La mujer en el mundo árabe* denostando los textos del historiador Abdallah Laroui y los del filósofo Mohamed Abd al-Jabri. También apunta a "la "posición confusa" de Fatema Mernissi, "imbuida del feminismo occidental euroamericano de

> [L]a mujer árabe es un ser denigrado, escondido, que no posee medios propios ni para autoanalizarse ni para crear, o lo que es lo mismo, para efectuar operaciones básicas de la expresión de sí misma y de los demás [...]. Este tema [...] resulta sintomático del caótico desarrollo del mundo cultural que el mundo árabe ha efectuado en el curso de la historia [...]. La situación lamentable de las mujeres en el mundo árabe no es problema relevante para los hombres [...]. El estado actual no se aclarará, ni dentro ni fuera del mundo árabe musulmán, hasta que no se tome conciencia del problema dentro de la propia esfera femenina (2004: 8-9).

Con el fin del Protectorado será creada la *Mudawana* (*Código de familia* en Marruecos) en 1957/58, a partir de la ley del Corán y las interpretaciones de los sabios basada en las aportaciones de rito *Maliki*, una de las cuatro escuelas doctrinales que existen en el mundo musulmán. El modelo jurídico de la familia que se desprende del *Estatuto Personal Marroquí* de 1957/58 es de una familia tradicional donde el predominio pertenece a los hombres y el papel de la mujer es situado a nivel inferior, simplemente esposa o madre (Benradi 2000: 93). La "flexibilidad" o "ignorancia" en la interpretación de las leyes, incluso por parte de los jueces, hacía que muchas veces éstas no se ejecutasen de forma determinante (ibíd.: 112).

Entre los años 1986 y 1987 se plantea el debate de la emancipación de la mujer en las páginas de "L'Opinion semanal". En las columnas de opinión del mencionado semanario, y muchas veces de manera anónima, se explayan los lectores marroquíes sobre la "barbaridad que hoy en día se oiga hablar de la mujer como esclavo hembra [*sic*] del hombre que no sirve nada más que para satisfacer las necesidades del marido criándole niños [*sic*] y quedándose inerte en su hogar" (anónimo 1987: 7). De esta manera, el autor anónimo (o la autora anónima) del primer artículo en castellano que versa sobre "la mentalidad estéril" de quienes pretenden postrar a las mujeres y quitarles toda su dimensión humana hasta exterminarlas, se plantea el hecho de que la mujer debe "exceder las fronteras" de ser un simple apéndice del hombre y así conquistar nuevos horizontes. El artículo es todo un elogio a la capacidad intelectual de la mujer, quien no sólo iguala a la del hombre, sino que lo supera hasta desafiarlo:

---

los años setenta" (108). Por otro lado, continúa El Khayat, pensadores como Mohamed Arkun, "el más importante islamólogo magrebí, están censurados por el ala islámica intransigente, integrista y fundamentalista" (108). Amin Maalouf opina que "en Occidente, la sociedad modernizó su religión; en el mundo musulmán las cosas no sucedieron del mismo modo" (1999: 77). De cualquier manera, prosigue Maalouf, "cuando la modernidad lleva la marca del 'Otro', no es de extrañar que algunas personas enarbolen los símbolos del arcaísmo para afirmar su diferencia" (ibíd.: 82).

"Y si la mujer se ve floja en los trabajos basados en la fuerza física, eso no es una sentencia satisfactoria para desproporcionarla y marginarla como lo hacen los machistas y antifeministas, hombrecitos que conciben mal su emancipación y su libertad" (ibíd.). La mujer, de esta manera, es concebida como el motor del desarrollo del país magrebí. Ahora bien, continúa el columnista, las mujeres marroquíes deben crearse una conciencia propia y su emancipación debe ser fiel y adecuada al ámbito árabo-musulmán en el que viven: "Eso es necesario y obligatorio para ganar su autenticidad y su identidad dentro y fuera de su país, sino [*sic*] será la que ahora pasa su mayor tiempo frente al esp[e]jo y en la calle intentando imitar a la mujer europea en sus cualidades físicas exteriores" (ibíd.).

Otro columnista de "L'Opinion semanal", que firma con su nombre y apellido, Mjdoub Zakaria, escribe un pequeño artículo titulado "¿La mujer? Otra canción". En este artículo se culpa directamente al hombre marroquí del sometimiento "físico y moral" (1987: 8) de la mujer marroquí, arguyendo la política de doble rasero que el hombre utiliza. Este último subestima a sus connacionales femeninos y se siente atrapado por la mujer europea, fruto de la "civilización moderna" (ibíd.). Según el articulista no es culpa de la mujer marroquí "ser ignorante" (ibíd.) o estar obsesionada con el matrimonio. A la mujer marroquí se la prepara desde su nacimiento para ser una buena ama de casa y una buena esposa, sin tener en cuenta que "la sociedad", al "proteger[la] bajo las alas del hombre", no hace más que "esclavizarla" (ibíd.). El articulista va más allá y se pregunta por qué en la fiesta del "Achura" (conocida comúnmente como la de "los Reyes musulmanes") a la mujer se le regala una muñeca, "símbolo de ternura y debilidad" (ibíd.) y al hombre "una pistola, símbolo de valentía" (ibíd.). Lo que se plantea en esta serie de publicaciones sobre la mujer en "L'Opinion semanal" de los años ochenta es subrayar los distintos aspectos que por tradición o legislación constriñen la visibilidad y la participación activa del sector femenino de la sociedad marroquí, que estuvo hasta ese entonces completamente olvidado en la historia del país magrebí de los debates públicos y las agendas políticas. En simples términos, la serie de artículos de "L'Opinion semanal" apuntaba a que las mujeres marroquíes modernas ya no aceptaban jugar papeles secundarios para enfatizar que la mujer marroquí no hace más que coronar su desempeño como esencial en el auge socioeconómico y político de su país luego de la independencia.

Desde la codificación del *Código de familia* de 1957/58 se introdujeron varios cambios que intentaron promover la inserción de la mujer dentro del aparato social marroquí. A partir de finales de los años setenta, las asociaciones femeninas empezaron a reclamar una reforma de la *Mudawana*. En este sentido, las feministas marroquíes pusieron sobre el tapete la necesidad de reconocer cómo sus congéneres combatieron tan enérgicamente al colonialismo palmo a palmo con sus compañeros masculinos. Será, entonces, a partir de los años ochenta del siglo pasado cuando se empieza a dar a la mujer la importancia que supo ganarse a pulso desde las batallas anticolonialistas. En consecuencia, en 1992, Hassan II formulaba una promesa de reforma de la *Muwadana* en el sentido de mejorar la condición de la mujer. El debate no fue público, pero la voz de las mujeres se hizo escuchar; numerosas asociaciones femeninas, de cariz político o no, presentaron oficialmente a Hassan II memorandos sobre la cuestión y se pedía un mínimo de reformas. El 10 de septiembre de 1993, dos leyes modificaban los *Códigos del Estatuto Personal* y el *Procedimiento Civil*. Los textos de septiembre de 1993, sin derrocar las estructuras existentes, mejoran sensiblemente la condición de la mujer como esposa y como madre. De todas maneras, la reforma de 1993 no era suficiente para llegar a una igualdad jurídica entre hombres y mujeres. Entre otras cosas, los cambios mencionados restringirían la poligamia y el repudio, pero no afectarían al divorcio que seguía discriminando a las mujeres.

Como corolario de las razones mencionadas anteriormente en los artículos seleccionados de "L'Opinion semanal", en el año 1999, el gobierno del exprimer ministro marroquí, el socialista Abderrahman Yusufi, elaboró un plan de integración de la mujer al desarrollo –presentado al Banco Mundial– en el que propuso un proyecto para modificar la *Mudawana*. Ese plan tuvo gran oposición por parte de los conservadores e islamistas ortodoxos. De esta manera, en Rabat, el día 12 de marzo del 2000, una manifestación de trescientas mil personas encabezadas por el mismo ministro Abderrahman Yusufi, partidos liberales y de izquierda, y asociaciones de mujeres reclamaba la modificación de la *Mudawana*; pero el mismo día, la misma mañana, en Casablanca, los islamistas ortodoxos lograron reunir a un millón de manifestantes para rechazar cualquier cambio y denunciar el plan como prooccidental y antimusulmán. Por su parte, a partir de esos años noventa (e incluso antes) varias organizaciones de mujeres han llevado a cabo la tarea de reinterpretación del Corán. Según estos grupos, las mujeres tienen todo el derecho a comprender e interpretar el Corán desde su propia perspectiva, lo que en árabe se denomina *ijtihad*.

Las reformas más recientes a la *Mudawana* se realizan en 2003/2004 a instancias de Mohamed VI. Podríamos decir, grosso modo, que el texto de 2003/2004 es muy claro y más flexible, progresista y democrático (desde un punto de vista occidental) con respecto a la libertad de la mujer de elegir cónyuge, se explaya sobre la abolición del repudio, "la prácticamente abolida" poligamia (Chakkor 2004: 8), el matrimonio, el divorcio (bajo control judicial), igualdad de derechos y deberes entre hombres y mujeres, la custodia de los hijos, la manutención, y hasta presenta un inciso sobre "La aplicación del Estatuto personal en la jurisdicción española" como norma del derecho internacional privado. Es importante recabar algunas palabras vertidas por el traductor y prologador del texto de la *Mudawana* de 2004 al castellano, Abdelcrim Chakkor: "En ese mundo árabe tan cansado y tan desesperado, donde el proyecto de la modernización y del progresismo sufre un verdadero retroceso ante el avance del Islamismo que enarbola la bandera del pasado" (ibíd.: 5), esta nueva legislación del Código de Familia viene a dar "un aire fresco de justicia [e] igualdad" (ibíd.).

En *Las inocentes oquedades de Tetuán* de Bouissef Rekab, uno de los personajes masculinos observa:

> [E]n estos tiempos [se refiere al siglo XXI] las féminas han perdido el honor y el respeto por los hombres [...]. [L]as mujeres buscaban mandar en sus maridos y eso no había que permitirlo, porque es que 'ni Dios lo admite'; [...] si no se tomaban medidas drásticas y rápidas, las mujeres iban a ser ellas las que repudiaran a los hombres; [...] algunas hasta se permitían hacer política y convertirse en líderes... (153).

Se debe entender en esta cita la voluntad del autor de confinar varios motivos que, a pesar de las reformas de 2003/2004 a la *Mudawana*, siguen vigentes entre la población principalmente masculina. A día de hoy, el conservador Movimiento Justicia y Espiritualidad atraería la mayor cantidad de votos para formar gobierno si no estuviera ilegalizado por el rey (a quien, por cierto, no reconocen). En sintonía con esto último, si bien en el espacio público las mujeres gozan de una emancipación hasta hace dos décadas impensada, la situación dentro del espacio privado sigue rigiéndose por un estatuto no escrito que las somete y las hace sentir inferiores (Roque 2000: 20; El Khayat 2004: 31).

La imagen de la mujer en la literatura femenina marroquí escrita en castellano

Sara Alaui posee dos libros de relatos y poemas: *Narrativas y poemas* (2001) y *Sólo mujer* (2005). Al lector profano el contenido de sus textos podrían manifestársele de un maniqueísmo *in extremis* que, en lugar de hacerle un favor a las letras marroquíes, le produciría perjuicios más que beneficios. Digamos, quizás de manera demasiado sucinta, que el lector occidental que quisiera encontrar todos los "tópicos" habidos y por haber sobre la figura del hombre musulmán violento, descortés, engañador, traicionero y mentiroso los puede hallar en la narrativa de Sara Alaui. Con respecto a la representación de la mujer, las encontrará el lector violadas, vituperadas y golpeadas por los hombres marroquíes, cuando no juzgadas y calificadas mediante parámetros relacionados con su honestidad, sumisión u obediencia al padre, hermano, novio o esposo.[3] Como ejemplo, reproduzco aquí parte de uno de sus cuentos, "Yasmina" del libro *Sólo mujer*:

> [...] [S]oy hija de un matrimonio árabe; mis padres son como se podría decir una familia de la clase alta [...].
>
> Tengo cuatro hermanos [...]; mi padre como buen árabe le sentó como un tiro mi nacimiento, y el mismo día le dijo a mi madre: "si vas a empezar a traer niñas a esta casa ya no concebirás más".
>
> [...] Por ser hembra, no pude estudiar, pues se negaba rotundamente, pero me trajeron una mujer a la casa que me enseñó a leer y sobre todo a aprenderme el Corán de memoria [...].
>
> [...] [M]i padre le dijo a mi madre: "te juré que no tendrías más hijos, mi ilusión fue siempre tener ocho hijos así es que he decidido volver a casarme".
>
> [...] [P]ensaban casarme con su hermano mayor, que ya tenía dos mujeres, yo sería la tercera [...].

[3] Nasima Akaloo ha encontrado en dos textos sobre Islam, mujer e inmigración el tratamiento de la mujer "sometida", pero hechos desde una perspectiva esperpéntica, de alguna manera para desmitificar los estereotipos formados por los europeos. Se trata de "Vrouland" (País de mujeres) de Rachida Lambaret y "Visite a l'abbatoir" de Abdelkader Benali. Reproduzco aquí una pequeña traducción y nota que hace Akaloo sobre el cuento de Benali: "The narrator's elder sister, exceptionally outstanding at school, is the continuous subject of discussion behind the closed door of his parent's bedroom, where the girl's future education is discussed. Both stories are well written and effuse hilarity and irony. What is particularly criticized in this story is the woman's perpetuation of Tradition out of fear, jealousy or an instinct of protection. The mother was therefore wary of the threat posed by the outside world, an unknown, alien space from which she is denied access. She complained that in the other homes (of Moroccan women she visited), the girls were not girls anymore, they had gone astray, they wore their hair short, or worse even, they died it blonde, they entered and left their homes as if it were a supermarket and spoke in a language she didn't understand" (Akaloo 2011a).

> "Mi respetado señor y padre, nunca en la vida he contrariado tus deseos, [...] con todo el respeto que te tengo que decir no pienso casarme con él".
>
> [...] [D]escolgando el látigo [...] lo descargó contra mí con todas sus fuerzas; [...] la sangre brotaba de todas mis partes del cuerpo [...].
>
> [...] [P]odía denunciarlo, pues un matrimonio a mi edad y forzada, no está permitido en mi país; pero ¿y después? ¿Dónde me metería? Pues nunca me aceptará habiéndole denunciado (2005: 55-65).

El personaje masculino del cuento de Alaui coincidiría con el sultán magrebí-oriental, frecuentemente definido como "un hombre poderoso en todos los sentidos, casado con siete mujeres, por ejemplo, padre de otros tantos hijos e hijas a los que proporciona dinero, caballos o caprichos en abundancia, capaz de no asombrarse ante ningún exceso" (Gil Grimau Benumeya 2006: 17). Vive en un bello y lujoso palacio pero desea otros mejores. Es capaz de ordenar a sus hijos que maten a sus madres por supuestas infidelidades, pero a su vez cuidadoso hasta extremos increíbles con los hijos varones. El hombre (padre, hermano, esposo) es aplastantemente soberbio, tirano y cruel, siempre dispuesto a "hacer una justicia expeditiva" (ibíd.).

Por lo pronto, también el lector puede constatar que la publicación de este cuento se realiza en 2005, a sólo un año de la *Mudawana* nueva, por lo que podría intuirse que la autora intenta remarcar que, a pesar de la legislación vigente, las pautas de la realidad no siempre coinciden con lo jurídico. El otro hecho que resalta la prevalencia del patriarcado radica en la clase social de los personajes. Muchas veces, lo he observado en mis trabajos de campo, la mujer de clase alta citadina (*jassa* en árabe) es más proclive a ser inducida a los casamientos arreglados para que el "hombre no se aproveche de su patrimonio" una vez consumado el contrato matrimonial. Con respecto a los matrimonios "precoces", El Khayat observa que se basaban en dos razones fundamentales: "salvaguardar el honor y ahorrarse la manutención de la hija" (2004: 39). Fatema Mernissi apunta que los hombres musulmanes han manipulado "la sacralidad" del matrimonio para someter a la mujer. Sin embargo, muchas eligen no obedecerle, desestabilizando, por ende, el orden patriarcal. Según Mernissi, este hecho no sólo es una realidad histórica, sino que ha sido ampliamente reproducido en textos de ficción (2001: 20).

El paradigma de lo expresado por Mernissi lo encontramos en la cuentística de Karima Aomar Toufali a través de la representación de "la malcasada" en su libro de cuentos *Desde adentro. Relatos del Rif* y en la antología *Escritores rifeños contemporáneos*, publicada por su hermano, Mohamed Toufali. La nostalgia de la tierra y las costumbres del Rif se reflejan en los relatos de Karima Toufali al escribir sobre la protagonista femenina Farida en el relato "Un taxi para la ida" (2008a: 69-77), pero más que todo lo que sobresale es la evolución del personaje femenino sometido a una "domesticidad sin reproches" hacia una liberación silenciosa, pero concreta.[4] Farida es una mujer "ordenada y disciplinada" (ibíd.: 72), "casi perfecta madre y esposa", que al ser maltratada por su esposo (Milud) comienza por dudar sobre "su amor hacia él" (ibíd.: 73). El texto se enriquece al añadir la autora motivos que hacen que su marido no le dedique a ella y a sus niños el tiempo que merecen, debido al trabajo de albañil que desempeña Milud "por días enteros" (ibíd.). Si bien en varios pasajes del texto la mujer duda sobre su actitud de despechada y "cosificada", optando por "perdonar" a su marido, la "frialdad y egoísmo" del personaje masculino (ibíd.), unido al coqueteo de éste con otras mujeres, dan lugar a la toma de conciencia de Farida quien, aunque embarazada, decide abandonarlo para ir a instalarse en la casa de sus padres en el pueblo. Por ende, "Un taxi para la ida" entraría en la categorización que hace Rodolfo Gil Grimau Benumeya en "La literatura oral" (2006: 13-14) como cuento urbano con un origen andalusí que conserva la dureza y dramatismo seco de los personajes criados en el ámbito rural, particularmente de ascendencia amazigh; la mujer tiene apego al terruño, pero en casos extremos desapego de la familia, cristalizados principalmente en la toma de distancia del hombre violento. Por otro lado, los personajes femeninos manifiestan perseverancia y empeño continuado por vencer los obstáculos que le presenta la sociedad machista.

El tema de la poligamia también es abordado por Karima Toufali en su cuento "En un mar profundo y oscuro" (2008b: 79-87). Se trata de dos mujeres, Batul y Safia, casadas con un mismo hombre durante la época del Protectorado. La autora rifeña incorpora el recurso literario de lo onírico para desarrollar una historia que trata de probar, con bastante acierto, las rencillas y rencores que se prodigan dos ancianas octogenarias en el mismo seno familiar. El texto también da cuenta de la vestimenta, los alimentos y tatuajes de las mujeres imazighen y algunos que otros ritos paganos/preislámicos de los rifeños, como la creencia en el *Din*, que podría traducirse como religión o modo de vida no islá-

[4] En los cuentos "Un trono de hojalata" y "La cabaña de Al-lal" de *Desde adentro*, se observa el ejemplo contrapuesto, el de dos mujeres humilladas que callan su amargura, producto de la "ignorancia y nobleza" de todas las mujeres de sus familias y hasta de sus suegras (107-117, 119-124).

mico, o en los *chaitanes*, demonios interiores. También Karima Toufali expresa la recurrencia en las literaturas autóctonas norteafricanas y no arabófonas a morabitos, hechiceras y curanderas. De nueva cuenta, es Gil Grimau Benumeya el que ilustra el caso de los textos de tradición oral amazigh en tanto y en cuanto lo onírico se compatibiliza con lo maravilloso para conservar los viejos mitos de formas religiosas anteriores o contemporáneas al Islam. Al mismo tiempo, los cuentos imazighen cumplen funciones pedagógicas claras de adecuación al mundo magrebí-oriental, o sea, magrebí de ascendencia árabe (Gil Grimau Benumeya 2006: 13-14). Por su parte, Fatema Mernissi es elocuente al resaltar la correspondencia entre el contenido "subversivo" y las "tradiciones heréticas" de la tradición oral marroquí (y musulmana en general) con el poder de la mujer. Las cuentacuentos, "ha[ve] reduced even the most tyrannical of despots to powerlessness [...]. If Muslim laws give men the right to dominate women, the opposite seems to be true in the oral tradition" (2001: 4-5, 9).

En cuanto al relato onírico que se presenta en el cuento de Toufali, el animal que se le aparece a la protagonista Batul –que a su vez sufre las humillaciones de Safia por ser ésta la primera esposa del personaje masculino– es un pez grande, agresivo, espantoso, con forma de besugo, "una especie de mujer con forma de pez extraño" (2008b: 81). En la literatura oral magrebí, la hidra, propia de otras muchas narrativas verbales, tiene las mismas características que aparece en los sueños de Batul. Es un personaje acuático de cuerpo serpentino, generalmente provisto de varias cabezas que a veces escupe fuego como los dragones. En el Magreb este tipo de personaje animalizado es de aparición frecuente –lo que no ocurre en el oriente árabe– y se lo encuentra en los pozos, manantiales y ríos. Representa al monstruo del caos, enemigo de lo terrestre y ordenado. Pudiera ser, dentro del mundo amazigh, un recuerdo del monstruo Lotan cananeo o del Leviatán hebreo, la serpiente Marit Sako egipcia, gran enemigo acuático, finalmente encadenado o muerto por el dios celeste o su representante, un héroe como el Hércules cananeo-griego de la leyenda. El personaje de la hidra en la cuentística amazigh viene de esta línea púnica, con ascendencia en la GRG-Belenos –el Sol– europea, o de ambas (Gil Grimau Benumeya 2006: 20-21). En síntesis, uno de los pilares de transmisión de la cultura amazigh es la narración de fábulas. Con ellas se transfiere no sólo ya la variedad vernácula del idioma sino también la mitología y otras costumbres ancestrales. En algunas, sorprendentemente, todavía se puede apreciar el sentido animista de un pasado preislámico, otras son campechanas sentencias picarescas, las más contienen mensajes morales y éticos en las que se resaltan cualidades como la astucia, el espíritu de supervivencia, la preponderancia del más fuerte, la envidia, los celos, la avaricia, la torpeza, la lealtad, la posición tradicional de la mujer, la traición, la gula, la maldad o la fuerza del destino.

Por su parte, debemos mencionar aquí el caso de la joven escritora tetuaní, Sanae Chairi, que ya ha ganado el Premio Eduardo Mendoza de Narración Corta en 2006 con "Solimán el articulista". Su segundo texto de ficción, "Las frustraciones de Fátima", ha recibido una mención de honor por el jurado que falló el Premio Eduardo Mendoza de 2008. Chairi posee una técnica narrativa depurada y su cuento es un valiente recuento de la corrupción de su país. Solimán, el protagonista, trabaja en el periódico *Ribera Azul* y sus mordaces artículos le hacen caer en desgracia. Una vez que Solimán es arrestado debe someterse a todo tipo de vejaciones por parte de los policías, los carceleros y los reos hacinados en la prisión. Como resultado de la violación de sus derechos de expresión y para salvar su pellejo de una segura muerte "accidental" decide emigrar:

> –decía para sus adentros–"...lo he perdido todo, mi perro, mi trabajo, mi cálamo, mi oxígeno, mi dignidad... pero ya tengo el recuerdo de este querido país marcado profundamente en mi mejilla... Querida patria, ya has perdido de nuevo a otro de tus hijos que te quería mucho. Ahora tengo que despedirme de ti, sí, me voy para la otra orilla en busca de mi LIBERTAD, no me mires con ojos de ingratitud, y no me regañes, por favor. Eres tú la culpable..." (2012a: 63).

En cuanto a la representación de la mujer en el cuento de Chairi son dos las que aparecen en el cuento. Una es una española, Doña Carmina, que se establece en Casablanca durante el Protectorado y se convierte al Islam, adoptando el nombre de Karima. Ésta, según la narradora, es "un buen ejemplo de la convivencia, el mestizaje" y "un indicio cabal de una voluntad férrea de sumergirse plenamente en una sociedad que le era ajena" (Chairi 2008: 147-148). Más allá de promover una imagen de querer abrirse al otro con generosidad y respetar la idiosincrasia del prójimo, alejándose del eufemismo y del rechazo en la representación de la española-musulmana en el texto de Chairi, también hay que resaltar la otra mujer de su texto: Hafida, espía y "cotilla oficial" del edificio donde habita el personaje masculino, Solimán:

> La historia de Hafida es muy conocida en todo el barrio. Todo el mundo sabe que se dedica a la hechicería y a la magia negra [...]. Su clientela es muy variada: solteronas

> ávidas de casarse; mujeres desgraciadas que se quejan del engaño amoroso de sus maridos; señores que temen caer [...] rendidos en las redes de las mujeres astutas; y [...] hasta los políticos más emblemáticos del país [...].
>
> [E]n el mes de agosto, Hafida [...] [r]ecorre toda la zona de Dukala, Marrakech [...], Khenifra... en busca de lo último en [...] hechicería. Allí intercambia experiencias, entra en contacto con otros hechiceros famosos, asiste a sus reuniones diabólicas inauguradas siempre con espectáculos de Gnawa (2012a: 51-52).

En consecuencia, el cuento de Sanae Chairi es de fundamental importancia ya que nos permite elaborar un breve análisis sobre la conservación de los valores culturales por parte de la mujer, los ritos ancestrales preislámicos y la convivencia de los aspectos del Islam popular y la tradición oral. Uno de los primeros en consignar "el peligro" de la mezquita como lugar predominantemente masculino ha sido Allal El Fassi en *Autocrítica.* El Khayat, por su parte, afirma que la tendencia de las mujeres a refugiarse en la magia y saberes ancestrales "es resultado del odio hacia los sistemas occidentales" (2004: 29). Más adelante, y en el caso específico del Magreb, El Khayat apunta a que distintos cultos a santos "ha[n] destruido y aún hoy devasta[n] la región": "El culto a los santos ha desfigurado al Islam en el Magreb y ha dejado que las mujeres fueran guiadas por creencias absurdas y una fe ingenua con prácticas y actitudes totalmente infantiles y, a veces, peligrosas" (ibíd.: 74-75). Por esta razón, la mujer ha ido a buscar otros lugares religiosos. Como opinan Roque (2000: 131) y El Khayat (2004: 29-30), ello ha dado como resultado una fórmula social doble: la relación mujeres-magia-santuarios y hombres-autoritarismo-Islam/mezquita.[5] El aspecto sobrenatural en el cuento de Chairi invita a pensar en el rechazo de la "hechicera" de ejercer el simple papel doméstico para asumir papeles activos tanto en la religión como en la política; en síntesis, conseguir cierto poder. En los "santuarios domésticos" (aunque muchas veces las reuniones pueden llevarse a cabo en los *hammam*) los temas principales son la fertilidad, la salud, las curaciones y la *baraka* (fortuna) de los hijos y otros miembros de la familia, entre otros vaticinios y prácticas curativas.

[5] Leemos en *Autocrítica*: "Las mujeres ahora son expulsadas de las mezquitas y de las sociedades religiosas bajo el pretexto de evitar encuentros con los hombres, los cuales podrían inducir a eventuales hechos pecaminosos. Como consecuencia de esta situación, la mujer musulmana empezó a buscar en otros terrenos para manifestar sus actividades sociales y religiosas. De esta manera, inventó un tenebroso mundo lleno de demonios, espíritus, fantasmas, magia, brujería y danzas religiosas, así como otros quehaceres semejantes que ocupan el interés de las mujeres hoy en día" (El Fassi 2012: 286-287).

Gil Grimau Benumeya observa que rodeando a los héroes están los personajes secundarios, importantes en el desarrollo de la narración y muy interesantes sociológicamente porque reflejan el paisaje humano más o menos tal y como se piensa que es. Algunos de ellos tienen un matiz universal como el mago o la vieja (Hafida en el cuento de Chairi sería paradigmático), y otros más autóctonos, representados por los distintos hombres del pueblo que aparecen con las características de las profesiones y oficios más comunes. Suele destacar la realidad irónica con la que son representados los personajes, la naturalidad caricaturesca con la que son narrados. Aquí también hay una cierta dicotomía entre los personajes que proceden directamente de los contextos magrebí-occidentales y los que adquieren rasgos del ambiente árabe oriental (Gil Grimau Benumeya 2006: 16-17). La vieja ostenta una personalidad interesante, común y sujeta a variaciones inestables. Madrastra de la heroína es a la que la acosa y persigue, o mata. Enemiga del héroe por venganza o por cumplir con el encargo de otro (en el caso del cuento de Chairi con el *majzén*). Otras veces es maternal con el héroe y/o la heroína a quienes protege; como sucede en la relación entre Hafida y Solimán. En algunos casos la vieja es alcahueta y supuestamente pía para inspirar confianza en las casas a las que entra, bruja ligada de algún modo a un *'ifrīt*, tiene todos los poderes femeninos unidos a su apariencia frágil y a su experiencia (ibíd.: 18). Los personajes extrahumanos habituales son el 'ifrīt o 'afrīt, el ogro y la ogra, el ĝinn y la ĝinniyya, la hidra, los demonios y los ángeles. El 'ifrīt, de origen oriental y en el Magreb identificado en muchas ocasiones con el demonio, con el ĝinn o con el ogro, suele aparecer como un ser humano, viejo generalmente, como un híbrido de hombre y animal o como un personaje sobrenatural. A veces es una mujer hostil, joven, matrona o anciana (ibíd.: 19). En consecuencia, a lo largo del análisis de las leyendas, cuentos, mitos y supersticiones que se suceden en los cuentos analizados en este capítulo podemos dar cuenta que los mismos forman parte de lo que Dolores López Enamorado denomina un "patrimonio cultural universal", y responden a crear y recrear tanto mundos reales como mágicos con el fin de explicar o de enfrentarse a una realidad tangible en la que domina la razón femenina por encima del estereotipo y de la imaginación (1999: 10). Entonces, estos cuentos adquieren todo su valor de encantamiento a la vez que de testimonio.

Como apunta Gil Grimau Benumeya, las emigraciones marroquíes al exterior, habitualmente establecidas en países con los que ya tenían relaciones con la lengua, trabajo o compromiso, han dado lugar a segundas y terceras generaciones de mujeres enraizadas sólo en parte con las tradiciones y mitos magrebíes, y recubiertas de educación y hábitos de los países receptores (2006: 26). La perspectiva sobre la mujer marroquí que subraya Gil Grimau Benumeya será tomada en cuenta en los siguientes capítulos, con la salvedad de que muchos de los escritores marroquíes que se expresan en castellano no necesariamente han tenido que emigrar o, en todo caso, las migraciones se producen dentro del mismo territorio marroquí. En general, la asfixia económica, instructiva y profesional de los personajes de los textos de Lahchiri o Ararou, por nombrar algunos, son también afectados, en mayor o menor medida, por las incongruencias o la versatilidad de normas que hemos visto en los personajes femeninos representados en este capítulo. Se propician, de esta manera, nuevas generaciones a caballo entre unos contextos que se abandonan y otros contextos interculturales y/o extemporáneos –otra cultura, la yuxtapuesta, propia de los desplazados y/o marginados dentro de la globalización o la irrupción del capitalismo salvaje–. Por ende, las ideologías forjadas en torno a cuestiones de género sexual y sexualidad mantienen sin duda la necesidad de un posoccidentalismo como horizonte, en donde las representaciones forjadas y surgidas de las expansiones coloniales, justificadas por los ideales del Renacimiento, de la ilustración o de la modernidad puedan ir trascendiéndose (Mignolo 2006: 196).

De esta manera, nos adentramos en el umbral de la narración fronteriza e híbrida, y al escritor se le presentan varias alternativas, de las cuales resalto dos: mostrar la banalidad de lo cotidiano o elegir lo excéntrico entre lo cual ocupa un sitio preponderante lo patológico, lo inasible y lo intersticial. De la misma manera que los autores presentados en este capítulo desmitifican la representación dominante de la mujer marroquí, amazigh-musulmana en actitud pasiva y sumisa, les cabrá a los escritores que se analizan en los próximos capítulos desmitificar las generalizaciones irresponsables (hechas por Occidente) que pretenden ocultar realidades mucho más diversas, sentando las bases de las dinámicas de cambio que representen actores y testimonios que hagan del mundo marroquí-musulmán no un caso extremo de tradicionalismo e irracionalidades inmutables, sino más bien una destrucción artística, literaria, de antagonismos socioculturales y/o estereotipos occidentales.

En "Frustraciones de Fátima" de la misma Sanae Chairi se puede observar cómo reacciona la protagonista ante el reproche de una amiga respecto a "la necesidad" de casarse:

> –No estoy buscando lo ideal. Mis aspiraciones son muy simples, no creas que estoy buscándole la quinta pata al gato. Quiero casarme con alguien que me valore, que me escuche, que sea un intelectual…

–¿Un intelectual dices? Qué mísera eres, tú ¿qué crees? ¿que cuando una pareja se case empiece a debatir temas de política y toda esa porquería que emiten en el canal de Al Jazeera? Cásate niña con quien pueda garantizarte el pan de cada día y déjate de rizar el rizo.

–Yo me siento bien así, más vale sola que mal acompañada, no me falta nada gracias a Dios. Tengo mi trabajo, mi salario, mis amistades, conozco a medio mundo como la palma de mi mano… ¿qué más puedo pedir ?

–Pues, te falta lo más importante nena, te falta la polla, los hijos, y…

–Estar todo el rato metida en la cocina, limpiando y fregando.

–Ya veo cómo te han estropeado los estudios, hice bien en no mandar a mis tres hijas a la universidad, hubiera tenido que enfrentarme a tres criaturas con ideas venenosas.

[…]

Ahora que lo pienso bien, creo que esta sociedad no te deja en paz, si no te casas te persiguen: "oye nena, elegir maridos no es bueno… cásate ya". Si te casas y tardas una temporadita sin hijos, se meten contigo: ¿serán los anticonceptivos? ¿por qué no pruebas esto, y aquello? … Si ya tienes a tu primer hijo tampoco cierran el pico: no seas boba, ¿cómo que la educación es difícil? Un hijo único no es bueno… Necesitará una compañía… Y luego viene la escuela, el cole y todo ese rollo interminable y empiezan a preguntarte: ¿a qué escuela mandarás a tu hijo, a la privada o a la pública ? Y tú procuras mantener la sangre fría, contestas a unos, intentas convencer a otros… Y a veces te sacan de tus casillas y empiezas a vociferar… "¡Sociedad de mierda!". Nadie vive su propia individualidad, incluso las decisiones decisivas de la vida las tomamos de manera colectiva. ¡Al carajo todos! ("Frustraciones de Fátima" 69-70).

En resumidas cuentas, Sanae Chairi plantea un tema no sólo complicado, sino muy controvertido, e incluso peligroso. En general, las sociedades musulmanas son patriarcales, y en ellas se espera que los hombres ocupen una posición dominante y tengan la última palabra dentro de la familia (como ya lo vimos en el texto analizado de Alaui). En el seno de los grupos de musulmanes ortodoxos, se piensa que los hombres son intelectualmente superiores a las mujeres y, por lo tanto, opinan que lo correcto es que el hombre ocupe una posición dominante en su familia. Sin embargo, cuando miramos de cerca en los textos de Chairi o Toufali cómo se relacionan realmente las personas entre sí, descubrimos que las diferencias son enormes y observamos todo tipo de situaciones. Podemos ver las típicas familias patriarcales, pero también familias nucleares donde el esposo y la esposa son iguales en la práctica, de modo que todas las decisiones familiares son negociadas y discutidas entre los cónyuges. E incluso hay algunas familias donde la mujer controla realmente el hogar, debido a su fuerte personalidad o gracias al estatus social o económico de su familia de origen.

En la primera década del siglo XXI la educación de las mujeres marroquíes se está convirtiendo en un valor universal. Cuanto más educadas están las mujeres, más exigencias plantean en lo referente a oportunidades profesionales, respeto e influencia en los asuntos familiares. Éste es un fenómeno casi universal, de modo que tanto los musulmanes conservadores como los reformistas conceden espacio a esta realidad, favoreciendo la educación de las mujeres (o al menos algunos lo hacen). Aunque algunos favorecen la educación de las mujeres tanto como subrayan el estatus superior de los hombres, su modelo de funcionamiento en la práctica es la familia nuclear. Al igual que ha sucedido en las sociedades occidentales, una vez que las mujeres adquieren educación, también empiezan a exigir el acceso al mercado laboral, lo cual resulta de lo más controvertido, pues muchos musulmanes conservadores piensan que las mujeres, al salir del entorno familiar, se verán sometidas a toda clase de tentaciones e influencias externas perniciosas. De cualquier manera, la situación está cambiando. La educación y la influencia de los medios de comunicación son fuerzas extremadamente importantes que afectan al estatus de las mujeres de hoy en día.

Quisiera concluir este apartado con otro ejemplo de renovación generacional y afirmación de que la literatura marroquí en castellano tiene un futuro promisorio. Se trata de la poetisa y periodista Lamiae El Amrani, natural de Tetuán que ha fijado su residencia temporal en Sevilla. Su único poemario, *Tormenta de especias* (2010) –"una denuncia social", me confiesa la autora–, es completamente bilingüe y se publica en España.[6] A pesar de la posible lectura exotista del título del poemario, la lírica de El Amrani no denota visos de (auto)orientalismo alguno. Si no fuera por la mención en el "Segundo capítulo" dedicado a "las víctimas de los sueños del Estrecho" (47), la poesía de la tetuaní representa la de una voz femenina y feminista que se abre camino propio, con la agudeza de crear en sus versos su propia figura, en el sentido más laxo de la

[6] Aclara El Amrani sobre el título de su poemario: "Elegí las especias como medio de tormenta porque Marruecos es conocido por su gastronomía, y la tormenta es como romper la opresión social de la mujer e intentar reconstruir un mundo nuevo en el que ella crea una tormenta para meterse en ella y trasladarse a otra situación, cosa que veo en la actividad literaria marroquí [femenina]" (2012b: s/p).

palabra, y las sombras de los distintos hombres que se van forjando en el corto, pero intenso poemario. Esa poesía intimista se matiza con la voz del compromiso social no ya sólo con los "pateristas" sino también con la representación de otros subalternos. Consecuente con el tema de este capítulo, reproduzco "Palabras":

> La honra para unos está
> dentro de una...
> Para otros está
> encadenada...a...
> una cama, a una cocina...
> Unos y otros
> no saben ni lo que es
> LA HONRA
> porque nunca han estado
> sólo en una cama,
> en una cocina...
>
> Ni en una mujer
> (*Tormenta de especias* 17).

El Amrani se sumerge en el esencialismo del alma femenina, el peligro de la imposición de costumbres, de presiones psicológicas a la que se someten las mujeres de todas las edades, al desgaste y menosprecio que sufre la mujer casada y a los abusos sexuales que sufren las "sin voz", desde criadas hasta prostitutas. "Entre el vaivén de los amores nacen las rimas" y entre lamentos, heridas, leyendas, "placeres prohibidos" y pasiones no contenidas, El Amrani recrea en el lector/la lectora el sueño "de un hombre creado por miedo a la esperanza" (*Tormenta de especias* 97). Su poesía será nuevamente citada en el capítulo V.

Larbi El Harti: mujeres de ambos lados del Estrecho y pensamiento fronterizo

Larbi El Harti es sin lugar a dudas uno de los mejores narradores marroquíes en lengua castellana. En su libro de cuentos *Después de Tánger* (2003) seis de los siete narradores son mujeres que se mueven entre Marruecos y España. En la narrativa de El Harti el objetivo de la utilización de los personajes femeninos radica en demostrar la implicación de ambas sociedades cuando entran en juego las complicidades individuales. Por su parte, observo que la gran virtud en los textos de El Harti remite a que sus personajes trascienden lo que en su momento Andrea A. Lunsford denominó la "tradición del silencio" (2004: 34-35) para el caso de la narrativa de Gloria Anzaldúa; esto es, la habilidad de imaginar, recrear y habitar espacios que sobrepasan dicotomías de todo tipo –hombre/mujer, razón/emoción, Marruecos/España, lo mítico/lo real y mente/cuerpo– para así representar una suerte de tolerancia hacia las contradicciones y ambigüedades. De cualquier manera, es la misma Anzaldúa quien aclara:

> *Ya no sólo paso toda mi vida botando las costumbres y los valores de mi cultura que me traicionan. También recojo las costumbres que por el tiempo se han provado* [*sic*] *y las costumbres de respeto a las mujeres.* But despite my growing tolerance, for this Chicana *la guerra de independencia* is a constant (1999: 15; énfasis en el original).

Entre los mismos parámetros de "rebeldía y culturas que traicionan" se moverán los personajes femeninos de El Harti. En el ámbito de las literaturas africanas, la narrativa de El Harti se podría situar en lo que Elaine Showalter denominaría "double voice discourse, containing a dominant and a muted story" (1982: 34). Al respecto, continúa Anzaldúa: "[*y*] *como mi raza que cada en cuando* [*sic*] *deja caer esa esclavitud de obedecer, de callarse y aceptar, en mi* [*sic*] *está la rebeldía encimita de mi carne*" (1999: 15; énfasis en el original). Debido a que la ideología de género hace que la vida de las mujeres se convierta en un espacio de silencio, un bache en la cultura patriarcal, "la mujer ideal" se autoexcluye en lugar de hacerse ver y valer. Su historia natural se construye no sobre la figura pública, la vida de la heroína, sino a través de la fluida, circunstancial y contingente actitud contestataria hacia los otros quienes, de acuerdo con la postura patriarcal, caracterizan la vida de las mujeres, independiente de su clase social.

En la transformación y superación de los mencionados elementos contradictorios, El Harti posee la habilidad de mezclar varios géneros y de hacer referencias intertextuales continuas, comenzando con la oralidad de sus cuentos, pasando por la narrativa alterbiográfica, hasta acabar en una representación heteroglósica de sus personajes que se metamorfosean para representar todas las clases sociales desde el Marruecos postindependentista hasta nuestros días. Allí radica la naturaleza del pensamiento fronterizo, tal como lo explicita Walter Mignolo en "Posoccidentalismo" y en *Local Histories/Global Designs*: nuevas formas de conocimiento de los sujetos que antes eran considerados subalternos e interesantes sólo como objetos de estudio, ahora se articulan como y desde un nuevo lugar de enunciación (2006: 198-199).[7] El pensamiento fronterizo, por ende, genera una doble crítica, se aleja de las contraposiciones dicotómicas, exterior-interior, para posicionarse críticamente tanto frente al fundamentalismo occidental como el de un país periférico (a menudo resultado de procesos nacionales tras las experiencias coloniales y como modo de ubicarse en el marco de fuerzas internacionales). Ello implica posicionarse ante ambas tradiciones de pensamiento y, simultáneamente, desde ninguna de ellas, lo que permitiría alejarnos de la narrativa histórica lineal occidental y, lo que es más importante, cuestionar su epistemología (Mignolo 2000: 13). Transcrito el pensamiento fronterizo en la narrativa de El Harti, podemos aseverar que el autor no aísla a la mujer marroquí de su contexto local caracterizado por las distintas formas de negociaciones de género, pero tampoco adopta los preceptos paternalistas de Occidente para "salvar a la mujer de color del hombre de color", como diría Spivak (1988: 296).

"Mi vecina Ghanu", cuento que abre el libro de El Harti, nos da la perspectiva de una mujer que vive gran parte del Protectorado en la zona española y nos deja sus impresiones acerca de la evolución/involución de Marruecos desde los años treinta. Ghanu, mujer que ha tenido muchos maridos, hijos e innumerables amantes se convierte en metonimia del país magrebí y, particularmente, de los hombres que han gobernado Marruecos. La interlocutora de Ghanu es Samia, una muchacha de la que no se dan mayores datos, pero es la que narra la historia (Samia volverá a aparecer como el personaje principal en el último cuento de *Después de Tánger*). Los hijos de Ghanu son ahora vendedores ambulantes, caravaneros, viajeros, reporteros, conferenciantes, diplomáticos, terroristas, emigrantes ilegales, prostitutos, espías y escritores. Ghanu no mantiene un recuerdo muy sólido de sus amantes, salvo que al poco tiempo de estar con ella perdían su virilidad, sucumbían o se apartaban de Ghanu sin dejar rastro: "no entendía por qué se agotaban, se dilapidaban o se cansaban tan pronto y desaparecían" (15).

Ghanu vive toda la vida en la misma casa y mientras el país, el pueblo y el barrio cambiaban debido a la construcción de casas arrogantes de mal gusto

[7] De la misma forma, y coherente con el "paradigma otro" mencionado en la Introducción, el pensamiento crítico de las "mujeres de color" conduce a una amalgama entre género y raza en el que se anuda la colonialidad, ausente en el pensamiento feminista noratlántico (Mignolo 2000: 29).

gracias al dinero que llegaba de Barcelona, Madrid, El Ejido o Málaga, ella es fiel a su barraca de adobe como símbolo de un pasado caduco. Un transistor antiguo le trae noticias de Rabat y Palestina, pero Ghanu no confía en el aparato, "que siempre decía mentiras" (15). Corren los "años de plomo" de Hassan II, al que Ghanu defiende de los atentados que sufre no porque fuera buen rey, sino porque era "un hombre atractivo" (15). Jamás había llorado a un muerto, se enorgullece de ello, y detesta a los que expresan la desaparición de un ser querido con plañidos y arañazos. Ghanu era una mujer "independiente" por más de haberse casado o haber tenido amantes de todas las kabilas, ciudades y países (15). La protagonista no tenía memoria de su infancia ni de su adolescencia, motivo que entronca con la historia de unos republicanos españoles que llegaron a Marruecos en los años treinta, los Villaseca. Manuel Villaseca era médico y, sin tener ninguna filiación institucional con el Protectorado, se dedicó entero al pueblo marroquí. Los Villaseca no insultaban, no agredían, ni robaban. En cambio, observa Ghanu, muchas familias musulmanas sí lo hacían. De allí que el personaje traza una analogía entre esas familias musulmanas con la violencia de los poderosos de su país, que quizás, "con hambre antigua", "devoraban los valores del Profeta [...], sac[ándolos] con despecho y humillación y ejecut[ándolos] con mucha destreza sobre los pobres" (16).

Ghanu confiesa que al principio le "disgustaba la tolerancia" (17) de los Villaseca, pero llega a encariñarse con éstos una vez que comprueba el respeto de la pareja española hacia el Islam y el poco cariño que le prodigaban a curas y a militares: "por culpa de ellos, los españoles se mataron entre ellos y destrozaron el país" (17). Ghanu aprendió a leer y a escribir "en español" con los Villaseca. El médico ayudaba a los sectores rebeldes del país para su liberación, pero a la vez sostenía que "Marruecos no podía ir lejos sin modernizar su relación con la religión y con el poder y que, antes que nada, los marroquíes debían convencerse de que todos pertenecían a un país y no a una kabila" (19). Podemos elucubrar con el recientemente expuesto desarrollo del cuento que el personaje femenino de El Harti no dista mucho de aquellas mujeres representadas por las escritoras marroquíes que se expresan en árabe y en francés, Rafiqa Tabía y Jannata Bennuna, estudiadas por Mercedes del Amo (61), en tanto y en cuanto Ghanu ostenta una ideología moderadamente feminista, evolucionando hacia posiciones cercanas al islamismo, buscando muchas veces refugio y respuestas en la religión.

Podemos dedir que el ya señalado cuento de Sanae Chairi, "Frustraciones de Fátima", complementa muy bien y extiende lo mencionado para el caso de los personajes femeninos de Larbi El Harti en cuanto a la mujer que si bien es moderna, también utiliza imágenes que pertenecen a la intimidad de su cuerpo y de su higiene, aunque no deja de hacer referencias a la religión musulmana incluso utilizando algunas ironías. Obsérvese un ejemplo cabal de esta combinación modernismo-religión en el comienzo del cuento de Chairi:

> Vaya, vaya justo lo que temía, ¡qué vergüenza ! y ¡qué escándalo !... mis compresas al aire libre... Ojal[á] no las hubiera visto el banquero, el vecino de enfrente, seguro que dirá "¡qué asquerosa es esta chica!"... [...]. Si en vez de esa pachucha compresa de China tuviese un Ausonia Super o un Evax Ultra, pensaría el banquero que soy una mujer que se cuida, una mujer que invierte suficientemente en su higiene íntima.
>
> [...]
>
> Anda, aquí está *Kenza*, la maruja de mierda, parece que va al hammam, la alheña se le escurre por las mejillas, y ¿qué le pasa ?
>
> [...]
>
> Anda, te he pillado, guarra, eso es, una cuchilla de afeitar, ¿¿eh?? No te asustes, mujer, ni alma de hombre circula por aquí, aféitate esas piernas peludas que tienes, voy a pasar desapercibida [...] ("Frustraciones de Fátima" 63-65).

Si bien, como subraya Gema Martín Muñoz, "la experiencia europea se ha conformado a partir de una concepción lineal de la modernización, según la cual la marginación de la pertenencia religiosa va unida al avance hacia la modernidad" (2000: 112), en los textos de El Harti (como en el texto de Sanae Chairi) el lector se da cuenta de que efectivamente también pueden existir dinámicas socioculturales que integran la búsqueda del ser moderno conservando el Islam. Más aún, el personaje Ghanu se enriquece al abordar temas como las correspondencias entre el Occidente árabo-musulmán y el Occidente europeo, denunciando el papel tradicional y el estatuto jurídico de la mujer en Marruecos, en la medida que con autenticidad y sinceridad la narrativa entra en la vida íntima de las mujeres y presenta la evolución familiar tras la independencia del país norteafricano.

Siguiendo con "Mi vecina Ghanu", Manuel Villaseca muere un viernes de 1956; "prefirió morir porque sostuvo que los marroquíes no necesitaban de nadie para ser dueños de sus destinos" (18). Marruecos estaba en trance, "[t]odos se habían echado a la calle a gritar viva la libertad; lo hicieron sin que supieran qué significaba ser libres, pero daba igual, se lo habían dicho [a Ghanu] personas muy importantes de Rabat y de Tetuán que sabían de libertad" (17). Había mucha esperanza, pero, con el correr del tiempo, las promesas no se iban cumpliendo y las vidas de pobres y marginados sólo habían cambiado de dueño:

> Antes pertenecíamos a Don Paco, un hombre muy pequeño, pero que tenía muy mal genio y que se alimentaba de huevos como los reptiles y a *Monsieur frończòis* [*sic*], famoso gastrónomo de las políticas coloniales, que hablaba con una exquisitez enajenadora y que le encantaba estrujar los huevos de *ses maures de mes couilles* y luego nos hicieron vasallos de Moulay Abulmahacem, si mal no recuerdo. El desprecio del *nasrani* [cristiano] no equivalía a la humillación de los nuevos musulmanes de Rabat y Fes [*sic*], que hablaban francés, tomaban *vin français,* se casaban con *demoiselles françaises,* rubias y perfumadas con agua de colonia *Bien Être,* que tampoco podían aguantar la miseria de *ses pauvres gens, mon dieu, c'est insoutenable* y que organizaban salidas a hospitales y orfelinatos, para regalar ropa y chocolatinas y acariciar el pelo grasiento de la pobreza, con guantes de cuero noble, comprado de París con el dinero de los pobres (18).

La palabra modernidad y asimilación a la modernidad se repiten varias veces en el cuento, pero una modernidad que les permitiese a los marroquíes ser libres y prósperos si admitieran su *chajsía* (personalidad) con sus singularidades y diferencias (20). Sin embargo, la gente del pueblo evitaba a gente como Ghanu; "su libertad les despavoría y aguzaba su sentido del orden" (20). Ghanu ya no puede vivir tranquila y libre en el Marruecos "independiente"; combina sus tardes de cine con llantos y vino peleón. Por último, antes de morir, le deja a Samia un pensamiento: "El mundo cambia, hija. Tienes que preservarte y armarte de prudencia, porque lo que [h]oy te parece lícito, mañana puede causarte la muerte o el linchamiento" (21). De hecho, lo que plantea el personaje de El Harti es seguir o no la *shari'ah* (derecho islámico). Ésta nunca ha connotado un sentido inmovilista, tal y como muchos occidentales y musulmanes ortodoxos creen hoy en día. La *shari'ah* ha sido muy dinámica y ha reflejado las necesidades de su tiempo. En efecto, los distintos juristas que vivieron en distintos lugares del mundo musulmán y en distintas circunstancias adoptaron distintos puntos de vista y no se pusieron de acuerdo en varios aspectos de los *ahkam* (mandamientos jurídicos), reflejando, por su parte, que estos últimos cambian con las circunstancias de cada país o región, la naturaleza y costumbres de una etnia y las necesidades de una época determinada.

Larbi El Harti, de esta manera, y a través de su personaje femenino, apela al discurso relativo a la mujer marroquí-musulmana no exento de ambigüedad, cierto oscurantismo y retórica. En "Mi vecina Ghanu" y en otros dos cuentos titulados "Me llamo Rosa" y "La ética de una mujer", podemos ver la dicotomía existente entre el discurso y actitud involucionista ovillado en el fanatismo que mantiene a la mujer dominada, enclaustrada y semianalfabeta en contraste con una visión romántica trasnochada, casi siempre hecha desde Occidente, o, mejor dicho, tomando como referencia el supuesto liberalismo occidental tendiente a mantener la imagen de odalisca y de ilota (El Khayat 2004: 7). Ambas imágenes son contraproducentes, como bien refleja El Harti, al enaltecer la reciprocidad de derechos y deberes explícitos en el Corán: "En verdad vosotros [hombres] tenéis un derecho sobre vuestras mujeres y ellas tienen un derecho sobre vosotros" (Sura 33-Aya 35). Por su parte, en la larga marcha de la revolución silenciosa de la mujer marroquí han influido sin duda las reivindicaciones llevadas a cabo por los movimientos feministas en Egipto, Siria, Túnez e Irak (Djebar 1961: 18); decía Assia Djebar:

> Since the nineteen century the *nahda*, or Islamic renaissance has very naturally shown itself in a return to a more liberal form of religion [...]. [T]he Moslem people of today want to become part of the modern world [...], a new, modern interpretation of the sacred text" (1961: 18, 19).

Empero, muchos intelectuales que abogan por los derechos igualitarios de las mujeres rechazan el "feminismo a la occidental" por considerarlo un abuso de libertades producidas en el mundo industrial que han derivado en una "crisis de valores", la desintegración de la familia y la instauración de la sociedad permisiva. Los mismos intelectuales ven en los países europeos una carencia espiritual deplorable, promoviendo en cambio una sed insaciable propia de consumidores de productos de lujo, la civilización del "tubo digestivo" y la pornografía.[8] Ante esta opción, la mujer marroquí, en la mayoría de los casos, no acepta ser ídolo ni psicópata del consumismo, ni mucho menos una muñeca propensa a la zozobra moral y al suicidio. Un ejemplo literal de esto último lo

[8] Se queja Ahmed Mgara de los canales de televisión españoles que irrumpen en Marruecos por varios motivos: "porque es ilegal, por la invasión de cables de extensión y parabólicas y por la proyección de películas pornográficas los viernes a la noche". Esto último "crea muchos problemas a los instaladores, porque algunos comprometidos escogen los días indicados para esas proyecciones para cortarles los cables a los pecadores". Achaca Mgara el "desbarajuste" a la "mediocridad" de la televisión marroquí y a la "falta de alicientes socioculturales capaces de alejarnos de cadenas extranjeras que resultan, muchas veces, nocivas para nuestra sociedad y para nuestras generaciones futuras" (2002b: 32).

leemos en *Las inocentes oquedades de Tetuán* de Bouissef Rekab: "El dinero es el eje central de todas las relaciones como la nuestra… ¡Si hay dinero, hay amor; se termina el dinero y se acaban los amoríos!" (159). Adoptar la mencionada actitud conduce inevitablemente a lo que se denomina "al-Fahchai ua al-Munca" (obscenidad e ilicitud). Concomitante con el grito rebelde de Anzaldúa cuando "[sus padres], *la Iglesia y la cultura de los anglos*" le dicen cómo debe comportarse, haciéndola sentirse "*inútil, estúpida e impotente*" (1999: 15; énfasis en el original), la protagonista femenina de *Las inocentes oquedades*, Anisa, observa: "¡Soy una estúpida! ¡Casarme con un tío que no tiene donde caerse muerto! Ya podía haber tenido mejor olfato al elegir marido […]. ¡Ahora a joderse con este tío; pero que aguante los cuernos!" (28). Por tanto, mientras se rechaza de plano la injusticia y la explotación patriarcal en nombre de una costumbre execrable y antimusulmana, hay otros que ven en el feminismo extremo de importación una revancha irracional contra la supremacía masculina, una especie de machismo al revés.

En síntesis, en los cuentos de El Harti sobre las mujeres marroquíes que no han emigrado muestran la participación del colectivo femenino en los movimientos nacionales que a la postre las ayudó a articular sus argumentos y mejorar su legitimidad ante los ojos de la sociedad. No obstante, y a pesar de algunas victorias palpables, el aplazamiento de la resolución de sus demandas sociales y políticas tuvo lamentables consecuencias tras la independencia. De hecho, como apunté antes, el movimiento de mujeres marroquíes es ahora muy consciente de que las enmiendas al código legal son la clave para que las mujeres se hagan cargo de sus propios asuntos. Paradójicamente, la coronación de los derechos de las mujeres en el *Nuevo Código de Familia* de 2003 es concomitante con la publicación de *Después de Tánger*.

En "Me llamo Rosa", El Harti reconstruye todos los mitos y estereotipos que suelen hacerse los españoles sobre los marroquíes para darlos vuelta y ofrecerle al lector español un espejo esperpéntico en el que puede ver lo ridículo de su comportamiento racista no sólo contra "los moros" sino también contra todo lo que no huela a cultura española/europea. Lo hace de manera irónica, con un humor muy sutil y, de nueva cuenta, a través del punto de vista de una mujer. El autor inicia el cuento en el corazón de la capital española, la Puerta del Sol madrileña, con extranjeros "blancos, negros, amarillos, moros, más moros ¡virgen santa!" (24). Rosa, que es médico, no recuerda el nombre del personaje masculino, "además, qué más da, era moro" (23). Sólo se acuerda del apasionamiento del muchacho por *El Quijote*, motivo que llena a la mujer de orgullo castizo. La idea del joven era recorrer los campos de La Mancha montado en un camello, que había intentado pasar por el Estrecho en una patera de tres metros de eslora. En el transcurso de la narración el personaje masculino es metamorfoseado por la narradora, la cual primero hace mención a la personalidad cuasi esquizofrénica del "moro", para pasar luego a convertirlo en brujo/hechicero de *Las mil y una noches.* El pasaje en el que describe la Puerta del Sol no tiene desperdicio:

> Y que no me hablen de medios de comunicación, ni de solidaridades, que lo he vivido en mi propia carne y pensé que era una exagerada, hasta que empecé a observar cómo reaccionaba la gente con buena pinta como yo, vaya, y llegué a la conclusión de que la mera presencia de aquellos corrillos multicolores producía una especie de cosquilleo en el cuerpo, que desembocaba en taquicardia e imponía al transeúnte bien duchado y de buena cepa desacelerar sus pasos para esquivarlos [se refiere a los inmigrantes] [...]. [Y] dibujaban a pasito de indio yendo al mercado, un ángulo recto, en cuya línea vertical uno, por la cuenta que le trae, tenía que meter la quinta y al infinito y jamás volveré a pasar... por esto, y ¡coño! que se vayan a sus países, a esas tierras sucias donde los hombres se comen a sus mujeres, y que formen todos los apiñamientos que quieran (24).

"Los hijos de las pateras" que, según el protagonista masculino, habían sido "concebidos por el Mediterráneo y la esperanza, a la luz de la miseria y allá se vive mejor" (24), se mezclan con muchachas locas, desgastadas y decadentes que merodean borrachas de soledad por la plaza. Rosa, una de ellas, se acerca al "moro" y descubre en sus ojos un porvenir incierto. A partir de ese acercamiento, la narración cambia bruscamente para encontrarnos a Rosa en un avión con destino a Casablanca. En el viaje sufre una diarrea que le hace crujir el estómago y, sin abandonar el tono despectivo hacia "los moros", los tilda de tontos e ignorantes, pensando que quizás los miembros de la aduana marroquí se creían que el gobierno español "había decidido mandar mujeres bomba, dada la situación muy conflictiva conflictiva [*sic*] y la terquedad terca [*sic*] de la alta política, sobre todo si es bajita y lleva bigote y es castellana vieja" (25). El paisaje marroquí se descubre ante el personaje femenino entre una mezcla de orientalismo y gran zoco por el que cruzaban, jugaban y copulaban perros, mulos, vacas, niños y borrachos.

En el país magrebí la médico trata de persuadir y seducir a su "moro" con sus conocimientos facultativos. Dicha muestra de autoridad le sirve al personaje para explicarle a su interlocutor/amante que tenía entendido que en Marruecos la gente se moría de fiebres y de virus, de infecciones, de sífilis y hasta de gripe en la misma calle, "y que no había médicos y que sólo había brujos que decían que curaban con piel de ratas blancas la fiebre tifoidea, el cólera con vísceras de serpiente en luto, etc. [...]. Yo sabía que eran pobres porque no se lavaban [...], dios mío. ¡Era horrrroroso aquello!" (26). La pareja emprende un viaje al Atlas y Rosa maldice el olor a carroña y el hecho de que hubiese podido conocer todos los atlas del mundo en cualquier librería de su "España, camisa blanca de mi..." (27). Un sinnúmero de peripecias suceden en el trayecto, siempre teniendo como protagonista a Rosa. Ésta se enamora definitivamente de "su moro" y se declara "su esclava" (29). El autor juega con el estereotipo que se suele tener de que las mujeres españolas que se casan con marroquíes terminan siendo víctimas de sus atropellos (tema que representa muy bien Najat El Hachmi en su novela *L'últim patriarca*, que se analizará en el último capítulo de este libro).

Rosa, acostumbrada a suscitar poco deseo, "porque quizá la civilización del consumo haya domesticado la ilusión de los sentidos" (30), en Marruecos empieza a sentirse observada y deseada por los hombres. En ese contexto aparece la mención por parte del personaje masculino de Gannu, un álter ego de la Ghanu del primer cuento de El Harti; una mujer que "podía ser la Úrsula de *Cien años de soledad*" (31), pero que "de soledad nunca supo nada" (31). Rosa se la imagina como una anciana de los pueblos castellanos. Gannu dormía colgada de la celosía de la ventana de su hijo, Milud, que llevaba encerrado veinticinco años escribiendo un tratado sobre esquizofrenia. Gannu era portera, cocinera oficial de todas las bodas, bautizos y circuncisiones del pueblo y vidente conocidísima. Juega así El Harti con un personaje muy especial, *'Ayša Qandiša,*[9] probablemente trasunto de una demonio o diosa semítico-oriental y sexual de las encrucijadas que, pese a su fama y a la creencia que hay sobre ella, apenas aparece en los cuentos (Gil Grimau Benumeya 2006: 21). Gannu había inventado una crema-jarabe-loción llamada *Vivificador* para curar la falta de virilidad de los hombres, entre otras cosas. Una vez acabada su experiencia marroquí, la médico regresa a la mismísima Puerta del Sol, con sus corros de extranjeros intacto, para decir que ella "se siente parte" de dicha plaza y de sus habitantes extranjeros. Allí, mientras le confiscan sus productos a un traficante marroquí de cigarrillos rubios, Rosa dispone sus hierbas y sus potes de crema

[9] "*Viva Sagrada*", quizás, también, de posible tradición púnico-cananea.

mágica: "nada de lo que nos viene del paraíso equivale a la magia de las miradas cuando atraen fatalmente a dos vientres trémulos y al estallido de palomas blancas como pétalos de jazmín y azahar, cuando dos cuerpos se encuentran..." (32-33).

En la reconversión de Rosa de médico a vendedora ambulante de productos afrodisíacos vemos de manera cabal la tesis sustentada por Susan Martin-Márquez en su brillante estudio sobre el colonialismo español en África y la representación de la identidad con respecto a la "re-orientalización" y "desorientación" de los ibéricos. Martin-Márquez apunta a (y analiza) la recuperación por parte de los españoles del legado andalusí y a las formas modernas de dominación, restructuración e imposición de autoridad impuesta por los españoles sobre el Oriente. De esta manera:

> [T]he post-Enlightenment "rediscovery" of the Andalusi past led the Spaniards and foreigners alike to Orientalize the Iberian nation. While some of the Spanish elite reveled in self-exoticization, others responded anxiously by projecting their "own" alterity onto the "usual suspects" in Africa and the Middle East –but also onto Spaniards. In this sense, Spain is a nation that is at once Orientalized and Orientalizing [...]. For Spaniards, this positioning on "both" sides of Orientalism –as simultaneously "self" and "other" –may bring about a profound sense of "disorientation" (2008: 8-9)

El análisis de Martin-Márquez sobre el redescubrimiento de Al-Andalus no sólo repercute en el incremento de las tesis sustentadas por grupos de católicos y de derecha europeos sobre el "racismo científico", con el Partido Popular a la cabeza (Martin-Márquez 2008: 317), sino también con la resurgencia de una agenda imperialista española ligada, de nueva cuenta, al continente africano (ibíd.: 11). Sobre el "futuro incierto" de la protagonista del personaje femenino de "Me llamo Rosa" se asienta la "desorientada" dicotomía de los españoles de toda clase y bandería política, entre la celebración naïve de la multiculturalidad y el pasado andalusí y la erradicación total de cualquier "residuo de leyenda negra" de origen marroquí-musulmán; "España es Europa"; "España siempre ha sido Europa" y los valores cristianos siempre han prevalecido por sobre la "transitoria influencia" árabo-afro-islámica (ibíd.: 307, 317, 320).

El último cuento de *Después de Tánger* de El Harti, "Samia", se desarrolla en tres lugares distintos: Khemisset, ciudad localizada entre Rabat y Meknés, Casablanca y Madrid. Samia, la protagonista, es el mismo personaje que aparece en el primer cuento de la colección. También lo hace Ghanu, ahora como personaje secundario. En este cuento observamos que Samia ha alcanzado la adultez y el despertar de sus instintos sexuales es apareado con las condiciones climatológicas de su lugar de nacimiento:

> Un mediodía de julio, era, según me dijo, el día del frenesí de los grillos, que por aquí llaman *ansara*, mientras Khemisset ardía silenciosa, árida y desierta, bajo un sol que arremetía como un toro furioso contra la tierra ya exhausta de tanta implacable sequía, el fuego de Samia se transformó en incendio (83; énfasis en el original).

El relato, consecuentemente, presenta características mágico realistas que ligan el deseo sexual de la muchacha con los "poderes mágicos para fecundizar" (84) de Ghanu, el abuelo de ésta, "babas olorosas del sol" (83), levitaciones y un encuentro fortuito con un hombre, Munir, que dejará preñada a Samia. Al igual que para Gloria Anzaldúa, en las culturas mediterráneas y las mesoamericanas no hay tolerancia hacia las "desviaciones" de las mujeres, siendo muchas veces éstas receptoras de motes como brujas, envidiosas, lesbianas ("mita y mita", Anzaldúa dixit). De cualquier forma:

> [T]here is a magic aspect in abnormality and so-called deformity. Maimed, mad, and sexually different people were believed to possess supernatural powers by primal cultures' magico-religious thinking. For them, abnormality was the price a person had to pay for her or his inborn extraordinary gift (Anzaldúa 1999: 19).

En esta instancia, tanto la Samia del texto de El Harti como Gloria Anzaldúa intentan comunicar una ruptura, documentar una lucha. Ellas reinterpretan la historia y, utilizando nuevos símbolos, le dan forma a nuevos mitos a través de métodos mágico realistas. En el mismo sentido, "en el camino de la mestiza" (Anzaldúa 1999: 82) o de la mujer híbrida, ellas adoptan nuevas perspectivas hacia las mujeres "de color", "las otras no occidentales"; en síntesis, convierten su propio ego pequeñito en una plenitud del Ser, "se hace[n] moldeadora[s] de su alma, según la concepción que tiene[n] de sí misma[s]" (ibíd.: 83). La plenitud o totalidad del "Ser" la tomo de Walter Mignolo y, consecuentemente, de Enrique Dussel y Gloria Anzaldúa, cuando el primero habla de la exterioridad del Ser (ontológica y dialógicamente conceptualizada) que se introduce con el colonialismo, la cara oculta de la modernidad. Esta exterioridad (que no es un afuera puesto que fue construida desde el lugar de la enunciación que se afirmó a sí misma como punto de referencia en posición asimétrica de poder) es la que sostiene la *colonialidad del ser* (Mignolo 2001: 30), cuyo presupuesto conceptual ya no es el ser concebido bajo el presupuesto del hombre posrenacentista (sea éste blanco, europeo, musulmán o africano).

A partir de la colonialidad del ser nace un tercer lugar que trata de cambiar los términos de la conversación y no sólo el contenido, dejando de buscar lo nuevo que *supera* lo anterior, lo nuevo que deja atrás la tradición, lo pasado, lo viejo. *No se trata de superación*, sino de ensanchamiento del espacio, de una "responsabilidad de la que hay que hacerse cargo más allá del resentimiento y de la conciencia desdichada" (Khatibi 1983: 71; traducción libre), de emergencia de lugares de enunciación que compiten con los anteriores afirmando su propio derecho y necesidad a la existencia (Mignolo 2001: 30-31). Lo anterior entronca con el "pensar en lenguas" de Abdelkebir Khatibi en tanto y en cuanto el filósofo marroquí llevó a formular la necesidad de una "doble crítica" (al fundamentalismo islámico y a la herencia occidental) y a buscar en "un pensamiento otro" que sería, precisamente, el pensamiento que surge desde la exterioridad colonial, de la colonialidad del Ser y de la necesidad de contemplar la descolonización como figura central en la imaginación de futuros posibles. Dichos futuros posibles, que la escritora chicana Cherríe Moraga explicita en *The Last Generation* (1993: 62), bien se pueden utilizar para el de la mujer marroquí. Ambos casos coinciden en el control por parte de los personajes femeninos de la imaginación erótica y de la elección de sus propios hábitos sexuales, como también en la renegociación de los espacios de inclusión y exclusión que constituyen las comunidades étnicas, regionales y/o nacionales, hasta ahora controladas por los hombres, y el distanciamiento de las narrativas nacionales en pos del potencial utópico de una identidad híbrida.

El narrador de "Samia" comenta irónicamente que el embarazo y posterior repudio de su padre era "el sitio que Dios le tenía destinada" (84). Luego de pasar por las imprecaciones y maltrato de su padre, la muchacha debe pasar por el rito de la "boda-entierro" (86). Existe, entonces, una suerte de relación matrilineal entre Ghanu y Samia. Esta última sufre los estragos de su matrimonio y embarazo lejos de su familia; por tanto, su alianza con Ghanu garantiza un escape de las normativas patriarcales, factor que podemos considerar como eje central de la historia. La importancia de Ghanu como "cuentacuentos"/guía de Samia reditúa la liberación de la joven protagonista no ya a través de estudios formales (actividad que, por cierto, luego emprende), sino más bien a través de una educación doméstica que le confiere libertad de acción en el ámbito público. Entretanto pasan por la narración una variada muestra de personajes del "endiablado vecindario" (87): un notario que había estado en la Guerra Civil

Española, teólogos *yuppies* que conducían coches importados y hablaban de Ghazali e Ibn Arabi en los tugurios más oscuros de la ciudad, una vidente, un tendero cornudo y varios personajes más, muchos de ellos profesionales "en paro" (88), grave problema en el Marruecos actual.[10] Ante tal situación, Munir, que estudia psicología, "manda su futuro a hacer puñetas" (89) y decide emigrar a España sin decir nada a su esposa: "Tenía la convicción de que el país estaba tan loco que no necesitaba ni a Freud ni a sus discípulos en versión beduina" (89). Volvería a Marruecos en yate o no volvería. Su destino será el popular barrio de Chueca, en Madrid, donde "vivía gracias a la magia de su bragueta [...], que calmaba la sed de no pocas almas en pena que iban allí [pubs y saunas] cansados del capitalismo salvaje" para entrar en "contacto directo y físico con la suculenta carne del pueblo" (90).

A partir de este incidente comienza una nueva vida para Samia que, con el pretexto de matricularse en la High School of Management de Casablanca, la llevará no sólo a "recuperar su identidad de mujer", sino a vestirse a la europea, con pantalones vaqueros, camisa de seda roja y zapatos con "*talon à compensation*" (91; énfasis en el original). La muchacha frecuenta sitios reservados a la nueva burguesía casablanquina sobre el boulevard Omar Ibn Khattab, entre *yuppies* y conciertos de caderas de "mujeres modernas" (91). En este cuento El Harti trata de desmitificar el sentimiento que la mujer islámica es equivalente a mujer tradicional y el de mujer occidental corresponde a decir mujer moderna sino, como apuntan Gema Martín Muñoz (1997: 112), Ghita El Khayat (2004: 19, 21, 27) y Lamiae El Amrani (2012a: s/p), el hecho de que la mujer haya tenido o no acceso a la educación. Gema Martín Muñoz (1997: 112) y

[10] Al momento que escribo este capítulo, abril de 2011, miles de personas salen a la calle para pedir reformas políticas inmediatas en Marruecos. En Rabat los manifestantes denunciaron la corrupción gubernamental y la elevada tasa de paro juvenil. Entre los participantes figuraban numerosos islamistas que pedían la liberación de los detenidos de la *Salafyyia Yihadia*, un movimiento radical, así como decenas de licenciados desempleados, que reclamaban un empleo en la Administración. "Por un nuevo Marruecos" es el lema. Los manifestantes exigieron más reformas, después de que el 14 de abril de 2011 el rey Mohamed VI excarcelara a 148 presos de conciencia, en su mayoría islamistas, así como a Chakib al Khayari, defensor de los derechos humanos en el Rif, en la que es la mayor gracia real concedida durante el reinado del monarca. También redujo la condena a otros 42 encarcelados. El gesto de Mohamed VI fue la respuesta a la petición del Consejo Nacional de Derechos Humanos, creado sólo días después de las primeras señales de que la chispa de las protestas en Túnez y Egipto había alcanzado también a Marruecos, donde hubo dos grandes convocatorias a favor de las reformas el 20 de febrero y el 20 de marzo de 2011.

Lamiae El Amrani (2012a: s/p) también mencionan que las mujeres "modernas" musulmanas tienden a ser en mayor parte urbanas e instruidas. Sin embargo, en *Las inocentes oquedades*, Bouissef Rekab nos muestra a través de su personaje campesino femenino, Anisa, que el intento de modificación del estatuto tradicional en el que otrora estaban "encerradas" (Martín Muñoz 1997: 112) no es patrimonio exclusivo de las clases medias citadinas:

> [Y]a mi padre, antes de morir, insistía que "también la mujer debe estudiar para conocer el camino de la verdad", y yo no quise hacerle caso a mi inolvidable progenitor... Ahora a callar y aguantar lo que me echen [...]. ¡Ah, si hubiera estudiado, siguiendo las recomendaciones de mi padre! Ahora estaría trabajando en alguna administración estatal como alguna de mis vecinas [...]. Recuerdo que mi padre me aconsejaba que aprendiera mucho porque *la vida no distingue entre el hombre y la mujer... ¡Y pensar que era un simple campesino*! (*Las inocentes oquedades* 20, 25, 34; énfasis mío).[11]

Con respecto a esta cita de la novela de Bouissef, bien vale la reflexión que hace Ghita El Khayat con respecto a los sistemas "importados de Occidente". No obstante, la psiquiatra marroquí –que no duda en caratular de "demagógicos, falsos e ineficaces" los discursos actuales sobre la mujer de los políticos (2004: 106) y que "no hay que detenerse en alguna *mujer-coartada*" para decir que todo ha cambiado– observa que si bien las "mujeres árabes" llegan a ser magistradas o notarias, "no pueden juzgar en materia de estatuto personal" (ibíd.: 31, 112; énfasis en el original). De cualquier manera, la actuación de las mujeres en el ámbito público es muy significativa "porque determina un desplazamiento del poder económico y una transformación de las leyes de la propiedad basándose en métodos modernos, en detrimento de los métodos arcaicos y feudales, e incluso, esclavistas y consuetudinarios" (ibíd.: 31).[12]

---

[11] En la cita podemos volver a ver una concomitancia irreductible con lo expresado por Gloria Anzaldúa respecto al mundo patriarcal y la necesidad de la mujer de educarse: "The culture expects women to show greater acceptance of, and commitment to, the value system than men. The culture and the Church insist that women are subservient to males. If a woman rebels she is a *mujer mala*. If a woman doesn't renounce herself in favor of the male, she is selfish [...]. For a woman of my culture there used to be only three directions she could turn: [the Church, prostitution or motherhood] [...]. Today some of us have a fourth choice: entering the world by way of education and career and becoming self-autonomous persons" (1999: 17; énfasis en el original).

[12] En favor de la psiquiatra que dice que jamás se han visto mujeres en ministerios, hay que decir que su ensayo data de 2003 y que, en 2012, Basima Hakaui, del Partido Justicia y Desarrollo (PJD) fue proclamada ministra de Solidaridad de la Mujer y de la Familia.

En Casablanca, Samia conoce a un doctor en economía que obtuvo su título en una universidad francesa, Abderrahim, pero que "su gran carrera la había desarrollado en los barrios bajos de Casablanca, donde había aprendido a superar *cum laude* la necesidad en un abrir y cerrar de ojos" (*Samia* 91). Abderrahim, "había creado una red de jovencitas [que] satisfacían los deseos comunitarios del macho discípulo de la economía de mercado en su versión beduina y, de día, realizaba los deseos mercantiles del beduino de asfalto [...], vendiendo ropa femenina de imitación" (91). Mientras que el personaje femenino intenta mantener un diálogo profesional con su interlocutor y a la vez lo imagina como su futuro esposo, Abderrahim comienza a manosear a la muchacha y a utilizar un lenguaje sexual chabacano que, sin amedrentar los deseos sexuales de la mujer, lo coloca en una posición de inferioridad respecto a esta última. El contenido lisonjero del lenguaje de Abderrahim es acompañado con una disfunción eréctil, motivo que lo lleva a buscar en los paraísos siderales del *Viagra* la fuerza que le devuelva su virilidad. De esta manera el personaje comienza un peregrinaje por las distintas discotecas y bares de la capital económica del Reino hasta dar con un "farmacéutico juglar" (93) que proveía "no de cocaína, como era natural, sino de *viagra* molida" (93) a los viandantes. Vemos de esta manera que "el juego de la cocaína" ha dado paso al lucrativo suministro del "polvo de los polvos" (93). Para darle un matiz científico a este nuevo negocio, el "farmacéutico ambulante" auscultaba a sus "pacientes", corroboraba sus medidas antropométricas, la cantidad y calidad de las ganas, el volumen de alcohol ingurgitado y otras medidas de salubridad. Sin embargo, ante la evidente importancia de Abderrahim, "el hombre viril de Casablanca" (94), el boticario de medianoche no le somete al arte de su ciencia y le vende tres pastillas que son consumidas de una vez, produciéndole un ataque cardiaco al mercader/economista. Samia no lo puede disfrutar, limitándose en cambio a contemplar "con los ojos desorbitados [y] petrificada [...] el durísimo biberón" (94) del muerto.

Trazando de nueva cuenta paralelos con *Borderlands/La frontera* de Anzaldúa, la petrificación de la joven protagonista es la clara evidencia de estar atrapada entre "*los intersticios*" de los distintos mundos que habita (1999: 20; énfasis en el original). La impotencia y posterior muerte del "macho marroquí" reflejadas en el final de "Samia" ya se viene pergeñando desde los primeros cuentos de *Después de Tánger*, plagados de hombres estériles, faltos de energía y corruptos. ¿Qué le queda, pues, a Samia como respuesta a la pérdida de aquel hombre que, entre otras cosas, debería "protegerla"? La respuesta consistiría en crear un espacio propio (a la Virginia Woolf o, mejor, a la Assia Djebar en *Femmes d'Alger dans leur appartement*) y contentarse con vivir del fruto de una nueva cultura híbrida, construida con su propio pensamiento, sus propias manos, con su propia "arquitectura feminista":

> She hid her feelings; she hid her truths; she concealed her fire; but she kept stocking her inner flame. She remained faceless and voiceless, but a light shone through her veil of silence [...]. Battered and bruised she waits, her bruises throwing her back upon herself and the rhythmic pulse of her feminine [...]. *Aquí en la soledad prospera su rebeldía. En la soledad Ella prospera* (Anzaldúa 1999: 22-23; énfasis en el original).

En síntesis, podríamos concluir que los textos de Larbi El Harti van más allá para atacar con una prosa ingeniosa la percepción sobredimensionada y sobreideologizada con respecto a las mujeres en tierras marroquíes/musulmanas que, como apunta Martín Muñoz (2000: 109-110), sobrepasa lo que es legítima denuncia sobre situaciones de discriminación y abuso, y, de esta forma, da por tierra con los prejuicios anidados en el viejo imaginario cultural que Occidente impone sobre Oriente. El Harti, por ende, evita generalizar irresponsablemente y/u ocultar realidades de lo más diversas. Al mismo tiempo, el autor originario de Arcila pone en evidencia las dinámicas de cambio que se están produciendo en Marruecos desde la irredimible entrada del capitalismo salvaje, la globalización y, sobre todo, la necesidad de no representar exclusivamente al patriarcado en Marruecos como un caso extremo e inmutable. El Harti, entonces, elige documentar la historia de Samia de manera analógica tanto con el gradual deterioro de los valores religiosos y sociales en el seno de su familia como también con la inadecuación de los productos de importación llegados del Primer Mundo.

Quiero acabar este capítulo, de capital importancia en *¡Hay moros en la costa!*, para dar por tierra con el adagio del "sometimiento de la mujer musulmana", dando cuenta del testimonio de otras mujeres intelectuales, escritoras, antropólogas y/o sociólogas, en su mayoría magrebíes, para complementar, en parte, los testimonios de las varias veces citada Gloria Anzaldúa. Los temas sobre los que me podría explayar son muchos, pero por motivos de espacio quiero detenerme, aunque no exclusivamente, en la cuestión educativa y en la presencia de la mujer marroquí en espacios públicos, haciendo escuchar su voz entre sus congéneres y, esencialmente, entre los hombres. En este sentido, coinciden Assia Djebar, Ghita El Khayat y Fatema Mernissi, entre otras, que el desarrollo económico, el éxodo rural, la emigración, la inserción en el ámbito laboral, la escolarización y la influencia de los medios de comunicación contribuyen de manera exponencial los distintos símbolos movilizadores y legitimadores del avance en los derechos de la mujer.[13] Lo singular consiste en contemplar que muchas veces no es el Islam la que las doblega, sino la apropiación e interpretación que realizan de la religión tanto los que ostentan el poder (publico y privado) como las mujeres mismas, el ya mencionado *ijtihad* (Djebar 1961: 18; Benradi 2000: 114). Factores como la tasa de analfabetismo en las mujeres (Benradi 2000: 112; El Khayat 2004: 21), que roza el 70%, no sólo produce una desaceleración en el reclamo de los derechos, sino también un incremento en los índices de natalidad, por ejemplo, que siguen "atando" a la mujer a las labores domésticas.

Aïcha Belardi no duda en culpar a las ONG europeas de desmesurado paternalismo, considerando a la mujer magrebí de "ignorante" en la mayoría de los casos. Han llegado a casos de explicarles "su propia cultura" (2000: 40; Roque 2000: 130). Como contraparte, el aumento de artistas y escritoras son observadas como motivo fundamental para la transformación/revolución/rebelión contra instituciones autoritarias claramente establecidas, como son la familia, el estado y la religión. En algunas ocasiones el rechazo de la familia suele ser el precio que se debe pagar en pos de la "liberación" del anquilosamiento de las tradiciones y/o la consciente tergiversación del Libro sagrado. En varios casos, acierta Maria-Àngels Roque, "muchas mujeres cog[e]n el pañuelo para poder

---

[13] Véanse Belardi (2000: 44), Benradi (2000: 91-92, 96, 108, 112-113, 115), Roque (2000: 128, 140, 144-147), Amiti (1997: 134-135), Mernissi (1996: 139), Djebar (1961: 7, 10, 20, 39, 40). Ghita El Khayat evidencia que "the most important thing is to have a strong law imposing equality between men and women regarding salaries all over the world. It's evident that in this field women are bad treated: doing the same jobs, having the same training, they are less paid... and this is the same all over Europe, and of course more visible in the other (traditional) societies. In Morocco, for example, women were/are employed in a huge number in factories because not involved in strikes, not included in trades unions, paid half or less in front of male comrades... it's more or less the same until now!" (2012: s/p). Por su parte, Assia Djebar observa: "I mean the well-intentioned, ignorant stranger who is convinced beyond proof that the benighted Moslem woman must be 'rescued' from her misery [...]. In the West much stress is laid on external, public life; but to the Moslem it is his private family life that is all-important [...]. And at the centre of the family is the woman. It is she who is most exposed to the storm that shakes the whole fabric and evolution, her freedom, is bound up to that whole" (1961: 12, 14).

mezclarse más libremente y protegerse de los hombres", especialmente las jóvenes universitarias, y de esta manera "conseguir un espacio político y tomar la palabra entre los hombres" (2000: 144). Al hablar de los derechos en el trabajo, en la educación y en el salario conseguidos por las mujeres de Egipto, Líbano y Siria en los años cincuenta del siglo XX, Assia Djebar concluye con optimismo de cara al futuro:

> We saw at the beginning how the women of Islam [...] are speaking of their liberation [...] with what splendid and sometimes tragic leaps into the future, from a thousand servitudes; from the oppression and from the heavy crust of the past. It is freeing itself –and the women at its heart as surely– with great strength because it is the strength of faith: faith in itself and faith in God (1961: 40).

La joven poetisa Lamiae El Amrani recoge el testimonio de Assia Djebar en tiempos modernos para señalar las características singulares de la literatura femenina y feminista marroquí, la lucha por incorporar sus voces en el concierto árabe y en el europeo, y la elección de rehusar al matrimonio en pos del forjamiento de un futuro académico: "muchas mujeres se licencian en comparación con los hombres [...]. La poesía femenina [...] está de moda y publican más que los hombres y si quieren llamar a alguien que dicte una conferencia, llaman a una mujer, y no sólo para hablar de la burka o esos temas" (2012a: s/p; 2012b: s/p; 2010b: 17). De allí que su labor de traducción de textos de sus connacionales conlleva un intento de poner de manifiesto la evolución del género poético utilizado por la mujer marroquí para expresar su visión y su representación de las costumbres, la libertad y los sentimientos:

> [Tenemos] la oportunidad de presentar al público español una poesía totalmente distinta a la creada por los autores árabes de otros países, y también de la tradición poética española, aunque no hay que olvidar que la cultura española desde muchos siglos atrás forma parte de la marroquí, por ello podemos encontrar en los poemas de estas autoras una rica mezcla de influencias entre la literatura árabe de oriente y la occidental representada por la española y la francesa (2010b: 17).

Mohamed Lahchiri y Sergio Barce Gallardo: epítomes del escritor fronterizo

"On n'habite pas un pays, on habite une langue": esta frase de Cioran (1987: 21) bien sintetiza lo que propongo en este capítulo: analizar, en el marco de los estudios poscoloniales, la narrativa del autor ceutí-marroquí Mohamed Lahchiri y matizarlo con la del escritor larachense-malagueño Sergio Barce Gallardo. Lahchiri, aunque ya había escrito relatos en árabe en importantes periódicos como *Al Alam* o *Al Ittihad Al Ichtiraqui*, a partir de los años noventa comenzó a hacerlo en castellano. Desde entonces ha publicado cuatro libros de relatos cortos: *Pedacitos entrañables* (1994), *Cuentos ceutíes* (2004), *Una tumbita en Sidi Embarek y otros cuentos ceutíes* (2006) y *Un cine en el Príncipe Alfonso y otros relatos* (2011); y una novela publicada por entregas en *La Mañana*: *Una historia repelente* (2001).

Sergio Barce Gallardo pasó su infancia en Larache para luego trasladarse a España. Su primera novela, *En el Jardín de las Hespérides*, tuvo gran repercusión entre los españoles nacidos en Marruecos y entre los autores marroquíes que sienten curiosidad por aquellos escritores que se sumergen con su obra en la historia o el pasado del país magrebí.[1] El autor remarca que lo suyo es "nostalgia por su infancia" y rechaza de plano una "nostalgia colonialista" ya que él nació en 1961, cuando Marruecos ya era independiente; "Mi historia es la de un Marruecos libre y marroquí" (Ricci 2011). *Sombras en sepia* (2006, Primer Premio de Novela Tres Culturas de Murcia), su segunda novela, es una narración intimista desde la que profundiza en el problema de la inmigración ilegal y la

[1] En 2004 vio la luz su segundo libro, en esta ocasión una colección de relatos: *Últimas noticias de Larache y otros cuentos*. A diferencia de su primer novela, su visión sobre Larache se hace más realista, dejando a un lado la perspectiva nostálgica y casi idealizada que había utilizado en *En el Jardín de las Hespérides*. Se trata de una colección de cuentos que han nacido de su experiencia vital tras diversos viajes a Larache en distintos momentos de su vida: desde la primera vez que vuelve y el impacto que le produce el choque entre sus recuerdos y la realidad, hasta los que realiza más tarde y que le han provocado un cambio de actitud y un acercamiento más íntimo y comprometido con la ciudad de su infancia.

relación afectiva que nace entre un hombre con un pasado íntimamente vinculado a Marruecos y una muchacha marroquí que llega a la costa española en compañía de su hijo pequeño. En 2011 el escritor larachense-malagueño publica *Una sirena se ahogó en Larache*, una narración que se hace a través de un personaje niño, Tami (álter ego del autor), y fluye en la frontera que separa las aventuras imposibles de las realidades infranqueables (incluida la frontera real entre Marruecos y España) y que, por su parte, recrea una crónica fehaciente, "creíble", "de primera mano", de la vida y personas/personajes de Larache. En efecto, las voces que intervienen no sólo en *Una sirena* sino en todos los textos del autor larachense-malagueño están arraigados en la oralidad y el cuento popular.[2]

Tanto las "historias" de Lahchiri como las novelas y cuentos de Sergio Barce poseen un intenso contenido autobiográfico en el que se refleja una vida marcada por el cruce de culturas. Sus narraciones son fundamentalmente un ejercicio de nostalgia y de memoria crítica por un mundo, el de su niñez y adolescencia, en el barrio ceutí Príncipe Alfonso (Lahchiri) y en el casco viejo de Larache (Barce Gallardo). Lahchiri reconoce que no sólo había empezado a publicar sus cuentos en el periódico *La Mañana* "para llenar columnas", sino que lo que más le llevaba a escribir era su afición por adentrase en "temas tabúes para nuestra escritura en árabe, como historias de primeras experiencias sexuales de adolescentes con prostitutas o mujeres adultas o de chicos arrastrando el temor –mejor dicho el terror– a ser sodomizados" (2007b: 28). Por otro lado, y a pesar de que "el libro de [sus] sueños estaba escrito en árabe, soñaba (como todo hijo de Adán picado por la literatura) con escribir un buen libro o varios buenos libros y ganar[s]e la admiración de [sus] amigos, colegas y alumnos" (1995: 6). De forma análoga, en *Una sirena se ahogó en Larache* el personaje Tami, un niño de familia proletaria de nueve años al que le diagnostican un mal incurable que podría acabar con su vida en cualquier momento, sueña con escapar de la mísera realidad que le rodea, alterna la imaginación desbordada con sus correrías, con los cuentos de piratas, héroes y monstruos del mundo árabe-musulmán relatados por su abuelo, El Hach, y con su anhelo de aprender a tocar el laúd para conjurar así el terror, la decepción por los suyos (en particular de su padre, Mohammed) y la perversidad de otros niños y adultos que se aprovechan de él psicológica y físicamente.

---

[2] La última novela de Sergio Barce Gallardo, *El libro de las palabras robadas* (Círculo Rojo, 2013), queda fuera de este estudio ya que se publica en el mismo momento que revisamos las pruebas finales de *¡Hay moros en la costa!*

Dolores López Enamorado asevera que los cuentos populares marroquíes van pasando a la prensa en la época de los Protectorados, "así lo oral ha recurrido a lo escrito para perpetuarse" (1999: 19). En Lahchiri lo oral –tanto en su "árabe marroquí del Norte de Marruecos" como en "español"– se evidencia en la "satisfacción de ver siempre el impacto que tiene" ("La gran aventura de Tarzán", *Cuentos ceutíes* 23) en lo escrito, y para ello, "no invent[a] nada. Escribiendo esto me estoy limitando estrictamente a recordar lo que ocurrió" (24). Si bien Lahchiri no llegó a escribir en los periódicos del Protectorado, sí es evidente, como se mencionó anteriormente, que su labor en la prensa escrita de los años ochenta hasta la fecha ha sido por lejos la más dedicada a preservar el castellano no sólo en el norte de Marruecos, sino en todo el país. Al rol crucial del ceutí en la propagación del castellano en Marruecos como editor en jefe del rotativo *La Mañana* debe añadirse la publicación de sus propios cuentos y su titánica labor como traductor de escritores consagrados del mundo árabe.[3] Por su parte, el rol didáctico/formador de jóvenes hispanistas que realiza Lahchiri en el mencionado periódico es simplemente lo más logrado de todos los que de alguna u otra manera han forjado lo que hoy denominamos la literatura marroquí en castellano.

Sergio Barce Gallardo ha leído el libro *Cuentos populares marroquíes* de López Enamorado, pero, afirma, que fueron su abuelo materno y "otros marroquíes" –tanto su "chacha morena", Mina, que ya aparecía en un cuento de *Últimas noticias de Larache* y en su primera novela, *En el Jardín de las Hespérides*, como el mismo Mohamed Sibari, devenido personaje en *Una sirena* y al que lo une una relación de estrecha amistad– los que le han transmitido historias de héroes, ogros y *djins* (o ĝinns), típicos de la tradición marroquí, como se ha analizado en el capítulo anterior: "Mina [...] cuando se remontaba a sus más ancestros orígenes era capaz de improvisar las más curiosas y enrevesadas historias, siempre distinta de la anterior, pero cada una de ellas colmada de detalles exóticos, al modo [de] Emilio Salgari" (*En el Jardín* 34). Según Barce Gallardo, la casa donde viven Tami y sus parientes en *Una sirena* es la misma casa en la que actualmente vive su otrora niñera Mina. Por otra parte, Barce Gallardo dice conocer de cerca la "bondad" del marroquí –*hannan* en árabe dialectal– y su rol de escritor estriba, entre otras cosas, en transmitirle el *hannan* a los españoles que tienen una visión distorsionada de Marruecos. Barce Gallardo subra-

[3] Como hemos mencionado en la introducción, los cuentos de *Pedacitos entrañables* se publican en el periódico *La Mañana* a partir de 1991. En este rotativo los cuentos fueron titulados *Pedacitos de vida* y el autor utilizaba el seudónimo de Abu Siham.

ya en sus narraciones y entrevistas "una convivencia" con las tres culturas en Larache donde "nunca hubo un atisbo de racismo o xenofobia", sino muy por el contrario, compartían fiestas, juegos y reuniones familiares. Barce Gallardo afirma que no se refiere a los militares, sino a la población civil que se quedó tras la independencia. Sin embargo,

> pronto llegó la marroquinización y no se nos permitió obtener la doble ciudadanía [...]. De pronto éramos extranjeros. Insensatos, creímos que, por consiguiente éramos españoles... Allí tampoco nos querían. Cuando llegamos a España decían que íbamos a robarles el trabajo (*Sombras* 55-56).

En *Una sirena se ahogó en Larache* leemos que en la fachada de un edificio existe una inscripción en árabe y en castellano sobre Al Motamid, rey de Sevilla, "un residuo del antiguo Protectorado español en Marruecos que, sin embargo, se ha respetado por su belleza intrínseca o como el último reflejo de una convivencia entre culturas que sólo los de más edad aún recuerda" (150). Una vez de regreso en España el autor siente en carne propia cómo los compañeros de escuela le llamaban "'moro': la discriminación la viví yo por primera vez en España" (Barce Gallardo 2011b). Larache, por otra parte, ha ido cambiando, continúa Barce Gallardo, "hay ahora muchos edificios derruidos, una economía sumergida desbordante y la comuna no cuida los espacios públicos" (ibíd.).[4]

El hecho de que en *¡Hay moros en la costa!* se le dedique un capítulo entero al análisis de la obra de Lahchiri y a las novelas de Barce Gallardo radica en que ambos autores manifiestan más claramente que ningún otro autor marroquí en

---

[4] En su novela *Sombras en sepia* reitera esta afirmación y concluye: "La única diferencia [en época reciente] eran las parabólicas colgadas de los balcones desconchados, como hongos parásitos" (46). Con respecto a la convivencia entre miembros de las tres religiones, también en *Sombras en sepia* el autor recrea varios episodios con un dejo de inobjetable nostalgia (52-54). Los mismos tópicos ya estaban presentes en *En el Jardín de las Hespérides*, que como reza la contraportada y se puede hallar en varias partes del texto, "muestra el distanciamiento temporal y físico que se ha abierto entre las tres culturas [...] que en un tiempo no tan lejano convivieron pacíficamente [...]. [L]a novela es un fresco de aquella sociedad que vivió bajo el Protectorado español en Marruecos, asistió a la independencia del reino alauita y se encontró de improviso frente a un incierto con el que no contaba y ante el que no supo reaccionar" (105-106). En cuanto a la discriminación que recibió por parte de los españoles, el autor escribe el cuento "Moro" (*Últimas noticias de Larache*). Un profesor le presenta un libro en inglés que el autor-narrador no sabe leer: "Se llevó entonces las manos a la espalda [...] y arrastró sus palabras con un desprecio que yo desconocía-. Moro..." ("Moro", *Últimas noticias* 80; *En el Jardín* 106).

lengua castellana que la escritura posmoderna y la poscolonialidad conforman dos caras de la misma moneda (Mignolo dixit). Sus narrativas fronterizas, "laboratorio de la posmodernidad", según García Canclini (2001: 293) –en sí un género indefinido entre autobiografía y ficción–, se colocan en distintos lugares de enunciación (Mignolo 2000: 8) para conferir aspectos de la modernidad, (neo)colonización y la representación de la evolución de los distintos órdenes imperiales desde la época del Protectorado hasta la fecha. Para tal fin, en la narrativas de Lahchiri, particularmente, y, aunque en menor medida, en las de Barce Gallardo, se observan la "negociación representativa" de autores y obras "consagradas"/de "alta cultura" con ciertas formas y géneros de la cultura *mass-mediática* y las experiencias cotidianas de los protagonistas de sus cuentos y novelas.

Lo que plantea Lahchiri es la representación de historias locales de las colonias y las excolonias, de las nuevas formas de colonialidad global en las que los otrora "moros incivilizados" tienen, para los ejecutores de diseños globales, distintos rostros pero el mismo bajo valor de sus propias vidas. El ceutí realiza elecciones éticas y estéticas para enfrentar a la hegemonía del saber por parte de Occidente. En el mismo acto de adoptar una postura ética y estética el autor aspira, consciente o inconscientemente, a la descolonización del saber y a la contribución de un diálogo de iguales a través de su cosmopolitismo crítico, que el autor representa a partir de su propia experiencia de la colonialidad. La descolonización ya no se produce desde el interior de las antiguas metrópolis, gracias a la generosidad (a veces indeseada) de europeos, ni desde la reafirmación de los valores puros e intrínsecos de las sociedades (neocolonizadas) sino desde la periferia, desde la frontera, para fomentar una conciencia de la diferencia de perspectivas en la compatibilidad de proyectos: la emancipación y la liberación. Apunta así Lahchiri a la descolonización y, como diría Mignolo, a la "transformación de la rigidez de la frontera epistémica y territorial establecida y controlada por la colonialidad del poder durante el proceso de construcción del sistema-mundo moderno/colonial" (2000: 71). Sus historias locales no se pueden reducir a una historia nómade universal como la propuesta por Deleuze y Guattari (1978) o al universalismo deconstruccionista que reclama la ley de la lengua y borra la colonialidad del poder atrincherada en la lengua y la epistemología (Mignolo 2000: 143).

Por su lado, Sergio Barce representa en *Sombras en sepia* a un solitario septuagenario, Abel Egea, que reside en España y cuya vida rutinaria marcada por la pérdida de su mujer y el alejamiento de su hija se ve trastocada cuando irrumpen en su vida la paterista Nadja y su hijo. A partir de este incidente, sus absurdas nostalgias son abandonadas para emprender, primero, una red de ayuda para la inmigrante y, luego, una vez desaparecida la muchacha, un emotivo viaje de regreso a Larache no sólo para reencontrase con Nadja y su hijo, sino también con un pasado que pretendía dejar entre sombras pero con el que, abruptamente, ha de enfrentarse de manera ineludible. Una vez en Marruecos el mundo desde el que emigró Abel Egea le crea una sensación de desasosiego, de no sentirse perteneciente ni al Marruecos "perdido" ni a la España en la que vive en soledad. Por ende, lo interesante de esta novela es que para el expatriado es Marruecos el que representa el "Paraíso perdido" y no España –tal como ya se había reflejado en la primera novela de Barce, *En el Jardín de las Hespérides*–: "David [personaje ítalo-español que habla en haketía] sabía que Nadja no era tan diferente de sus padres, de él mismo. Que entre esa chiquilla, Abel y él podían escribir un tratado acerca de los infortunios de los emigrantes y [...] las ilusiones quemadas" (116).[5] Más adelante, Abel, que se encuentra en una residencia de pateristas subsaharianos hacinados, reflexiona sobre la vacuidad de las fronteras y la artificiosidad de las diferencias, "esa impostura instalada en el poder que nos conduce a ciegas a seguir a unos líderes manipuladores y ególatras" (136). De allí que la imbricación entre Protectorado e inmigración moderna y el amor que el "viejo" siente por la joven Nadja reditúa la utilización de un tópico literario arquetípico, que bien vale para ilustrar con originalidad un tema de una densidad psicosocial de actualidad:

> La puta gente de este país ha olvidado demasiado pronto que nosotros éramos los emigrantes que llenábamos los muelles de Argentina y de Marruecos, [...] Alemania, [...] Francia... Éramos de cuarta, joder. Y ahora vamos por ahí con ese aire de gallitos prepotentes mirando a los sudacas por encima del hombro y a los moros con el rabillo del ojo [....] ¡Vaya mierda! (116).

---

[5] "Regresar [rememora el personaje-narrador de *En el Jardín de las Hespérides*] es reencontrarte con los sueños perdidos" (27). Otra vez, en "Moro", cuento de *Últimas noticias de Larache*, leemos: "Cuando veo a los emigrantes marroquíes viajar por las autovías en dirección a Algeciras [...], no puedo evitar el ver de nuevo a mi familia en aquel Renault 10 amarillo, con matrícula de Larache, desembarcando en el mismo puerto [...]. No hay diferencia alguna. Todos viajamos con la misma memoria a nuestras espaldas" (80). Con respecto a la haketía, Cohen Mesonero asevera que los no judíos también la hablaban ("Carta a Juanita Narboni", *La memoria* 20). Este mismo autor comenta: "Yo no quisiera volver a vivir en Larache, porque aquel Larache se ha ido, y el mío ha quedado en mi retina de niño, como mi infancia, pero sí me gustaría decir que en su momento, me robaron la parte que me correspondía de larachense (algunos años) y que lo único que me queda es escribir algún que otro relato que, como éste, me devuelve el recuerdo de mi pueblo, algo que siempre me pertenecerá y que ha de permanecer conmigo" ("Mi casa", *La memoria* 88).

En *En el Jardín de las Hespérides* podemos leer:

> [A] los niños [...] se les inculca las reglas heredadas de los primeros hijoputas que decidieron en nombre de la humanidad establecer normas, linderos y desigualdades y que hemos heredado a su vez nosotros, aunque con el paso de los decenios hemos creído saberlo todo [...], y levantamos el nuevo emporio de la democracia, libertad, igualdad, fraternidad, siempre del estrecho para arriba oiga, nos recuerdan inmediatamente no vaya a ser que se nos cuelen esos morenos, y así defendemos nuestras fronteras que ya fijaron siglos antes por nosotros (74-75).

> Tú lo ves en *Ispania.* Somos basura para ustedes. Pero nadie *si* acuerda *di* los tiempos *in qui lispanioles* tenían nuestros trabajos, nuestras tierras, y *qui* nunca protestamos, os dimos todo como hermanos para al final sólo *ricibir dispricio* y olvido [...]. Ahora hay mucha gente *qui* ya no ve bueno tener amigos *ispanioles*... judíos [...]. Pero la culpa *is di lospanioles* qui nos *enganiásteis* haciéndonos creer que éramos iguales, hermanos, *unia* y carne (85).

A partir de esta cita, cabe destacar, entonces, por una parte, la política discriminatoria que los inmigrantes viven hoy en España; la misma que confrontaron hace muy poco los mismos españoles emigrantes, no sólo dentro de su mismo país (del sur a Cataluña o al País Vasco) sino en otras partes de Europa o en el mismo Marruecos. Esta idea de rechazar la alteridad para vivir en la cómoda construcción de una identidad estética y amnésica es concomitante con un testimonio de un personaje marroquí de la novela *Partir* de Tahar Ben Jelloun: "Conozco bien a esos *spaniuli*, [...] se han olvidado de lo que fueron, mi padre me contaba, lo recuerdo muy bien, que los *spaniuli* llegaban a nuestro país como mendigos, mal vestidos [...]. [E]n Marruecos vivían como reyes, se creían superiores" (*Partir* 138). La cita de la novela de Barce también trae a colación, en parte, lo que Juan Goytisolo aseveraba hace unos años: "la presencia española en Marruecos no fue una presencia cultural fuerte como la francesa. En aquella época España era un país semidesarrollado y podía aportar muy poco a Marruecos" (Lahchiri 2003a: 166).

Por su parte, Arjun Appadurai sostiene que el mundo caracterizado por el trasvase de gente, dinero, imágenes, ideologías e información ha producido redes heterogéneas, contingentes, complejas y fractales (irregulares y desunidas) (1990: 15). Por ende, en el análisis de los relatos cortos de Lahchiri y de las novelas y cuentos de Barce Gallardo se debe prestar atención a la evolución/involución de los diferentes signos de fractura que se suceden en los lugares de sociabilidad y en los lugares públicos asociados y afectados por la "modernización" en Marruecos que, a la postre, han dado cabida a efectos contrarios a las tradiciones, discontinuidades y re-territorializaciones tendientes a entender el origen y desarrollo de la cultura marroquí donde la modernización parece inaccesible para la mayoría y donde la pobreza extrema coexiste con el consumo desenfrenado –"la modernización desigual de la sociedad" de la que habla García Canclini (2011: 13, 16).

La metáfora de la frontera es claramente funcional para explicar estos tipos relativamente modernos de fenómenos literarios migratorios, ya que ésta es un lugar de encuentro –algunas veces forzoso– entre alteridades y, a la vez, permite la invocación del tema del autor que no se siente completamente cómodo con la*s* lengua*s* materna*s*; esto es, siguiendo con la cita de Cioran que abre este capítulo, adentrarse en la pluralidad del Ser, en tanto que el cuestionamiento de sí mismo se abre hacia la excentricidad del Ser, y la relación entre el "Yo" y el "Otro" puede ser conceptualizada como heterogénea: "Yo" es plural. En otras palabras, siguiendo a Mignolo, a lo que apuntan Lahchiri y Barce Gallardo es lo que el crítico argentino concibe como la "generación de frontera DESDE varios espacios del Tercer Mundo configurado por diferentes legados coloniales, PARA el conocimiento y la civilización planetaria" (no una epistemología sólo para los marginados, o del Tercer Mundo para el Tercer Mundo, lo que mantiene la hegemonía y la universalidad del conocimiento producido en el no-lugar y en la objetividad de los proyectos imperiales) (Mignolo 2006: 206; mayúsculas en el original). Por tanto, la relación con el Otro (o con los Otros) es atravesada por antagonismos de uno u otro tipo –frontera, clase, género, etnia, lengua–, determinada por los distintos sistemas de explotación y opresión, y reflejada en la polisemia de la otredad en el mundo real. Arturo Lorenzo, prologador de *Pedacitos entrañables*, primer libro de cuentos de Lahchiri, ofrecía la siguiente más que atinada aseveración:

> Parece que las culturas limítrofes (hoy en día resulta extraño no limitar con todo) conducen a sus individuos a una ineludible peripecia psicológica por la que, mientras no tienen más remedio que estar administrativamente adscritos a una, lo grande y profundo de su alma sólo se expresa en el ex[i]guo reducto del jugo que se destila en la frontera, en ese eje visceral sobre el que gravita la suma de los contrarios (7).

De este encuentro/"suma de los contrarios" sale una tercera otredad que no es la simple suma de la originaria y de la adoptada, sino una síntesis, una hibridación, un mestizaje no indiferenciado de los elementos autóctonos y adoptados que lo han generado. Marruecos está caracterizado por una pluralidad y coexistencia de tradiciones culturales y grupos étnicos raciales distintos; en principio, las culturas árabes y amazigh, pero habría que tomar en cuenta también los sustratos sefardita y europeo, motivo o recurso literario mucho más prolífico en la narrativa de Sergio Barce que en la de Lahchiri. Esta mezcla o hibridación es lo que le brinda especificidad al país magrebí y a su vez da lugar a prácticas culturales ("procesos de hibridación cultural") de lo más variadas y a interacciones que crean otras e innumerables formas híbridas. Dichas hibridaciones culturales, fruto de una continua negociación de elementos que se oponen mutuamente, configuran los espacios en los que se produce una nueva literatura mundial contestataria, incómoda (y que incomoda) y subversiva; lo que Foucault llamaría "insurrección de los conocimientos sometidos" (cit. por Mignolo 2000: 78). Se trata, pues, de una subversión y reinvención de la gramática del escritor fronterizo, que continúa la saga del hito que marcó en 2008 el otorgamiento del Premio Ramon Llull a la escritora marroquí-amazigh-catalana Najat El Hachmi. Dicha literatura se inserta en un nuevo tipo de cosmopolitismo fruto de un intersticio siempre abierto a tiempos y espacios distintos, capaz de hallar la verdadera identidad bajo la aparente diferenciación y contradicción, y también la diversidad bajo la aparente identidad.

Las narrativas de Lahchiri y Barce Gallardo representan en gran medida los problemas de las masas proletarias marroquíes-musulmanas que no fueron advertidos por un movimiento nacionalista que empezó a perder su homogeneidad poco después de 1956, dejando ver así conflictos ideológicos y sociopolíticos. Todo ello impulsa al escritor ceutí y al larachense-malagueño a trazar perspectivas determinadas a la hora de tratar los problemas de las décadas de los sesenta y setenta (el 70% de la narrativa de Lahchiri se concentra en estas décadas; tres de los cuatro libros de ficción de Sergio Barce reflejan lo mismo): lucha de clases, éxodo rural, problemas del campo y dos ciudades (Ceuta y Larache) en la que "los niños [...] beben en fuentes de culturas diversas", escolarización, arabización, identidad cultural, junto al agravio de la Nación Árabe en 1967 (Lahchiri 1995: 6).

En el caso de Mohamed Lahchiri ser natural de una frontera no sólo consiste en ser depositario de las características que dicha frontera imprime; también radica en compartir gran parte de esas peculiaridades con otros escritores que pertenecen a regiones que se encuentran a bastantes kilómetros de distancia. En el caso de Ceuta conviven desde hace casi dos siglos dos culturas y dos religiones: la cristiano-española y la musulmana-marroquí. En Larache, como se observó antes, se le suma la judía-sefardita-marroquí. Los que forman el grupo de escritores marroquíes que llevan varios años intentando darse a conocer en Marruecos y en España han nacido, crecido y se han formado en medio de ese convivir cotidiano entre las culturas antes mencionadas: entre ellos, Ahmed Mgara, Mohamed Chakor, Mohamed Bouissef Rekab, Mohamed Sibari, Mohamed Mamoun Taha (*Momata*) y, por supuesto, los sefarditas-marroquíes Esther Bendahan, León Cohen Mesonero y Moshe Benarroch.[6] Todos son naturales de la zona entre Alcazarquibir y la frontera, el Estrecho de Gibraltar y la costa mediterránea de Marruecos. Algunos, como Chakor y *Momata* conocieron bien los tiempos del Protectorado y ya eran adultos cuando esos tiempos acabaron. Otros, con cuatro, cinco o seis años, comenzaron a darse cuenta de lo que pasaba en su entorno en los últimos años de la presencia española en el país magrebí, con la algazara que acompañó la mencionada vuelta del exilio del Sultán y la consiguiente independencia. Todos tienen la memoria repleta de escenas, de historias, de personajes relacionados con esa época y esas historias, esas memorias son una fuente inagotable de lo mucho o poco, lo bueno, lo mediocre o lo malo que los mencionados escritores han escrito y siguen escribiendo (Lahchiri 2003a: 165).

La visión cultural universalista signada por Europa ha pasado también por la imposición del uso de las lenguas europeas en los países colonizados. Dicha imposición, sin embargo, no se ha producido sólo como una forma de dominio, sino también ejerciendo una hegemonía (dirección social, política, moral e ideal) sobre las clases subalternas. Esta hegemonía, caracterizada por el uso de un poder persuasorio, ha llevado como consecuencia precisamente a una adop-

[6] El caso del también ceutí Mohamed El Messari es digno de mencionar ya que con su cuento "Amores ocultos" ganó el Premio de Narrativa Corta Eduardo Mendoza de 2004. El cuento de El Messari transcurre en un tiempo indeterminado y por él pasan personajes de todo tipo: marroquíes musulmanes, rifeños y españoles. El tema elegido es la "mal casada", pero "Amores ocultos" posee también aristas que podrían dar lugar a un estudio más profundo como es la representación del rifeño como un ser violento y avariento, las alcahuetas y la negociación de la dote por parte de los familiares masculinos de la novia. Al haberse desarrollado el tema de la mujer en la narrativa masculina y femenina en el capítulo anterior y debido a que El Messari no posee más que dos cuentos en su haber, dejo constancia de su aportación a la literatura ceutí-marroquí-musulmana escrita en castellano. Su paisano Lahchiri opina que Mohamed El Messari "ha escrito unos cuentos exquisitos", pero que por ser un perfeccionista empedernido, escribe poco (2007b: s/p). El otro cuento de El Messari del que tengo noticia es "El acoso", publicado en la antología *La puerta de los vientos*.

ción voluntaria de las lenguas del colonizador.[7] De hecho, el dominio signado por la palabra escrita en África ha puesto en riesgo la supervivencia de las mismas culturas autóctonas basadas en la oralidad, en el sentido que, a la hora de independizarse, los intelectuales de estos países no podían circunscribirse exclusivamente a sus formas precoloniales. Por lo tanto, los autores que surgen luego de la independencia estaban obligados a adecuar su creación a los nuevos aires, modernizando al mismo tiempo tanto los contenidos como los modos de expresión. Con ello lograron romper el círculo cerrado en que podrían haber quedado atrapados si se conformaban con asentarse en los caminos trillados de la tradición, renunciando a la tarea de acometer las transformaciones y resituar a sus culturas en el concierto de las exigencias de su realidad presente. Podríamos decir, junto a Montserrat Abumalham, que tanto una religión como una tradición, sometidas al paso del tiempo, en contacto con elementos procedentes del exterior y por la adaptación a las exigencias internas, terminan o pueden terminar constituyendo lo que se entiende por cultura. Ahora bien, este resultante no es ni sacro, ni es inmóvil, ni místico ni deben bajo ningún motivo la religión y la tradición ser sancionadas; "de lo que se trata es de favorecer los cauces que permitan poner en contacto a esos dos fenómenos cambiantes que son la arabidad y la europeidad" (Abumalham 2005: 144). Sin menospreciar la oralidad de la que los escritores africanos son claramente herederos, los escritores periféricos modernos situaron a sus países dentro del marco de un proyecto transmoderno que reditúa una estrategia de crecimiento y creatividad de una renovada cultura que no sólo tiende (quizás utópicamente) a la descolonización, sino también a la novedad.[8]

Rechazando, por lo tanto, la tesis de las identidades monolíticas y coincidiendo con Muhammad al-Jabri en lo concerniente al rol compromisorio de los intelectuales modernos, la narrativa de Mohamed Lahchiri, particularmente, rompe "con cierto tipo de relación fundamentalista con la tradición" –fundamentalismo consecuente con el tándem filosófico-político-cultural de la *Salafiyya-Nahdah* decimonónica y con el espíritu avicenista "oriental"–, en pos de asumir artísticamente una personalidad más amplia, liberadora, contemporánea/averroísta, dialógica, política y religiosamente independiente (conocida

[7] Utilizo las palabras *dominio, hegemonía* y adopción voluntaria en la acepción de Antonio Gramsci (1971: 11).

[8] Véase , Ricci, Cristián H. "La literatura marroquí en castellano en el marco de la transmodernidad y la hibridación poscolonialista" (2006a).

como *turath*, al-Jabri 1999: 1, 129; Walid Hamarneh 1999: 18; Mesbahi 2006: 183). En términos heideggerianos, asumir una personalidad multiétnica y plurilingüe consiste en mantener la religiosidad como vivencia interiorizada del sujeto y abrir la posibilidad para que la investigación histórica y psicológica del mito se abra como proceso. Al-Jabri critica las propias interpretaciones o lecturas hermenéuticas de la tradición islámica en el mundo musulmán. La primer línea interpretativa es la del fundamentalismo (la *salafiyya*). Dicha interpretación tiene una intención afirmativa, como todas las restantes, ya que intenta recuperar la antigua tradición árabe en el presente. Sin embargo, para al-Jabri dicha corriente es ahistórica, meramente apologética y tradicionalista. Otra línea de interpretación es la liberal, europeísta, que pretende ser meramente moderna, pero al final niega el pasado o no sabe cómo reconstruirlo. La tercera es la interpretación izquierdista (el salafismo marxista).

Lahchiri y escritores como Larbi El Harti y Ahmed Ararou inician el camino hacia una modernidad propiamente árabe a partir del espíritu crítico de la propia cultura y promueven una "interpelación intercultural" entre civilizaciones que induce profusamente efectos de reflexión e ilustración intercultural. En este sentido –con base en los estudios sobre los procesos de hibridación de García Canclini (2003: 5-6) y Amaryll Chanady (1999)–, sostengo que el objetivo de mi análisis de la obra de Lahchiri no radica en estudiar la hibridación ni la simple heterogeneidad cultural, étnica o religiosa representada en sus textos, sino en la deconstrucción de los procesos de hibridación y la modernización "desigual" que ocurren en la sociedad del norte marroquí.

Una lectura rápida de los relatos de los dos primeros libros de Lahchiri, *Pedacitos entrañables* y *Cuentos ceutíes*, como las primera y última novelas de Barce Gallardo, podrían llevar a un lector aficionado a clasificarlos como meras memorias de la infancia.[9] No resulta difícil dar con párrafos –no sólo en las obras de Lahchiri y Barce Gallardo, sino también en los textos de escritores marroquíes de expresión árabe y/o francesa– en los que niños se encuentran

[9] Los topónimos también parecen ser el centro de atención de los escritores marroquíes actuales que en los títulos de sus obras llevan el nombre de alguna ciudad. El caso de los cuatro libros de cuentos de Lahchiri –que poseen como título principal o como subtítulo cuentos ceutíes– es paradigmático ya que el mismo autor señala que los turistas, gracias al truco del título *Cuentos ceutíes* –como los *Cuentos de la Alhambra* en Granada– compran sus libros, que se venden en librerías y casas de *souvenirs* de Ceuta como si fuesen guías de la ciudad. Me ha sucedido lo mismo cuando visité Larache. En la librería Cremades me vendieron libros de Mohamed Sibari y de Sergio Barce.

aprendiendo el Corán. Es "una obligación aprenderse las palabras de Dios" (Lahchiri 2003a: 165), les dicen a los personajes de los cuentos de Lahchiri sus seres queridos, las madres, las abuelas –mujeres de las historias orales de demonios, que aparecen por las noches y cuyas víctimas son los "malos musulmanes" (ibíd.)–. De cualquier manera, los niños de los relatos de Lahchiri también guardan un secreto que huele a pecado: un tebeo que cuenta historias tan fantásticas e irresistibles como las que se cuentan en *Las mil y una noches.* Ahora bien, esos tebeos están escritos en "español", "en cristiano", y el niño los lee en la clandestinidad (ibíd.): "No podíamos llevar cosas escritas en cristiano, ¡llevarlas encima mientras aprendíamos las tablas coránicas era el colmo! [...]. Las palizas más buenas [...] las sufrí a causa de lo que en aquel entonces era mi pasión: los tebeos y las estampas" ("Simples cajitas de cerillas" y "¡La tortuga!", *Cuentos ceutíes* 44, 63): Hércules, Tarzán, Maciste, el Capitán Trueno, El Jabato, Astérix ("Goliat", *Cuentos ceutíes* 29). Esos héroes occidentales se convertían en

> [...] héroes nuestros de carne y hueso [...]. Gracias a la imaginación, cada uno de los mocosos nos convertíamos en un Goliat, mezcla del compañero del Capitán Trueno y el compañero nuestro de clase, que era nuestro, musulmán, de carne y hueso y con el que nos rozábamos todos los días ("Goliat", *Cuentos ceutíes* 30).

> El Capitán Trueno era el caballero español que andaba por tierra de Al-lah desfaciendo [*sic*] entuertos, y el Capitán Crisna el moro de las aventuras andantes trueneanas –el eterno perdedor–, gracias al cual aprendimos un buen puñado de palabras; 'bellaco', 'traidor', 'miserable', 'asesino', 'infiel', 'sarraceno', 'mahometano'... Porque éstos eran los calificativos que el personaje recibía de nuestros Goliat, Crispín, etc. y sobre todo del Capitán Trueno [...]. [L]a relación lector morito-héroe cristiano rodaba montada en buena carreta medieval; el lector morito se sentía en la piel del héroe cristiano; pero cuando nuestros turbantes sarracenos despuntaban por la costa, se hacía un lío entre su hogar, dulce hogar (y pobre), donde los papá-mamá dirigían, como buenos sarracenos –pero no malvados, ni traicioneros, ni miserables, ni nada de eso–, sus oraciones hacia Oriente, hacia La Meca, cinco veces al día [...]. El colmo estalló cuando El Capitán Trueno se dejó ver por Palestina en tiempo de las Cruzadas; el aliento de los calificativos antisarracenos se puso a apestar a muerto; fue el principio del fin de un amor que impregnó nuestros mejores años tiernos ("El Capitán Crisna", *Cuentos ceutíes* 98-101).

Estos primeros héroes/amores de la infancia, junto al fútbol y al cine, cosas que sólo existían en la otra lengua de la frontera, el castellano, han marcado a estos escritores "liminales" y a muchos otros que viviendo en Tetuán, Larache, Alhucemas o Tánger, "se desvivían por conseguir un tebeo, mientras aprendían el Corán en la [*madrasa*] o en la mezquita [...]" (Lahchiri 2003a: 166). El escritor de frontera, según Lahchiri, "ha tenido la carambola" de embeberse en las dos lenguas, en las dos culturas, en las dos religiones; ha tenido "la carambola" por pertenecer a "la más débil de las dos comunidades" (ibíd.); "[l]os españolitos [...] no tenían la suerte de esta carambola que nos tocó a los moritos de a pie descalzo (casi en sentido propio), la carambola de ensalzarnos en la cocina de casa y también en la cocina de los nasraníes [cristianos], esto es, la española" ("Boquerones en vinagre", *Cuentos ceutíes* 112). Obsérvese aquí la diferencia con Sergio Barce. A pesar de que su padre y abuelo hablaban *darīǧa*, el autor larachense-malagueño confiesa que no habla el dialecto marroquí, pero sí lo entiende: "Esto le ocurre a todos los [españoles] que son de mi generación que vivieron [en Larache] hasta los trece o catorce años. Nuestros padres no se preocuparon de que aprendiésemos árabe [...] Los chavales marroquíes hablaban castellano perfectamente" (Ricci 2011; véase también *Sombras en sepia* 77).

Lo que muestra Lahchiri en cuentos como "El Capitán Crisna" o "Goliat" es la escisión de grupos de intelectuales marroquíes articulada alrededor de los imperios de turno que daban la espalda a las ancestrales culturas regionales. Las culturas poscoloniales deben efectivamente descolonizarse, pero para ello deben comenzar por autovalorarse, opina Dussel (2006: 18). Al-Jabri es también elocuente para situar en contexto a la tradición con el presente, reforzando la idea de que dicha tradición sea continuamente renovada, revisada y criticada para no ataviarse en la mera lectura evocativa, en lugar de ejercer "lecturas exploratorias y razonadas" de textos sagrados y lecturas de todo tipo de textos provenientes de cualquier parte del mundo:

> [T]he contemporary Arab 'reader' is restricted by his tradition and overwhelmed by his present [...]; tradition absorbs him, thus depriving him of independence and freedom. From the day of his birth, we have not ceased to instill tradition in him, in the form of a certain vocabulary and certain concepts, of a language and a thought [...]. He receives all this without the slightest critical reaction or critical mind [...]. To disjoin the subject from his tradition is therefore a necessary operation. This operation represents the first step towards an objective attitude [...]. We must free ourselves of any understanding built upon biases derived from tradition or upon our present-day desiderata (1999: 25-26, 27).

Los escritores del grupo Souffles también demostraban la encrucijada tradición-modernidad y la necesidad de un Islam "flexible y evolutivo" (Wolf 1992: 35) en la etapa inmediatamente siguiente a la independencia. Así lo recoge Mary Ellen Wolf en su brillante estudio:

> 'Literature', as Khatibi will argue, 'is also a conflict of identities, signatures and forces' [...]. To be Arabized was to memorize lengthy passages from the Koran and to be modernized was to be stuck forever in the existential angst and exotic landscapes of Camus and Loti. Nothing moved [...]. By repositioning themselves within the minor enclaves of a minor literature with major influences, they [los escritores del grupo Souffles] attempt to validate the multi-ethnic terrain of contemporary Moroccan society (1992: 35).

No es en vano, entonces, que Lahchiri se haga eco de la mayoría popular afincada en sus tradiciones y defienda lo propio contra lo impuesto desde una cultura técnica, económicamente capitalista. Por ello, posteriormente pasa el escritor ceutí a expresar en sus textos las necesidades y costumbres de los bloques sociales de los oprimidos musulmanes, pero para llevar a cabo tal proceso se exige tiempo, reflexión ("pensamiento crítico"), retorno a los textos y a los símbolos y mitos constitutivos de la propia cultura, antes o al mismo tiempo que el dominio de los textos de la cultura moderna hegemónica; establecer primero un diálogo "Sur-Sur" para luego pasar a un diálogo "Sur-Norte". Se trata, en síntesis, de promover una "revolución cultural" (Dussel 2006: 22), cuyo eje, la mayoría de las veces, se encuentra en el nivel pedagógico de sus cuentos, en involucrar a la juventud como principal público lector y en la representación de la cultura periférica oprimida por la cultura imperial. De cualquier manera, siguiendo con Dussel, es necesario "radicalizar el análisis equívoco de 'lo popular' (lo mejor), ya que en su seno exist[e] igualmente el núcleo que albergará al populismo y al fundamentalismo (lo peor) (ibíd.: 7-8). Lo popular, en cambio, es todo un sector social de una nación en cuanto explotado u oprimido, pero que igualmente guarda una cierta "exterioridad"; oprimidos en el sistema estatal, alterativos y libres en aquellos momentos culturales simplemente despreciados por el dominador, como el folclore, la música, la comida, la vestimenta, las fiestas, la memoria de los héroes, las organizaciones sociales y políticas (ibíd.: 10).

La comunidad española de Ceuta estaba compuesta por militares, comerciantes, funcionarios, policías y guardias civiles por doquier. Los musulmanes eran albañiles, marineros y contrabandistas. Lahchiri toca un punto común que existe no sólo en la frontera de Ceuta, sino también en la de Melilla: tras la Independencia del 56 y hasta la fecha, en el seno de la sociedad ceutí y melillense no-marroquí nace una mentalidad de mercaderes. El objetivo principal de esta burguesía compradora y negociante es tener mano de obra marroquí barata, clientes marroquíes, sean turistas o contrabandistas, de gran poder adquisitivo, convertir a Marruecos en su zoco privado para vender mercancías, y en su granja de materias primas baratas: agua, verdura, huevos, pescado, entre otras cosas. Aquí aparece meridianamente el papel neocolonial que desempañan los dos enclaves, desestabilizando la economía y entorpeciendo la industrialización de un Marruecos en vías de desarrollo. Las diferencias ideológicas que se formaron en el sistema educativo español y aquellos de formación autóctona se agudizarán con el correr del tiempo, convirtiéndose en conflicto de mentalidades y entorpeciendo la búsqueda de la identidad, sobre todo cultural: "En la escuela coránica, ay-yamaa, no teníamos una idea clara de las cosas que no nos estaban permitidas" (Lahchiri, "La carrera", *Pedacitos entrañables* 47).

Por su parte, en las escuelas españolas de Tetuán, Tánger y Ceuta se formaban todavía a mediados de los años sesenta tanto cristianos (españoles y marroquíes) como marroquíes musulmanes y judíos, quienes, posteriormente, en la mayoría de los casos, continuaban sus estudios en Granada y/o, en menor número, en Madrid. De esto último da cuenta Bouissef Rekab en *Las inocentes oquedades de Tetuán*:

> Como venerado fakih sabía que la mejor enseñanza, en esas fechas [1964] estaba en las escuelas españolas, matriculó a su único hijo en centros educativos de España, sin importarle que el centro fuera de los religiosos marianistas; claro, después de que aprendiera el Corán de memoria, para que Dios lo amparara de todo mal... El considerado y religioso hombre recibió numerosas críticas de una gran parte de la comunidad musulmana [...] y él se mantuvo en sus trece explicando que la ciencia había que buscarla hasta en el fondo del mar. Que nuestro venerado Profeta [...] había dicho que hay que buscar el saber desde la cuna hasta la tumba... y en nuestra zona del norte, de momento, el saber más perfecto está en los centros españoles [...]. Y lo hago con conocimiento de causa; ¡no olvidéis que soy profesor en un centro marroquí y sé lo que es eso! (67-68).

Si bien el hijo del alfaquí, Suleimán, no recibía buenos tratos por parte de los profesores españoles porque consideraban a todos los marroquíes "analfabetos, poco inteligentes y, sobre todo, ingenuos" (67), el joven termina obteniendo el título de médico en España.[10] Aarón, el judío marroquí de la novela de Bouissef, también se matricula en la escuela El Pilar; "era uno de los poquísimos marroquíes hebreos que había elegido esa opción. Lo que no se entendía es que esto sucediera siendo el hijo de un honorable religioso, que debía dar el ejemplo para que los otros judíos hicieran lo mismo" (74).[11]

Tanto en el ámbito educativo como en el religioso y jurídico, en los dos primeros libros de cuentos de Lahchiri (*Pedacitos entrañables* y *Cuentos ceutíes*) encontramos la figura del joven estudiante, a quienes el autor presenta con un barniz reminiscente de los estudiantes pícaros del Siglo de Oro español, muchas veces hambrientos, y por hambrientos, carentes de miedo, pero bromistas y engañadores, embromados y despreciados hasta cierto punto en el pueblo. Es el *tálib* uno de los personajes más comunes en el fondo de las narraciones y, en muchos casos, pasa a ser su protagonista envuelto en burlas. También el cadí y el alfaquí (*tolba* en árabe ceutí) muchas veces son despreciados, pero temidos; para éstos "cualquier excusa era buena para dar buenas palizas a los pobres diablos [niños aprendices del Corán]" ("La tortuga", *Pedacitos entrañables* 63); "eran pobres criaturas miserables cuyo único puntito blanco era la palabra Allah –El Corán– que llevaban en el pecho" ("Un pedacito de muerte", *Cuentos ceutíes* 52). Injusto es el cadí de cara a los que cree pobres y miserables; ladrón de los bienes que se le confían, creyendo en su aparente honestidad; adulador del poder establecido, pero a quien algún aprovechador puede convencer buscándole convenientemente la vuelta; procesado por golpear a unos tras haber contestado una y otra vez mal a la misma pregunta y estar harto. A veces, sin embargo, el cadí aparece como funcionario justo e íntegro, aunque esto suele ser poco frecuente y, como tal, su conducta extraordinaria se subraya en la narración. En la misma vena peyorativa que se representa al cadí están los alfaquíes y otros profesionales religiosos; muchas veces ignorantes u hombres de pocas luces y bastantes pretensiones; a veces queridos por las gentes iletradas

[10] Como lo documenta Paul Rabinow, los profesores franceses también percibían a los estudiantes marroquíes como culturalmente inferiores y "not worthy of the luxury of hope" (2007: 16).

[11] En *Sombras en sepia* se da cuenta de los pocos judíos que quedan en Marruecos, particularmente en Larache: "Curro, que junto a su hermano, eran los últimos hebreos que quedaban [...]. Las sinagogas y la Alianza Israelita habían cerrado [...] y, de aquella numerosa presencia de comerciantes y joyeros, empresarios y técnicos apenas se guardaban pruebas" (139). Cohen Mesonero observa que los judíos eran en su mayoría de clase media baja, "la clase social israelita no se distinguía mucho de la española" ("Recuerdos de mi Larache", *La memoria* 52).

que los prefieren a otros candidatos mejores ("Un pedacito de muerte", *Cuentos ceutíes* 52); siempre a la busca de empleo, aún a costa de ponerle zancadillas a los demás; lógicamente a la defensiva y utilizando artimañas picarescas contra los ataques de sus compañeros o estudiantes (ibíd.).[12]

Lahchiri confiesa "que le escuecen las ganas de hablar de él –del alfaquí–, ¡de machacarlo!, pero tengo miedo de que me estropee el cuento, como estropeó muchos de mis pocos días bonitos de entonces, dándome palizas –*tahmilas*–" ("La gran aventura de Tarzán", *Cuentos ceutíes* 25; véase también "El loh y la hannacha" en *Un cine en el Príncipe Alfonso*); "[n]osotros también sabíamos de memoria muchos versos coránicos y nos considerábamos mejores musulmanes –más buenos y más sanos– que los tolba [alfaquíes]. Teníamos nuestros pecadillos, pero no éramos mierdas" ("Un pedacito de muerte", *Cuentos ceutíes* 53). La figura del alfaquí en los cuentos de Lahchiri encuentra su correspondencia en el delator falangista Padre Pedro de la novela *En el Jardín de las Hespérides* de Barce Gallardo: "Todos en Larache le tenían [...] un temeroso respeto ganado a base de intimidaciones y amenazas [...]. El tiempo demostró que era un tipo despreciable" (15). Para el sefardita Cohen Mesonero la figura más temida era el raisuni, el bajá, "una especie de alcalde impuesto por los españoles para reconducir conductas 'indebidas' de los marroquíes" ("Algunos recuerdos de mi Larache", *La memoria* 50). El raisuni era acompañado por dos esclavos negros "que maltrataban hasta la muerte a todo pobre indígena que violara su ley" (ibíd.).

Muy a menudo, la figura terrible del alfaquí en los cuentos de Lahchiri deja expuestos los temores del escritor musulmán, principalmente en lo que respecta a su masculinidad. Como en el teatro del Siglo de Oro, el protagonista musulmán/morisco debe estar en un plano superior, debe mostrar valor y honor. Los ánimos varoniles y la verdadera nobleza se acrisolan, templan y demuestran en la desdicha y así veremos su excelsitud de ánimo, y, a veces, la competencia, la rivalidad cristiano-musulmana en mostrar su nobleza. En el cuento "Goliat" Lahchiri refiere la historia de los castigos que sufre de niño por no aprenderse los versículos del Corán de memoria. También el niño demuestra entereza para soportar los palos en las plantas de los pies, acompañados de gritos y súplicas del castigado si éste se comporta como un "marica" –el peor de los insultos– y no aguanta. Goliat, el héroe-antihéroe del cuento homónimo,

---

[12] Paul Rabinow constata en su estudio casi todas las características que Lahchiri les asigna a los alfaquíes (2007: 102).

no sólo es incapaz de recibir los golpes sin chistar, sino que también es expuesto a la vergüenza que le hace sufrir el alfaquí al descubrir los genitales del muchacho, que "tenía el pajarito como un niño [...]. Todos los maricones tenían el pene así, chiquitito como un clítoris [...]. [S]ólo eran maricas algunos españoles y algún gitano. Los moros no" (*Cuentos ceutíes* 33).

La comparación del pene con el clítoris de la mujer ni siquiera puede ser confrontable con el decantado idealismo femenino hacia la mujer que, en la prosa de Lahchiri, merece muchas veces respeto, adoración y sacrificio, aunque también, en algunos cuentos, burla, simplicidad e ignorancia, llegando a un equilibro neobarroco de dualidad expresiva: nobleza-valor, tontería-cobardía.[13] Los españoles "maricas" iban al cine Cervantes con algunos de los chicos del barrio, "de familias de baja calaña" (*Cuentos ceutíes* 33). Era una vergüenza fornicar "por aquella parte tan sucia del cuerpo [...]. Además era el pecado no va más en nuestro Islam" (ibíd.). En contraposición con el héroe se halla el antihéroe, que en este caso no es gracioso, sino más bien grotesco. Insisto pues, en el doble juego: valor/cobardía, discreción/cobardía, repetidos los primeros entre los héroes (musulmanes en su mayoría) y los segundos entre españoles y gitanos. En muchos casos, se observa en la narrativa de Lahchiri el hecho de demostrar que "el morito [se refiere a sí mismo] no es ninguno del montón, ningún palurdo recién descendido de los montes cercanos, de los que pululaban por el barrio [Príncipe Alfonso] más pobre y más sucio de la ciudad [Ceuta]" ("World Cup", *Cuentos ceutíes* 81).

La pederastia también está presente en la obra de Lahchiri. El autor observa que en Chauen, donde "la pederastia campaba por sus respetos" ("Historietas doceañeras", *Cuentos ceutíes* 140-145), las víctimas principales eran los jóvenes que iban a estudiar a esa ciudad: "Algún tiempo después de llegar a la ciudad [...] ya conocían el peligro al que estaban expuestos los más pequeños allí, sobre todo los blanquitos y guapos" ("La ciudad maldita", *Una tumbita en Sidi Embarek* 96).[14] En la ciudad de Chauen había un burdel que resolvía las erup-

---

13 Dos relatos de *Cuentos ceutíes*, "Me llamo Suaad" y "El robo del siglo" no los analizaré porque me parecen un ajuste de cuentas machista del autor hacia su exesposa. Para colmo el autor quiere hacerle creer al lector que los cuentos han sido escritos por su hija, a la que, aparte de ponerla en la situación de criticar ácidamente a su madre, el padre (el propio autor) le censura partes de la narración.

14 Rachid O. en *El niño deslumbrado*, autobiografía que se remonta a los años setenta, narra lo siguiente: "Simplemente querían follar conmigo, como ocurre en Marruecos, cuando hay un

ciones carnales "propias de una ciudad islámica tradicional y prácticamente [cerrada] a cal y canto" ("El mundo está muy mal hecho", *Cuentos ceutíes* 64). Con la independencia el burdel fue cerrado. Mientras que los casados tenían a sus mujeres y las niñas marroquíes eran muy bien cuidadas, el escape era la pederastia: "Los efebos de 10 a 20 años era la solución única posible. Violar a un crío doceañero era tácitamente tolerado, pero unas relaciones carnales, profundas o superficiales, fuera del matrimonio, entre un chico y una chica podían hacer llegar la sangre a la cama –mal menor–o al río" (ibíd.: 64-65). No sólo "a los chauníes les gustaban más los chicuelos que sus mujeres", sino que también los jóvenes eran acosados por españoles, como es evidente en el cuento "El mundo está muy mal hecho" (ibíd.: 65). A pesar de que "para aquellos primeros años nuestros no existían maricas musulmanes" ("Al aachur", *Cuentos ceutíes* 94), el autor-narrador y otros personajes llegan a sentir pavor de ser confundidos por homosexuales y, debido a su color de piel, "demasiado blanca –como la de las mujeres españolas–, ¡corrían el peligro de ser maricas!" (ibíd.); "[e]n cuanto cualquiera de vosotros baje la guardia, le puede coger una pandilla, arrastrarlo al monte y a bañarnos en la vergüenza [...]. Y luego lo peor, la vergüenza y la sangre llegará a Ceuta" ("La ciudad maldita", *Una tumbita en Sidi Embarek* 98).[15]

Como opina Asifa Siraj, la homosexualidad en el mundo árabe-musulmán es un tema bastante inexplorado desde el punto de vista académico (2006: 202). Sin embargo, en la literatura autobiográfica –Mohamed Chukri (*El pan desnudo*, 1973, y *Rostros, amores, maldiciones*, 2002), los escritores marroquíes en francés Rachid O. (*El niño deslumbrado*, 1995, y *Varias vidas*, 1996) y Abdallah Taïa, y revistas y asociaciones como *Kif Kif* (que significa similar) o *Mithly*–, la "cultura de la invisibilidad" (Siraj 2006: 207) ha dado paso no sólo a narraciones sobre "salidas del closet", sino también a la reconciliación entre la identidad, la fe y la sexualidad (ibíd.: 202). Abdessamad Dialmy (2010: 162,

---

niño más bien mono en la clase, le dicen lo guapo que es hasta que se ablanda y se deja dar por culo" (2007: 57).

[15] Debemos tener en cuenta que el tratamiento de la sodomía por parte de Lahchiri está basado en sus experiencias personales y en el imaginario común de los niños musulmanes, geográficamente situados en los espacios de Ceuta y Tetuán. En la novela *L'últim patriarca* de El Hachmi se aborda el tema de la sodomía en el Rif, aunque es necesario resaltar no sólo el contexto étnico, sino también la utilización literaria que hace la autora amazigh-catalana de la vejación para la concreción de la novela; esto es, exterminar al patriarca(do) y, a su vez, apropiarse de su discurso.

165), Kendili, Berrada y Kadiri (2010: 153-156) apuntan a la falta de especificidad en el Corán acerca de las prácticas homosexuales (*fahicha*). Son más bien los hádices –o relatos o anécdotas contadas por familiares y compañeros del Profeta– los que más referencia hacen al tema de manera condenatoria (Kendili *et al.* 2010: 155; Siraj 2010: 207). Por otro lado, el abordaje de la homosexualidad como "algo normal" y "público", siempre hablando de/en Marruecos, se puede cotejar en varios textos; a la sazón, el álter ego de Rachid O., en casi todos los cuentos de *Varias vidas*, comenta escenas de "ligue" callejero: "Aquello nos pareció divertido, la situación me gustaba, estábamos en mitad de la calle, con mucha agente yendo y viniendo, era una calle comercial" ("Luc" 34-35); "En mi país todo el mundo se mira, uno se interesa por otro y se entra en el juego de las miradas" ("Francia" 82); "Me asustaba la cantidad de personas que intentaban ligar con nosotros a medianoche, en plena calle" ("El hombre" 93).

En los textos de Lahchiri citados anteriormente, lo que aterra al narrador no es la homosexualidad como actividad en sí, sino el rol pasivo de los personajes. Como explica Dialmy, "[t] he active partner, the penetrator, is nor perceived as a pederast [*sic*] or as homosexual. He is called *louat* in reference to people of Loth. [...]. '[H]omosexuality' is reserved to those who are always penetrated" (2010: 165; énfasis en el original). El narrador de "La pesadilla" de Lahchiri da cuenta del "terror" de "ligar con chicos necesitados", que ya en los años ochenta la revista *Kalima*, prohibida por Hassan II y su ministro Basri, trataba "con pelos y señales" la prostitución en Marrakech.[16] Los homosexuales extranjeros "trataban bien [a los chicos], le[s] invitaban a comer, le[s] respetaban... pero [...] los marroquíes [...] le[s] tiraban una miseria y le[s] miraban con desprecio" (171). Rachid O. en el cuento "Luc" y Abdallah Taïa en *El Ejército de Salvación* dan cuenta que la pobreza es uno de los principales fomentos de la pros-

[16] En "La pesadilla", a pesar del título desorientador, es un hombre muy piadoso, *hadj* (que ha hecho la peregrinación a La Meca), padre de familia y "heterosexual" el que tiene un sueño homosexual y contempla la posibilidad de asistir a un psicoanalista para hablar del caso. Dialmy comenta que muchos políticos y periodistas homosexuales marroquíes "que no han salido del closet" apoyan a asociaciones como Kif Kif (2010: 166). Rachid O. narra en *El niño deslumbrado* que hasta algunos hombres poseen novia o esposa y pareja homosexual, por eso no son "maricas" (58). Desde la fundación de Kif Kif homosexuales marroquíes van en "peregrinación" todos los años a Sidi Ali Ben Hamdouch (en la zona de Meknés). Para ellos, el santo es la legitimación islámica de la homosexualidad (Dialmy 2010: 166; Kendili *et al.* 2010: 153). En cuanto al "ligue" en plena calle en Marrakech y Tánger, el cuento "El hombre que sabía demasiado" de Rachid O. y la novela *El Ejército de Salvación* de Abdallah Taïa son de singular importancia.

titución masculina en Marruecos (*zamel* es el que se ofrece por dinero; Dialmy 2010: 165), especialmente subvencionada por "viejos maricas europeos" ("Luc" 31-32, 34; *El Ejército* 72). En el cuento "Su kif" de Rachid O., ambientado en el Marrakech de los años ochenta, podemos leer: "No sólo vi pasar marroquíes de una estancia a otra [en el *hammam*], también había varios extranjeros hablando en francés o italiano, locazas gordas rodeadas de espléndidos chicos marroquíes con una pinta un poco de maleantes" (109-110).[17]

En *Una sirena se ahogó en Larache* de Barce Gallardo el niño Tami es sodomizado por un francés, Pierre, justo cuando la gente del pueblo descubre el cuerpo de su hermano Ahmed, que naufragó en una patera. El padre de Tami, Mohammed, que en contadas ocasiones golpea al niño, encuentra el dinero obtenido del francés para llevar a cabo su nefasta empresa. En lugar de optar nuevamente por el abuso físico, al padre no le queda otra opción que fingir no saber de dónde procede el dinero "para pagar los gastos que ha supuesto el entierro de Ahmed [...]. Se le viene la idea de que es mejor que muera [el niño padece una enfermedad crónica incurable] [...]; así toda la infamia que trae a la familia desaparecerá para siempre" (169). La imagen final de *Una sirena* es en la mezquita, padre e hijo rezando; el niño le promete a su padre que nunca le abandonará y el padre, ocultando la vergüenza, aterido, abraza al niño y, "también por primera vez, lo besa en la mejilla" (175). Con este final abierto de la novela podemos conjeturar varios escenarios sobre el futuro incierto de Marruecos. Ese niño enfermo, que podría morir en cualquier momento, bien pudiera representar el porvenir del país. El abuso que sufre por parte del europeo no hace más que revalidar la falta de escrúpulos de empresas europeas en la región (la mayoría de ellas constructoras; "la ciudad estaba siendo engullida por las fauces insaciables de los especuladores", leemos en *Sombras en sepia* 69; véase también *En el Jardín de las Hespérides* 107). La pérdida de todos los sueños por parte del pequeño Tami (la sirena que creía haber visto finalmente fallece y el halcón "protector" que sobrevolaba sobre su cabeza nunca existió), que coincide con la apatía de otros personajes

[17] Taïa es tajante con respecto a la "industria del sexo" en Marruecos, particularmente en las relaciones homosexuales: "El sexo es la materia prima de este país, su tesoro, su primera atracción turística [...]. Los hombres habían sido una total sorpresa para él; antes no le interesaban sexualmente [...]. Ahora él estaba en su lado, se convertía en homosexual para ellos; pero cuidado, sólo para los extranjeros, nunca se acostaría con marroquí, jamás; pasar por un *zamel*, por un mariquita en Tánger, le inspiraba un gran horror [...]. [A] él lo que lo atraía, lo que lo excitaba, eran las mujeres, y era gracias a ellas como esperaba salir un día de este ingrato país" (*El Ejército* 71, 72).

adultos nacidos al calor de la independencia que pasan por la novela, ha hecho que el proyecto de vida de la familia sea algo totalmente opuesto a lo que se habían imaginado alguna vez los personajes. La complacencia de un padre para con el dinero "ilícito" que consigue el niño demostraría la desidia de la clase proletaria con respeto a los valores inculcados por la religión islámica en momentos que hace estragos la crisis económica y la economía sumergida se convierte en uno de los problemas mas acuciantes del país magrebí (Mohamed tiene un puesto de viejos cacharros y electrodomésticos en el zoco chico. Ahmed prevé un futuro similar al padre y por eso elige el fallido "escape" a España).

En este sentido, Lahchiri y Barce Gallardo narran las transformaciones de los territorios y personas otrora colonizados en espacios de modernidad desiguales y antagónicos. El viaje, peregrinaje o nomadismo, como apunta Clifford, remite a la traducción (en su etimología de trasladar, mudar, trocar); esto es, "una palabra de aplicación aparentemente general, utilizada para la comparación de un modo estratégico y contingente" (1999: 56), en la que el lector –a través de los ojos del personaje/narrador y propiciando un diálogo dialogal y no un diálogo dialéctico– aprende sobre pueblos, culturas, historias distintas a la propia, sea ésta la de un intelectual marroquí de clase media, como la de un español también de clase media, como la de un extranjero. Queda claro que los cuentos de Lahchiri sirven de caldo de cultivo para lecturas psicoanalíticas sobre las identidades divididas y tormentos socioreligiosos por los que deben pasar sus personajes. En el caso de Barce Gallardo, y obviando en gran medida la parte correspondiente a la religión, también se puede extraer material para una lectura deconstructiva de una identidad escindida, que se va construyendo a medida que avanza el texto. No en vano, el trasunto del autor en *Una sirena se ahogó en Larache* es Tami, un niño marroquí-musulmán, y no Miguelito, su compañero de aventuras español-cristiano. Una lectura profunda de la narrativa de ambos autores –particularmente en el libro de relatos de Lahchiri *Una tumbita en Sidi Embarek y otros cuentos ceutíes* y en sendas novelas de Sergio Barce, *Sombras en sepia* y *Una sirena se ahogó en Larache*– nos lleva a analizar un conjunto de recursos literarios más complejo que responde a esa "posición por hacer" (Pierre Bourdieu) o "intersticial" (Bhabha, Anzaldúa) del escritor fronterizo: en primer término, claro diálogo intertextual con otros textos y escritores del mundo marroquí y árabe, el "malestar en la cultura" o "el vacío terrible en el ámbito de la escritura" (Fernández Parrilla 2006: 156) que se produce tras la independencia de Marruecos y la llegada masiva de literatura extranjera, en francés y/o castellano en la mayoría de los casos.

En síntesis, los relatos de Lahchiri y Barce Gallardo son en sí documentos historiográficos valiosísimos que sirven para evaluar de qué manera se ha formado el canon literario árabe-marroquí de los escritores contemporáneos que nacieron al calor de la independencia del país. En este ámbito, tanto en la novela *al-Gurba* (traducida al castellano como *El extrañamiento, La soledad o el El exilio*) de Abdallah Laroui (1971) –una obra que "supera los estadios protonovelesco y nacionalista en Marruecos" (Fernández Parrilla 2006: 23)– como en la experimentación formal y el realismo social de *La mujer y la rosa* de Muhammad Zafzaf (1971), aunados a elementos "modernizadores" como son el desgarramiento del individuo, la recuperación de la infancia, la contemplación de la literatura en sí misma (evidente en "Recordar un cuento" de Lahchiri) y el desmoronamiento de los grandes proyectos postindependentistas, podríamos encontrar los gérmenes de la literatura marroquí contemporánea (Akkar 1999: 168), de la que Lahchiri es quizás el representante más fiel entre los autores marroquíes-musulmanes que escriben en castellano y Sergio Barce Gallardo, conjuntamente con Ángel Vázquez y Juan Goytisolo, los peninsulares que más se acercan a los espacios culturales de un imaginario común, que no se corresponde con una realidad geográfica, para estar enmarcada, sobre todo, en la mitificación del ámbito de la infancia y la adolescencia, adoptando un punto de vista objetivista.

Como decíamos antes, Lahchiri también hace referencia a la literatura menor como son los tebeos y los cómics. De esta forma, y en concordancia con el tributo que le brinda Lahchiri a la literatura menor y también al cine, el ceutí plantea el desarrollo y maduración de los géneros literarios en Marruecos, en especial el de la novela y su relación con la modernidad. En una clara analogía entre la juventud del personaje aficionado a los tebeos del cuento "Es un romance" se esboza el tema de la confusión de géneros literarios en un Marruecos en el que todavía no se había desarrollado la novela como género propiamente dicho. El joven protagonista de "Es un romance" compra en una librería de Tetuán *Principio y fin* de Naguib Mahfuz porque el título había sido llevado a la pantalla grande y lo había protagonizado Omar Sharif (*Una tumbita en Sidi Embarek* 37). Para el personaje, una novela "era un librito pequeño y manoensuciado que contaba historias de pistoleros y *sheriffs* o de espías o *corintellados*" (ibíd.: 38). A la novela de Mahfuz no se le podía colocar dentro de ese género "minusvalorado" (ibíd.). De esa forma, encuentra en la traducción literal de la palabra francesa "roman" (que traduce "romance") un nombre más distinguido para la novela del egipcio (ibíd.). Efectivamente, como apuntan Fernández

Parrilla y García Berrio, la novela no sólo representa el género referente de modernidad en todo el mundo, sino que también el "mayor novelista árabe", Mahfuz, ha dicho que la narrativa es la poesía del mundo moderno (Fernández Parrilla 2006: 14-15). En la adultez, el personaje de "Es un romance" no sólo se da cuenta del error semántico, sino también cobra solidez el hecho de que entre 1980 y 1996 se publican en el mundo árabe 145 novelas (sólo una veintena marroquíes), cuatro veces más que en las primeras décadas del siglo XX.

La época a la que se refiere Lahchiri en "Es un romance" es la de la aparición de la prensa nacionalista, factor decisivo que permitió a los intelectuales no sólo incitar los ánimos para combatir cualquier tipo de resurgimiento de colonialismo extranjero, sino también preparar el terreno del renacimiento cultural, creando nuevas formas y nuevos géneros. Una pléyade de revistas como *Al-Alam al-Thaqafi, Al-Murrahir al-Thaqafi, Al-Bayan al-Yadida, Aqlam* y *Afaq* (de la Unión de Escritores Marroquíes) fueron fundamentales en el desarrollo de la novela ya que en ellos se publicaban novelas por entrega. Además, en las mencionadas revistas, aparecieron artículos de contenido político, social y literario, estudios de filosofía y de arte, así como también poesía, relatos cortos, teatro, con la aportación de autores árabo-musulmanes del Extremo Oriente. De la misma manera que en Latinoamérica en los años sesenta y setenta del siglo pasado, el ensayo en Marruecos fue y es el espacio donde se gesta un "pensar" al margen de las disciplinas. Todo ello, con las delegaciones que se enviaban a países como Egipto o el Líbano, hizo que los narradores marroquíes fueran influenciados por escritores como Mustafa al-Manfaluti, Ahmed Chawqi, Mahmud Taymur, Taha Husayn, Tawfiq al-Hakim, entre otros.

Por su parte, Ahmed El Madini considera la influencia egipcia y la tardía aceptación y desarrollo del cuento en Marruecos de la siguiente manera:

> [T]he short story in Egypt, which is considered the most important source for the Moroccan short story, took some time to mature enough to be influential or to set a model for other Arab countries, and when it seeped into the Moroccan cultural scene, it took some more time to be assimilated as a narrative mode in its own right [....][T]he fact that the country was under European colonization for the better part of the first half of the century [se refiere al siglo XX] repressed the social structures into stasis. Knowing that everywhere in the world the short story is mostly an artistic expression of the middle-class reality, of its difficulties and crises, Gogol's, Maupassant's, and Chekhov's stories being the cases in point (s/f: 55-59, cit por Akbib 2000: 68).

En el caso particular de Lahchiri, aparte de los autores antes mencionados, se decantaba por los poemas políticos incendiarios de después de la guerra árabe-israelí, y un buen etcétera, cuyo remate era nada menos que Naguib Mahfuz" (Lahchiri 2007a: 27). La elección de estos autores como "guías" en la carrera literaria de Lahchiri es concomitante con el desarrollo del cuento psicológico, tal cual lo expresa Abdellatif Akbib (2000: 73). Es el periodo en la narrativa corta marroquí conocido como "romanticismo existencial" (ibíd.) en la que el autor, más consciente de su aislamiento individual y la diferencia entre sus valores personales y los de la sociedad en su conjunto, no se enfoca particularmente en un tema sino más bien en su introspección psicológica. Con el correr del tiempo y ya en su penúltimo libro de relatos, *Una tumbita en Sidi Embarek*, la narrativa de Lahchiri fluctúa entre la representación de su actitud intelectual o ideología con respecto a la marginalidad social, económica y cultural, y una suerte de romanticismo melancólico marcado como una especie de válvula de escape que lo protege de la violencia de la realidad social. Por ende, el realismo superficial en la narrativa de Lahchiri da lugar a un realismo crítico en el que se conjugan los siguientes elementos: capitalismo, colonialismo e imperialismo, nuevas formas de gobierno y sus contubernios con potencias neocoloniales, el concepto de Estado-nación y la noción del sujeto racional, unitario y logocéntrico como agente. Como observa Azade Seyhan, "[w]riters who engage in cross-cultural issues of import, while writing either in their nations of birth or in their nations of domicile, complicate and challenge the traditional notion of the nation state as an object of affiliation" (2010: 13). Dicho realismo crítico unido al uso de lo fantástico, de la ironía y a una utilización mucho más profusa de la intertextualidad de textos tanto de Oriente como Occidente (mitología griega, traducciones inglesas y francesas de *Las mil y una noches*, psicología, folclore, el Corán y los *hádices*) dará como resultado una narrativa que se situará a medio camino de las que luego analizaremos para el caso de Ahmed Ararou; narrativas experimentales, en todo caso, caracterizadas por la omisión y la implicación; lenguaje terso; significantes concentrados; dramatización de los textos narrativos y una focalización en las potencialidades del medio lingüístico; "explotar y colonizar la lengua castellana", sería la consigna, dando la impresión de que el lenguaje se narra a sí mismo en la ausencia de un incidente en particular sobre el que narrar.

El cine –especialmente los filmes estadounidenses y en menor medida películas de la India, de Egipto y pornográficas ("La viudita", *Cuentos ceutíes* 46)– es recurrente en las narraciones de Lahchiri, a tal punto que su último libro de cuentos se titula *Un cine en el Príncipe Alfonso y otros relatos.*[18] Un cine norteamericano que, luego de muchos años, cuando sus personajes recuerdan sus aventuras adolescentes en Ceuta, es representado con claros tonos colonialistas que van más allá de la perenne victoria de los "blancos buenos" sobre los "indios piel roja asesinos de mujeres y niños" ("Los nombres de Al-lah", *Una tumbita en Sidi Embarek* 25). Lahchiri también apunta a reconocer cómo esas imágenes se metían sin esfuerzo en las mentes de los niños y habían conseguido vencer el tiempo para consolidarse en la memoria de los personajes adultos que se sabían de memoria actores, títulos y directores, en detrimento de los ejercicios religiosos que ordenaba el alfaquí "a fuerza de palos". Al referirse a la película *Susan Slade*, el narrador comenta:

> El nombre del protagonista no se olvida: Troy Donahue. Alto, rubio, guapísimo. Nosotros: bajitos, feillos y destartalados. Ya nos estábamos introduciendo en aquel mundo de historias corintelladas. Nuestro cuerpo se había puesto a jodernos la existencia. Troy Donahue era en aquel momento el chico de los sueños, quiero decir que, en nuestros sueños, éramos como él, altos y guapísimos, ¡ah! Nuestro suspiro moro era tan intenso como el de una adolescente por su príncipe ("El chico de nuestros sueños", *Una tumbita en Sidi Embarek* 116).[19]

---

[18] Por su parte, Sergio Barce Gallardo le dedica dos cuentos al Cine Ideal en *Últimas noticias de Larache* y gran parte de las escenas de su primera novela, *En el Jardín de las Hespérides*, tiene como centro operativo el mismo cine. El sefardita Cohen Mesonero también hace mención al Cine Ideal, a sus ídolos Clark Gable, Gary Cooper y Burt Lancaster, y atestigua que en la papelería de Damián "se cambiaban las novelas de Corín Tellado y los cuentos del Capitán Trueno [...]. [N]os pasábamos las horas leyendo 'Hazañas bélicas', 'El Capitán Trueno', 'Roberto Alcázar y Pedrín', 'El guerrero del antifaz' y tebeos de todo tipo, algunos de cuyos personajes siguen anclados en nuestra memoria" ("Algunos recuerdos de mi Larache", *La memoria* 47-48; "Veracruz", "El cine" *Relatos robados* 23, 111).

[19] Si no estuviésemos analizando ficción, si bien todas los relatos de Lahchiri son cuasiautobiográficos, podríamos decir que el autor incurre en una contradicción en su último libro de cuentos, *Un cine en el Príncipe Alfonso,* ya que asevera uno de sus personajes-narradores que "en las películas que veíamos, con tíos altos, guapos y valientes... tíos como Dris [mayor que los demás niños del relato "Historietas doceañeras"], que producían escozores de envidia. Nosotros éramos bajitos, éramos pobres [...] nos sentíamos poca cosa" ("Historietas doceañeras", *Una tumbita en Sidi Embarek* 133-136). Aunque también leemos en el mismo cuento las "malas experiencias" que ha tenido el narrador (¿trasunto del autor?) con profesores españoles que suelen residir temporalmente en Marruecos. En la última parte de "Historietas doceañeras" descarga su ira contra "algunos dictadorzuelos" del Instituto Cervantes de Casablanca "con un pico anal de mil demonios, que se han bajado al moro sobre todo apuntando al propósito de buscar pinchitos morunos tiernos quince o veinteañeros" (143)

José Saldívar observa que "while new technologies [en este caso el cine norteamericano] certainly lend themselves to new forms of exploitation and oppression (colonizing our body as sites of capital accumulation), they also have utopian uses as new forms of resistance and struggles" (1997: 35).[20] La fantasía del cine tiene su correlato en aquel barrio "Príncipe Alfonso de Ceuta de chabolas sin agua ni retrete", donde el narrador del relato "El gancho", además de dar cuenta de las diferencias sociales entre moros, "rumíes" (cristianos),[21] gitanos y montañeses palurdos, recuerda la historia de un tal Uld Rahma, tan "listo y fanfarrón" como los Burt Lancaster, Robert Taylor o Humphrey Bogart de las "películas yanquis", que denostó al marido de una montañesa, recibiendo como recompensa no sólo la ira indiscriminada de la mujer, sino también la desaprobación de todo el pueblo, el recuerdo y hasta incluso envidia del protagonista ya mayor, que recuerda la anécdota y la demostración de que el amor de verdad evidenciado por la montañesa no era patrimonio exclusivo de aquellos "templos del sueño" que eran los cines, sino que también se daba en la rudimentaria geografía realista de "su Príncipe Alfonso de chabolas, moros y cristianos" ("El gancho", *Una tumbita en Sidi Embarek* 29-31). De esta forma, Lahchiri comienza una reconstrucción de lo que Celia Amorós Puente y Agnes Heller denominan "el pasado de su propio presente", el del Marruecos postindependencia y el de hoy (Amorós Puente 2007: 15); un presente que le interpela y cuya interpelación ni quiere ni puede eludir, así como el futuro al que aspirará en virtud de la apreciación del propio pasado bajo mediaciones literarias selectivo-reflexivas y el diálogo entre la tradición árabe y el pensamiento universal moderno que traerá una autenticidad y una contemporaneidad remozada (al-Jabri 1999: 126; Amorós Puente 2007: 15). Se trata, en síntesis, en "El gancho" del comienzo de la desmitificación de los "héroes" nacionales como de aquellos de importación que habían concebido el modelo neocolonial de país que ya en ese barrio Príncipe Alfonso demostraba su agotamiento. El desmoronamiento final de esos héroes llega con el último libro de Lahchiri, *Un cine en el Príncipe Alfonso*, sin dudas portador del más duro realismo crítico de toda su obra.

---

[20] Frederic Jameson considera que "for over seventy years now the cleverest prophets have warned us regularly that the dominant art form of the twentieth century was not literature at all –not even painting, or theater, opera or the symphony– but rather film; the first mediatic art form" (1991: 68).

[21] Rumí o arumí es cristiano en Tamazight. En árabe es *nesrani* o *nesraní*.

El cine norteamericano es entendido por Lahchiri como un enfrentamiento contra las culturas periféricas. No era un entendimiento simétrico aquel entablado por el cinéfilo "tercermundista" con la cultura norteamericana, sino más bien el despertar de la conciencia poscolonial de cara a la dominación, la explotación y el aniquilamiento de lo occidental, metropolitano, eurocéntrico que pretendía acabar con cualquier vestigio de cultura periférica. En otras palabras, si la "civilización" (el cine estadounidense) sirvió como una categoría que negó poder a la "barbarie" (los cinéfilos ceutíes que imitaban actitudes de los héroes de la pantalla), la incorporación de la barbarie en los términos negados de la civilización es lo que permite trascenderla no reivindicando su opuesto (la barbarie) sino reivindicando la fuerza de la frontera que crea la posibilidad de la barbarie de negarse a sí misma como barbarie-en la otredad; de revelar la mismidad que la categoría de civilización ocultó, y de generar un nuevo espacio que mantiene y trasciende el concepto moderno de razón, enquistado en el diseño de la expansión colonial (Mignolo 2006: 206). Esta generación de escritores, inmersa en su cultura árabe, viaja a Occidente, muchas veces se instala en él, incluso en las propias lenguas del país de acogida, absorbe la cultura occidental y, desde esa biculturalidad o triculturalidad en muchos casos, escribe de una manera totalmente diferente, radical, subversiva, plantea otros modelos y otros recursos que no son ni exactamente los modelos y recursos de sus compatriotas de origen ni los de sus conciudadanos de acogida (Abumalham 2005: 139).

En esta coyuntura, la prosa de Lahchiri es un claro exponente de la literatura marroquí moderna que expresa la frustración de los intelectuales en un estilo realista para representar e interpretar las injusticias sociales, la ironía (como lo hace Rachid Nini en *Diario de un ilegal*, 1999, El Gamoun en "La Atlántida" y Ararou en "Trabanxi") para contrarrestar los estereotipos racistas y las comparaciones diacrónicas entre un pasado de pertenencia, de afincamiento, de progreso y un presente de ilusiones rotas por causa del desplazamiento geográfico y económico. La corrupción institucional en los relatos de Lahchiri no es un sino vernáculo, como muchos extranjeros piensan, sino que el colonialismo español y francés ha tenido mucho que ver con ella, como el narrador se encarga de mostrar en "El morito de Arcila" y en "Las moras pisoteadas". En "Las moras pisoteadas", quizás el mejor cuento de su penúltimo libro de cuentos, *Una tumbita en Sidi Embarek*, el narrador destila un dolor muy fuerte por recibir "los vómitos de desprecio doloroso y descorazonador de cristianillos valientes, a los que la vida ha hecho rodar hasta tierra de moros" (134). Reproduzco aquí un larga cita de "Las moras pisoteadas" para ilustrar el caso:

> Eran hijos de familias musulmanas pobres de Ceuta [...] y habían sido enviados por sus familias a abrirse camino en el Marruecos prometedor de la independencia recién recuperada.
>
> [...]
>
> Aunque el hecho de ser ceutíes –que vivían con españoles– les hacía sentirse superiores en Marruecos, sobre todo superiores a los demás chicos del internado, a quienes consideraban unos palurdos con sus chilabas sempiternas, e incluso a los de Castillejos o Chauen –conocían mucho mejor que ellos el español, que era la lengua con la que se estudiaban las asignaturas más importantes (hasta el profe de dibujo era español), se vestían mejor que ellos, jugaban al fútbol mejor que ellos, sabían de cine y de cantantes más que ellos, etc.– pensaron desde el primer momento que su futuro estaba en Marruecos y no en Ceuta ni en la España de Franco; todo lo que les rodeaba, las buenas comidas, el buen trato, los profesores, etc., les hacía pensar así. Un país que trata de esta manera a sus vástagos es un país con un gran futuro. Sólo tenían que agarrarse bien a los estudios. Marruecos iba bien bien [*sic*] y en el optimismo sobre el futuro no cabía ni una mota de sombra.
>
> [...]
>
> Medio siglo después, esto es un hervidero de rateros –la palabra es casi ratas o ratones– corruptos, prostituidos hasta la médula, sin una pizca de escrúpulos, con muchamucha [*sic*] pocavergüenza [*sic*].
>
> [...]
>
> Primero nos han pisoteado, como a las moras de la acera y después de haberse asegurado de que estábamos bien machacaditos, se pusieron a enseñarnos –con el comportamiento y no con los consejos, como aconsejan los especialistas de la educación que hay que enseñar a los nenes– a ser hijos de perra; esto es, corruptos hasta el culo, mucho más falsos que todos los ejemplos de la falsedad registrados por la historia, y un putrefacto etcétera; toda una maquinaria de Ministerio del Interior en marcha para encauzar en la normalidad el mentir, el aceptar sobornos, el romperle el pescuezo a los escrúpulos, a los principios, en suma: aceptar todo, absolutamente todo por el dinero; volcándonos encima vómitos de desprecio doloroso y descorazonador de cristianillos valientes, a los que la vida ha hecho rodar hasta tierra de moros (127-135).

Con esta cita podemos entonces aseverar que en la obra de Lahchiri se observa una pesadumbre larvada por un Marruecos que pudo haber sido y no fue, y en *Una tumbita en Sidi Embarek* podemos advertir la esperanza (frustrada) de los marroquíes recién independizados de separarse de aquellos "españoles que llevaban remiendos en el culo" y tenían "un índice de analfabetismo más alto que los de cualquier país magrebí" ("El morito de Arcila" 119). Sin embargo, apunta uno de los personajes, "¡míranos! cruzando el Estrecho en busca de oficios menudos, ante los que los españoles no se dignan a agacharse" (120). Lo que plantea Lahchiri, pues, es la pérdida de centralidad, el empobrecimiento relativo que ha sumido a Marruecos (y, en mayor escala, a gran parte del mundo musulmán) en una pobreza periférica, en una división y en un aislamiento sociopolítico-económico que lo tribalizó. Por lo tanto, para elaborar una estrategia de crecimiento liberador (y transmoderno), Lahchiri apelará a la autovaloración de los momentos culturales propios negados por los españoles. Dichos valores autóctonos ignorados se convierten luego en una crítica interna desde las posibilidades hermenéuticas propias de la misma cultura magrebí. Su posición como intelectual fronterizo y bicultural le infunde un pensamiento crítico tendiente a una estrategia de crecimiento y creatividad "desde la exterioridad".

Hasta la publicación de *Una tumbita en Sidi Embarek* se hubiese podido pensar que Lahchiri llegaría hasta este punto en su literatura testimonial y fronteriza, quizás, como se puede leer en "Recordar un cuento", "por miedo" (13).[22] Sin embargo, seguramente debido a la "indignación que sentía por todo lo que veía" ("Recordar un cuento" 13) en la época más siniestra de Hassan II, el ceutí vuelve en *Un cine en el Príncipe Alfonso* a criticar sin tapujos al régimen pasado y, al calor de la "La primavera árabe", extiende su acritud hasta el presente. De hecho, no es en vano que en pleno apogeo de las reformas constitucionales basadas en siete puntos fundamentales que plantea Mohamed VI, entre ellos "los derechos y la protección de las libertades", *Un cine en el Príncipe Alfonso* demuestre con una dignidad literaria sin precedentes en la literatura marroquí de expresión castellana una radicalidad que le planta cara a cualquier atisbo de censura y/o temor a encarcelamiento (al momento que escribo este capítulo Rachid Nini acaba de salir de prisión por "atentar contra la seguridad y la inte-

[22] De hecho, así lo expresé en un artículo sobre el autor, "Historia e historias de desplazamientos". Decía yo entonces que "autores como El Gamoun, El Harti, Ararou, El Fathi e incluso Bouissef (sin contar a Miloudi Chaghmoum o Mustafá Al-Misnawi que escriben en árabe) llegan un poco más lejos en sus relatos, "interpelando" a la historia y sacando a relucir detalles históricos más jugosos desde el punto de vista literario. Estos autores son coherentes con el rompimiento "del realismo inmediatista" (Amrani 1990: 15) y promueven una transgresión semántica y estructural al incorporar lo fantástico y lo mitológico en su versión moderna, el simbolismo, la metáfora de raigambre árabe y la utilización de espacios e historias multicrónicas; haciendo factible, por un lado, el proyecto *transmoderno* de establecer una estrategia de crecimiento y creatividad, de una renovada cultura no sólo tendiente a la descolonización (quizás utópicamente), sino también a la novedad" (Ricci 2010d: 39).

gridad de la nación y de los ciudadanos", según Reporteros sin Fronteras, "Detenido el director del diario *Al-Massae*" 2001: s/p).[23] A la sazón, al personaje femenino de "La pesadilla", que tenía cinco hijos en España, le alarmaba el despotricar de su marido contra el Majzén,

> esa gran pirámide de familias de inmunidad vitalicia [...] guardaespaldadas por el Todopoderoso Ministerio del Interior, [cuya] misión es doblarle el espinazo a los marroquíes, [...] hijos de la grandísima puta [que hacen] aborrecer [a los jóvenes] a este país de mierda e irse a donde sea [...] para mandar luego los ahorros de su muerte de hambre a los bancos donde esas mismas familias pinchaban y cortaban [...]. [U]n Ministerio que [...] la había pillado [...] en el terrorismo barbudo [, utilizando] los mismos métodos que utilizaba no hacía mucho tiempo con los ateos comunistas, socialistas, sindicalistas [...] o con los simples aibad Al-lah sin pelos en la lengua (22-23).

En el mismo momento de definir a Lahchiri como uno de los representantes más cabales de la literatura fronteriza debemos tener en cuenta que existen algunas coincidencias entre él y otros escritores que viven fuera de su país de origen, sean éstos marroquíes o de cualquier otro país de "los sures" del mundo. La literatura "sureña" está caracterizada por el uso casi exclusivo de la prosa (cuentos, novelas). Si nos referimos al caso específico de Marruecos este recurso literario es incluso más evidente, ya que, como afirma Amrani (1990: 19), los relatos cortos forman parte de la cultura oral marroquí de la que se muñen los escritores emigrados. En cambio, Lahchiri sigue viviendo en Marruecos y nunca ha emigrado. Para Lahchiri, de hecho, la elección del castellano como lengua literaria no es casual. Para el escritor ceutí el castellano es su lengua, es la lengua en la que "mejor puede expresar su sentir poético" (2003a: 167). No hay ninguna forma de alienación o de representatividad no expresada en la acepción de Gayatri Spivak (*In Other Worlds*). Lahchiri defiende entonces "su derecho" a escribir en castellano, y lo hace recordando la idiosincrasia común que hay entre el norte de Marruecos y el sur de España, una cercanía cultural que pasa también por "la recuperación de la memoria", poniendo énfasis en el pasa-

---

[23] Según periodistas de *Al-Massae* contactados por RSF, Rachid Nini fue acusado de publicar numerosos artículos sobre varios casos de corrupción, en particular del séquito del Rey y de Fouad Ali El Himma, jefe del Partido Autenticidad y Modernidad. En sus artículos, Nini también había pedido la derogación de la ley antiterrorista y había publicado varias informaciones sobre Abdellatif Hammouchi, director de la Dirección de Vigilancia Territorial.

do común y, sobre todo, en los años de la Guerra Civil. Así y todo, con todo este bagaje cultural, el autor ceutí confiesa sentirse aislado. Lahchiri mismo habla de desarraigo, un desarraigo que alberga algo positivo porque le permite conocer y mezclar dos culturas, sacar de cada una de ellas lo que le parece más apropiado para su creación literaria. En este sentido, en la literatura "intersticial" de Lahchiri hay elementos en común con lo que afirma Gloria Anzaldúa en relación al sentirse una mujer de frontera:

> I am a border woman. I grew up between two cultures, the Mexican (with a heavy Indian influence) and the Anglo (as a member of a colonized people in our own territory). I have been straddling that Tejas-Mexican border, and others, all my life. It's not a comfortable territory to live in this place of contradictions. Hatred, anger and exploitation are the prominent features of this landscape. However, there have been compensations for this mestiza, and certain joys. Living in borders and in margins, keeping intact one's shifting and multiple identity and integrity, is like trying to swim in a new element, an 'alien' element has become familiar (1999: 19).

No hay que soslayar el hecho de que Lahchiri no es el único escritor marroquí de expresión castellana que realiza este fenómeno de hibridación y de celebración del mito de Al-Andalus, sino que él continúa un trayecto ya marcado por los pioneros de esta literatura: valga el caso del escritor, ensayista y poeta tetuaní Mohamed Chakor. Podemos decir también que, debido a su compromiso, la narrativa de Lahchiri se inserta en la tradición de la literatura poscolonial africana, ya que comparte con ésta algunas de las características destacadas por el guineano Donato Ndongo-Bidyogo:

> Para nosotros, el arte es utilitarista, tiene que ser útil al igual que bello. Por razones conceptuales y pragmáticas, puesto que nuestras sociedades aún están lacradas por el analfabetismo y la ignorancia, no podemos circunscribir nuestra labor a los parámetros esteticistas [...]. puesto que luchamos al mismo tiempo por la construcción cultural de nuestras sociedades, contra todas las formas de manipulación, contra las tiranías que nos sojuzgan y condicionan nuestras vidas, contra el racismo, contra todas las formas de mistificación de la realidad (2000: 6).

Sin embargo, como ya hemos subrayado, el compromiso de Lahchiri no sesga el valor estético de su obra. De hecho, la obligación social contraída por Lahchiri no lo lleva nunca a escribir una literatura panfletaria. Su valor estético queda manifiesto al analizar la fuerza de las imágenes que crea, el lenguaje que utiliza y los recursos estilísticos refinados de los que hace gala en su narrativa. Sucintamente, se puede decir que su narrativa, siendo una buena síntesis de ética y estética, bien se ajusta a la afirmación de Fernando Savater cuando observa que le "interesa la ética porque hace la vida humanamente aceptable y la estética porque la hace humanamente deseable" (1997: 7).[24]

[24] El Lahchiri novelista es algo que muy pocos conocen. Por motivos de espacio no podré realizar su análisis en este libro. *Una historia repelente* se publicó por entregas en *La Mañana*, en el año 2001. A pesar de ser muy criticada en un periódico francés por considerarla una "sarta de aventuras sexuales" (Lahchiri 2003: 23), la novela está muy bien lograda y ameritaría su publicación como libro. La trama es bastante simple: el hilo conductor de la novela es un profesor de castellano en Tetuán obsesionado con su mal aliento. La acción también se traslada a Casablanca. A medida que el protagonista intenta combatir su halitosis a través de métodos tradicionales y/o acudiendo a consultas con galenos españoles, franceses y marroquíes, también va desarrollando una crítica escatológica de la sociedad multiétnica y plurilingüe en la que vive, poniendo énfasis en el comportamiento de personajes extranjeros que ejercen distintas profesiones en el país magrebí (principalmente ligadas a la educación) y en la hipocresía de algunos marroquíes-musulmanes con respecto a las sagradas leyes del Islam ("los que vais a la mezquita cinco veces al día, siempre habéis sido unos grandísimos hijos de puta", comenta un personaje despechado que ejerce la prostitución luego de ser repudiada por su marido en "Historietas doceañeras" 142). No queda indemne el protagonista de las mencionadas críticas, en tanto y en cuanto se debate constantemente entre la asimilación de algunas costumbres occidentales y sus pecados, produciéndole estos últimos no sólo continuos "arrepentimientos" (palabra usada reiteradamente), sino también ligando el origen de su mal a desarreglos en su régimen alimenticio, principalmente el consumo de bebidas alcohólicas. Como dato anecdótico comento que cuando estaba haciendo mis investigaciones en los archivos de la Biblioteca del Instituto Cervantes de Tetuán en el verano de 2008 y di con *Una historia repelente* en las páginas de *La Mañana* se lo comenté a Lahchiri y me pidió que no la utilizara para su correspondiente análisis en este libro. Me dijo que pronto "la retocaría" y la publicaría en forma de libro. Me costó trabajo convencerle que en honor a mi profesión debía incluir el análisis de la novela. Aceptó a regañadientes y, dado que no pudo (ni intentó) publicarla en forma de libro en estos últimos cuatro años, finalmente "me dio permiso" para utilizarla. En septiembre de 2011 me informa Lahchiri que finalmente publicará la novela en forma de libro y voy a tener el honor de prologarla.

Regreso a Al-Andalus en “patera”

El caballo de Mohamed Sibari se publica en 1993. Antes había sido publicada a la manera de los antiguos folletines del siglo XIX en la sección cultural de “L’Opinion semanal”. *El caballo* recrea la vida de un campesino larachense que trabaja a destajo en Tánger para “comprar” un pasaporte y así marcharse a España. El protagonista se desplaza de un lugar a otro sin lograr su objetivo. Como producto de una pelea con un turista irlandés, Kadur es encarcelado y allí le salva la vida a un narcotraficante, Fadel. Kadur y Fadel se hacen amigos y allí comienza el peregrinar del personaje principal por el submundo de la mafia tangerina, al que accede para no volver fracasado a su pueblo larachense. Una vez que sale de la cárcel, Kadur se casa con una danesa de nombre Sylvia. Kadur se convierte en la mano derecha de Fadel y su labor consiste en cobrar deudas de clientes morosos, demostrando un profesionalismo y una violencia innata en la ejecución de su rol de cobrador-verdugo.

Más adelante, emulando al personaje Tony Montana del film *Scarface*, Kadur se ve envuelto en una relación amorosa con la mujer de su jefe. El personaje va adquiriendo prestigio dentro de su profesión hasta convertirse en un hombre completamente distinto a aquel que procedía de una aldea humilde de Larache. Durante su estancia en el pueblo no dice que ha fracasado en el intento de cruzar el Estrecho; al contrario, deja que su familia piense que se encuentra afincado en España. De regreso a Tánger, reanuda sus labores y en pocos días es abatido a tiros por dos hombres. El narrador anuncia que Sylvia está embarazada y se pone punto final a la novela.

Los temas más sobresalientes de *El caballo* son la emigración como deseo frustrado y la degradación moral como su causa; estos mismos son temas recurrentes en la literatura de la emigración marroquí (no sólo en castellano, sino también en árabe, francés e inglés). Saïd Sabia, el primer crítico en analizar esta novela, alertaba que los temas que sustentan la construcción de la trama no se tratan en profundidad (2004: 62-63). Para Sabia, la intención de Sibari es la de esbozar situaciones y problemas (ibíd.: 63), como en una sucesión de viñetas o cuadros de costumbre (Sabia se inclina por los cuadros de pintura naïf). No existe, de esta manera, una idiosincrasia marroquí con respecto a la confrontación/contacto con el Otro; en este caso con los personajes europeos. Por lo tanto, continúa Sabia, el personaje principal "no es un personaje paradigmático ni dentro de esta misma novela ni en comparación con personajes similares de otras novelas de temática parecida aunque escritas en otras lenguas" (ibíd.). Si bien ni el problema de la comunicación con el otro, ni la oposición entre modernidad y cultura tradicional, ni tampoco el tema de la degradación moral llegan a ser tratados "de forma tal que puedan llamar la atención al lector" (ibíd.: 64), Sabia concluye que *El caballo* es meramente "un producto lingüístico" (ibíd.). Intuyo que Sabia intenta comparar "el producto lingüístico" de Sibari con textos sobre la emigración magrebí escritos en árabe o en francés, o, quizás, aquellos textos sobre la emigración mexicana a Estados Unidos (Sabia se especializa en literatura mexicana y latinoamericana en general). En este sentido, se puede objetar el análisis del crítico en tanto y en cuanto le interesa "asimilar" las prácticas discursivas de Sibari a sus valores literarios (los de Sabia).

A nivel epistemológico, y me hago eco del pensamiento de Walter Mignolo en este punto, los que analizamos la literatura del norte de Marruecos en castellano (la mayoría hispanistas) deberíamos estar capacitados para describir y explicar la función canónica de diferentes textos en culturas diferentes y no tomar una actitud condescendiente. Es lo que Raimundo Pannikar denomina "Diatopical hermeneutics", que

> is the required method of interpretation when the distance to overcome, needed for any understanding, is not just a distance within one single culture (morphological hermeneutics), or a temporal one (diachronic hermeneutics), but rather the distance between two (or more) cultures, which have independently developed in different spaces their own method of philosophizing of telling stories; creating rhythmic verbal patterns and recording picto-ideographic writing systems and ways of reaching intelligibility along with their own proper categories (cit. por Mignolo 1991: 5).

Por supuesto, es conveniente matizar que no es lo mismo el discurso sobre la emigración de un escritor del norte de Marruecos en castellano a partir de los años noventa que el de un Dris Chraïbi nacido en El Yadida y exiliado en Francia, que ya era un autor reconocido en los años cincuenta. De esta manera, y sin ánimo de crear mi propia "categorización canónica" de textos marroquíes en castellano ni hacer que "lo periférico" se convierta en "centro"/"alta cultura", sino, muy por el contrario, con la clara convicción que lo periférico representa un centro en sí mismo, es de mi parecer que se debe "aceptar el dato empírico de la multiplicidad efectiva" de las literaturas marroquíes "que coexisten" en las diferentes regiones del país norteafricano y, como diría Antonio Cornejo Polar, "procesarl[as] mediante la categoría de pluralidad" (1986: 95).

Por ende, pienso que efectivamente existe en la novela de Sibari una retórica moralizante, que se puede hallar en casi todos los escritores que intentan prevenir el "paso de la muerte" por el Estrecho. En este punto es preciso aclarar que el contenido didáctico-moralizante de la escritura migratorio-marroquí (crónicas, diarios, viajes, memorias) es común al surgimiento de otras literaturas fronterizas que intentan mostrar los problemas socioeconómicos y culturales de los inmigrantes. Con el tiempo, este tipo de literatura comienza un proceso de maduración hacia formas "más puras de ficción" en las que se incorporan mitos, leyendas, hechos fantásticos o sobrenaturales, y se recurre a la utilización del tiempo no-lineal. Como opina Martín Rodríguez (que sigue a Jean Cazemajou, "The Search for a Center"), "las estructuras míticas contribuyen a organizar el material narrativo para presentarlo a los lectores distantes", y de esta forma contribuir al "disfrute de la obra por parte del lector" (2003: 255) no-marroquí. El escritor marroquí, en un país diferenciado en tantos niveles, se expresa, frente a lo que acontece en su entorno humano y nacional, con la responsabilidad de una toma de postura. Por tanto, su contacto con un lector está fundamentado en su tarea intelectual y la literatura toma la impronta del acontecer diario. Como he mencionado en los capítulos I y II, en muchos países árabes se ha producido una evolución natural de la creación, desde la literatura de carácter moral, pasando por la afirmación de particularidades nacionales, hasta la consolidación del enfrentamiento con el colonialismo. Con posterioridad surge la reflexión social y política. Y desde aquí se desata una crítica: la ambigüedad de la relación entre lo estético y lo ideológico en el plano creativo plantea la importancia que, según los críticos, se dé a uno o a otro. En esta, podríamos decir, "segunda etapa" hay una consciente depuración del estilo, más elaboración en las características de los personajes y en la estructura de la obra. Hacia ese rumbo se encaminan las narraciones que aparecen en la antología *La puerta de los vientos*, en el cuento "Tariq, aquél que no conquistó Al-Andalus" de Mustafa Al-Misnawi, en "La quema de los barcos" de Miloudi Chaghmoum (ambos escritos originariamente en árabe), en "Quemador" de Nabil Loukili y en algunos cuentos de Mohamed Bouissef Rekab. En estos relatos aparecen intentos de superar el realismo crítico para penetrar en el simbolismo, utilizando los medios del expresivismo, del surrealismo y del alegorismo. El mismo tono moralizante de *El caballo* se observa en *La rosa de Xauen* (1996), la cuarta novela de Mohamed Sibari y la segunda de su producción personal que trata el tema de la emigración.

¿Y en dónde cabe la religión en este entuerto de cruce de ignorancias en lugar de choque de civilizaciones? Las culturas y civilizaciones son fluidas, como nos muestra la escritora amazigh-catalana Najat El Hachmi en *Jo també sóc catalana* y en *L'últim patriarca.* Si bien la diversidad cultural está bien presente en Europa, la misma no está exenta de agitación y zozobra. Ello provoca situaciones confusas en cuyo seno se utiliza la religión precisamente cuando debería preservarse su carácter y naturaleza. El estado de derecho comporta el reconocimiento del individuo en calidad de entidad única y singular; o sea que es la base de la democracia. La religión ortodoxa, asimismo, es realmente lo que inquieta y trastorna a la cultura musulmana cuando algunos inmigrantes (en el caso del personaje masculino de *La rosa de Xauen* es más que evidente) la blanden como estandarte principal y con afán exclusivista y violento. Sucede que en su fuero interno es una identidad, un escudo contra el exilio. A partir de ahí, todo puede manipularse: se mezcla lo verdadero y lo falso; el Islam en tanto que religión y cultura se convierte en ideología y experimenta las desviaciones y corrupciones bien conocidas, lo que da paso a la amalgama y al infortunio.

Por este derrotero, en las narraciones de otro escritor larachense, Mohamed Akalay se observa un alto grado de realismo, costumbrismo, y dichos y refranes del Corán. En esta coyuntura, Akalay expresa la frustración de los intelectuales en un estilo realista que intenta representar las injusticias sociales en un presente de ilusiones rotas a causa del desplazamiento geográfico y económico del país magrebí. En la misma vertiente, Akalay parece hacerse eco de las palabras de Mohamed Abd al-Jabri, quien opina que el intelectual crítico moderno es el que controla, maneja la elección de instrumentos modernos hegemónicos (europeos) y tradicionales árabo-islámicos que le serán útiles tanto para la reconstrucción crítica de su propia tradición como para la evaluación de las culturas neocolonizantes. Por ende, la literatura (como el arte) necesita compromiso, formal y temático, con una nueva sensibilidad temporal, con un uso creativo (y en consecuencia, crítico) de las imágenes. En los textos de Akalay se representan temas como el casamiento malogrado y la dote, el tema de la mujer que se conforma con quedarse en casa para realizar labores domésticas, el nacimiento de un hijo, la infidelidad, la viudez, el terrorismo y la Intifada. Las imágenes que utiliza Akalay son muchas veces desgarradoras, pero a su vez podemos observar su intento de alcanzar una narración poética, utilizando metáforas joyantes y embridando relatos con afán intimista y religioso.

Asimismo, Akalay aborda la emigración moderna, tema que el escritor larachense ya trata en su única novela: *Entre dos mundos* (2003). Esta última está dividida en dos partes. Los personajes principales son una profesora de literatura española, Nirmin, y un estudiante de medicina, Karim. En la novela Akalay se anima a criticar al gobierno marroquí para aseverar que en muchos casos los jóvenes no tienen más opción que una salida al exterior (27). Por su parte, se pone de manifiesto la libertad de la que gozan algunas mujeres de clase media en Marruecos al hacer ejercicio el personaje femenino no sólo de su derecho a elegir a su futuro marido, sino también de convertirse en madre soltera en caso de no conseguir con quien contraer matrimonio: "¡Y si no hay nadie que quiera desposarse conmigo, también te daré un nieto!" (12), le dice a su madre el personaje principal femenino. De manera recíproca, el padre de la muchacha ve como un hecho normal que la hija ya hubiese mantenido relaciones prematrimoniales con su novio: "los jóvenes siempre harán lo que consideren oportuno, les guste o no a los padres" (60). En su novela, Akalay también coloca trozos del Corán para explicar algunos casos de corrupción de la burguesía marroquí. Contrario a lo que sucede en otras novelas con final moralizante como las de Sibari o Abdelkader Benabdellatif, en la de Akalay a los emigrantes les va relativamente bien en materia económica y adaptación al país de acogida extranjero.

Como en la gran mayoría de las novelas sobre la emigración, el amor entre española e inmigrante se muestra imposible, tema al que Daniela Flesler le dedica un capítulo de su libro –"Impossible Love. The Presumed Incompatibility of Islam and (European) Spain" (*The Return of the Moor*)–. Además, la apuesta por la integración en la escuela y en el trabajo también se ve abocada al fracaso. Mohamed Abrighach cita a Antonio Tello (1997: 131-132) para concluir que la posibilidad de adaptabilidad de los inmigrantes "no depende de factores tanto económicos y geográficos como culturales, sino que solamente aquellas personas que son económica, social y culturalmente desfavorecidas son las que continúan siendo inmigrantes a perpetuidad" (Abrighach 2006: 52). El conflicto es mayor para los personajes marroquíes que desprecian a los españoles por su racismo, su ignorancia, sus gestos de superioridad (un claro ejemplo es *Partir* de Tahar Ben Jelloun). Como se evidencia en gran parte de las novelas de este capítulo, como también en el dedicado a la obra de Mohamed Lahchiri, el siguiente, y en el último de este libro, además de sentir indignación y rencor hacia la sociedad española por las restricciones de visados, también se ve un rechazo hacia su propia sociedad, cultura, religión, que consideran arcaicas, como se observa en la novela *Donde mueren los ríos* (2007) de Antonio Lozano.

En la compilación de sus cuentos, *Entre Tánger y Larache*, Akalay vuelve sobre la experiencia trashumante y lo hace utilizando el mismo tono didáctico que emplean otros escritores marroquíes que se expresan en castellano. Se pueden rescatar, entre otras cosas buenas que nos brinda Akalay en *Entre Tánger y Larache*, los siguientes puntos: las mujeres árabes no están más sometidas que muchas mujeres del "mundo occidental"; la desmitificación de que todo árabe sea un terrorista en potencia; la mirada profunda en la condición de la mujer árabe que pierde a su esposo e hijos por motivos bélicos o políticos; la convivencia entre judíos, árabes y cristianos en Marruecos y la firme voluntad de que el conflicto árabe-israelí se resuelva cuanto antes. En este sentido, Akalay –poco más o menos como lo hace Américo Paredes en el caso de la frontera entre Estados Unidos y México, estudiado por Saldívar (1997: 37), y/o el mismo Sibari en *El caballo* y en *La rosa de Xauen*– resalta las diferencias entre los discursos eurocéntricos en los textos de españoles/europeos sobre "el moro", que ignoran, en la mayoría de los casos, las diferencias regionales, étnicas, de género y de clase en el país magrebí. Dichas "diferencias" encontradas en los textos europeos son contrarrestadas en la narrativa de Akalay a través de la representación "hecha del otro lado" de los prolegómenos que acarrea el cruce del Estrecho en materia asimilativa (de costumbres europeas) y en la importación (a Marruecos) de elementos y pensamientos surgidos en Europa; y que reditúan, en menor o mayor medida, "choques de civilización" que las sociedades, tanto de un lado como del otro del Estrecho, no están (todavía) aptas para "asimilar".

Ahmed Daoudi y *El diablo de Yudis*

El diablo de Yudis es una novela sobre la emigración frustrada (la segunda en su género publicada íntegramente en castellano) que pronto llamó la atención de los hispanistas marroquíes que concurrieron al I Congreso de Literatura Marroquí en Español (Fez, 1994). Daoudi emplea el recurso literario de yuxtaponer una narración de *halqa*, fantástica e ilativa, a una historia crudamente actual, sin que lo fantástico abandone lo real ni lo real deje de estar presente en lo fantástico, "tal y como se produce en la propia vida marroquí" (Gil Grimau Benumeya 2002: 24). Mientras que la novela está escrita en un castellano convencional, es importante subrayar que el autor le añade giros árabes a la mencionada lengua (recurso estilístico también utilizado por Mohamed Bouissef Rekab y Mohamed Lahchiri). Por su parte, la novela está dividida en ocho partes/capítulos. En cada capítulo se narran dos historias que se distinguen por una diferencia espacio-temporal, así como en los personajes: la historia de la isla de Yudis y la historia donde el protagonista es el narrador/juglar de la primera historia en la plaza de Bajlud, Fez. El relato empieza con la historia de la isla imaginaria de Yudis, una isla en la que no predomina un credo religioso específico, pero todos los nombres de sus habitantes son árabes, y en la que se ha instalado un diablo que causa el pánico de una población que hasta entonces vivía en la "isla más hermosa del mundo" (5). El gobernador de la isla es el jeque Ibn Manjali Iliás, quien recurre a los servicios de unos militares, "los defensores", que provienen del continente de Burwilasch, cuyos nombres son castizos. El general encargado de la misión de eliminar al diablo se llama Federico Puertas.

Si bien esta metanarración podría ser entendida como el Protectorado español en Marruecos, no habría indicios explícitos que puedan dar coherencia a esta tesitura. Sin embargo, sí se puede efectuar un análisis en relación con el Protectorado español en tanto y en cuanto hay pistas en el texto que sugieren por lo menos un análisis a partir de las invasiones españolas con afán de "civilizar" la "barbarie" del pueblo marroquí. Después de un año de persecución, "los defensores" llegan a la conclusión de que el diablo estaba en Antan, capital de la isla de Yudis, y encarnado en el propio jeque. Éste es exiliado, tomando control de la isla su antiguo mayordomo, Kamel Abderrazak. El jeque finalmente logra exorcizar de su cuerpo al diablo gracias a la "fe ambagónica", una religión que se practicaría oficialmente en la isla desde entonces. El hecho de que en la novela de Daoudi se le dé importancia a la dicotomía campo-ciudad y que los "defensores" vayan rastrillando el país en busca del diablo, desde los poblados más pequeños hasta llegar a la capital, se podría interpretar de la siguiente manera: tras la revolución encabezada por el rifeño Abdelkrim al Khattabi, en la que los marroquíes recobran fe en sí mismos y defienden con más valor su integridad y su identidad, la represión del colonizador se incrementa, bombardeando zocos, animales, graneros y quemando cosechas. Como observa Muhammad Amrani, la resistencia cambió de escenario y de estrategia (1900: 16-17). La ciudad se convierte en el centro de los conflictos armados (como sucederá en el caso de Tetuán en 1948, que ya se ha analizado en el capítulo I). Aparece una burguesía nacional cuya élite empuñó las riendas de la resistencia, sustituyendo de esta manera a la aristocracia rural; factor que se puede corroborar en la novela en el ascenso social del mayordomo y de otros personajes primarios y secundarios que se mudan de las zonas rurales a la ciudad. La toma de conciencia política en Marruecos va unida a la toma de conciencia religiosa; de allí que en la novela el pueblo pasa de creencias panteístas a una religión monoteísta. El movimiento nacionalista encontró en la *salafiyya* (como hemos dicho, movimiento reformista islámico) el arma adecuada para luchar contra el colonizador y, en consecuencia, colaborar con las *zawiyyas* (cofradías), convertidas en sus pilares. El hecho de que el diablo haya sido encontrado por "los defensores" y colaboracionistas del "Protectorado" en el cuerpo del jeque, y que éste se tenga que exiliar, también coincidiría con la campaña denigratoria que llevaron a cabo los colonizadores (y sus colaboradores marroquíes) hacia el Sultán Mohamed V.

Relacionado con lo dicho anteriormente, en un estudio clave que realiza Abdelhamid Akkar sobre las "Transformaciones de la novela magrebí", y que, definitivamente, se puede aplicar a la novela de Daoudi, el crítico asevera que el Magreb posee una memoria muy particular, un espacio que a veces está ligado a la tierra, a lo sagrado, identificado con el hombre y con su honor. Merecedor de sacrificio e inmolación, ese espacio suscita en otras ocasiones el miedo y el respeto al estar habitado por espíritus, fantasmas, seres sobrenaturales, sólo concebibles a través del entramado de los cuentos o de las ceremonias y rituales "ocultos", provenientes de otra cultura basada en la magia, la hechicería, los amuletos. Existen también imágenes propias acerca de la lengua nativa, la mujer, la madre, el cuerpo y el sexo, las tormentas y el clima, la emigración y, especialmente, la pérdida de Al-Andalus y todo lo que vino después. Imágenes, en definitiva, que hacen singular el imaginario magrebí en la medida en que abren ante él, y ante quien en él se inspira, el horizonte de una escritura diferente (Akkar 1999: 165-166). He aquí, por ende, una lectura que podría unir a ambas narraciones en *El diablo de Yudis*: los problemas socioculturales, administrativos, económicos, étnicos y religiosos durante el Protectorado están coligados con la etapa postindependentista y, podríamos decir, hasta la fecha con la aparición de nuevas clases sociales, nuevas relaciones, el problema de la recuperación de la identidad cultural, el analfabetismo, el éxodo rural y la campaña de arabización.

Si el primer metarrelato de *El diablo de Yudis* está marcado por la persecución, el segundo es consecuente con el primero, aunque de distinta índole. A lo largo de toda su vida, que narra desde la infancia hasta la vejez, el narrador-protagonista está persiguiendo un solo objetivo: mejorar su situación económica y la de su familia. En la segunda narración, el personaje principal de la novela de

Daoudi se muda de la región de Barcán, donde realiza trabajos temporarios en época de cosecha, a Fez. Este ejemplo no es ni más ni menos consecuencia del éxodo rural al que hacíamos referencia anteriormente: por un lado la brecha económico-social entre la burguesía citadina y los campesinos se hace más grande; por tanto, las migraciones a la ciudad de estos últimos incrementan el chabolismo. La miseria, el aburrimiento y la soledad motivan el primer éxodo del personaje. Una vez instalado en un complejo de chabolas de Fez conoce a un amigo sindicalista, Tawawan, se casa con la hermana de este último y junto a un grupo de vecinos transforma el pauperizado barrio en uno decente, con construcciones de ladrillo y cemento, luz y agua corriente. Todo este esfuerzo se torna en vano cuando llega un emigrante de vacaciones en un coche de lujo y le regala a su padre un televisor de última generación, despertando el interés y el deseo en los personajes hacia los productos de lujo del "Primer Mundo". Los personajes, de esta forma, responden al "efecto llamada": "las chicas comentaban sus ademanes afrancesados; los mayores conversaban sobre sus posibilidades de comprar una casa nueva, y los trabajadores calculaban los sueldos que se cobraban en el extranjero" (57). Al ver este espectáculo de ostentaciones, la esposa del personaje masculino, Leuma, lo insta a realizar el viaje: "Yo no estaba seguro de querer seguir agotando mis fuerzas por un suelo que nunca me había permitido ni nunca me permitiría ningún lujo [...]. Me recalcó [su esposa] que en casa necesitábamos una televisión y una nevera como los demás" (65). La mítica "tierra prometida", sobre la que versaba la mayoría de los relatos hasta los años noventa, deviene en meca económica: "Llegar a la tierra donde todos los pobres se volvían ricos" (99) es la voluntad del personaje.

De esta forma, el narrador-personaje comienza a mencionar todos los estereotipos que se hacen los emigrantes antes de cruzar el Estrecho: trabajar temporalmente en Francia o España, continuar hacia Inglaterra para conseguir un puesto fijo y en cuanto ahorrase "buen dinero" regresaría a Marruecos para comprar una casa o terreno; "volvería con un coche grande; volvería como si hubiera nacido de nuevo, pero con más suerte" (94). El viaje se frustra dos veces y de regreso a Marruecos al personaje lo encarcelan por un año. El final resulta en una suerte de moraleja ya que el personaje-narrador confiesa aprender a vivir al día, sin planes, ni especulaciones, ni riesgos, ni confusiones. El relato circular termina donde empezó: el personaje se convierte en un verdadero juglar e, instalado en la plaza de Bajlud, conoce a un hombre que lo fascinó con sus cuentos que, a la postre, se convierten en sus instrumentos de trabajo. De cualquier manera, se puede conjeturar en este final que, bajo la liberación e independencia que podría proporcionar el viaje a Europa, planteados en términos individualistas –independientemente de la influencia que su mujer y/o el contexto social proporcionado por la experiencia que los emigrados ejercen–, subyace el compromiso social que el personaje había contraído originariamente al mudarse al barrio proletario, y que al final lo hace claudicar en su afán personalista e idealista para asumir definitivamente las causas subyacentes de la precariedad económica y cultural de sus conciudadanos.

En síntesis, Ahmed Daoudi logra plasmar y diagnosticar con éxito las preocupaciones y los problemas sociales del entorno en el que se mueve: el desempleo, el éxodo rural, la emigración clandestina, las injusticias y otras llagas sociales. Se observa, por otro lado, que Daoudi es consciente no sólo de los desajustes socioeconómicos locales, sino también de uno de los mayores males que padece la sociedad marroquí: el analfabetismo. El número de lectores en Marruecos es muy escaso por la extensión del analfabetismo y se echa de menos la presencia del libro como elemento esencial en los hogares.[1] De allí que se puede extraer de esta novela que la realidad social representada por el personaje masculino y su entorno se corresponde con el sufrimiento colectivo de los ciudadanos marroquíes y va más allá al incorporar el escritor marroquí el metarrelato del diablo de Yudis por boca del juglar, es decir, la tradición oral. Se introduce de esta manera en el texto la duda sobre el valor real de la escritura y la necesidad que el autor tiene de formar un corro con las gentes sencillas de su país en la plaza de Bajlud y relatarles un cuento en su dialecto, con su lógica, sus analogías y sus proverbios. En este hecho radica la gran diferencia existente entre los escritores occidentales (o aquellos escritores marroquíes que imitan las corrientes literarias occidentales) y el escritor marroquí que se centra en la lucha y superación de los estadios básicos de la vida económico-política y sociocultural del país por encima de la mera imitación de formas y estructuras de un mundo moderno-industrializado-eurocéntrico. Ratifica de esta manera Daoudi la superación del pesimismo que los autores sociales marroquíes de los años sesenta acusan, proyectado en una variedad de personajes sumergidos en monó-

[1] La crisis de edición y distribución refleja la falta de acomodación del libro marroquí a los deseos del lector, en el descubrimiento de temas de peso específico de la época actual. De esta manera el libro marroquí se encuentra en una situación de relativo estancamiento en comparación no sólo con el occidental, sino también con el resto del mundo árabe-musulmán. Por ello el lector se relaciona con el libro de forma limitada o, en ocasiones, inexistentes (véase El Amrani 2010b: 13-17).

logos asedados por la tristeza y la amargura (aunque en poesía, el caso de Sabbag, en el umbral de la independencia, sería paradigmático).[2]

Abderrahman El Fathi, poeta de la inmigración, y sus epígonos, Mezuar El Idrissi y Lamiae El Amrani

El prolífico poeta y dramaturgo de expresión castellana Abderrahman El Fathi ya ha publicado cinco libros de poemas: *Abordaje* (1998), *Triana, imágenes y palabras* (1998), *África en versos mojados* (2002), *Desde la otra orilla* (2004) y *DANZADELAIRE* (2011); y una obra de teatro *Fantasías literarias* (1999). La literatura de El Fathi intenta mostrar la "ahoridad" de un país en colisión entre la cultura occidental y oriental. El enfrentamiento entre la modernidad y la tradición, entre la penuria existencial de la miseria social y el mundo de maravillas que llega a través de la imagen satelital de Televisión Española son resumidos en estos pocos versos: "Nunca fue tan oscura / nunca vio un resquicio de luz / África se destiñe en su travesía, / su ropa llega sola al blanco amanecer / todos bailan a su son / desfilan en su honor / ofrendas como espaldas" (*África* 65). Una lectura rápida arroja un manojo de perspectivas de análisis: observamos que esa África que se destiñe es la que pierde identidad al querer parecerse al blanco europeo; es el África celebrada por su música y por la mercantilización-orientalización europea de sus costumbres, en el morbo que producen las imágenes televisivas desgarradoras de los pateristas; es el África que ofrenda sus espaldas mojadas al mar y la que se desloma en los campos de Almería y Levante.

Por otro lado, la poesía de El Fathi evidencia la pugna entre la nostalgia del imperio perdido y el deseo de "alcanzar", como diría Lamiae El Amrani, "el espejismo de una gloria delirada" (2010b: 65) en aquel imperio culturalmente majestuoso y principalmente ecléctico o averroísta, que promovía "la unidad del entendimiento" agente en todos los hombres, "sin fronteras geográficas, filosóficas ni religiosas". En este sentido, analizaré el corpus poético de El Fathi siguiendo el postulado de Muhammad Abd al-Jabri sobre la idea de que el "el futuro sólo puede ser averroísta" (1999: 120-130). Al-Jabri observa que el oeste

[2] En este punto cabría trazar correspondencias con la literatura sobre temas de inmigración marroquí a España y a toda Europa por parte de escritores que se expresan en lenguas francesa, árabe, inglesa y holandesa. Este estudio comparativo lo llevaré a cabo gracias a una beca concedida por el National Endowment for the Humanities.

musulmán ha heredado el legado de "reason and rationality" (ibíd.: 60), enfatizando la "resurgencia andalusí" como modelo de esperanza en la época contemporánea, en tanto y en cuanto sólo los pueblos del Magreb y Andalucía fueron capaces de escapar del impacto intelectualmente debilitante del califato abasí. Al-Jabri considera que los árabes deben soslayar el "contenido cognitivo" (ibíd.: 122) del análisis de Averroes, pero no su metodología. Por ende, el filósofo marroquí entiende que esta última es la única forma "to establish a dialogue between tradition and universal contemporary truth" (ibíd.: 126) o "to give a basis to authenticity within modernity and to give a basis to modernity within authenticity (ibíd.: 126-127). La aplicación de la doctrina averroísta de finales de la Edad Media tiene su correlato en la época moderna en lo que James Clifford denomina "two-sidedness", W. E. B. Du Bois "double consciousness" (Gilroy 1993: 161), y Richard Wright "two warring souls in one black body" o "double vision" (cit. por Gilroy 1993: 161). Para Clifford, "two-sidedness" expresa una profunda tensión utópica/distópica, un "constituted displacement under varying degrees of coercion, often extreme" (1999: 6), que estaría en sintonía, a la vez, con la doble conciencia a la Anzaldúa (*nepantlismo*), Du Bois o Wright, por la cual el autor explora y explota su doble perspectiva en su rol de participante, observador y sujeto desplazado a través de discursos y pertenencias múltiples.[3] En esta vertiente, el mundo globalizado de hoy no sólo reditúa el nuevo fenómeno cultural híbrido, basado en la libre transmisión y aceptación selectiva de distintas corrientes filosóficas e ideológicas, sino que también, y al amparo del racionalismo cristiano de la Ilustración europea, estos países proceden a la imposición de una política de doble rasero que trata de inculcar falsamente "procesos democráticos" de conveniencia y "libre mercado" que validan nuevos desplazamientos (económicos y culturales) y exterminios masivos. Por ende, la metáfora de la frontera utilizada por El Fathi (evidente, por cierto, desde el título mismo de sus textos) es decisivamente eficaz para explicar este tipo de fenómenos eclécticos y contradictorios. Hay que proceder, en con-

[3] Para Gilroy, Richard Wright localiza su doble visión "in two connected but still independent conditions: being a product of western civilisation and having a racial identity 'deeply conditioned' by and 'organically born of' that civilisation. It is interesting that he expressed this dissident consciousness of the West in temporal terms. Claiming, in effect, that even split subjectivity carried some significant advantages: 'I've tried to lead you back to my angle of vision slowly... My point of view is a Western one, but a Western one that conflicts at several points with the present, dominant outlook of the West'" (1993: 162). Por supuesto, esta doble visión se verá exacerbada cuando analicemos los textos de Najat El Hachmi.

secuencia, a la deconstrucción del topos de la frontera como encuentro entre alteridades en su doble manifestación: forzosa y consensuada.

La obra poética de El Fathi es de corte netamente connotativo, particularmente en textos como *El cielo herido*, *Primavera en Ramallah y Bagdad,* y "Me perdía en tus aires", ésta publicada en *Lenguas en la frontera*;[4] es una literatura comprometida (*engagée*, en términos sartreanos) y dictada por un lado por la contingencia del momento, cuando por ejemplo habla de la guerra en Irak, o de la cuestión palestina y, por el otro, por una inspiración sincera, caracterizada por un profundo lirismo:

> En todo Sinaí, en lo más alto
> de la tierra, en Belén, Jericó y Ramallah
> se repetía ese abril en mis ojos
> y el llanto en mi habitación florecía
> sin ojos, con ausencia de sábado
> y viernes de un día olvidado
> siempre.
> [...]
> En Belén, lloraba sal rocosa
> aquella niña, y continuaba
> la Danza Oriental del Tanque
> ("Me perdía en tus aires," *Lenguas en la frontera* 41-42)

La cita precedente sirve pues para ejemplificar la poesía testimonial de El Fathi, que termina siendo "una alegoría de una alegoría", no sólo por su acercamiento, duda y rechazo en su relación con "la engañosa Andalucía" (*África* 3), sino también por compartir el espacio intersticial que le liga con el compromiso ético-poético de la literatura poscolonial africana de expresión castellana, como la del ya mencionado escritor guineano Donato Ndongo-Bidyogo. En este último rubro –dentro de las necesidades sociales que sojuzgan y coherente con la esencia del género testimonial erigido como *racconto* colectivo y comunal de la vida de una persona (Arias 2001: 76)–, El Fathi va incluso más allá

---

[4] *Lenguas en la frontera* fue una idea brillante del exdirector de la Escuela de Traductores de Toledo, Gonzalo Fernández Parrilla. En 2008, estableció una comunicación por video-conferencia entre tres poetas que se expresan en castellano: El Fathi, la sefardita-israelí Margalit Matitiahu, que escribe en ladino, y el chicano Francisco X. Alarcón. El encuentro fue posteriormente publicado en forma de libro.

para abordar temas que hacen a la realidad panarábiga: la guerra en Irak en *El cielo herido* y la cuestión palestina en *Primavera en Ramallah y Bagdad*. El escritor marroquí no se halla expuesto sólo a los desajustes locales, sino que se siente inseparable de las convulsiones a la que se somete (o es sometido) el mundo árabe. Frente al bombardeo de ciudades milenarias (Bagdad, Basora, Nasiriyah), El Fathi percibe que no hay que callarse, que hay que denunciar la injusticia. Aunque la voz poética está lejos de Irak y de Palestina, el día en el que estalla la guerra y el día en el que otro mártir, Chadi Alí Najmi, se sacrifica en Ramallah, el poeta sabe que tiene que escribir y denunciar con su ira las injusticias que ocurren en Palestina y las razones económicas de la guerra iraquí: "Qué distante es mi dolor / en tus fronteras", "Recitaban, airosas / tus finas arenas versos / en todos los escaparates, / en DowJones subía tu precio, / en Washington subastaban tu honor / y mi rabia hundida" ("Primavera en Bagdad", *El cielo herido* 5). Su denuncia se torna en contra de todo Occidente: "despertaban / el silencio de su letargo / en Occidente en África y en mi techo" (ibíd.: 8);[5] y en contra del mundo árabe, simbolizado por el mismo poeta, que no hace nada (que no puede hacer nada) en defensa de Irak: "Denuncio mi silencio / maldigo mi existencia / y el día que mis ojos te vieron" (*Primavera* 76); "Lloro y maldigo mi existencia / quemo mi ropa/ mi identidad árabe / y denuncio mi silencio" (ibíd.); "Y hablaré ahora sin cuerpo / me pronunciaré sin que oigan / mi acongojado silencio / en todos los cielos de Bagdad" (ibíd.: 75).

En la antítesis encontramos lo que Paul Ricœur (1992) llamaría la pluralidad del ser, de forma tal que el autocuestionamiento sobre la afasia no remite al encerramiento solipsista en el interior del individuo, sino a su excentricismo artístico. De allí que la voz poética no sólo denuncia la destrucción de Babel, sino que actúa como depositario de la memoria de todo lo ocurrido: "Destruiré mi orgullo / silenciaré mi rabia / enterraré mi silencio / pero la memoria, sí la memoria / buscará hasta hallar / mis deseos ocultos / de un beso furtivo" ("Primavera en Bagdad", *El cielo herido* 9). Esta última cita nos lleva a aquella reflexión de Jacques Derrida sobre el derecho a filosofar desde el punto de vista cosmopolita, en tanto y en cuanto nos permite interrogar a las instituciones internacionales sobre su responsabilidad de cara a los derechos humanos y a la historia universal. En ausencia de respuesta institucional o de "autoridades superiores confiables" en el mundo

---

[5] Reproduzco este verso que corresponde al poema "Primavera en Bagdad" del poemario *El cielo herido*. El título puede llevar a confusión ya que dicho verso no se encuentra en el poemario *Primavera en Bagdad*.

contemporáneo, el poeta asume como propia la crítica y análisis del problema del humanismo y del juzgamiento de la historia universal. Asumir esta "responsabilidad" (Ngugi Wa Thiong'o 2006: 36) es la cuestión central de la literatura poscolonial, que propicia el traslado, la mutación del enunciante hacia el campo de la intersubjetividad, en la cual el "yo" es plural y su objetivo es prevenir la violencia y el etnocentrismo asociado con la historia del occidentalismo.

Durante el siglo XX, imperialismo, descolonización y el conflicto palestino-israelí no sólo ha polarizado recurrentes interpretaciones de Al-Andalus, la exageración de la tolerancia en Granada y el rol de la cultura morisca en durante el Renacimiento. Ahora, el arribo de marroquíes a España en las últimas dos décadas y la disputa en torno a los enclaves españoles en Marruecos, vuelven a azuzar en el Península Ibérica "la cuestión oriental". Por ende, con sus contracorrientes y vaivenes, con las disputas territoriales (Ceuta, Melilla), en la poesía de El Fathi se recrea un crisol de manifestaciones, redescubrimientos, intentos de recuperación diacrónica de lugares en ruinas/arruinados por los distintos sistemas imperiales –todos ellos literalmente acompasados con el subir y bajar de las olas traicioneras, el poeta bucea en la profundidad marina en busca de restos cadavéricos y ancestrales–, y es en la misma evocación a Palestina e Irak donde rememora el misterio del imperio perdido, Al-Andalus, y el surgimiento de los nuevos: Estados Unidos y su "alianza de civilizaciones" en contra del "eje del mal", representado por el mundo árabe-musulmán. En *Triana* la voz poética encarna frustración por la pérdida de Al-Andalus, Ceuta y Melilla:

Sebta añorada
Melilia deseada
Siempre quise verte
Desde lo mas alto de mi balcón,
Acariciar tus labios
Desde Tetuán,
Beber de tu agua desde Nador,
Llenar mi boca con tu aire fresco.

Mis dos amores
Como dos ojos
Y un solo corazón
Entre dos amores y un solo corazón
Late por ti,
Sebta y Melilia.
("Poema XV", *Triana* 30)

El poeta amazigh Mezouar El Idrissi, no tan prolífico como El Fathi, también logra combinar en los versos de *Elegía para la espalda mojada* (2005, poemario completamente bilingüe) el humanismo ético-solidario con la angustia y el tono elegíaco hacia Palestina. Como opina el cotraductor del texto de El Idrissi, Alberto Torés García, el primero se lanza a "reconquista de la legitimidad cultural", "encuentro de la Otredad" y un continuo desandar con "raíces mutiladas" por "itinerarios de libertad" (10), teniendo como Norte una incansable búsqueda de la identidad, tanto en poetas de acervo marroquí-musulmán como en los clásicos españoles:

> [El] martirio se esparce [...]
> y dibuja
> la forma de Palestina
> cual buitre que vuela
> alrededor del lugar.
> [...]
> ¡Granada! Nos hemos alejado de la costa.
> La pasión de la tierra es mi brújula,
> me arrebata el propósito de los antiguos
> pasajeros
> que surca los confines de la muerte
> y las costas de pérdidas
> con el ansia revoltosa"
> (*Elegía para la espalda mojada* 23, 33)[6]

De manera consecuente, en *Abordaje* la voz poética de El Fathi es asumida por el Emigrante que ve frustrado sus deseos de llegar a la orilla española por las

---

[6] Por su parte, Samira Abdelaziz Brigüech escribe un poema a Palestina (de título homónimo) digno de destacar: "Era una mujer / ataviada con una túnica de seda [...] / Poseía un lecho inmenso, / de marfil y planta, / empapado estaba por crueles visitantes, / y grilletes y brazaletes de hierro oxidado / colocaron a todos lados de su única ansiedad [...] / Aves de rapiña / acechan ese hermoso y sedoso cabello, / esa mujer amada por los siglos, / caminando va desgastando su signo, / de sus entrañas salen gritos aterradores, / le va rasgando y picando / lo más profundo de su ser, / la vida de los suyos, / grita y horroriza a todo ángel [...] / los hijos de Dios deshonran su destino, / criaturas ¡Bajad vuestro mal! / ¡Dejar a esa mujer! / y no oyen más que el infierno, / más que el dolor de los muertos, / que no llenan las arcas de agonía, / no oyen los lamentos de esa mujer. / Y llora Palestina, llora la libertad, / lloran los hermanos de Palestina, / llora la ley, llora la justicia, / llora esa mujer... / Llora Palestina" (1996: 257-258).

impiadosas aguas del Mediterráneo, "mar muerto que conduce a la muerte" (*África* III): "No hay boca para gritar / no hay sed que la beba / no hay agua en el estrecho. / Hay vida en las profundidades, / de un mar sin agua, / con ojos y anillos. / Así se mira el mediterráneo en el espejo Del Emigrante" (*Abordaje* 2). En esta vena, la interpretación del mar como espacio de alejamiento e inmensidad que recuerda el retorno al origen, ya patente en *al-Gurba* de Abdallah Laroui, podría presentar una veta sufista en la poesía de El Fathi. La poética de El Fathi se acerca más a un género entre lo testimonial y lo poético. La virtud que posee el termino testimonial, en palabras de John Beverly, radica en el "efecto verdad" que produce en los lectores (1993: 82). Arturo Arias define el testimonio como un género híbrido en sí mismo, por lo tanto nunca debe soslayarse su "naturaleza poética" (2011: 77).[7] La poesía de El Fathi, por ende, reditúa un género que conjuga la solidaridad política, la voz subalterna, la ficción y el lirismo.

Para El Fathi el castellano es la lengua en la que mejor puede expresar su "sentir" poético. El tetuaní defiende su elección lingüística recordando criterios idiosincrásicos comunes que hay entre el norte de Marruecos y el sur de España; una cercanía cultural que pasa también por "la recuperación de la memoria".[8] El Fathi considera, entonces, que la mayoría de los marroquíes que escriben en castellano en Marruecos viven "entre dos mundos" (Akalay) *y* en los dos mundos, ya que conocen todo lo que es marroquí, pero al mismo tiempo reconocen como propio lo que viene de España (ya que la mayoría de ellos son filólogos e historiadores hispanistas). En este senda, la poesía de El Fathi se podría ubicar dentro de los términos "liminales" que establece Gustavo Pérez Firmat, "liminality should be looked upon not only as a transition between states but as a state itself, for there exist individuals, groups, or social

---

[7] En su artículo "The Margin at the Centre" John Beverley propone una definición del testimonio que nos servirá de fundamento en esta sección: "By *testimonio* I mean a novel or novella-length narrative in book or pamphlet form, told in the first person by a narrator who is also a real protagonist or witness of the event he or she recounts, and whose unit of narration is usually a 'life' or a significant life experience. *Testimonio* may include, but is not subsumed under, any of the following categories, some of which are conventionally considered literature, others not – autobiography, autobiographical novel, oral history, memoir, confession, diary, interview, eyewitness report, life history, novela-testimonio, non-fiction novel, or 'factographic literature' [...] the situation of narration in *testimonio* has to involve an urgency to communicate a problem of repression, poverty, subalternity, imprisonment, struggle for survival, and so on" (1989: 12-13).

[8] Entrevista realizada en Tánger el 13 de julio de 2006.

categories for which the 'liminal' moment turns into a permanent condition" (1987: xiii-xiv). Esta naturaleza intersticial/liminal es constatada por el singular personaje del relato "La resaca" de Ahmed Ararou, Batiji, "las palabras se hicieron peregrinas, y que algunas cruzaron tantas veces, en los dos sentidos, el charco que separa las geografías, las culturas y los hombres, que acabaron por imponerse como patrimonio común" (54). A pesar de todo este bagaje cultural, El Fathi habla de desarraigo, lo que nos lleva una vez más a considerar positivamente la polivalencia ideológica e identitaria que rompe con una resolución simplista de lo que podría llegar a ser considerado como simple bilingüismo. El neoaverroísmo de la poesía de El Fathi fragmenta la rigidez de las ideologías occidentales, las atomiza, creando una retórica propia de "extrañamiento" y haciendo válida la afirmación de García Canclini sobre la necesidad de darle suficiente peso a las contradicciones y a lo que no se deja hibridar (2003: 6). Este mismo desarraigo o ruptura no debe tomarse en forma negativa, sino, como otra vez nos recuerda Batiji-Ararou, "toda escritura que aspira a ser literaria, e independiente del idioma que uno maneja, está condenada a renunciar a la autopista idiomática comunitaria" (Ararou, "La resaca" 56). El proceso alterativo que radica en la escritura "no estriba en el uso de la lengua extranjera, sino en la ruptura momentánea con los canónicos hábitos de la lengua materna. Eludir este saludable destete, es una ficción que afecta incluso las escrituras en lenguas afines con las llamadas lenguas maternas" (ibíd.: 56). Análogamente, El Idrissi adereza poéticamente la misma libertad ligüística: "A veces una lengua brota de mí / y a veces una mujer, / ni tinta ni leche, / mi lengua es mi reino, / mi casa y mi espejo / y no me vengaré de la memoria del olvido. / Es que soy libre" (*Elegía* 69).

Triana, imágenes y palabras es un poemario que tiene como trasfondo y como rasgos principales la profunda, controvertida y conflictiva relación cultural hispano-marroquí. Dicha relación la remonta El Fathi hasta sus orígenes, particularmente a la "Conquista de España por parte de los moros" y a la posterior expulsión definitiva de estos últimos en 1609. Ya hemos subrayado en los capítulos I y II los sentimientos de hermandad y rechazo producidos por el colonialismo. Resta decir, por ende, que en la poesía de El Fathi la "añoranza por Al-Andalus" y la irrupción moderna de elementos sustentados en parámetros económicos-culturales-religiosos niegan el intento de aproximación averroísta entre las dos orillas. La imbricación de añoranza poética y cuestionamiento –que, según Gonzalo Fernández Parrilla, cuaja perfectamente con la simbiosis de este género literario y "el archivo de la memoria de los árabes"

(2006: 14)– en la poética de El Fathi se convierte en un sentimiento de amor dolido por un lugar, descrito, deseado y "anclado" en el cuerpo femenino: "Lo alcancé [el amor] en la secreción del placer/húmeda mi camisa,/ rendido a tu orgasmo hasta la eternidad" ("Me perdía en tus aires", *Cielo herido* 17-18). Este sentimiento se inscribe en un espacio geográfico muy determinado: el que está entre Tetuán y Triana (Sevilla). Junto a estas ciudades, el mar Mediterráneo forma parte del espacio poético del poeta tetuaní, protagonista y fuente de inspiración en varios poemas de *Triana*:

El mar suscita amores sin límites,
Así es su profundidad, su grandeza,
INMENSO como el MAR, así es
Mi
Duda.
¿Es que nunca has visto el
Mar?
Me preguntaba siempre
Necesito conocer el objeto de mi
Inspiración.
Continuamente conocer el objeto de mi
Inspiración
("Poema IX", *Triana* 18)

Dicho espacio poético, que traspasa la frontera oficial entre España y Marruecos, es el intersticio en el que el poeta se siente dicotómicamente en casa, representa su "patria poética", pero también enajenado: lugar de inspiración y de duda a la vez. Valga esta cita de *Abordaje* para ilustrar el caso:

Lloré tanto aquella noche.
Navegué, hacia un Sur yendo al Norte.
[...]
mi mente atraca desde una roca
para arribar a un puerto del Sur.
Siempre el Sur, pero es el Norte.
[...]
Desaparece el dolor
las olas se lo han llevado
Aparecen los tiburones se llevaron el anillo

Espera una madre
la Guardia Civil se lo ha traído.
Las novias lloran
en un puerto sin barcos, sin gaviotas
con pateras
con **MUERTE**.
Y una madre espera a su hijo
pero una ola se enamoró del moreno
y a las profundidades lo arrastró.
Así es el amor
un golpe de mar
una pálida niebla
con olor a musgo caliente.
No lamento su muerte
no lloro su ausencia
y no perdono a las **OLAS**
TRAICIÓN. EL MAR.
Siempre el mar
LA MAR del SUR es tierna
obediente. **El Norte** es traición
(*Abordaje* 28, 34)

Esta cita nos remite a la valoración que hace James Clifford de repensar la cultura a través del viaje (cit. por Chambers 1993: 1). El viaje rechaza la idea del cuerpo anclado en un momento histórico específico para, en su lugar, introducir la idea de historicidades en continua construcción y disputa, de sopesar diversos sitios de desplazamiento, de interferencia e interacción entre culturas. La búsqueda de El Fathi se centra en el espacio Mediterráneo, donde los sitios e identidades están en continuo movimiento, donde el viajante-paterista-poeta no puede fácilmente cruzar la línea fronteriza y regresar "a casa". La identidad, tanto la cultural como la geopolítica, nunca se traduce en bienvenida/acogimiento, nunca es destino, sino siempre una fugaz y eterna partida. Triana, su patria cultural e ideal, es el sueño de Al-Andalus y el deseo de volver al Paraíso Perdido donde el poeta puede realizar su sueño de amor. Pero pronto, en el espacio intersticial de los poemas de El Fathi, se evidencian rasgos que van más allá de la simple celebración multiétnica y transnacional. Este espacio está lejos de ser idílico y es vivido por la voz poética como una experiencia traumática ("yo, impasible, roto", *Cielo herido* 6), a veces con desesperación, otras con impaciencia o desencanto: "Está como / ausente de las / arenas de mi mundo", "Tu Ausencia me arremete" (*Cielo herido* 6). Observemos, por otra parte, la sutileza con la que la poetisa Lamiae El Amrani aborda el mismo tema, diluyendo, a través de los poemas e incluso antes de partir, la identidad del emigrante:

> Paseando por tu mente
> encuentro desiertos,
> puertos abandonados,
> pateras de cartón
> una foto de un buen
> recuerdo de infancia
> [...]
> Naces en una orilla
> sin nombre
> pero con número...
> ese número te compaña
> hacia un fondo
> sin fondo,
> hacia un viaje
> sin retorno
> ("Aljibe", *Tormenta* 49)
>
> Una patria de cartón.
> Unas fronteras de hierro.
> Un color oscuro que tiñe
> el olor a brisa quemada.
> Unos ojos de hielo fundido,
> un suelo regado con sequía,
> el vientre vacío y la esperanza
> como una eterna vela
> que no se acaba, que no se apaga,
> cruza un mar de arena
> para encontrarse
> otra vez con la miseria,
> con la patria anhelada,
> con la frontera detestada.
> Sueños de un flamenco africano
> con la señal en la frente

de prohibido el paso
para una nueva vida,
para una dignidad ignorada.
("Con los límites a cuestas", *Poesía femenina* 59)[9]

En ambos poemas El Amrani expresa en la figura del emigrante sus deseos, realidades y ensoñaciones. Concibe así El Amrani la cotidianeidad ontológica del paterista y coloca en un mismo plano el inconformismo vital e intimista de la poetisa y su compromiso social. Con El Amrani entramos en una nueva era de la "poesía fronteriza", donde las sensaciones y frescura imaginativa de la voz poética se unen a la disipación de los sueños e identidades de los emigrantes. El Amrani, por ende, auspicia el encuentro-desencuentro entre el sujeto y la pluralidad de las tradiciones y fronteras culturales.

Por su parte, al-Jabri reconoce que el fundamento de la ideología averroísta radica en el "futuro posible", un futuro en el que la ideología vive en el presente, pero en forma de sueño; y por naturaleza, los sueños ignoran los parámetros de espacio y ciencia (1999: 122). En el poema "Añoranzas del Andalus" (*Triana* 35) el tiempo que prevalece es el presente, un presente histórico, de la narración poética, en el que la "Córdoba de sultanes", hace sufrir al yo del poeta que la añora, y afirma que "su espíritu", el de la Córdoba árabe, tan amada y celebrada por Abderrahman III, "vive en Tetuán", patria del poeta y ciudad que llora por la caída de dicho califato ("Añoranzas del Andalus", *Triana* 35). De esta manera, se observa en los poemas de El Fathi un intento no sólo de unir su dolor con la opresión de los desposeídos de su pueblo (traducido luego en la experiencia emigrante), sino también en su propia genealogía. En "Añoranzas del Andalus" existe un intento de transculturar sus versos a través de la inserción de ritmos y estructuras etnoraciales, adquiriendo, de esta manera, profundas introspecciones creativas y adquiriendo dimensiones híbridas. Obsérvese cómo destaca el mismo tropo en el "Poema en 15 versos de Trágica Vida de poeta enamorado" (*Triana* 9), un poema homenaje a García Lorca. El uso del tiempo presente marca, de nuevo, la circula-

---

[9] El valor literario de la poesía de El Amrani escapa el contexto académico al que debo ceñir la elaboración de *¡Hay moros en la costa!* Me limito aquí a transcribir unos pocos versos para incentivar futuros y más amplios análisis: "Desde una orilla / se vislumbra / entre niebla sagrada / y ecos de antigua Giralda, / un nuevo mundo, / donde brotan / ríos de esperanza, / almas justas, /sueños posibles. / Nos lanzamos / como gauchos en la Pampa / en busca de huellas / que olemos en el charco / y tras perseguir / las pistas del caballo de Troya / nos damos cuenta / de que nos entregamos / en medio de la batalla / sin armadura ("Como Colón en la barca", *Tormenta* 63).

ridad atemporal y, esta vez, da cuenta que el Norte (representado en la figura del poeta granadino) también vive y bebe de y en el Sur. La voz poética de Lorca sigue viviendo en nuestros días y "se asoma en la oscura ciudad de Tetuán" ("Poema en 15 versos", *Triana* 9) donde, de acuerdo con la ya citada hermandad entre el mundo hispano y Marruecos, hace revivir, reinventa e hibrida la misma tragedia ya cantada por el poeta granadino en *Bodas de sangre*. Vuelve otra vez la "verde primavera", símbolo de frustración y de muerte junto a "la sangre de la Novia" y a una "Madre" que venga la muerte de su hijo ("Poema en 15 versos", *Triana* 9). De esta forma, y cuando de naturaleza común entre ambos pueblos se trata, las dos almas del poeta, la marroquí y la andaluza, no chocan entre sí, sino que se mezclan produciendo imágenes siempre nuevas y originales.[10]

Por último, si antes definíamos a los tres autores que conforman este apartado como poetas de la migración, debemos considerar que existen algunas diferencias fundamentales entre ellos y los que generalmente se llaman escritores de la migración, sean ellos marroquíes o de cualquier otro país del sur del mundo. Ante todo, la literatura de temas migratorios está caracterizada por el uso casi exclusivo de la prosa (cuentos, novelas); de hecho, no hay muchos poetas. El Fathi y El Amrani triunfan en Andalucía, un pueblo no sólo productor de poesía de alta calidad, sino también gran "consumidor" de la misma. Es evidente que El Fathi y El Amrani son claros exponentes de la "reconversión cultural" (Bourdieu) en la que el artista no sólo procede al intercambio de técnicas literarias con escritores "foráneos", sino que también a personajes e incluso pasajes o versos de autores previos, de "Oriente" y "Occidente". Lo original de El Fathi y El Amrani es observar cómo sus versos "vuelven" a España en forma de libro pero además como música de la mano del cantautor Ramón Tarrío (uno de los CD de Tarrío se titula *África en versos mojados*).[11] Esta nueva re-reconversión artística y genérica también ha ayudado en la difusión de la literatura de ambos poetas y promueve, por supuesto, una nueva serie de formas híbridas.

---

[10] La poetización transmoderna del mito de Al-Andalus en la literatura marroquí en castellano ha sido marcada por Mohamed Chakor y por el ya mencionado Mezouar El Idrissi: "¡Oh Granada! / Mi espalda es un don para los campos / que me anhelan / cual guitarra del gitano; / y cuenta Al Andalus mi añoranza. / Recuérdame si las olas ascienden/ para alojarme en las conchas del fondo / en oscuridades distraídas / cual huésped del mar" (El Idrissi, *Elegía* 37).

[11] Ramón Tarrío ha estado interpretando en sus últimas presentaciones algunos poemas sufíes de *La llave y Latidos del Sur* de Mohamed Chakor. Tarrío se ha presentado en conciertos en Marruecos y Andalucía con su nuevo proyecto musical, *ADUATAIN (Dos orillas)*, en el que incorpora versos de El Fathi, El Amrani, Chakor y de los autores españoles Juan José Téllez y Paloma Fernández Gomá.

Literatura marroquí fronteriza-
Literatura sin fronteras: Ahmed Ararou

En varios artículos con el mismo título, "Littérature nord-africaine d'expression française", que salieron en la revista francesa *Confluent* entre los años 1960 y 1962, Driss Chraïbi analizó los motivos que llevaron a los escritores marroquíes a publicar en francés. Ahmed Sefrioui hizo lo propio en "Le roman marocain d'expression française". Creo conveniente traerlos a colación para trazar un paralelo con lo sucedido en el ámbito de la literatura marroquí en castellano, hecha por autores que han superado la etapa costumbrista para embarcarse en una narrativa de claro tinte poscolonial. Entre otras cosas, el autor de *El pasado simple* (1954) argumentaba que el escritor norteafricano que desea hacerse entender por el mayor número de gente, no tiene más salida que tomar por suya una lengua extranjera. La literatura marroquí es espontánea y la mayoría de los autores han sido autodidactas, aislados y sin libertad de acción. Es una literatura que se dirige a la sensibilidad del lector, no a los especialistas, ni a los teóricos bergsonianos o escritores. Marruecos "es un país occidental"; su pasión y fuente de identidad está en Oriente, pero dentro la familia árabo-musulmana difiere con los países del Extremo Oriente en muchos aspectos. Precisamente, en árabe, Magreb significa Occidente. Para los árabes, Marruecos es el extremo Occidente, el *Magrib-al-aksa* y para el mismo Marruecos es en Occidente donde encuentra su espacio vital, con los vecinos del norte, con los vecinos del sur, y en la zona del Magreb. Como apunta Mohamed Messari, la mezcla demográfica, cultural, temperamental "se hizo a través de una especie de dinámica genética, de transplantes etno-culturales [...]. Marruecos [es] bien consciente de su lugar en el concierto de las naciones, orgulloso de lo que es, [y] lucha para conservar su identidad, para recuperar su realidad histórica" (1984: 6).

Por ende, la literatura marroquí trata de explicar a Europa y al Mundo Árabe que si los países de la *Umma* tienen una concepción de la vida determinada, el escritor marroquí tiene otra. Por su parte, a diferencia del escritor europeo, incluso los que han novelado en/sobre Marruecos, el escritor marroquí está marcado por el clima de las relaciones sociológicas, del fondo de una historia nacional con todo un pasado de tradiciones y de influencias diversas. Elocuentemente, Mohamed Chukri se encarga de desmitificar la visión cegata o desinteresada de los escritores europeos y americanos sobre Marruecos:

> Lo que reprocho a toda esa pléyade de escritores extranjeros que pasaron por Tánger, exceptuando a Genet, Beckett o Moravia, es que nunca escribieron de manera objetiva. Jamás se interesaron por la sociedad marroquí. En sus escritos, los marroquíes interesan como botones, camareros o cuerpos que proporcionan minutos de placer. Incluso Bowles [...]. Vinieron a Tánger como quien va a ver una película de aventuras. A ver saltar a un mono de árbol en el árbol. Eso es lo que éramos para ellos: simios (1995: 7).

Por tanto, no es justo hablar de imitación servil de estilos, temas, actitudes y usos literarios, como la han querido ver algunos (hasta incluso Abdallah Laroui en *Idéologie arabe contemporaine*), ni de servir a un lector europeo o artificialmente europeizado, para mostrar una realidad turística que le gustaría ver de Marruecos. Por el contrario, la literatura marroquí contemporánea es ante todo una manifestación ideológica en contra del colonialismo cultural, como consecuencia de la independencia.

Chraïbi apunta a encontrar la sustancia más allá de las palabras y no duda en condenar violentamente a la sociedad francesa, para la cual sólo el dinero importa, y describir el sino de los inmigrantes norteafricanos en Francia en *Les boucs* (1955, trad. castellana, *Los chivos*). Por otro lado, culmina Chraïbi, un escritor necesita un contacto, una editorial sólida y sobre todo una audiencia, cosas que sólo existen en Francia. La lengua árabe literaria exige que se la estudie muchos años; y son pocas las veces que los que la practican salen de la rutina y el empleo de recetas completamente desgastadas.

Sefrioui sostiene que para establecer una voz propia dentro del concierto de la literatura mundial, el escritor marroquí de expresión francesa no debe enfocarse exclusivamente en la transmisión intercultural de ideas, sino en la creación experimental de nuevos mundos literarios (cit. por Chergui 1981: 27). Por su parte, Khatib Yacine escribía en 1956: "la literatura árabe clásica no es más que una literatura de ultratumba [...]. [L]a lengua francesa nos pertenece y pensamos preservarla tan celosamente como nuestras lenguas tradicionales [...]. No mezclemos nuestra lengua con nuestros resentimientos" (cit. por Chegui 1981: 24). Es difícil y discutible a estas alturas –y hasta en ciertos casos inaceptable y mutilador– no conceder a cualquier escritor su derecho a lo extraterritorial; es decir, a crear una literatura desde el margen de otras culturas y lenguas, desde el filo, a veces cortante, de sus fronteras. Para abordar la problemática lingüística que sigue suscitando enorme interés y polémica entre los autores y críticos, vale la pena reproducir una cita de Salman Rushdie sobre el uso del inglés en sus obras:

> [T]hose of us who do use English do so in spite of our ambiguity towards it, or perhaps because of that, perhaps because we can find in that linguistic struggle a reflection of other struggles taking place in the real world, struggles between the cultures within ourselves and the influences at work upon our societies. *To conquer English may be to complete the process of making ourselves free* (1992: 17; énfasis añadido).

Huelgan comentarios con respecto a los testimonios de los cuatro autores mencionados sobre su relación con la lengua francesa (e inglesa en el caso de Rushdie), pero para Chraïbi, Sefrioui y Yacine lo que caracteriza a la literatura magrebí de expresión francesa parece ser su aspecto provisional. La consigna consistiría en que conviene andar sobre aviso cuando se utiliza la lengua francesa, porque son conscientes permanentemente del peligro que les acecha y que consiste en asumir esta lengua como instrumento de cultura, porque el instrumento lingüístico utilizado acarrea una cultura y una ideología de clase propia de la realidad francesa y occidental.

Ahora bien, éste no es el caso de la literatura marroquí en castellano ya que, como he dicho, el 95% de los autores que se expresan en esta lengua no viven ni en España ni en ningún país castellanohablante (teniendo en cuenta que el castellano que se habla en Marruecos no es de carácter oficial). Por ende, es mucho más factible que los marroquíes que se expresan en castellano tiendan a neutralizar los elementos transportados por la lengua extranjera, que se podrían juzgar negativos, para introducir otra terminología y otra idiosincrasia en esta lengua y otros modelos propios a la cultura marroquí. En el siglo XXI la literatura marroquí deja de inspirarse exclusivamente en lo serio, lo sensato, lo consumado, cuyo origen se hallaba en la historia del movimiento nacionalista, en la realidad de las luchas sociales generadas con posteridad, en la relación entre el ámbito rural y el urbano o en la situación de la mujer sometida a la coerción de las instituciones sociales, severamente atrasadas hasta el año 2004.

Con los problemas derivados de la emigración y el éxodo, la literatura tiende a hacerse eco en mayor medida de la experiencia particular, de las preocupaciones del individuo en sus dimensiones personal y existencial, de sus interrogantes, dilemas y dudas, y de su deseo oculto de exploración y descubrimiento, con el fin de dar salida a las inclinaciones y al carácter del personaje literario, representando así la realidad social. Esto explica la profunda interferencia entre personaje, narrador y, a veces, autor, y la presencia notoria del lenguaje onírico, lo cotidiano y lo irónico, y de un estilo que convierte a la escritura misma en tema y materia de creación literaria. En todas estas imágenes los escritores buscan el modo de imprimir el sello de la ficción hasta el punto de hacer ambiguos y oscuros los sentimientos y la historia que se narra; buscan el modo de poner de manifiesto un deseo de simultaneidad, alteración, angustia y aislamiento, y de trasgredir lo prohibido y lo sagrado.

Existen, por consiguiente, básicamente dos puntos de vista: uno que observa al individuo a través de lo marginal, lo olvidado, lo excluido e, incluso, en condiciones de miseria; y el otro, desde arriba, desde el mundo de las estructuras, los sistemas y los contextos organizados y establecidos, depositarios del poder. Se crea así un nuevo realismo de tonalidades diversas, aunque todas ellas convergentes en la corriente de experimentación moderna. De este modo, la narración viene marcada por la discontinuidad y los finales abiertos; los límites entre los géneros literarios se difuminan; la narración tradicional recupera su función con un nuevo estilo creativo y contribuye con otros elementos en la particularización del discurso literario marroquí y en la sustitución de la forma basada en la unidad, con un dinamismo que encuentra su integración textual en la distorsión, la apertura y hasta cierto relativismo.

Como vengo diciendo desde la introducción a este libro, es hora de insertar a la literatura marroquí en castellano dentro de un contexto más amplio de los estudios sobre literaturas fronterizas. En este sentido, opino que hay un grupo de autores marroquíes que afirma y desarrolla lo que Enrique Dussel denomina la "alteridad cultural desde la poscolonialidad", complementado con el concepto de al-Jabri respecto a la "unidad de pensamiento/unidad de problemáticas" y "El futuro sólo puede ser averroísta" (al-Jabri 1999: 32-46, 120-130). Autores como Mohamed Lahchiri, Larbi El Harti y Ahmed Ararou subsumen lo mejor de la modernidad en las letras castellanas (y occidentales en general), no para desarrollar un estilo cultural que tienda a una unidad globalizada, indiferenciada o vacía, sino a un *pluriverso trans-moderno* (con diversas universalidades: afro-árabe, amazigh, europea, islámica, cristiana, mediterránea y latinoamericana), multicultu-

[1] Al-Jabri resume su pensamiento de la siguiente manera: "In fact, what preoccupied Arab thinkers of the 'Renaissance Period' [la mencionada *Nahda*] was not a single problem, but rather a

ral, en diálogo crítico intercultural.[1] Tanto el filósofo marroquí Mohamed Mesbahi como Ahmed El Gamoun coinciden en señalar que Marruecos viene respondiendo al fenómeno de hibridación cultural desde la época medieval y que ahora, en respuesta y apoyo a la "modernidad polisémica poscolonialista" (Mesbahi 2006: 183), los autores marroquíes contemporáneos deberían asumir "el reto de la mundialización" (El Gamoun 2004a: 160) desde su posición periférica, para afirmar que "el valor de una cultura depende del grado de ósmosis, de interacción y de diálogo que entabla con otras culturas" (ibíd.: 153).

Por su parte, del choque entre la *mondialisation* (globalización) y *mondialité* (globalidad), Édouard Glissant extrae el hecho positivo de las identidades fragmentadas, plurales, proliferantes han dejado de ser percibidas como una carencia o un problema, pasando a ser una combinación de identidades mundiales diversas y una oportunidad para producir una nueva apertura de las puertas cerradas. A dicha apertura Glissant la llama *créolité* (en la traducción la castellanizan, "criollización") (2006: 19-34).[2] En resumen, a lo que apunta Ahmed Ararou "no es sólo a la resignificación y refuncionalización de lo tradicional desde lo moderno; [sino también a] la reubicación de las culturas antiguas en la compleja trama de la interculturalidad contemporánea" (García Canclini 2005: 41). De allí que los pueblos descolonizados y los que luchan por su liberación,

---

web of overlapping problems that are impossible to resolve in isolation, or even to analyze each singly without linking it to the others (e.g., European invasion, Turkish despotism, poverty, illiteracy, education, language, the status of women, the lack of national unity, etc.) (1999: 34). Luego menciona el concepto de "carry-on spirit" con base en la filosofía averroísta: "The carry-on spirit [...] is likely to be re-invested so as to establish a dialogue between our tradition and universal contemporary thought, a dialogue that would bring us authenticity and contemporaneity to which we aspire [...]. Let us assume our relationship to tradition by understanding in it its proper context, and let us assume our relationship to the universal contemporary thought in the same way. This would enable us to have a scientific and objective understanding of both and would help us invest them jointly along the same perspective: to give a basis to our authenticity within modernity and to give basis to modernity within authenticity" (ibíd.: 126-127). Véase también Wolf (1992).

[2] Walter Mignolo hace referencia a la clasificación de Glissant en los siguientes términos: "la globalización responde al ámbito de los diseños globales, mientras que la globalidad se articula en las historias locales. La globalidad revela las historias locales en su complejidad: la perspectiva de los arquitectos de los diseños globales que interactúan con la perspectiva de los diseños 'nómades' o los 'menores' (Deleuze y Guattari), así como la perspectiva de 'un pensamiento otro' o la criollización epistemológica tal como es articulada desde el exterior de la historia universal del sistema-mundo moderno (Khatibi, Glissant)" (2000: 141).

combaten asimismo de modo legítimo por su cultura nacional, por una auténtica descolonización de la literatura y el arte. En ese contexto pueden emitirse criterios extremistas y cierta parte de la intelectualidad puede sentir desconfianza por todo lo escrito en lenguas extranjeras. En Marruecos, como en otros países africanos y asiáticos que han sido colonizados, escritores como Ararou encaran dos tareas: unir su literatura con las fuentes nacionales e históricas propias e incorporar a su lengua y a su cultura todo lo verdaderamente valioso que hay en la literatura mundial.

La labor de los escritores marroquíes consiste en desmitificar en el inconsciente colectivo hispano (y europeo) lo que Américo Castro denominaba "la ideología de la reconquista", según la cual, a fin de cuentas, el tono religioso y de cruzada que había alimentado el esfuerzo bélico de Castilla es la última referencia para dibujar al hombre hispánico movido por pretendidos ideales que serían transferibles a toda clase de actividades y comportamientos. La limpieza de sangre se convierte en una obsesión de la hidalguía genuina o arribista y, desde luego, la colosal tragedia de los moriscos, ferozmente abatidos en Andalucía y expulsados "manu militari" por el inicuo decreto de 1609, termina de redondear el proceso mental. De esta manera, los árabes han sido convertidos en la morisma y las dos guerras de África y el componente jerifiano de la última guerra civil harán el resto.

La manera en la que el escritor marroquí responde a estos retratos robot que los españoles se hacen de ellos –y que viene a equivaler al que los franceses del siglo XIX se hacían de los españoles de entonces– es muy complejo, como lo he tratado de delinear en las páginas y capítulos anteriores (particularmente el dedicado a la narrativa de Lahchiri). Lo seguiré haciendo en estos dos últimos capítulos, que de alguna manera se pueden resumir en demostrar, muchas veces utilizando el recurso del espejo cóncavo valleinclanesco, el anverso del desprecio propio del "españolito", largos años despreciado él mismo, segregado del gran ciclo cultural europeo, castizo, casticista que ¡por fin! tiene alguien a quien despreciar a su vez.

Como expresé en los capítulos II y IV de este libro, los textos de escritores marroquíes que escriben en castellano sobre las costumbres de Marruecos y su gente contribuyen sin lugar a dudas a desmitificar la cáfila de clisés etnocentristas que muchos viajeros, historiadores y literatos europeos habían hecho y propagado sobre Marruecos y el resto del mundo no-occidental. Ahora bien, si tomamos en cuenta que la mayoría de estos autores que escriben sobre Marruecos no logran vender sus libros en España (ni en el resto de los países hispanohablantes) y su literatura es minusvalorada por escritores y críticos (también marroquíes) que no dudan en tildarla de "huera", "simplista" y "localizada a pie de calle" (El Gamoun 2004a: 159; El Hakim 2006: 3), no podemos medir hasta qué punto su versión autóctona del país magrebí llegue a convencer a nadie, ni sea, por ende, tomada en serio por los investigadores.

Juan Goytisolo habla de un "universo arabomusulmán, tradicionalmente endogámico [...] y con escasa curiosidad por el mundo exterior" (2003b: 12). La aseveración de Goytisolo requiere una reflexión más extensa. Por un lado, existe una necesidad cultural por parte de Oriente de abrir fronteras culturales hacia Occidente y que puede estar representado por la incorporación de temas y estilos occidentales. Definitivamente, este procedimiento puede reditua la adquisición de valores simbólicos y económicos a través de la venta de un mayor número de libros por parte de los escritores marroquíes que eligen escribir en castellano. El enriquecimiento intelectual de estos escritores y su intuición creadora logran encumbrar sus experiencias narrativas incorporando técnicas occidentales modernas respecto al relato corto.

De esta manera, la literatura marroquí ha conseguido construir su especificidad y su propio lenguaje, con independencia del resto de los discursos, con una nueva visión de la relación con la ideología y la realidad, con una fuerte tendencia hacia los espacios del sueño, lo impactante, lo irónico, lo extraordinario, lo cotidiano y lo tradicional, y, como afirma Akkar, "con la representación literaria de la diversidad lingüística y de estilo que atraviesa el espacio marroquí. Todo ello desde una clara perspectiva experimental" (1999: 168). Es en este sentido donde se observa que la literatura marroquí evoluciona debido a un imperioso deseo de experimentación y modernización. La experimentación y, en concreto, la ruptura de la univocidad y de la linealidad en la narración, tocan de lleno tanto a la lengua y a la forma, como al sentido y al tipo de visión, imprimiendo a la narrativa un carácter de renovación y diversidad, de distorsión y expansión, que provoca la difuminación de los límites entre los géneros literarios, la extrañeza y la multiplicidad de puntos de vista y significaciones posibles, de tal manera, como asevera Akkar, que el lugar de la "escritura de aventura" va a ser ocupado por "la aventura de la escritura" (ibíd.: 169). Este deseo de experimentación y modernización encarna en realidad un horizonte común en los sectores intelectuales y sociales marroquíes cuya apuesta fundamental está representada por el progreso, el racionalismo y las vindicaciones de justicia social.

En otras palabras, para El Gamoun (2004a: 154), es necesario abogar por una literatura pluricultural, pluridimensional, donde no se obligue a la asimilación, porque ésta equivale a aceptar la superioridad. En este último sentido no creo que se corran mayores riesgos ya que, contrario a los viajeros occidentales a Oriente que definían su identidad en contraposición a la imagen del Otro, escritores marroquíes como Mohamed Lahchiri, Larbi El Harti y Ahmed Ararou son muy conscientes de las diferencias ontológicas y epistemológicas entre ambas culturas y pueden cruzar de un lado a otro, criticar una cultura o la otra, sin necesidad de pedir "visado" a ningún vigía académico ni de Oriente ni de Occidente. Sin renegar de su cultura árabe-africana-musulmana, en muchos casos conocen la "hermosa casa del vecino [España], más que la propia" (El Harti 2004: 40), sea a través de sus viajes como a través de sus estudios sobre estas culturas.[3] España para el escritor marroquí no es un país exótico ni lejano, y ni siquiera le atrae como su total opuesto cultural o como medio de evasión; más bien, al contrario, cuando el escritor marroquí aborda "el tema español", lo hace consciente de un sinfín de relaciones, lo que constituye para él una manera de adentrarse en su propia historia y en su identidad. En este ámbito, El Gamoun observa que "el salto de una a otra cultura puede ser permanente y muy fecundo [...]. Es un acto liberador y expansivo que permite a nuestra literatura adquirir un carácter internacional sin dejar de ser nacional" (2004a: 155, 158). De hecho, nadie puede simplemente adoptar otra lengua, abandonar las historias personales previas y simplemente optar por otra. Lo que los autores marroquíes en castellano han heredado –cultura, historia, lengua, tradición, sentido de identidad– no se destruye sino que se reconstruye, se abre a interrogaciones, incita reescrituras y reposicionamientos.

En este aspecto, narradores como Ararou no son revolucionarios que luchan por el comienzo de la historia en el futuro; no manifiestan el discurso netamente liberal que mistifica la emancipación nacional contra España, ni tampoco son indigenistas que niegan todo lo posterior a las culturas francesa y española. Proponen, en cambio, reconstruir su integridad, y desde el marco de la historia oriental y occidental, la identidad histórica de Marruecos; una historia que tiene rasgos similares a otras literaturas poscoloniales y que es consciente de las

---

[3] La crítica y escritora tetuaní Montserrat Abumalham es también muy elocuente cuando observa desde su puesto de catedrática en la Universidad Complutense que, "los del otro lado [se refieren a los marroquíes y a los árabes en general] nos están mirando y no sólo nos están mirando fijamente, sino que nos conocen bastante mejor que nosotros [España y Occidente] a ellos. Primero porque nosotros nos hemos metido en sus casas y aún no está claro que hayamos salido o tengamos la intención de hacerlo. Segundo, porque viven entre nosotros" (2005: 140).

relaciones neocolonialistas que impone el nuevo orden mundial.[4] En el afán de recuperar la identidad histórica, que excede por mucho el campo de batalla representado por una literatura denunciatoria, al escritor marroquí en lengua castellana le interesa recordarle a los españoles que su país es el único en Europa donde es indeleble y gloriosa la civilización árabe-amazigh-musulmana. Su labor literaria radica en mostrarle al público español a los marroquíes tal y como son y la realidad marroquí sin automatismos gárrulos, sin clisés ni tópicos que comportan, tácita o expresamente, un perfume denigratorio y peyorativo.

Los textos que surgen en este entorno responden a una intertextualidad y a influencias ejercidas por las convenciones de Occidente, sí es cierto; al fin y al cabo todo texto existe dentro de un contexto y si estamos hablando de literatura escrita en castellano para un lector que domina esta lengua, es lógico que se haga referencia a un mínimo de experiencias con las que este lector se sienta familiarizado. Al mismo tiempo, la originalidad de estos textos radica en la configuración de convergencias en la representación de lo local dentro de un plano intercultural y transnacional, pero manteniendo enérgicamente la diversidad y desfase social de su pueblo, y la compartimentación de motivos culturales autóctonos que no se dejan hibridar. Es aquí donde me parece gratificante y le da un espíritu renovador a las letras castellanas que se cree un nuevo discurso ficcional sobre Occidente, el mismo Oriente y, esencialmente, sobre ese espacio intersticial que está dado geográfica y mitológicamente por el Mediterráneo, Andalucía y el Marruecos septentrional. Concuerda plenamente mi pensamiento con el de Édouard Glissant cuando afirma que al margen de lo que diga "el purista cobarde" hoy existen distintas lenguas francesas (en nuestro caso castellanas y catalanas), y estas lenguas distintas nos permiten concebir la unidad de la lengua de un modo nuevo, según el cual las lenguas europeas no pueden concebirse ya como monolingües. Cuando la lengua está dada de antemano, cuando afirma tener una misión, pierde la oportunidad de la aventura y deja de captar el mundo (Glissant 2006: 29-32, 115-119).

El caso de Ahmed Ararou es paradigma de este tipo de literatura (todavía) marginal que intenta abrirse camino. Ararou se considera a sí mismo como "un escritor sin obra".[5] Ha publicado sólo siete cuentos y ensayos literarios. Ararou

---

[4] Véanse "El patrimonio intercultural de los diferentes" en García Canclini (2005), "'El sistema mundo': Europa como 'centro' y su 'periferia'" en Dussel (1998) y "Unhomely Lives: The Literature of Recognition" en Bhabha (1996).

[5] Partes de este capítulo han sido publicadas en *Afro-Hispanic Review* ("La literatura marroquí de expresión castellana en el marco de la transmodernidad y la hibridación poscolonialista"), e

es marginal por la índole y sustancia de sus enunciados que son, paradójicamente, una reafirmación de un canon literario occidental moderno: discurre sobre lingüística comparada, psicología aplicada a la lingüística y a la crítica literaria, utiliza recursos estilísticos de escritores "canónicos" occidentales y orientales, incorpora relatos o anécdotas de personajes del folclore marroquí. Su literatura es novedad, desafío y subsunción de lo mejor de la misma modernidad cultural europea e hispanoamericana. En suma, en esa amalgama de recursos literarios, Ararou construye una obra marginal y ditirámbica que "no se deja", como diría Noé Jitrik (1998: 24-25), o "insurgente e intersticial" como la denominaría Bhabha (1996: 26); sus textos son marginales porque el "apartamiento" ("going beyond" según Bhabha 1996: 4) que proponen –y que opera como lectura de extrañeza– es irreducible a toda tentativa de re-encauzamiento. Su realidad contrasta con la inercia que proponen otros textos, sea los que ya he mencionado sobre la literatura migratoria de corte realista y didáctico-moralizante, como aquellas transgresoras en lo semántico y en lo estructural, tal como sería el caso de los textos ya mencionados de Miloudi Chaghmoum y Mustafá Al-Misnawi. En definitiva, Ararou logra superar la flexibilidad/relativismo artístico del posmodernismo a través del reconocimiento de la diferencia y su coexistencia con la tradición.[6] Si con Chaghmoum y Al-Misnawi se autentifican (desde la periferia) las historias de explotación, sometimiento y la evolución de estrategias de resistencia, con Ararou nos situamos en lo que Homi Bhabha (1996: 6) y García Canclini (2001: 14) denominan la hibridación cultural de su condición fronteriza, que le permite traducir, y por lo tanto reinscribir, el imaginario social de la metrópolis al igual que su modernidad cultural y tecnológica impuesta (o consensuada) en Marruecos.

La literatura de Ararou le da relevancia a un discurso marginal que se opone al poder de Occidente, pero que a la vez, desde 1995 (con su "Ficción inaugural"), ha comenzado a dictar, consciente o inconscientemente, reglas –en este caso literarias–; ha empezado a convertir en canon la sustancia de lo que definía el hecho marginal. A la sazón Iain Chambers subraya que en el ámbito donde

---

Hispania ("El arte de hacer ficción sobre el proceso de evolución del orientalismo literario occidental en la cuentística de Ahmed Ararou").

[6] La implementación del discurso transmoderno de Dussel supera la relativización posmoderna de todo evolucionismo o fundamentalismo (2006: 14). Esta tarea, según El Gamoun, le corresponde a los explotadores del inconsciente colectivo y los resucitadores de arquetipos comunes (2004a: 160).

surge la literatura fronteriza, las migraciones modernas y las identidades múltiples, en los últimos veinte años ha surgido en el mismísimo "centro", sea este físico o en la esfera donde se "regula" la producción cultural, la irrupción de lo previamente periférico y marginal, reinventando lenguajes,

> and appropriating the streets of the master. This presence disturbs a previous order. Such an interruption enlarges the potential as the urban script is rewritten and an earlier social order and cultural authority is now turned inside out and dispersed (1993: 23).

Los textos de Ararou logran ser "lenguaje y ser vértigo", se colocan en el campo inestable, conflictivo de la traducción y la "traición" (describir cómo cada grupo se apropia de y reinterpreta los productos simbólicos ajenos), condiciones esenciales, según García Canclini, para que la hibridación no se atavíe en la mera utilización de recursos mágico realistas de comprensión universal (2001: 31).[7] Completa Iain Chambers el concepto traducción/traición enfatizando que la primera, como la memoria, "is always to speak of the incomplete, the never fully decipherable. It is *to betray* any hope of transparency. It always involves a necessary travesty of any metaphysics of authenticity or origins" (1993: 4; énfasis añadido). Ahora bien, cuando se puede pensar que este distanciamiento de lo real/lo empírico/lo verídico/"lo histórico" en Ararou puede representar un aspecto negativo, pronto descubrimos todo lo contrario ya que el autor hace todo lo posible en sus textos por desasirse de cualquier "genealogía retórica de sangre" (Carter 1992: 7), propiedad y fronteras, para sustituir a estos últimos por un recuento de relaciones sociales intraculturales que ponen en tela de juicio las contingencias de todas las definiciones del "Yo" y del "Otro", y de esta manera introducir al lector en el terreno cenagoso del desplazamiento y/o elisión de las clasificaciones binarias del orden. Gayatri Spivak en su lectura de *Los versos satánicos* de Salman Rushdie emite un juicio respecto al moldeamiento de la(s) lengua(s) por parte de los escritores migrantes y/o exiliados que cuajan perfectamente con la narrativa de Ararou: "In post-coloniality, every metropolitan definition is dislodged. The general mode for the post-colonial is citation, re-inscription, re-routing the historical" (Spivak 1990: 41). A

---

[7] Su "Ficción obsesionada por lo que no pudo ser" es prueba fehaciente de ello. La traducción, según Glissant, "es como un arte de la fuga, es decir, de forma [...] hermosa, una renunciación que se comsuma" (2006: 30).

partir de esta premisa, en las interacciones y cruces entre los mundos de la realidad y la ficción, lo racional y lo inconsciente en la narrativa de Ararou se cuela para interrumpir, subvertir y complicar las lecturas lineales y racionales de textos, saberes y costumbres "canónicos"; "this involves entering a state of hybridity in which no single narrative or authority –nation, race, the West– can claim to represent the truth or exhaust meaning" (Chambers 1993: 27).

Ararou comienza su ensayo literario mezclado con relato metatextual "La resaca" diciendo que "escribir en una lengua 'forastera' se considera, según una convención desatinada y comúnmente avalada, el acto pecaminoso más aborrecible de cuantos existen" (51). Luego, despliega todo su arsenal de saberes, cita testimonios de ecuménicas personalidades de la lingüística, la psicología, la filosofía y los estudios literarios para discurrir en forma irónica sobre las razones de esta "exogámica inclinación extraña" (51). El narrador decide que todas las teorías acerca de la explicación del fenómeno interlingüístico son puras ficciones y prefiere dar una interpretación "casera" del hecho, acudiendo a una narración metatextual de la experiencia de un amigo de la infancia: Batiji (doble de Ararou). El bilingüismo de Batiji le ofrece al narrador "serias garantías de inofensiva identificación" (53). El padre de Batiji imponía sanciones corporales para corregir la mala conducta de su hijo a través de "merecidas patizurras sin la menor explicación en lengua materna [se entiende, en árabe]" (53), sino en un muy también "pedestre" castellano. Lejos de que las lecciones "lingüísticopédicas" de su padre le lleven a escribir la segunda parte de *El pan desnudo* en árabe clásico, Batiji constata que "las palabras se hicieron peregrinas, y que algunas cruzaron tantas veces, en los dos sentidos, el charco que separa las geografías, las culturas y los hombres, que acabaron por imponerse como patrimonio común" (54).[8]

La narración sigue por carriles definitivamente tragicómicos y por momentos se hacen reflexiones serias acerca de estudios científicos que Batiji consulta para entender tanto la psicología de su padre –que aparte de pegar e insultar en castellano, cantaba canciones rancheras mexicanas– como su propia "garabateodependencia" (57) al alcanzar la adultez. Batiji-Ararou, "para superar aquello

[8] Batiji/Ararou se refiere a *El pan desnudo*, narrativa de Chukri de cuyas escenas violentas autobiográficas da cuenta el autor rifeño en una entrevista en *La Mañana*: "Mi padre me cogía como un conejo, me amarraba a un árbol y me pegaba con un cinturón de cuero que conservaba de cuando estuvo en el ejército español, del que, por cierto, desertó. Un día, agobiado porque no tenía nada que darnos para comer, mi padre agarró a mi hermano por el cuello con tal fuerza que a los dos días murió" (Chukri 1995: 7).

de 'tener más rollo que un moro', escoge el borrajear como forma de recordar las pasiones que extrañan las palabras" y concluye que estas últimas,

> en toda escritura que aspira a ser literaria, e independiente del idioma que uno maneja, están condenadas a renunciar a la autopista idiomática comunitaria y emprender un reparador paseo por las sendas poco frecuentadas de la imaginación. Escribir, presume Batiji, es, sin remedio, transformarse en otro; y la alteridad no estriba en el uso de la lengua extranjera, sino en la ruptura momentánea con los canónicos hábitos de la lengua materna. Eludir este saludable destete, es una ficción que afecta incluso las escrituras en lenguas afines con las llamadas lenguas maternas (56).

Esta reflexión de Ararou se encamina por el mismo derrotero de lo señalado por el escritor mexicano Carlos Fuentes en *Valiente mundo nuevo* (1990) sobre la literatura latinoamericana contemporánea: "el pacto de civilización consiste en reconocer que somos un área policultural, dueña de una enorme variedad de tradiciones de donde escoger elementos para un nuevo modelo de desarrollo y sin razones para estar casados con una sola solución" (cit. por Jitrik 1998: 26). La afirmación del escritor mexicano cuaja perfectamente en el contexto de la literatura marroquí de expresión castellana en busca de originalidad y universalidad. Si donde Fuentes dice "solución" ponemos "lengua", no hacemos más que honrar y asociar el pensamiento de dos escritores geográficamente apartados, pero lingüística y artísticamente unidos. Por su parte, podemos apuntar, con Deleuze y Guattari, la naturaleza rizomática de la literatura que nos compete, en tanto y en cuanto, el rizoma también lee y construye al mundo desde formas complementarias. El rizoma se puede comparar a una red que se disemina horizontalmente sin ningún origen puro o final teleológico y que está siempre situada en el medio, construyendo nuevas alianzas, como el migrante.

En "Trabanxi", Ararou vuelve a jugar con la interpolación de mitos occidentales y orientales para situar de nuevo al lector en el terreno imaginario de la literatura, allí donde no hay fronteras reales, sino más bien se crean territorios interminables y continuos a través del acto narrativo.[9] Para esta ocasión mezcla mitos,

---

[9] Me ha confesado Ararou que Trabanxi realmente existió. Era un "personaje exótico" originario de Asilah, frecuentador de bares y cafés de la ciudad, en los que reunidos de corros de paisanos "se inventaba" todo tipo de relatos, como aquel que en plena II Guerra Mundial el avión que transportaba a Hitler tuvo que hacer un aterrizaje de emergencia debido a un desperfecto en uno de los motores y el propio Trabanxi se encargó de arreglarlo para que el líder nazi pudiera regresar a Alemania.

leyendas y héroes reciclados que a su vez inventan y reinventan la historia de una ciudad, Arcilla (y no Arcila o Asilah). Lo importante es notar que el protagonista de la narración, Trabanxi, muestra la importancia del proceso creativo del hombre y la capacidad para ilustrar/engañar a sus paisanos en lo concerniente al origen babilónico o bíblico del humilde pueblo. Acusado de heresiarca y colaboracionista con el Protectorado español por otro hombre "cegado de nacionalismo transárabe" (68), Trabanxi deja de oficiar como juglar oficial del pueblo. Su historia es plagiada por el mismo acusador nacionalista, se traduce (o mejor dicho se escribe) al (en) árabe y la escena babilónica/bíblica referida al origen de Arcilla pasa a formar parte de la historia y fundación de la ciudad de Tánger. Todos los nativos de la ciudad expoliada (Arcilla) se indignan con la noticia de la sustitución y comienzan a encaminarse en "pateras de carcomida madera por las aguas fronterizas del estrecho", mientras los vecinos del Norte "viven hoy [...] por segunda vez, el terrible episodio histórico del 'No pasarán'" (70).

La historia del diluvio universal se vuelve a repetir, pero esta vez el Noé-Gilgamesh marroquí, Trabanxi, construye la barca y no se lanza al mar como su bíblico o babilónico predecesor. Los que sí lo hacen han hecho de Arcilla "otro mundo", con festival anual, estadio de fútbol y cornisa de hoteles de tres estrellas. Todo ello gracias al "giro", del que vive el 90% de los habitantes de Arcilla. Los niños de la ciudad sueñan con ser futbolistas profesionales del Real Madrid o del Fútbol Club Barcelona, las núbiles con enamorar a los amigos de los primos que viven en la otra orilla y todo el mundo en Arcilla "hipnotizados por el irresistible silbo digital de las parabólicas sirenas del nuevo Dorado" (70) fantasea con "mundos, personajes, productos, sabores y colores del más acá" (74). En resumidas cuentas, la narración multicrónica de Ararou lleva al lector a repasar la intrahistoria marroquí desde su fundación, los distintos procesos colonialistas y el protagonismo de Marruecos en la Guerra Civil Española. El relato también aborda la campaña de arabización en Marruecos y el crecimiento del fundamentalismo islámico; a la vez que acompaña la modernización del país norteafricano, pero siempre supervisando analíticamente y en forma literaria la imposición de los productos y creencias occidentales, especialmente aquellos que llegan a través de las señales de televisión satelital.

En este sentido, como apunta José Saldívar, que a su vez sigue a García Canclini en *Culturas híbridas* (2001: 18, 132), la presencia de las escenas multicrónicas (Saldívar prefiere usar "pastiche") es compatible con cierto grado de "humor fronterizo" (Saldívar 1997: 33), una especie de asimilación de "apetitos primermundistas" (ibíd.: 33) reproducidos esperpénticamente allende el Mediterráneo, en el caso de Ararou, que a su vez promueven espectáculos y escenas que nos fuerzan a repensar el patrimonio histórico del país magrebí en el que el concepto de etnia o lugar de pertenencia no es afín ni intercambiable a todos los miembros de "la ciudad expoliada". Por su parte, Paul Gilroy es elocuente para explicar diacrónicamente, a través de las metáforas del viaje y del barco, las distintas contraculturas emanadas de la modernidad (1993: 16-17). Las historias de esclavos negros, para ilustrar el caso que presenta Gilroy, se podrían contrastar con las de los emigrantes marroquíes en el texto de Ararou, en tanto y en cuanto el movimiento de personas a través del Atlántico como del Mediterráneo no sólo como mercancía, sino también como representantes de las luchas de emancipación, autonomía y ciudadanía,

> [...] provide [...] means to reexamine problems of nationality, location, identity, and historical memory [...]. The ship provides a chance to explore the articulations between discontinuous histories of England's ports [y por extensión a todos los de Europa, con preeminencia, para nuestro caso, con los de España], it interfaces with the wither world. Ships also refer us back to the middle passage [...] to both industrialization and modernisation. As it were, getting on board promises a means to reconceptualise the orthodox relationship between modernity and what passes for its prehistory (1993: 16-17).

Si bien se apuesta al hibridismo cultural en "Trabanxi" y otros textos analizados en este libro y, en particular, en este capítulo y el siguiente –motivo que en cierta medida fomentaría tanto los intercambios de alta cultura como también los intercambios de la cultura *massmediática*–, los escritores marroquíes son conscientes de que la influencia televisiva crea el peligro de acercar "zonas del mundo poco o mal preparadas para encontrarse" (García Canclini 2005: 14). Ya en el año 1983 se hablaba de la incursión de la TVE (televisión española) en Marruecos como un "colonialismo sin querer". Jannet Jedidi observaba ese mismo año la crisis que atravesaba la RTM (televisión marroquí) y cómo la TVE les ofrecía a los usuarios de todas la categorías sociales y etarias de Marruecos no sólo un mero "pasatiempo" (1983-1984: 6). En los diferentes campos de fútbol del norte marroquí se gritaba "fuera de juego", haciendo que el fútbol hiciera para la promoción de la lengua cervantina en menos de dos años lo que no se había conseguido en cuarenta y cuatro años de colonialismo y en veintitrés de "intensa" y "fructífera" actividad cultural. "Coger España", como se llamaba en los ochenta al hecho de poder sintonizar la señal de TVE, trascendió las fronteras de lo cultural y/o la mera expansión de la lengua. Para muchos agentes de bienes raíces del norte de Marruecos "Coger España" se convirtió en una ocasión o bien para aumentar el precio de la vivienda o bien para, en caso contrario, emprender toda una "ofensiva" para vender o alquilar un inmueble. Con el objetivo de "Coger España" se creó toda una economía sumergida, incluyendo a algunos improvisados técnicos que inventaron antenas-"cuscuseras" (porque estaban hechas con ollas de acero, también llamabas "alcuzcuceros") para que un buen día de 1983 Marruecos amaneciera con las azoteas repletas de recipientes de distintos tamaños y metales.

Jedidi en su artículo habla de una "Edad de Oro" para el castellano en Marruecos, "el medio más condenadamente rápido y eficaz de aprender, divirtiéndose, el español"; e incluso, aquellas personas que no sabían castellano y no tenían tampoco intención de aprenderlo, de cualquier manera se "colgaban" de la señal. Comenta uno de los entrevistados por Jedidi:

> Es que con la TVE en nuestra familia todos tenemos nuestra parte. A mí, por ejemplo, me gusta la política, veo los telediarios y los resúmenes semanales. A mi mujer le fascina la moda y tiene en la TVE para rato[.] [Y] mis hijos se mueren de risa con los dibujos animados (1983-1984: 6).

De esta manera, como podemos constatar en este artículo periodístico, el norte de Marruecos estaba mucho más al tanto de lo que pasaba en Madrid o en Barcelona que de lo que pasaba en Rabat. Jedidi termina su crónica reportando que los marroquíes desconocían total o parcialmente la existencia de una quiniela nacional. En cambio, el 70% seguía La Liga Española y el 50% conocía más a los políticos españoles que a los nacionales. Por otro lado, la jauja de "Coger España" era observada de reojo por los intelectuales marroquíes, quienes estallarían el 23 de enero de 1984 (que coincidía con la celebración de la Cumbre Islámica) con la divulgación de un documental de la TVE sobre Marruecos. "La farsa televisiva", como la tacharon en su momento, tenía por objeto "propagar de embustes de todo tipo con el fin de poder desfigurar o deformar la imagen de Marruecos (Jedidi 1983-1984: 7). Por este motivo, un autor como Ararou no se queda en la mera aceptación relativista del multiculturalismo heterogéneo, sino que bucea en las relaciones interculturales para poner en evidencia que los procesos de intercambio modernos están sujetos a desfases y desigualdades en la recepción del televidente no-occidental de las "maravillas" de la sociedad consumista o de las ilusivas formas de vida allende el Mediterráneo.

"AMÉ...RICK", del mismo Ararou, nos lleva a constatar, una vez más, el estado de alerta de este escritor respecto a la contaminación de Orientalismo o celebración de Occidentalismo, que en su momento representaban los filmes de Hollywood y ahora los medios masivos que a través de la imagen satelital invaden Marruecos y otros países no-occidentales. "AMÉ...RICK" es un *travelling* subjetivo e intertextual que utiliza el lugar simbólico de la película, *Casablanca*, para mostrarle al lector el peligro que representa la asimilación de la fantasía de un film con la realidad de los hechos: esta ciudad sigue siendo hoy lugar de tránsito, aunque ahora "los candidatos al viaje de la salvación ya no son los mismos y el documento exigido hoy se llama visado" (59). Al narrador le sale el "negrito que le asedia" (59) desde su conciencia para preguntarle "a su Rick" tanto sobre la condición de los agarenos en los años cuarenta, como por la de los nuevos "Noés" de la última década que, servidos de "letales dosis de Televida" (61), se arriesgan al cruce del Estrecho.

Sin abandonar el metalenguaje fílmico, en "AMÉ...RICK" el autor nos lleva del *thriller* de resistencia antinazi al increíble *neowestern* rodado en tierras de Levante, con todas las repercusiones políticas y sociales que este proceso envuelve. Por un lado, la alianza Estados Unidos-España en el afán liberador de pueblos "menesterosos de protección" y "democracia" (62), y, por el otro lado, la inmigración clandestina que se desloma en los campos de Levante, Murcia y Almería. Unidos por la "Santa Alianza Liberadora", se dan cita en el Bagdad Café los neocolonizados Lawrence de Arabia y Sancho Panza "al acecho de una miserable propina" (62); mientras que por las pantallas de TV un televidente anónimo se deleita con "escenas de bravura" de un grupo de "negros camellos arrepentidos y de junkies chicanos [...] [que] asaltan por mar y tierra los antiguos jardines del edén" (63).

Concentrándome ahora en tres de los cuentos y ensayos literarios de Ararou, "Ficción inaugural", "Ficción *obsesionada* por lo que no puedo ser" y "La restitución del mundo a trancas y barrancas", expondré las técnicas narrativas del autor marroquí que, sin habérselo propuesto formalmente, reúne todas las características que lo posicionarían oximorónicamente dentro del "canon" de las literaturas periféricas-marginales-fronterizas.[10] Conocedor como pocos de la obra de Borges, particularmente en lo que respecta al "Orientalismo" del escritor argentino y, por su parte, alumno, amigo y traductor al castellano del crítico y escritor marroquí Abdelfattah Kilito, Ahmed Ararou es artífice de una retórica nueva,

---

[10] En *Letras marruecas* reproduje "Ficción inaugural" y "Ficción *obsesionada*". Ararou hizo mínimos retoques a los textos (23-46). Las citas que reproduzco aquí fueron extraídas de los originales.

diferente, dinámica, que precisa con exactitud los sentidos particulares y a la vez complejos de las expresiones, necesidades y aspiraciones tanto del intelectual como del pueblo marroquí, que a su vez se redefine constantemente con las fuerzas que lo influyen y lo motivan: el más "occidental" de los países islámicos, el "vecino pobre" de la España blanca, cristiana y (hasta hace poco) rica.

"Ficción inaugural" cabría dentro de lo que el mismo Ararou considera "ensayo ficticio" (2008: I, 174) –al mejor estilo de Borges, Eduardo Galeano o Javier Marías– en el que el autor oriundo de Arcila propone iniciar un viaje recreativo, terapéutico y metafísico hacia la felicidad. A través de este tropo bastante extendido en los últimos años y, por cierto, generador de ventas descomunales,[11] Ararou anuncia un repertorio de libros que podrían llevarlo a consumar la necesidad de gozar de un buen texto, de "alcanzar el nirvana" (139). La primera escala la hace en un clásico estructuralista como *El placer del texto* de Roland Barthes, al que prontamente descarta por querer descubrir el placer "light" de los textos por sí mismo, sin reflexiones profundas. Tras considerar *La felicidad ja, ja, ja* de Alfredo Bryce Echenique, *El libro de la risa y el olvido* de Milan Kundera, alguna reflexión de Mallarmé y Voltaire, nuestro autor se detiene en una reflexión de este último que reza: "pese a la proliferación de los libros, créanme, p[o]ca gente lee, muchos se sirven de los ojos" (141). En este punto decide renunciar al uso de sus ojos, "algo parecido a escoger ser Borges (el mejor lector del siglo) o ser nadie" (141). Finalmente, y a instancias de Italo Calvino en *¿Por qué leer a los clásicos?*, en el que se sugiere que el "placer máximo es leer por segunda vez el mismo clásico" (142), el ya frustrado narrador se decanta por *El nombre de la rosa* de Umberto Eco. Dicho texto, si bien descarta la posibilidad de erigirse como mensajero de una moderna y romántica pasión, sí posee las virtudes de un clásico en tanto y en cuanto "tiende a relegar la actualidad al rango de rumor de fondo, pero sin por ello, apagar ese rumor" (143).

Una primera aproximación analítica a esta incursión de Ararou en el mundo de la ficción la podríamos requisar de su valiosísima tesis doctoral, *Miradas sobre el Oriente en Borges*, en cuanto para Ararou la impresión de "ser infinito" como principio estético que se halla en los cuentos y ensayos del escritor argentino coincide con la búsqueda de felicidad en la lectura del marroquí. Para el caso, mientras los textos de Borges tienen su centro en todas partes y su contorno en ninguna (Ararou 2008: II, 337), la lógica que rige la formación del texto

[11] Se explica al constatar que los libros de autoayuda de Jorge Bucay han sido *best seller* en España y Latinoamérica en los últimos quince años.

de Ararou, con sus anacronismos, sus digresiones intertextuales, la variedad genérica, la transgresión de rótulos y la broma literaria, nos presenta un enmarañado sistema de lecturas al mejor estilo *miliunanuchesco* (recuérdese que el sultán Shahriar deseaba distraerse), de un deseo de placer de origen aristotélico que no ha cesado, durante siglos, de modificarse para alcanzar su objetivo. Nótese, por ende, que la naturaleza inacabada de la búsqueda de placer coincide fundamentalmente con la del libro de las *Noches*, "un libro sin fin" (Kilito, cit. por Ararou 2008: II, 337), que no excluye ninguna posibilidad, condenando de esta forma al narrador-lector a errar en ese mismo infinito, para acabar haciendo válida la primera oración que abre su "Ficción inaugural", en la que promulga su condición de "insaciable perseguidor de algo que no llega" (139). Reivindicar el carácter infinito del libro e insistir en su imparable metamorfosis entraña, en parte, la voluntad de liberarlo de las ataduras de su pasado, del peso de su historia y, en definitiva, percibirlo no como texto árabe, sino como un monumento mítico de la literatura universal (Ararou 2008: II, 335). Ahora bien, Ararou difiere ligeramente con Borges en la inclinación a privilegiar su propia cultura y a callar méritos más que probados de las culturas forasteras, pero comparte con el argentino la concepción de la literatura basada en la explotación de un escrito que nunca pierde el nexo de filiación tanto con la literatura oriental(ista) como con la occidental.

Si como hemos visto, a semejanza de Borges, la valoración de la realidad para Ararou se hace desde la literatura ("Cuando la ficción vive en la ficción", titularía Borges uno de sus ensayos en 1952), y, específicamente, desde presupuestos estéticos arraigados en una concepción clásica de la literatura (Ararou 2008: II, 354), de la traducción, de la imitación y de la reescritura, no resulta curioso que sea también libresco su relato "Ficción *obsesionada* por lo que no pudo ser". El narrador del texto recibe un "libro maldito" y una advertencia de que la lectura del mismo podría acarrear el riesgo de muerte. Se trata del *Necronomicón o el libro de los nombres extinguidos.*[12] Luego de esconder el libro en una biblioteca, el narrador-lector decide, como en "Ficción inaugural", hacer un viaje introspectivo utilizando su *Necronomicón* como vehículo. Como paso

[12] En realidad la traducción no sería "El libro de los nombres extinguidos", sino "Imagen de la ley de los muertos" o "Relativo a la ley (o leyes) de los muertos". Debemos hacer mención a una cita de Borges que Ararou coloca en su tesis: "Es oportuno citar aquí el refrán que entre los musulmanes corre de que quien lee *Las mil y una noches* muere, dando con ello a entender que lo matan el tedio y el cansancio" ("Ensayo de autobiografía", cit. en Ararou 2008: II, 333).

posterior, el narrador-lector evalúa irónicamente distintas posibilidades con respecto al contenido del texto, poniendo énfasis en los recursos paratextuales de los que se vale la editorial para comercializar el libro. De la misma manera, el narrador-lector comienza a formular distintas hipótesis tendientes a identificar a los posibles lectores del libro y los divide en dos categorías: "los curiosos lectores" y "los lectores curiosos" (72). Mientras que los primeros son aquellos que muestran un serio interés por asuntos "comunes a todos los mortales" (72), como son el ocultismo, el esoterismo, la magia negra y los fenómenos paranormales (72), los segundos son curiosos porque sus resistencias se debilitarían ante la tentación de comprobar, incluso en carne propia, la certeza de la premonición que precede al texto (72).

A la segunda categoría pertenecen tanto el narrador-lector como Jorge Luis Borges, a quien le ha correspondido "una sanción menos cruel" (72), la ceguera, según afirma uno de los prologuistas del *Necronomicón.* A instancias del mismo Borges, comienza el narrador-lector a rastrear las huellas del *Necronomicón* en poemas y cuentos del argentino, hasta detenerse en uno titulado "Los rumores de la noche", que, a su vez, presenta concomitancias con la traducción de un "original árabe" titulado *Al-Azif,* cuyo autor sería el "poeta loco" yemení Abdul al-Hazred. Es de público conocimiento que este último es el seudónimo juvenil de Lovecraft (all-haz-read, "el que lo ha leído todo"), inspirado en *Las mil y una noches.* Al igual que el escritor argentino, Ararou usa como punto de partida la traducción, y de la "traición" podríamos añadir dada su proclividad a incluir elementos apócrifos, para elaborar ciertas reflexiones sobre la literatura: la figura del autor, la lectura, las creencias religiosas y las valoraciones literarias, como he mencionado más arriba. Ahora bien, a diferencia de Borges, Ararou sí se podría valer de su conocimiento del árabe para discernir la autenticidad, o más bien la fidelidad, de las traducciones; en cambio, elige no condenar las tergiversaciones de textos árabes (*Las mil y una noches* el primero) por parte de los orientalistas franceses (Antoine Galland, Joseph-Charles Mardrus), ingleses (Edward Lane y Richard Burton), alemanes (Gustav Weil) y españoles (Asín Palacios y Cansinos Asséns), sino la destreza con la que escritores de la talla de Chesterton, Lovecraft y, obviamente, Borges, utilizaron distintas versiones de textos árabes traducidos para llevar a cabo obras literarias únicas, originales y universales.[13] De hecho, en

[13] Fatema Mernissi aporta un dato fundamental: *Las mil y una noches* fueron publicadas en lenguas europeas por traductores no árabes, cien años antes de ser publicadas en árabe (2001: 56). Galland lo hace francés en 1704.

este punto se "obsesiona" Ararou por desentramar no ya la fascinación europea por un producto literario que transformó la mirada de Occidente hacia el mundo árabe musulmán (véase apartado sobre *Las mil y una noches* de su tesis doctoral), sino más bien, y conforme al ritmo de progreso en las investigaciones y el devenir de nuevas traducciones, de qué manera se va modificando la representación que Occidente hace de la cultura árabe-musulmana.

La fantástica genealogía del texto árabe, *Al-Azif*, lleva al narrador-lector a elucubrar sobre la posible desaparición del género detectivesco, ya que el libro mataría "de la forma más higiénica", "sin dejar huellas" (73). El narrador-lector sopesa la idea de que cualquier libro "mal digerido [...] puede generar monstruosidades", y en la lista incluye a los libros sagrados (74), que cierta lectura vuelve mortíferos al reclamar una justicia divina con medios demoniacos. De esta forma, Ararou vuelve a la naturaleza árabe del libro para conjeturar que "el loco" Abdul al-Hazred engendró su libro en el desierto, no sólo lugar pertinente para "la revelación divina" sino también para recordar que la vacuidad de la geografía desértica propicia la exégesis del monoteísmo.[14] Detalles apócrifos aparte, como la prohibición y quema del libro por parte del papa Gregorio XI en 1232, la relación directa con el misterioso manuscrito árabe *Qannon-é-Islam* –"vendido por un propalador judío por une bouchée de pain" (75)–,[15] o la adjudicación de la autoría del *Necronomicón* al demonio Asmodeus, el narrador aprovecha el trance para decir que si "el latín es la lengua de Dios, según creen los curas", el "árabe [sería] la lengua del demonio" (75). Nótese que, de la misma manera que Milan Kundera u Orhan Pamuk, la naturaleza de la escritura de Ararou se contrapone a cualquier forma de alianza (sea ésta territorial, lingüística, política o comunitaria) que perpetúa las estructuras sociopolíticas o marcas culturales y se mofa de la "vacuidad" de la tradición/memoria religiosa. Amén de la lectura obvia que emana del texto y de una constatación con "la realidad de los hechos" que nos intentan "vender" los telediarios, aquí se debe observar cómo Ararou vuelve a cargar las tintas sobre lo esencial que significa la exposición de las contradicciones, torceduras, ocultaciones y también aciertos

[14] El mismo Ararou cita a Borges para ilustrar el caso: "Los doctores del Gran Vehículo enseñan que lo esencial del universo es la vacuidad. Tienen plena razón en lo referente a esa mínima parte del universo que es este libro. Patíbulos y piratas lo pueblan y la palabra infamia aturde en el título, pero bajo los tumultos no hay nada. No es otra cosa que apariencia, que una superficie de imágenes; por eso mismo puede incluso agradar" (2008: II, 360).

[15] Sí existe un *Qanoon* escrito por Avicena hacia 1025.

de unos y de otros en pos del enriquecimiento *literario* de la obra. Otra vez, para Ararou lo importante del examen es que se haga esencialmente a partir de la literatura o, como nuestro autor dice literalmente en su tesis, "el proceso de evolución del orientalismo literario europeo" (2008: II, 317) (no en vano, cuando oculta el *Necronomicón* en la biblioteca, lo hace detrás de unos vetustos libros de "ideas fijas", 71). En síntesis, para Ararou, la infidelidad se vuelve, entonces, como la única garantía de preservación de la lógica que acompaña el proceso de formación del *Necronomicón* en perpetua transformación, en constante movimiento, que lo aleja de toda concepción de libro definitivo.

El narrador-lector llega a concluir la lectura del libro y, con la muerte ya definitivamente lejos de su alcance, la lectura le desvela que el contenido del *Necronomicón* es sumamente apasionante para los especialistas en magia. He aquí, otra vez, la presencia del Oriente como espacio y hábito de los extremos, de las creencias en la magia, de la superstición fomentada por el islamismo, que pronto dará paso a la elaboración de lo onírico y de los eternos soñadores. En cambio, para "los otros profanos o profanadores [el *Necronomicón*] no significa nada" (76). Herido en su orgullo, el ahora narrador-lector "ignorante" dice que si bien puede no entender la mayoría de las cosas, ello no quita que sepa valorar el significado de la muerte. Por ende, la actuación del narrador-lector se remite a transfigurar la muerte. Esto es, prosigue el narrador, "si como dijeron muchos, la escritura es más que una de las muchas formas de eludir la muerte, *la escritura no es más que una de las muchas formas de eludir lo inevitable*" (76; énfasis en el original). De esta manera, podríamos conjeturar que el hasta entonces narrador-lector se metamorfosea en narrador-demiurgo-soñador que conjura a la muerte, le halla su antídoto. De allí la referencia final a Alonso Quijano, a quien la lectura mata su raciocinio, pero, por su parte, "*en Cervantes anula la acción*, esto es, la muerte por las armas" (76; énfasis en el original). La referencia se revela bastante acertada ya que, por un lado, apunta a inmortalizar la figura del autor manchego, clásico por cierto, para dejar un final abierto en el que se pone en tela de juicio no sólo la naturaleza apócrifa del *Necronomicón*, sino también la de la existencia del propio autor de "Ficción *obsesionada* por lo que no pudo ser", al que se refiere como un fantasma que cuenta la historia de su doble, quizás "perdido en los oscuros pliegues de la lectura" (76).

De acuerdo con lo dicho, Ararou concibe el elemento particular de la escritura que anhela superar la instancia autorial como fundamento de la misma. Por otro lado, Ararou deja entender que el acto de "escribir significa prestar parte de la vida a un nuevo Ser, restando y limitando la propia vida" (76). Se plantea así en el escritor de Arcila no ya la confrontación de las dos concepciones de la literatura, la clásica y la romántica, sino más bien la aglutinación de ambas; de la que, en consecuencia, se deduce que si bien la intensidad expresiva de lo romántico da entrada a lo irracional, lo misterioso, el doble, lo fantástico (por encima de todo está el "yo" del creador y su libertad de creación), esta misma está supeditada a su inmediato precedente, lo clásico. En consecuencia, observo que la mayor virtud de Ararou es querer (y en mi opinión conseguir) "restituir" un texto de acuerdo con los criterios de su tiempo y a su posición geográfica respecto a Europa, a través de un procedimiento romántico que supera y enriquece el valor intrínseco que los popes literarios de turno han consignado a pocos, y no siempre representativos, clásicos de la literatura universal. En su incondicional apoyo a las versiones libres, la traducción, añadiduras apócrifas y tergiversación de los originales, resalta la creación de un nuevo texto, cuyo valor reside ante todo en las cualidades literarias exclusivas y no en su veracidad o estrecha obediencia al canon que rige el original. Por su parte, el desconcierto que produce la lectura de los relatos de Ararou, cuando no es sinónimo de grato descubrimiento y de puro placer, suele estimular la reflexión en el lector despojado de sus seguridades interpretativas durante el proceso de lectura.

"La restitución del mundo a trancas y barrancas" se trata de un relato surgido a partir de un viaje que realizó el autor a "una de las alquiblas histórico-turísticas del Viejo Mundo" (35), Italia. En este relato, junto a los tres publicados en *La puerta de los vientos* (analizados anteriormente en este mismo capítulo), me animo a decir que podemos ver al mejor Ararou. El texto está escrito en tercera persona, recurso que Ararou sólo utiliza en uno de sus otros relatos, "Trabanxi". El viaje se plantea como un "horrendo descenso a los infiernos" (36), desenterrando, de esta manera, cualquier lectura unívoca que pueda implicar un viaje "normal"; esto es, movimiento entre puntos concretos, un lugar de partida, uno de llegada y un itinerario planeado con antelación. El personaje principal no concibe cualquier tipo de viaje que exceda las fronteras de su imaginación o lo leído en los libros, motivo recurrente en los anteriores relatos analizados, para enfrascarse, en cambio, en las intersecciones de historias y memorias literarias, fotográficas y fílmicas tendientes a experimentar simultáneamente el aquí y el allá, el adentro y el afuera, de manera dispersiva y, subsecuentemente, traducir (en el sentido de trasladarse) (hacia) nuevos, más extensos y laberínticos itinerarios que surgen y resurgen a través de recurrentes rutas alternativas.

En este aspecto, Chambers es elocuente cuando indica que "to write is, of course, to travel [...]. [T]o write (and read) does not necessarily involve a project intent on 'penetrating' the real, to double it and re-cite it, but rather entails an attempt to extend, disrupt and rework it" (1993: 10). Mortificante resulta, pues, "la peregrinación" (36) del personaje marroquí a la patria del Dante cuando el viaje da comienzo en Lyon y coincide con una etapa de plena exultación *lepenista* y, ya en Italia, en la recuperación del electorado por parte de la *Legà Nord.* Si, como decíamos, todo viaje conlleva "ir hacia los demás", "comunicarse" (36), el proyecto augura un rotundo fracaso desde el vamos debido, entre otras cosas, a la denigración que sufre por parte de algunos miembros de su familia, y al racismo y la soberbia de los italianos. A la sazón, comenta el narrador: "Sentía, a su vez un odio extremo por los pobladores de la región y una culpabilidad profunda. Pisar esos parajes parecía la más vil de las traiciones" (38). Este pasaje recuerda a aquella irrupción que hace en París el inmigrante negro de *Makbara* de Juan Goytisolo –por cierto, otro autor, casi el único ibérico podríamos aseverar, por el que Ararou siente un gran respeto intelectual–; el inmigrante negro, como un paria, llega al centro de la capital francesa y es recibido con exclamaciones de repugnancia, miedo y escándalo: "es increíble que circulen sueltos!: [...] no hables tan fuerte, a lo mejor te entiende!: cuidado, no te roces con él!: habría que enviarlos a todos a su país!: eso, hacernos pagar el viaje a los contribuyentes!: los nazis tenían razón!" (14).[16] En este desprecio que siente el viajante del "tercer mundo" al "primero" y por sus semejantes entronca con la percepción de su propia imagen desgraciada y rechazada. Dada esta circunstancia, el personaje de Ararou encuentra su heterónimo en el personaje Azel de la novela *Partir* de Tahar Ben Jelloun. Azel reflexiona en su diario si es o no racista. Se pregunta por qué prefiere evitar a sus compatriotas y reconoce que intenta evitarse a sí mismo, huir de sí mismo y de esta manera "maldi[ce] el

[16] Como observa Akaloo, en la novela *Partir*, un emigrante amargado advierte sobre una posible amenaza verdadera si España sigue dándoles la espalda a esta minoría despreciada y temida; a sus vecinos del sur con quienes comparten tantos siglos de historia conflictiva: "No les gusta vernos rondar por sus fronteras, es algo instintivo en ellos, en cuanto ven a un moro, desconfían, ven una mala pata, una cosa negra, son supersticiosos [...] [L]os spaniulis son desconfiados pero todavía son muy ingenuos, ¿no ven la cantidad de musulmanes que están llegando? Algunos se creen que reconquistan lo que sus antepasados perdieron [...] Es probable que algún día pase algo [...] [E]ste país va rápido hacia el norte [...] [P]ara ellos marroquíes significa musulmanes, se acuerdan de lo que decía la Iglesia de los musulmanes [...] Así que somos musulmanes, pobres, sin papeles, por lo tanto, peligrosos [...] [S]iguen teniéndonos miedo" (*Partir* 140; Akaloo 2007: 11).

día en que había puesto los pies en aquel país [España/Cataluña]" (*Partir* 158).

Como siempre en la narrativa de Ararou, la ironía socrática, esto es sacar de dentro de la psique del personaje o narrador lo que éste sabe o intuye pero ignora saber, actúa como cimiento del texto. Así es como en el trayecto ferroviario desde Lyon a Roma el personaje se encuentra con "el último italiano inmigrante de la era moderna" (38), cuyo monólogo chauvinista en un francés italianizado no hace más que ridiculizar la figura del "fascista cultural" que algunos italianos incultos llevan dentro. Luego del regocijo que le causa el discurso del "anacrónico italiano" (39) sumergido en la "nostalgia del edén perdido y la frustración histórica" (39), la acción se traslada a Roma. El falso sentido de nostalgia por el reino de Dios o por los reyes mortales es sujeto a una perspectiva deconstructiva. En la ciudad eterna y muñido de la *Guía Gallimard*, el misántropo personaje "sufre" con las visitas a diversos museos, ruinas, plazas, coliseos y panteones. En una suerte de "travelling subjetivo", recuerda los spaghetti western de Steve Reeves y Gordon Scott, echa de menos a Kirk Douglas y Jack Palance y termina maldiciendo la "poca eficacia de Nerón" (41) para acabar con absolutamente todo recuerdo de los "gloriosos ayeres" (41). Esta referencia híbrida y anacrónica nos lleva a pensar, de nueva cuenta, que en Ararou la práctica irreverente de los citados textos y películas representan la faceta más relevante que podría llevar a nuestro autor a gozar del reconocimiento universal como narrador lúdico, aunque más allá de sus invenciones siempre mantiene firmeza y sinceridad en el reconocimiento de su deuda contraída con las distintas tradiciones literarias propias (árabo-musulmanas) como ajenas, para elaborar la suya, sin dejar por ello de ser original.

Ya en Nápoles, lugar en el que se encuentra con otros miembros de la familia de la mujer, el personaje decide emprender una gira solitaria por los Quartieri Spagnoli, donde, presumiblemente, se sentiría en su elemento. Allí aparecen varias Gradivas anónimas de faldas cortísimas. "[Su] Gradiva" (50), dejando entender que se trata de su pareja, le deja en el hotel el itinerario el siguiente día, señalándole que no se alejara bajo ningún concepto de ellos durante la visita a Pompeya (50). En su segundo día de estancia en la tierra de San Genaro, frustrado en esta ocasión por no hallar a la Gradiva por ningún sitio y tras cerciorarse que las cenizas del Vesubio no guardaban para él ningún trozo de intimidad simbólica conectado con un recuerdo reprimido, el abatido personaje nos deja una exquisita pincelada de la sociedad de consumo en esa suerte de parque temático que han convertido los europeos a los sitios dedicados otrora a sacrificios, ritos de depuración, escenas nupciales y erotismo.

De esta manera, el texto de Ararou nos lleva a analizar procedimientos intertextuales, palimpsestos y deconstruccionistas que remiten al desarrollo de un discurso crítico, relativizante y subversivo que, en palabras de Alfonso de Toro para el caso de Borges, delimita los cánones literarios clásicos, recodificándolos con planteamientos de la contemporaneidad y biografía del autor-personaje y de su locación cultural (De Toro 2004: 11). Los personajes y motivos históricos o mitológicos son llevados a un plano íntimo y personal, y los personajes monumentales a dimensiones cotidianas, a situaciones de carácter elemental-existencial. La travesía del personaje sigue por Sicilia, "la antesala del purgatorio" (52), lugar donde orografía y gentes le parecen similares a la geografía y población de la otra ribera del Mediterráneo. Entre el sincretismo de columnas normandas y arcos árabes, el protagonista reflexiona sobre la oportunidad que tuvo la Gradiva de hablarles largo y tendido a los autóctonos sobre los arabescos (53). Siendo "agoraf[óbico] incurable y misántropo convencido" (53), el personaje-narrador escoge para reponerse del trajín de la excursión una terraza casi vacía. Con una barba de cinco días y ocultando una cartera con sus libros de viaje, el personaje le causa una "extraña sensación" a dos ocasionales clientes del sitio. Mientras lee *Borges, una restitución del mundo*, su presencia levanta sospechas y el dueño del local llama a la policía, que toma nota de la matrícula del coche:

> ¿De quién es esta furgoneta? Mientas uno de los integrantes del comando de la ridícula operación [...] se disponía a abrir el paso al coche francés del arabo sin camello, el lector frustrado, en gesto de desesperada venganza, desabrochó su camisa, abrió su mochila pegada a su pecho y guardó el libro que no pudo leer [en la terraza]. En el asiento de la muerte, se puso a pensar en qué términos iba a restituir el mundo que acababa de descubrir (55).

De esta suerte, podríamos conjeturar que el meollo del relato radica en el viaje como búsqueda de una nueva redistribución y determinación de la unidad perdida entre significado, significante y referente: el acontecimiento (el viaje) representa una "restitución" de la literatura a espaldas del mundo. Así, en Ararou se encuentra el acontecimiento en la búsqueda de la absoluta percepción sin espacio ni tiempo; ya no se trata de la lectura del mundo, sino de la codificación sígnica de la percepción como mundo. Su relato describe cómo los distintos autores que desfilan por la "restitución del mundo a trancas y barrancas" tratan de leer y de interpretar el mundo y los signos, y precisamente, éste es el lugar de la similitud epistemológica que hay en común entre Ararou y Borges: ambos autores emprenden un viaje en busca de signos.

Tanto Borges como Ararou, cuando emprenden el camino en busca de los signos, abandonan la patria conocida para arrojarse a lo nuevo, a lo incierto. Ararou se lanza a la tarea de "restituir" el mundo del mito, de los símbolos y de las unidades y analogías que contienen al mundo entero encauzando su trayectoria en un viaje de aventuras determinado por la mímesis. Ese viaje, como observa Alfonso de Toro (otra vez, para el caso de Borges), es el motivo del autor implícito para declarar como superado el antiguo mundo, la antigua organización de los signos, la transformación de las analogías en similitudes y diferencias (De Toro 2004: 11). Por esto, su "viaje de aventuras" no es mimético, referencial con respecto al mundo, sino una búsqueda semiótica; los signos hablan constantemente de sí mismos y no se concretan en significados, sino en significantes. Me sirvo nuevamente de los postulados teóricos de De Toro para decir que la narrativa de Ararou presenta un aspecto transmedial, es decir, Ararou narra un modelo multicultural de la historia de la ficción narrativa como medio de comunicación multimedial que revela la diversidad de culturas y proyectos políticos coexistentes en un momento histórico, como una narrativa de imágenes compuesta de fragmentos, sin unidad aparente, constituidos por citas textuales o visuales tomadas de filósofos, artistas plásticos, escritores, cineastas y psicólogos, que se yuxtaponen en un guión de elementos dispares, en una composición de deconstrucción de textos y códigos y personajes que se asocian por medio de mecanismos de desplazamiento y extrañamiento de sentido, formando una polifonía significante de una obra en proceso, abierta al lector, o como un hipertexto virtual y polimórfico que combina textualidades "verbicovisuales" y donde se establece un hipersigno narrativo de la mutación, de la desterritorialización, de la pulsación de lo híbrido (De Toro 2004: 15).

Concluyo este capítulo aseverando que el tipo de representaciones que expone Ararou se puede resumir en el término deleuziano de lo "menor", entendido como "operador intelectual, epistemológico, semiótico-especular" que se ejemplariza en la obra de Borges, desterritorializando su contexto originario para reterritorializarlo en su literario "Desierto", su "Oriente", implantando su mirada, su lectura/relectura, el espejo, la identidad por hacerse, y así desenvolver su espacio escrito. "Oriente"/"Desierto"/"Orilla"/"Menor" significa en Borges y en Ararou el estar siempre "fueradentro" de un territorio, estar plegado, en medio, intercalado entre todas las posibilidades territoriales. Dentro del contexto de la poscolonialidad, Ararou deconstruye historiografías tradicionales y promueve nuevas construcciones históricas. Considero, por último, que la historia bajo el influjo del Nuevo Historicismo en la literatura de Ararou actúa como una forma de textualización, como una serie de textualizaciones y, por ello, de reinterpretaciones en casi todos los casos eliminando la tradicional y transparente barrera realidad/ficción.

Escritores imazighen-catalanes y "la identidad como vestido que uno se hace a la medida"

Laila Karrouch publica su autobiografía *De Nador a Vic* en 2004 (Premi Columna Jove, publicada por Planeta/Oxford en castellano en 2005 con el título de *Laila*). El mismo año (2004) la editorial catalana Columna publica la autobiografía de Najat El Hachmi, *Jo també sóc catalana*. Por su parte, en el 2008 El Hachmi también será galardonada con el Premi de les Lletres Catalanes Ramon Llull por su novela *L'últim patriarca* (Planeta, 2008; trad. al castellano, *El último patriarca*, octubre de 2008), novela que en otro lugar hemos definido como "autobiografía ficticia" (Ricci 2010c). En 2011 El Hachmi publica su segunda novela en la editorial Planeta, *La caçadora de cossos* (la versión en castellano, *La cazadora de cuerpos*, sale simultáneamente). En esta última se desliga de todo tipo de señas de identidad con su cultura de origen. En 2008, sale, en castellano, *Límites y fronteras*, que es la historia de un ciudadano rifeño que padece un brote de psicosis que requiere ser ingresado en una clínica psiquiátrica; y en 2011 *Cartes al meu fill. Un català de soca-rel, gairebé.*[1]

Textos y contexto

Con Laila Karrouch, Najat El Hachmi y Saïd El Kadaoui, se consolida el proceso de peregrinaje literario e ideológico hacia la Península Ibérica que comienza con los escritores marroquíes en torno a las décadas de los setenta y ochenta del siglo pasado y que se cristaliza con los autores de la que he denominado "Generación del 92".[2] Como indica Juan Goytisolo, en España nunca ha habido una tradición autobiográfica como en Francia o Inglaterra, "de un gran rigor

[1] Al momento de revisar las pruebas de *¡Hay moros en la costa!*, Laila Karrouch publica la novela *Petjades de Nador* (Barcelona, Columna, 2013). Por motivos de tiempo y espacio no se analizará *Petjades* en este estudio.

[2] Ricci (2005).

estético y moral" (Goytisolo 1997: 6). Será, entonces, con las autobiografías de Karrouch, El Hachmi y El Kadaoui cuando se consolida en España una tradición autobiográfica de autores periféricos/subalternos que cuentan sus experiencias trashumantes de manera fehaciente, rehuyendo de las imágenes petrificadas que han hecho autores españoles sobre "los otros" que llegan allende el Mediterráneo (o del Atlántico o del lejano oriente si observamos la cantidad de latinoamericanos y asiáticos que hoy viven en la Península). De hecho, con las autobiografías de Karrouch, El Hachmi y El Kadaoui se entra ya en la zona de la literatura diaspórica, de afincamiento permanente; no ya a la mera narración del cruce del Estrecho o a la experiencia de trabajadores temporales. El tema que motiva las narraciones de Karrouch, El Hachmi y El Kadaoui consiste en el hecho de vivir (y escribir) en (y desde) la intersección de tres culturas. La literatura como vehículo de la identidad marroco-amazigh-catalán se convierte en el elemento que ayuda a los personajes a cerrar los ciclos de aprendizaje (*Bildungsroman*), ya que al ordenar verbalmente todas las fases del proceso que experimentan consiguen entender la complejidad del entramado cultural en el que viven y afianzar su identidad como miembros de la comunidad multicultural a la que pertenecen. Se puede apreciar, de esta forma, que la literatura de estos tres autores imazighen remite a un proceso terapéutico en el que si bien no se llega a determinar con qué cultura se sienten más identificados, sí se logra problematizar el proceso de adaptación al que se someten los inmigrantes (especialmente los niños) que proceden de culturas norteafricanas.

"Obrir la ment i el cor per fer lloc als nens que [...] tenen cognoms d'altres indrets i que són tan catalans com qualsevol altre" (16), es como justifica El Kadaoui la razón de *Cartes*. Es muy plausible que el mensaje de transculturación pueda, efectivamente, transmitirse a través de los hijos de los inmigrantes. Sin embargo, y esto es más evidente en los textos de El Hachmi y El Kadaoui, estos niños, estos nuevos europeos, no escapan a las solicitaciones de los extremos. Como ha subrayado Cioran, la juventud resuena cuando vibra la cuerda del fanatismo (cit. por Ben Jelloun 2004: s/p). Siendo, como es, apasionada, la juventud puede fácilmente caer en el extremismo e incluso en el oscurantismo. Observo que el trabajo autobiográfico de los tres escritores imazighen-catalanes consiste en ofrecerle a esta nueva juventud europea, de piel morena y credo musulmán, "[e]l coneixement que necessitem [...] afrontar la complexitat, [...] entendre els diferents elements que formen el tot i compendre la seva interdependència [...] [L]a qüestió identitària [...] consisteix [...] a no reduir la persona a una mínima part de si mateixa" (El Kadaoui, *Cartes* 120).

Karrouch y El Hachmi llegan a Cataluña con ocho años de edad y se establecen en la ciudad de Vic. Karrouch y El Hachmi expresan un sentimiento de alienación al ser marginadas tanto por marroquíes como por catalanes; los conflictos y oposiciones entre Oriente y Occidente se incrementan hasta el punto de sentirse obligadas por la sociedad y la familia a elegir entre una cultura u otra. De allí que en ambas narraciones autobiográficas las autoras tiendan a priorizar más el encuentro consigo mismas que con el Otro. Como escritoras emigradas del "tercer mundo" al "primer mundo" que escriben en y desde el país de acogida, Marruecos está en el pasado y Cataluña en el futuro, mientras que el tiempo presente se transforma en una transición, una "lucha por la vida" que deben enfrentar día a día. Específicamente, tanto Karrouch como El Hachmi confirman que lo catalán no se define por su antítesis con lo marroquí o lo amazigh, sino que se multiplica a partir del origen de clase, de la versión masculina o femenina de sus testimonios y de su lugar en la línea generacional e inmigratoria. Existe, de esta manera, una falta de univocidad en la definición de los nacionalismos que invita a deconstruir los procesos escriturarios de ambas autoras no con el afán de realizar lecturas lineales y simplistas, sino con la voluntad de indagar en los recursos que se utilizan en el campo de la producción literaria a nivel regional y nacional en toda España y, por ende, ver cómo y hasta qué punto las voces subalternas de los inmigrantes logran cuajar en el canon moderno de las literaturas peninsulares.[3]

Fronteras lingüísticas

Si bien el texto de Karrouch tiende a relativizar la crisis identitaria debido a la clara voluntad pedagógica y moral de la autora de fomentar la tolerancia y la convivencia, sí pone de manifiesto las dificultades económicas que debe sortear su familia para seguir viviendo en Cataluña y el tema de la mujer musulmana que vive en Occidente y "debe" someterse a la voluntad de su esposo o padre. Además de superar los esporádicos comentarios racistas de sus compañeros de clase cuando le lla-

---

[3] Obviamente, hay más escritoras imazighen. La mayoría de ellas se ha expresado en francés. Vaya el caso de las más famosas: Taos y Fadhma Amrouche, Assia Djebar y Malika Mokkedem. Ya he hecho mención a la antología de Mohamed Toufali, *Escritores rifeños contemporáneos*, en el que escriben dos mujeres: Fatima Bouziane y Karima Toufali. Existe un segundo libro de cuentos escrito por Mohamed Toufali titulado *Un cuento de amor y guerra*. En una reciente compilación de relatos breves de escritoras marroquíes y canarias, *Que suenen las olas*, también aparece un texto de Fatima Bouziane.

man "mora" –"perquè ara ja havia après a valorar-me com a persona, i a adonar-me que pel fet de ser immigrant no havia de menysprear-me, cosa que havia fet molt sovint els darrers anys" (109)–, la autora se asegura de marcar con precisión que en el año de 1992 el ambiente de integración se ve trastocado por el masivo flujo de inmigrantes: "L'aprenentatge del català i el castellà i la integració en general es van fer més difícils, i la mescladissa de gent va començar a disminuir, i a l'escola es formaven, sovint, grupets d'estrangers i grupets de catalans i castellans" (109).[4] El aprendizaje de la lengua era una necesidad vital para "obrir-se [...] portes", rememora El Hachmi en *Jo també sóc catalana* (38), haciendo válida la estadística que indica que el dominio de la lengua del país de acogida es proporcional al grado de estabilidad laboral e inserción social. También considera El Hachmi que la amalgama de lenguas ha sido esencial en el forjamiento de su futuro como escritora, como crítica de la realidad social de "ambos mundos" y para expresar sus incertidumbres y frustraciones (26-27). Por ende, la ganadora del Llull 2008 hará coincidir los sentimientos contradictorios emanados del contacto entre las lenguas con cierto grado de alienación que va a "regnar a [la seva] vida" (47).

La lengua y cultura (t)amazigh han sido relegadas a un segundo plano tanto en Marruecos como en Argelia, donde habita la mayor cantidad de tamazighthablantes. En muchos casos, los imazighen de Marruecos no conocen el *darīǧa* (árabe dialectal marroquí). Desde hace pocos años, con la creación del Institut Royal de la Culture Amazighe (IRCAM) en Marruecos, se está tratando de darle más valor a la lengua y la cultura (t)amazigh. Sin embargo, muchas veces, el IRCAM encuentra fuertes opositores no sólo ya por parte del gobierno, sino también por parte de grupos islámicos fundamentalistas que creen ver en los estudios sobre esta cultura autóctona del Magreb un deseo "subversivo" de regresar a los tiempos pre-islámicos. Este problema sociolingüístico es recogido vehementemente por El Hachmi, quien asegura que una de las "necesidades" que la impulsan a escribir consiste en legarle a su hijo su historia; una historia de múltiples crisis de identidad, de pasar a hablar una lengua de "segona categoria" (27), el tamazight-rifeño, en su Marruecos natal, a hablar otra lengua, la catalana, que "fou en altres temps perseguida i menystinguda" (27).[5] Najat El

[4] Cito por la edición en catalán porque considero que el texto es fiel a la intención original de la autora: narrar su experiencia autobiográfica como inmigrante de Nador a Vic/Cataluña y no, como está dispuesto en la edición castellana, de Nador a un lugar no determinado de "España".

[5] Véanse también los capítulos "Llengües" y "L'amor, la teva bandera" de *Cartes* de El Kadaoui, 35-40, 55-60

Hachmi es categórica al afirmar que sería bueno que su hijo también aprenda la lengua "dels opressors [árabes musulmanes]" (*Jo també* 52), para que el día que regrese a su país no le sea desconocida la sensación de menosprecio hacia su lengua y cultura (léase tamazigh).[6] La marginación de "sus lenguas" (tamazight y catalán) llevará luego a El Hachmi a pasar por una fuerte crisis de identidad y a convertirse fugazmente en catalanista, hasta darse cuenta que a algunos catalanes "els ofèn que es parli la seva llengua" (*Jo també* 52).

Si bien el tema de la cultura amazigh daría para todo un libro (que, por cierto, los hay muy pocos), la breve alusión precedente está relacionada en varios sentidos con las autobiografías de Karrouch, El Hachmi y El Kadaoui, en tanto y en cuanto los textos manifiestan en menor o mayor grado cuestiones identitarias que tienen que ver con el ocultamiento de la procedencia amazigh de algunos inmigrantes, las distinciones que hacen los propios inmigrantes entre sí mismos y la ignorancia por parte de los ciudadanos de los países de acogida sobre la naturaleza étnica y lingüística de los inmigrantes. Por este motivo, El Kadaoui aclara que también escribe para desmitificar el pensamiento que los Otros tienen de los imazighen: "He volgut aportar el meu granet de sorra per fer més complexa la mirada d'aquells que t'envolten, netejar-la d'alguns prejudis innecessaris i evitar així alguns maldecaps" (97). Cabe mencionar que el 70% de los marroquíes que viven en España (y más concretamente en Cataluña) son tamazighthablantes (Junyent 2002: 9); en Cataluña el 80% de los marroquíes son imazighen (Alexandre 2008: 80). Esta comunidad suele pasar desapercibida en ámbitos europeos (salvo contadas excepciones como Francia, Holanda y Cataluña), donde se la funde en parámetros más generales de definición como "musulmán", "árabe", "magrebí", "norteafricano" o "moro" (Tilmatine 2002: 268).[7]

---

[6] El pensamiento de El Hachmi, por su parte, es concomitante con lo expresado por el presidente del IRCAM, Mohamed Chafik: "Un beréber no aceptará jamás renegar de su identidad cultural. Cuando se le ordena que se calle y que afirme que es árabe... eso es totalmente insensato. Cuando les digo que soy beréber [a los marroquíes que se consideran árabes], me acusan de racista" (Chafik 2002: 17).

[7] En 2002 el Parlamento Catalán ha sido el "único gobierno europeo" que ha adoptado una resolución de apoyo a la identidad, la lengua y la cultura amazigh (Tilmatine 2002: 275). En Melilla, donde la mitad de la población es amazigh, cambian "completamente los criterios" (ibíd.: 276). En términos demográficos, la segunda comunidad de rifeños en Europa se encuentra en Holanda. Escritores como Abdelkader Benali, Hafid Bouazza, Naima El Bezaz y Saïd El Hadji, entre otros, se encuentran consolidados dentro del mundo literario holandés y hasta ya se habla de un "boom" de literatura marroquí-amazigh en holandés, surgida a partir de 1992 (véase Merolla 2008).

Por sobre todo, a partir de la cultura amazigh se pueden rastrear los códigos descifradores de la naturaleza feminista y contestataria que en mayor o menor medida asumen no sólo Karrouch y El Hachmi, sino también El Kadaoui.[8] Si bien las mujeres imazighen representan los pilares de la moral y la vida privada familiar, especialistas en esta cultura autóctona magrebí no dudan en señalar la influencia que estas mujeres tienen sobre los hombres de la familia, las vindicaciones que ellas han conseguido con respecto a la herencia, la independencia económica, la abolición del levirato, la flexibilización en la elección de los cónyuges y el derecho a la educación (Lacoste-Dujardin 1994: 174; Hart 1993: 36; Peyron 1996-1997: 147). Todos estos "avances" se producen gracias al "desplazamiento hacia zonas urbanas, *la influencia de los flujos migratorios* y de los medios de comunicación" (Cucurrull *et al.* 1997: s/p; énfasis añadido). ¿Y qué lugar le cabe a la literatura en este proceso de desplazamiento(s)? Pues el lugar que se le ha señalado hace tiempo a la literatura de la migración desde que Salman Rushdie acuñó el ya famoso: "the past is a country from which we have all emigrated" (1992: 12). Allí, donde la noción de hogar se convierte en una abstracción, en un sitio ideal para la nostalgia y la memoria, y en donde la migración deviene un nuevo sitio a la espera de ser habitado, se crea una nueva forma de "auto-escritura" (Ponzanesi/Merolla 2005: 3) que incita a la creación y a la diferenciación.

Fronteras abiertas: entre el exotismo y la universalidad literaria

En el caso de Karrouch, la escritora observa que "muchos inmigrantes tienen temor de perder su esencia, y no es así. Han de saber que no perderán nada y que, en cambio, ganarán muchas cosas. Emigrar es ganar una cultura" (Ricci 2007d). De esta manera, cobra solidez el hecho de que la mutación propicia una suma intercultural que también se puede observar en casi todos los escritores marroquíes-castellanos, aunque más visiblemente en Mohamed Lahchiri, Larbi El Harti y Ahmed Ararou. Hablo de interculturalidad y no del multiculturalismo tal como se concibe en Estados Unidos, país en el que muchas culturas viven en un mismo territorio, en una misma ciudad o pueblo, pero no nece-

[8] Véanse los capítulos "El mocador" y "Tenir els mèrits per ser etiquetat" de *Cartes,* 41-48, 87-93.

sariamente buscan ni les preocupa saber qué tienen en común entre ellas. Para el caso catalán, Najat El Hachmi define muy bien el multiculturalismo: "Llamo pornografía étnica a lo que otros llaman fiestas de la diversidad donde comen cuscús y no saludan al vecino el día siguiente" (Roglan 2007: s/p). La interculturalidad, en cambio, como la concibe Mohamed Abrighach, se ofrece "como única alternativa saludable para mantener la diversidad dentro de la unidad, [...] a pesar de los monoculturalismos radicales que se levantan [...] en nombre de nacionalismos políticos y de fundamentalismos étnico-religiosos" (245). El Kadaoui es aún más tajante: "Deixem-nos de multiculturalitats, interculturalitats, diversitats i centrem-nos en la justícia social" (*Cartes* 118).

Por este derrotero se encamina Najat El Hachmi cuando escribe una "Carta d'un immigrant" en 2004, un mensaje a un inmigrante anónimo cuyo final creo muy apropiado para el desarrollo del concepto fronterizo:

> Aprendràs a viure, finalment, a la frontera d'aquests dos móns, un lloc que pot ser divisió, però que també és encontre, punt de trobada. Un bon dia et creuràs *afortunat de gaudir d'aquesta frontera*, et descobriràs a tu mateix *més complet, més híbrid*, més immens que qualsevol altra persona" (s/p; énfasis añadido).

Esta visión es complementada por El Kadaoui cuando le indica a su hijo que "[d]es de la perifèria tens més perspectiva [...] des dels marges que voregen allò que en diem la normalitat, des d'on es pot mirar la realitat amb més llibertat. Aquesta llibertat, però, s'ha de poder guanyar endinsant-se [...] en aquest bosc cafit que és la teva identitat" (99, 105). A la sazón, opinan Karrouch y El Hachmi que no pueden elegir entre los dos países: "El hecho de preferir a uno sobre otro sería como elegir entre el padre y la madre" (Ricci 2007d; El Hachmi, *Jo també* 192). El rechazo a la elección entre países y culturas se traduce inmediatamente en una cuestión lingüística ya que para Karrouch su "lengua emocional es doble: catalán y bereber [*sic*]" (Ricci 2007d). De allí que tanto El Hachmi y El Kadaoui profundicen en la deconstrucción del imaginario colectivo negativo de las culturas de ambas márgenes del Estrecho, fustigando tanto a la resistencia cultural de los marroquíes-imazighen como a la España demasiado segura de sí misma, dominadora y segregativa. En este punto, observo y comparto el parecer de Najat El Hachmi respecto al idílico concepto de "identidad mediterránea común" entre Marruecos y España: "el paisaje, la fisonomía de la gente... todo eso es quizás familiar. El mar es un referente común. Pero de allí que haya una identidad común, no lo creo" (cit. por Lon 2008: 18).

Por su parte, Laila Karrouch es categórica cuando señala que los catalanes cambian al castellano cuando tienen que entrar en contacto con una persona que por su apariencia "juzgan" que es extranjera: "no tengo nada en contra del castellano, pero si los catalanes quieren realmente que el catalán tenga fuerza, tendrían que utilizarlo también cuando se dirigen a la población inmigrante" (Ricci 2007d). De esta manera, juzga Karrouch, no sólo se preservará el catalán, sino que también se producirá, gracias a la aportación de los inmigrantes, un renacimiento de la literatura catalana (Ricci 2007d). Renacimiento de la lengua y literatura catalana que, como observa el escritor Andreu Sotorra, están llevando a cabo desde finales de los ochenta escritoras como Asha Miró (*La hija del Ganges: la historia de una adopción*, 2003), entre otras. Sotorra concluye que

> casos com el de la Laila Karrouch pel que fa a la immigració –comparable a Asha Miró en l'àmbit de l'adopció– són els primers que fan un primer relleu literari saludable que hauria de tenir seguidors perquè, com en tantes etapes històriques, no calgui esperar mig segle per escoltar els testimonis de primera mà" (2004: s/p).

Concuerdo con Ponzanesi y Merolla en que los escritores inmigrantes o transnacionales están mejor equipados para evocar una poética del nuevo orbe que rompa con las subdivisiones basadas en fronteras políticas y esencialismos culturales inalcanzables (2005: 4).[9] Vaya el ejemplo cimero de *Els altres catalans* (*Los otros catalanes*) de Francisco Candel, publicada en 1964 por primera vez y con un sinnúmero de reediciones (incluida una prologada por Najat El Hachmi), ensayo-novela que todavía hoy sigue haciendo pensar al lector acerca de factores de integración y pertenencia de los inmigrantes en el lugar de destino. Y sirva también el ejemplo de subversión y reinvención de la gramática de la inmigración que ha hecho la escritora turco-germana Emine Sevgi Özdamar en el libro de relatos *Lengua materna* (1994), un hito en lo que a estudios fronterizos de generaciones, identidades y lenguajes se refiere.

Ahora bien, Karrouch también se opone a las creaciones literarias que recreen "pasajes gratuitos de morbosidad lectora, ni pasajes que desprendan sólo resentimiento" (Ricci 2007d). Por un lado, "la receta literaria" que propone Karrouch es coherente con el predicamento de Edward Said de oponerse a

---

[9] Dicha visión creativa, innovadora y revitalizadora de la cultura está amparada en un magnífico estudio hecho por investigadores de la Diputación de Barcelona que se titula *Democràcia intercultural i ciutat educadora* (2006).

escribir lo que el mercado está consumiendo en estos momentos o ser lo suficientemente exótico, mágico y sensual para cautivar al lector occidental, siempre ávido de un "romanticismo que busca sin descanso" (2003: 10). Por otro lado, la literatura nace de ciertas tensiones entre la búsqueda de universalidad y una voz personal. Consciente o inconscientemente, también se escribe en diálogo con la tradición local, si bien dicha tradición puede tener muchos progenitores. Es así como resulta perentorio tener en cuenta que el texto literario y el objeto artístico están asociados con momentos históricos particulares y, por definición, no son ácronos sino productos de una mente humana que funciona en un *locus* cultural específico. Desde Baudelaire a la fecha, época en la que el escritor se convierte en productor de arte y su obra en una mercancía, tanto los grupos marginados (bohemios, simbolistas, impresionistas, vanguardistas de toda clase) como las "escrituras subalternas" de los oprimidos han tenido que negociar con los poseedores del capital cultural de turno estrategias de publicación y hasta han tenido que modificar estilos, escribir sobre temas predeterminados (por las editoriales), o cambiar de género literario para poder insertar sus obras en el mercado del libro.

En el caso de la literatura de las etnias/clases/género marginados y de los grupos étnicos oprimidos, hasta hace poco tiempo ni se los consideraba como portadores de cultura alguna (vaya el caso de las literaturas amerindias, como lo enfatizan una y otra vez Walter Mignolo, Antonio Cornejo Polar, Aníbal Quijano, y Fernando Ortiz en sus ensayos). El hecho de que las editoriales españolas se preocupen por publicar las voces subalternas de la inmigración es un buen indicio; sin embargo, habría que analizar qué es lo que los autores están dispuestos a "negociar" para que sus libros aparezcan en las marquesinas de las librerías. Sería idóneo, entonces, que el proceso de hibridación cultural, de préstamos lingüísticos y de asimilaciones literarias con autores y textos de Occidente sea natural y no, como lo definiría Cornejo Polar, una "falaz armonía en la que habría concluido un proceso múltiple de mixturación" (1997: 341). En este sentido, creo oportuno traer a colación el segundo proyecto literario de Laila Karrouch, un libro de cuentos árabes e imazighen que se titula *Un meravellós llibre de contes àrabs per nens i nenes* (Barcelona, Columna, 2006). En este nuevo proyecto se puede observar el valor que en la cultura amazigh se le da a la tradición oral. En este libro de cuentos, Karrouch ha recopilado las historias que su abuela le había contado desde que era niña. Esta labor tan sencilla de recoger historias orales transmitidas de generación en generación se convierte en un documento sumamente significativo y complejo para el crítico literario debido a que no sólo invita a reflexionar sobre cuánto de mundo "maravilloso" o "exótico" presenta la mencionada colección y, a la misma vez, observar hasta qué punto "la voz subalterna de una escritora del tercer mundo" se "orientaliza" aún más con el fin de lograr un mayor éxito de ventas.

En la misma vertiente autoorientalista habría que colocar la nueva novela de Najat El Hachmi, *La caçadora de cossos*/*La cazadora de cuerpos* (2011). Ya en el año 1986 Abdelkebir Khatibi advertía sobre el error de lo que entonces el pensador marroquí llamó "paraliteratura", la cual

> it is not sustained by a secret nor by a force of writing. It is a monumental reproduction [...] determined by the bookselling market, mass-media circulation and commercial exchange. It is the entropic circulation of words in an economy of interchangeable objects (1991: 8).

La cazadora de cuerpos es una recreación de un tópico detrás de otro y las características que la narradora les asigna a sus distintos amantes son afines a la mayoría de todos ellos, sin matices ni profundidad, personajes huecos, vacíos; tan vacíos y huecos como dice sentirse la narradora al comienzo y al final del relato. Más allá de la ausencia de una trama y un hilo narrativo, la novela parece estar diseñada para aquellos lectores que buscan en este tipo de textos leer cómo "una mora" rompe burdamente y, de manera insultante, con su ascendencia amazigh-marroquí.

Muchos podrían argumentar que la mencionada ruptura ya la había hecho en su novela *L'últim patriarca*, aunque, desde mi subjetivo parecer, la técnica narrativa, el estilo, el cuidado tratamiento del patriarcado tanto en el mundo marroco-musulmán como en el catalán-europeo no se ve ni por asomo en *La cazadora de cuerpos*. Por otra parte, en múltiples conversaciones que he tenido con la autora, me ha expresado su voluntad de ser "aceptada" en un futuro cercano no como una escritora marroquí-amazigh, sino como una catalana más. De esta forma, la advertencia que Gayatri Spivak en su crítica a la razón poscolonial podría ser tomada en cuenta: cuando las mujeres publicadas pertenecen a la cultura dominante (en el caso de El Hachmi sería por voluntad propia) existe la tendencia a crear un "inchoate 'other'", en la mayoría de los casos una mujer, "who is [...] a piece of material evidence once again establishing the [...] European subject as 'the same' [...] Yet, against all straws in the wind, one must write in the hope that is not a deal forever, that it is still possible to resist" (Spivak 1999: 113). Y para "resistir", una escritora no debería soslayar que en el campo de la producción cultural la representación de la mujer en la ficción con las características de la "cazadora" es concebida por las editoriales como bien de consumo más que como instrumento de transformación social.

Sabido es que con el otorgamiento del Premio Ramon Llull al ganador se le extiende un contrato para la publicación de dos libros más con Planeta y, parece ser, que a falta de un proyecto a la altura de *L'últim patriarca* a la editorial le urgía "vender" algo más de El Hachmi. El resultado está a la vista. Montserrat Abumalham sostiene que a la par de la carencia de conocimiento en Europa de la lengua, literatura y producciones artísticas marroquíes, los canales de difusión de la letra impresa pretenden un beneficio inmediato y convertir en superventas todo lo que editan, supeditando los pocos libros "del otro lado" a escandalosas o amarillistas publicaciones que promueven posiciones maniqueas del "Otro" (Abumalham 2005: 141). El reconocimiento más que merecido con la obtención del Llull, le ha pasado factura a Najat El Hachmi. Con la publicación de *La cazadora de cuerpos*, El Hachmi parece haber abandonado su lugar natural, el escritorio; emprendiendo, en cambio, campañas de promoción que con frecuencia la obligan a ir de ciudad en ciudad convertida en viajante de comercio de sus propios libros, procurando generar noticia y diseminar su retrato y su nombre en los medios de comunicación. Jordi Gracia escribió en *El País-Catalunya* una reseña que es demasiado elogiosa para lo que es el texto de El Hachmi; decía que era una mala novela pero un buen libro. Lo que comparto con Gracia es la valentía de El Hachmi para afrontar y escribir sobre temas reñidos con las costumbres marroquíes y, en especial, con la religión musulmana. Eso es innegable. Y, si prescindimos de la trama, la recurrencia del tema y la vacuidad de los personajes, es verdad que se pueden ver destellos de algo que se parece a la literatura.

En cuanto a la utilización del catalán como lengua de expresión, cabe decir que *De Nador a Vic* se traduce al castellano (*Laila*) sin hacer ninguna referencia a su lugar de acogida, Vic, ni a los problemas particulares que significa ser marroquí o extranjera en Cataluña. La traducción al castellano conlleva la implicación de universalizar el mensaje y no restringirlo a un círculo netamente regionalista, aunque la deliberada elisión de cualquier marca topográfica catalana significaría de alguna forma "acomodar" el mensaje del libro para no fomentar problemas políticos entre catalanes y castellanos y, por otro lado, representa también una "estrategia de venta" que parte de Planeta/Oxford University Press (Ricci 2007d). La autobiografía de Karrouch "se ha convertido en una referencia literaria para el profesorado (especialmente de secundaria) en la sección de lecturas dedicada a la multiculturalidad" (Cerdà Morera/Puig Sebanés 2005: 6;

trad. libre) y lleva vendidas más de quince mil copias. *Jo també sóc catalana* de Najat El Hachmi no corrió igual suerte. La autora me confesó que la editorial no ha querido traducir el libro al castellano por ser "demasiado catalanista".

Según Andreu Sotorra, *Un maravellós llibre* de Karrouch también presenta una ambigua apariencia al estar confeccionado con tapas de cartoné e ilustraciones que le aportan un "aire oriental" (Sotorra 2004: s/p). Considero que la presentación del libro no sería menoscabo para que los cuentos presenten una semblanza de referentes universales. En efecto, la filosofía tradicional de Occidente (platónico-hegeliana) se ha hecho compatible con la mediación cultural entre múltiples imaginarios surgidos de la legitimación de espacios utópicos y de una apremiante necesidad de emancipación del africano transformado de objeto en sujeto histórico. Por lo tanto, tiene sentido presuponer un escenario de racionalidad sistemática, un dominio del habla sobre la escritura y, en última instancia, un mundo en el que todo tiene sentido. Ahora bien, estas variantes estéticas adquieren incluso más relevancia universal cuando se indagan asuntos como la tensión entre tradición y modernidad, el desarraigo de las identidades, el exilio interior y geográfico y la inserción de la mujer en la vida social y cultural, sin dejar de proponer una inventiva conciencia intercultural, conscientes del lugar de las sociedades poscoloniales en plena globalización.

En definitiva, un estudio exhaustivo de la estrategia orientalista antes mencionada escaparía al limitado espacio de este capítulo. De cualquier modo, la pregunta queda pendiente a la espera de que algún crítico literario la pueda evacuar en un estudio futuro: ¿cuántas formas hay de ser una escritora amazigh, catalana o española?, ¿es que acaso hay algo propio en relación con la topografía y con un mundo de personajes? Najat El Hachmi responde de manera desafiante a la pregunta: "¿Qué es ser catalana? ¿Quién lo define? ¿Quién tiene la patente de otorgamiento de catalanidad?" (El Hachmi 2007: s/p). El Hachmi se da cuenta de que no se trata de ser incorporado, asimilado, sino de incorporar y asimilar para enriquecerse como persona. El Hachmi va más allá y llega a cuestionar de manera muy convincente, y hasta cierto punto subversiva, la ostentación de catalanidad de "sus conciudadanos": "La palabra que no acaba de encajar en mucha gente es [que soy] catalana. Parece que quisieran que una diga 'soy marroquí' o 'soy española' y no es así. Cuando explico el título del libro [*Jo també sóc catalana*] en foros de inmigrantes, éstos no se extrañan" (cit. por Navarro 2007); "[Los catalanes] no ho deus entendre, que m'estimo aquest país [Cataluña] com te l'estimes tu [...], que aquí hi tinc els amics, els coneguts, la feina" (*Jo també* 62). El Kadaoui explica en términos similares su pertenencia a Cataluña, con la lengua como vehículo de integración y la amistad como puente para lograr ser miembro de una "comunidad imaginada" de marroquíes o europeos de ascendencia marroquí que rechazan la idea de una "identitat sòlida". De allí el título de este capítulo: "La identitat és un vestit que tu et fas a mida. Tu ets el teu sastre [...] La majoria dels nacionalismes amputen i empobreixen la identitat". Estimar, efectivamente, la lengua y la historia, "però també estar disposats a abraçar les altres llengües i les altres maneres de veure el món que ja tenim aquí [...]. Aquesta és la Catalunya que jo voldria [se refiere a la lengua castellana y a las distintas autonomías que conforman el estado español]" (*Cartes* 29, 35, 44, 61, 106, 107).

En relación con la cita de El Kadaoui, desde el comienzo de este libro vengo sosteniendo la necesidad de realizar un estudio en el que se evalúen las interacciones "Sur-Sur", "Tercermundo-Tercermundo", en el que se podrían analizar comparativamente literaturas asiáticas, amerindias y africanas de cara a sus constantes y repetidas exposiciones al imperialismo y en el que no se soslaye el moderno peregrinaje de los "antiguos súbditos" a las otrora metrópolis. Por cierto, los cálculos de la Diputación de Barcelona indican que sólo en Cataluña ya hay representantes de 180 países que hablan 210 lenguas. La mayor cantidad de inmigrantes proviene de África y la colectividad marroquí supera ya la cifra de 600 000, la más numerosa en toda España (*Democràcia intercultural* 8-9). Con estas cifras, creo imprescindible observar de qué manera en esta última década se ha fortificado el edificio de la literatura de la diáspora africana en España.

Esta literatura, hecha a golpes de angustia muchas veces, se ubica entre el relato sociológico, el ensayo y la denuncia. Allí están los libros de Agnès Agboton (*Más allá del mar de arena: una mujer africana en España*, 2005), el de la marroquí Kaoutar Haik (*La niña de la calle*, 2006, en colaboración con Virtu Morón), los del primer eurodiputado de origen marroquí Mohamed Chaib (*Enlloc com a Catalunya*, 2005, y *Ética para una convivencia*, 2005), y los del barcelonés-palestino Salah Jamal (*Cataluña en cuatro pinceladas*, 2001, y *Lejos del horizonte perfumado*, 2004). Los mencionados textos, sumados al interesantísimo proyecto sobre la lucha política por la igualdad de Joan Manuel del Pozo y Aliou Diao (*El blanc i el negre. Un diàleg a fons sobre immigració, política i ciutadania*, 2003), el del nigeriano Michael Ohan (*En ruta hacia una nueva esclavitud. El trágico y mortal viaje de africanos a Europa a través del Sahara y del Mediterráneo*, 2004), el de la española Virginia Fons sobre guineoecuatorianos en Cataluña (*Entre dos aguas*, 2004) y los de los ecuatoguineanos Donato Ndongo-Bidyogo (*El metro*, 2007) y César Mbá (*El porteador de Marlow*,

2007), entre otros, darían para toda una serie monográfica sobre las narrativas de la migración hacia España escritas en las distintas lenguas de la Península, y en la que se exploren las representaciones de ambos, africanos y europeos como también los procesos de interacción cultural entre grupos de distintas regiones, religiones y etnias. Estimo que un estudio de ese tipo podría revelar simultaneidades literarias, ansiedades similares, dilemas y filosofías a través de las distintas voces que surgen en esta etapa poscolonial y globalizada. Dicho estudio todavía no se ha hecho (aunque hay proyectos interesantes) y amerita el esfuerzo participativo de intelectuales, editoriales, universidades y gobierno.

Fronteras políticas, culturales y de género

Con *Jo també sóc catalana* de El Hachmi entramos en un proceso de hibridación que no remite meramente a ofrecer imágenes armónicas, sino que indaga profundamente en una transición que es "desgajada" y, hasta cierto punto, "beligerante" (Cornejo Polar dixit). En *Jo també sóc catalana* el lector no encontrará la figura del inmigrante subalterno sin remedio, frustrado, repelido y humillado, pero tampoco el texto cae en los estereotipos celebratorios del país de jaujas. Al fin y al cabo, la autobiografía de El Hachmi es también coherente con el que Mercedes del Amo considera "el tema estrella" de las autobiografías de mujeres magrebíes: "el sentimiento de no pertenencia" (2001: 60). En otras palabras, el texto El Hachmi refleja los conflictos de una mujer que debido al rechazo es forzada a aculturarse, a renegar de su magrebidad para caer mejor entre "los autóctonos", pero que jamás renuncia a ninguna de sus vivencias, que la impulsan continuamente a buscar su deseada identidad.

En este sentido, creo que el texto de El Hachmi es absolutamente necesario para revertir el estereotipo de la mujer magrebí-amazigh que, por un lado, como hemos señalado en el caso de los cuentos de Karrouch y en el capítulo III sobre literatura femenina, es la poseedora de las tradiciones culturales del país de origen, pero que por otro lado, y de manera negativa, representa la "subcultura norteafricana", opuesta a la "fuerte" catalana o española que el niño aprende a distinguir en la escuela. El hecho de que la mujer amazigh sea la transmisora de la lengua identitaria del grupo puede funcionar de dos maneras: las convierte en las catalizadoras de la resistencia amazigh ante la occidentalización y la homogeneización cultural promovida por los estados-nación en los que se enmarcan las diferentes identidades imazighen (Cucurrull *et al.* 1997: 139), pero también les da la potestad para permitirles a sus hijos desarrollar un rol de integración decisivo en la cultura de acogida. Es fundamental, entonces, y El Hachmi es muy elocuente en mostrarlo, que las culturas no son excluyentes, que la madre en el proceso de enseñarle a su hijo los valores culturales del país de origen, le deje un hueco para que él vaya aprendiendo la cultura de acogida. En el proceso de mezcla de culturas, El Hachmi ofrece un nuevo paradigma de formación de identidades culturales marcadas por la inmigración, la hibridación y la *créolité*. Se trata de un proceso tal como el que alude el Premio Goncourt Amin Maalouf en *Identidades asesinas* (1999), salvando las distancias, pues rechaza identificarse con unos pocos rasgos culturales definidos y determinantes, para considerarse producto de influencias múltiples y de múltiples pertenencias (43).

Una adolescente El Hachmi da cuenta cómo la televisión y la radio "[p]arlaven d'*immigrants* i jo ni tan sols coneixia la paraula" (*Jo també* 77-78; énfasis en el original). Para una muchacha cuyas "heroïnes eren Mercè Rodoreda, Montserrat Roig, Víctor Català [...] amb les cançons de Sau i Sopa de Cabra" (79), los brotes racistas de Vic en los noventa, la negación "[d]els pares catalans" de llevar a sus hijos a las "escoles dels immigrants" (78), creaba "fronteres invisibles" con aquellas muchachas que hasta entonces compartían sus mismos sueños y proyectos (83). Rechazada por su propia familia amazigh, los prejuicios de la religión musulmana que no le permite usar pantalones ni llevar faldas cortas, Najat El Hachmi ve también que su vocación literaria no es compatible con la devoción religiosa. De esta forma, El Hachmi acierta en darle a sus lectores una red compleja de experiencias que superan el binarismo Rif-Cataluña/amazigh-catalán, donde diversas y conflictivas perspectivas se van interrelacionando en forma continua. Por ende, El Hachmi termina delineando una identidad que cree como propia: atea, defensora de los inmigrantes e impulsora de una verdadera revolución feminista en su barrio. De nueva cuenta, si se cree que la posición adoptada por El Hachmi es occidentalista, se podría incurrir en una lectura reduccionista, ya que es típico de las estrategias de interacción modernas que las identidades culturales se sometan a continuos procesos de renegociación y transición. De esta manera, el texto autobiográfico de El Hachmi nos permite determinar en qué medida traspasa los patrones transculturales de confrontación a través de la diferencia o se enmarca, en cambio, en una agenda transcultural, plural y heterogénea que privilegia intersecciones, elementos conectivos y terrenos comunes donde nada es completamente foráneo ni está predeterminado, pero en la que también se ponen de manifiesto las profundas contradicciones del sistema normativo de Occidente, que protege y, a la vez, exotiza, desea sexualmente y expulsa a los inmigrantes, especialmente a los jóvenes con problemas de inadaptación y conducta.[10]

El Hachmi no acepta el paternalismo europeo que ve en cada musulmana una esclava, ni tampoco quema los sostenedores en el medio de una plaza pública: "Aquí no hi arribo, ho sent molt, en tinc prou amb estudiar una carrera, fer malabarismes per compaginar feina i maternitat, escriure i aquestes coses que no són gaire simbòliques, però que, tant hi fa, són les importants" (*Jo també* 162). El Hachmi se refiere, de esta manera, a lo que en los ámbitos académicos se denomina "la feminización de la pobreza" en la que se pretende capturar la situación de las unidades domésticas en las cuales las mujeres están sobrecargadas como madres y productoras, y donde se desmantelan los sistemas culturales basados en la dependencia y la autoridad entre padres e hijos. Es así como con El Hachmi el lector observa que su discurso se construye alrededor de ejes varios y asimétricos; discurso que a la misma vez rechaza la celebración apoteósica de la desterritorialización y su encarnación en el mito del perdedor, y la fuerza a hablar desde más de un lugar: mujer, hija, madre, esposa, inmigrante, africana, amazigh, activista, trabajadora y estudiante. Su texto-testimonio es, en definitiva, la relación directa entre el individuo y lo sociopolítico inmediato, y se convierte hacia el final en la consolidación de la narrativa de una escritora que logra crear su propio lenguaje literario dentro de la lengua heredada.

Si al principio de este capítulo, a través de la lectura de la autobiografía de Karrouch, planteé el tema irresuelto del "sometimiento" de la mujer, El Hachmi es terminante cuando expresa que "a medida que las mujeres se incorporan al mundo laboral, aspiran a cambiar de vida y se rebelan contra ese yugo" (cit. en Navarro 2007). Sin embargo, "[s]i el preu d'això [la independencia] és una condemna de doble jornada a perpetuïtat, potser ens l'hem de replantejar" (cit. en Lon 2008: 18). Obsérvese, en este sentido, que El Hachmi ya no habla de la mujer marroquí o musulmana en concreto, sino que su análisis abarca a todas las mujeres, independientemente de su nacionalidad o religión. En síntesis, El Hachmi apunta a que la mirada crítica "de Occidente", "a veces hecha con buena fe" (cit. en Navarro 2007), deje de hacerse siempre hacia aquellas sociedades que se consideran discriminatorias hacia las mujeres, sino más bien que se utilice la misma vara para medir las desigualdades en las mismas sociedades

[10] Esta visión disyuntiva está muy bien delineada en *La niña de la calle* de Kaoutar Haik.

desde donde parte esa mirada crítica. El Hachmi no se conforma con una visión meramente feminista como único criterio de análisis de la situación social para elaborar su identidad afro-catalana o afro-europea; sino más bien, e incluso dentro de la observación de prácticas tradicionales y religiosas, la autora no deja de reclamar los mismos derechos para las mujeres que aquellos que ostentan los hombres y que tienden a ponderar el individualismo liberal burgués y los valores democráticos de algunas sociedades occidentales. De manera similar, Fatema Mernissi invita a la mujer musulmana a salir con la "cabeza descubierta y cabellos al viento, automóvil, y bolso con documentos de *identidad* y, sobre todo, pasaporte *personal*" (*El miedo* 262; énfasis añadido).

La última parte de *Jo també sóc catalana*, "De records i absències", es un *racconto* de su paso por el Estrecho y una afirmación de su catalanidad presente y su "magrebidad" pasada: "En realitat, hauria donat el que fos per tornar al Marroc, però per tornar-hi com la que era als vuit anys, no pas la que havia esdevingut als tretze" (193). En este sentido, El Hachmi ha comentado que el origen no puede ser un ancla que condene al inmigrante a estar siempre en el pasado (cit. en Lon 2008: 15). Por eso, algunos marroquíes "se apuntan a los castellers y otros son punki, igual que los catalanes. Se ha evolucionado en positivo, muchos tenemos el catalán como lengua propia y nos consideramos de aquí, pero los medios de comunicación destacan los problemas y eso justifica ciertas posturas" (Roglan 2007: s/p). De esta manera, cuando a El Hachmi le preguntan a quién va dirigido ese *Jo també sóc catalana*, la autora no duda en responder: "A los que se llena la boca con la inmigración y sólo han visto al inmigrante de lejos. Pero también a los que están preocupados por el tema de la identidad catalana" (Navarro 2007). Exponiendo perspectivas críticas respecto a la doble opresión poscolonial sobre las mujeres y sin claudicar en marcar las diferencias de raza, clase y género en las comunidades diaspóricas, entiendo que El Hachmi finalmente logra el objetivo que se propone al iniciar su autobiografía: "desfer-me del meu propi enclaustrament, un enclaustrament fet de denominacions d'origen, de pors, d'esperances sovint estroncades, de dubtes continus, d'abismes de pioners que exploren nous mons" (*Jo també* 14); las mismas "contradiccions, dubtes, ràbia i dolor" (*Cartes* 71), que impulsan a El Kadaoui a versar sobre el objetivo principal en su vida (y autobiografía): "la identidat" (*Cartes* 64).[11]

[11] Abdallah Taïa expresa más o menos las mismas contradicciones sobre la esencia cultural de ser marroquí (y en su caso homsexual) en *El Ejército de Salvación*: "Para mucha gente –y el señor

L'ÚLTIM PATRIARCA

Journal of Spanish Cultural Studies ha publicado un extenso estudio de mi cuño sobre la novela ganadora del Premi de les Lletres Catalanes Ramon Llull 2008. Por ende, limitaré este apartado a matizar algunos conceptos ya analizados y a trazar paralelos con otros textos de autoras marroquíes que escriben en francés o inglés. *L'últim patriarca* se divide en dos partes. Destaca en la novela de El Hachmi la clara voluntad de ejercer lo que Abdelkebir Khatibi denomina "la doble crítica del paradigma-Otro" (1983: 72); esto es, cuestionar y "desasirse" (ibíd.: 73) de los valores impuestos por la sociedad musulmana (en este caso amazigh-musulmana), "tan teológica, tan carismática, tan patriarcal" (ibíd.: 72) y por la estructura hegemónica del occidental, sea ésta catalana/española/europea. Por su parte, utilizo el término *identidad* no para abogar por conceptos identitarios esencialistas tales como nación, etnia, raza, género o religión, sino más bien para asociar/identificar y trazar paralelos entre el texto de El Hachmi y otros textos precedentes y/o contemporáneos de autoras de distintas nacionalidades y etnias que tienen por objeto equiparar a la mujer con el hombre en términos de razón, voluntad, libertad y visibilidad tanto en el campo literario como en el ámbito activista-político. Por este derrotero, El Hachmi propone –entre otras cosas– problematizar las identidades afro-europeas, ahondar en el rol de las mujeres masculinizadas que utilizan y suplantan roles típicamente designados a los varones, representar sin tapujos la sensualidad pornográfica y reflejar el hermafrodismo en el despertar sexual de las adolescentes.[12] En consecuencia, la insumisión escrituraria, plural y transgresora de El Hachmi se convierte en una lucha, una negociación de la diferencia, un encuentro-desencuentro entre la obsesión de las marcas de origen norteafricanas y "la ansiedad de la influencia" de lo europeo.

[suizo] que acaba de darme la tarjeta no hacía sino confirmarlo– yo no era más que eso a fin de cuentas: una puta, una putita. Circulando por este 'nuevo' mundo con Jean, yo aparecía a los ojos de los demás como su 'cosa' sexual [...]. Europa supondría el fin de la espera y de las batallas interiores. Estaba equivocado. Aún iba a evolucionar en la oscuridad durante mucho tiempo [...]. Construirme en la duda. Avanzar solo. Desvanecerme con frecuencia. Decidir si beber vino o no, si comer cerdo o no. Revisar poco a poco mi visión de la cultura árabe, de las tradiciones marroquíes y del islam. Perderme del todo para encontrarme mejor" (85, 108).

[12] Anzaldúa define la formación de *la nueva mestiza*, la nueva raza que nace de estas circunstancias ("forerunner of a new race,/ half and half – both woman and man, neither-/a new gender") y que desarrolla cierta tolerancia para las contradicciones, una tolerancia a la ambigüedad, es decir, aprende a convivir con las múltiples pertenencias (1999: 216).

En el Islam, como en el catolicismo dogmático y el judaísmo ortodoxo, se plantea el problema de definir a la religión con respecto a la sexualidad e identidad de las mujeres (véase *La mujer en el mundo árabe* de Ghita El Khayat). Las estrategias discursivas de El Hachmi captan eficazmente la influencia política de la religión sobre los derechos sociales y reproductivos de las mujeres en el Magreb y la de las inmigrantes magrebíes en España. El Hachmi presenta construcciones alternativas de lo religioso como fenómeno político que permiten, a partir de captar las formas novedosas del activismo religioso, efectivizar los derechos sociales y reproductivos de la mujer. Si bien, como decía antes, la religión tiene una larga historia sosteniendo el patriarcado y la heteronormatividad, por otro lado se ha ido adaptando al confrontar nuevos actores y temáticas. La teoría de la secularización que sostiene El Hachmi construye lo religioso a través de un discurso diacrónico entre los orígenes del Islam y la modernidad. En otras palabras, el secularismo presenta al derecho de la mujer como "el otro de la religión" y reconoce en la absoluta delimitación entre ambas una característica fundamental de la modernidad. Mientras que la religión queda relegada al ámbito de lo privado, el derecho se transforma en un discurso público. El secularismo de El Hachmi, en su necesidad de establecer las fronteras entre la religión y el derecho, simplifica sus complejas relaciones.

Por ende, en su afán de negociar la parte no-ortodoxa de la religión e intentando, de esta forma, ir a la raíz no dogmática del islamismo primitivo –tal como ya lo han hecho la amazigh-argelina Assia Djebar en *Lejos de la Medina* (1991) y la marroquí Fatema Mernissi en su autobiografía *Sueños en el umbral* (1995) y en *El miedo a la modernidad*– El Hachmi propone conjugar una mayor independencia de la mujer islámica, sin renunciar por completo a sus raíces culturales.[13] En *Hope and Other Dangerous Pursuits* (2005) de la escritora marroquí de expresión inglesa Laila Lalami cobra protagonismo la mujer emigrante, su lucha y perseverancia en sociedades patriarcales, tanto a través de los

---

[13] Cito de *El miedo a la modernidad* de Fatema Mernissi: "[N]uestra liberación pasa por una relectura del pasado y por una reapropiación de todo lo que ha estructurado nuestra civilización. La mezquita y el Corán pertenecen a las mujeres como los satélites que giran en el cielo" (266). Cabe resaltar también que si bien la denuncia hacia la autoridad masculina represora está presente en la literatura árabe femenina desde finales de la década de los cincuenta del siglo XX, estos casos se dan en El Líbano, Layla Baalbaki (*Ana Ahya*/ *Yo vivo*, 1958) y en Siria, Colette Juri (*Ayyam maahu*/ *Mis días con él*, 1959). La emancipación como tema literario en el Magreb se dará primero con la marroquí Janata Bennuna (*Al-Gad wa-l-gadab*/ *El mañana y la cólera*, 1981).

personajes principales como de los personajes secundarios. De manera opuesta a la representación predominante en las narrativas españolas de la mujer marroquí oprimida que huye de unas costumbres restrictivas y aplastantes,[14] y que encuentra en la inmigración la libertad buscada, el texto de Lalami ofrece un contexto político, legal y cultural complejo contra el cual la mujer se rebela y lucha desde distintos posicionamientos. Lalami también refleja los profundos cambios que está experimentando Marruecos en cuanto a la mayor inserción laboral de la mujer y la resignación o violencia del hombre como reacción (recordemos que el texto se publica sólo un año después de la última reforma al *Código de la familia* en el reino Alauita). El tratamiento de la religión y la insinuación del terrorismo y fanatismo que también aparecen en el texto reflejan concienzudos y sutiles recursos literarios que sobrepasan la mera representación "amarillista" de corte periodístico. Otros temas que se repiten en las narrativas sobre la inmigración y que se dan en el texto de Lalami incluyen la corrupción en ambos lados del Estrecho, las transformaciones identitarias de los emigrados, las imágenes cruzadas de los africanos entre sí, y entre los africanos y los españoles.[15] Todos estos temas han sido abordados por Ghita El Khayat, que considera que el éxodo de mujeres hacia Occidente, en muchos casos solas, ha aportado un relativo progreso en el ámbito de la adquisición de los derechos de la mujer tanto en el extranjero como en los países de origen (2004: 24, 118).

---

14 Por poner el caso, *¿Dónde estás, Ahmed?* (2000) de Manuel Valls y hasta la autobiografía *Laila* de Karrouch.

15 Como apunta Akaloo (2011b: s/p), otro acierto del texto de Lalami radica en su estructura "móvil", señalada con el "Trip" con que comienza y otro movimiento imaginario, el del cuento y la oralidad, con el que cierra la narración. El traslado de los personajes desde sus pueblos, chabolas o ciudades marroquíes a España y el enfoque desde los dos mundos proveen una experiencia única que abarca el complejo proceso de movilidad y los profundos cambios producidos tanto en el país emisor como en el de acogida. El ejemplo de la protagonista Faten, quien se transforma de "fanática musulmana" en "odalisca" como intento de sobrevivir en un mundo corrupto y hostil, más allá de transgredir las fronteras de la religión, presenta una eficaz crítica tanto de la sociedad marroquí como de la española. La historia de Halima representa cómo la mujer se enfrenta a las leyes marroquíes con respecto al divorcio y la custodia de los hijos. Todas las mujeres representadas en *Hope and Other Dangerous Pursuits* se convierten en sostén económico de sus familias una vez instaladas en Europa. Por sobretodo, las distintas representaciones de los personajes ofrecen un claro panorama de los rápidos cambios que se están produciendo en Marruecos y, más importante, desmitifican los estereotipos contra la dinámica de una sociedad profundamente dividida por las inmensas brechas existentes entre las clases sociales, los desplazamientos geográficos y las desigualdades entre los géneros sexuales.

Hasta el año 2003, El Khayat era escéptica con respecto a las "conquistas feministas" ya que la mencionada "modernidad" había producido, entre otras cosas, "fenómenos como el terrorismo, el replegamiento de los árabes sobre sí mismos y algunos episodios críticos, como la Guerra del Velo [...]. Fenómenos de este tipo producirán roces y reacciones que transformarán de modo imprevisible la condición de las mujeres" (ibíd.: 118-119).

Por su parte, el uso del *hijab* en *L'últim patriarca* tiene correspondencia directa con el velo metafórico/frontera que le prohíbe a la mujer hablar ante su padre (Segarra Montaner 1997: 85; Mernissi, *El miedo* 197). El velo ha sido tratado con beligerancia por la también amazigh Assia Djebar y, más recientemente, por la marroquí Badia Hadj Nasser (*El velo al desnudo*, trad. castellana de 2007). El hecho de que sea el mismo padre de la narradora de *L'últim patriarca* el que la fuerce a quitarse el velo (y luego a colocárselo) será factor determinante no sólo en la culminación del culto al silencio, sino que, al producirse de manera violenta, permitirá también, luego del grito desconsolador, convertirse en venia para que la mujer se exprese libremente, conquiste el lugar de la enunciación, hable de sí misma y describa su cuerpo. Estos hechos ponen en evidencia la hipocresía presente en el discurso del colonizador, cuya función ha sido justificar la supremacía de la que violentamente ha gozado. Si bien el *hijab* es utilizado literariamente por El Hachmi y otras escritoras de manera metafórica para denunciar la tradición islámica que indica que la mujer no puede mirar directamente hacia el exterior, en algunos casos las autoras recurren a una técnica perspectivista que les permite ver sin ser vistas y a la vez mirarse a sí mismas.[16] Como ejemplo, Djebar dice que el ocultamiento detrás del velo le ha permitido a la mujer ser "una ladrona [d]el espacio masculino [...] Esta tímida mirada será la que le permitirá [a la mujer que usa velo] efectuar el recorrido en búsqueda de su identidad. Al mirar más y más terminará viéndose a sí misma, con su propia mirada, sin velo al fin" (cit. por Boidard Boisson 2005: 115; véase también Nagy-Zekmi 1996: 43 y 104).

---

[16] Fatema Mernissi observa que en los sistemas legal y cultural del Islam lo femenino posee un "poder incontrolable" y, consecuentemente, se convierte para el hombre en la "otra desconocida" en estado de *khurafa* ("delirium of a troubled brain"). Sin embargo, Mernissi sostiene que hasta los líderes más fundamentalistas, si bien pueden manipular "casi todo", no pueden renunciar a la virtud más ponderable del Islam: el principio de estricta igualdad entre los seres humanos, independientemente de su sexo, raza o credo (2001: 22, 55).

El velo no es sólo religión, sino también un símbolo, "una moda" (El Kadaoui, *Cartes* 48), una manifestación de decencia y un fenómeno sociológico. Continúa Assia Djebar:

> Hidden behind their veils, like watchers behind the battlements of a stronghold, they transmit erotic messages to men. Every fold of a robe, every flutter of a veil is a sign, a gesture, a murmur. There is a whole code of coquetry, far more subtle than that of the woman of the West who have nothing to hide behind but dark glasses (1962: 53).

Como consecuencia, la adopción o rechazo hacia la religión, representado en ese ponerse y quitarse el velo, sumirá a la narradora de *L'últim patriarca* en ese estado mental similar al de *nepantlismo* (ser o sentir entre), mencionado por Anzaldúa y que remite a la "transferencia" de valores culturales y espirituales de un grupo a otro (1999: 78); *nepantlismo* que, en el caso específico de la mujer musulmana, "situada entre Dios y el hombre", Khatibi traduce como "la puesta en abismo del orden teológico" (1983: 80). El incidente del velo en *L'últim patriarca* le permitirá a la narradora "negoci[ar]" (279) con Dios tanto su creencia como las prácticas rituales y, por sobre todo, marcar la condición de *retournée*, como diría la tunecina Fawzia Zouari (*La retournée*, 2002), para enfatizar su condición de mestiza, cruzada, de extranjera tanto en su cultura de origen como en la europea.

Ante la denuncia que hace la narradora de las mujeres del entorno del patriarca, se plantea la posibilidad de una lectura alternativa de la novela: en lugar de pensar que el discurso narrativo se enfrenta al patriarcado, va en contra de su madre y la protagonista/narradora se limita a seguir el patrón masculino desde su "feminidad". En este sentido, una de las técnicas transgresivas que utiliza la narradora consiste en reprobar las acciones de su madre y del patrón que ella reproduce. De allí que de manera "contranatural" a su cultura de origen, la narradora tomará atribuciones que tradicionalmente no le corresponderían a su género, invadirá espacios masculinos y se referirá a sí misma como "supermana" para subvertir la estructura patriarcal. El hecho de elegir ser "supermana" y no "super chica", por poner el caso, convertirá a la narradora en un espejo de la estructura patriarcal que ataca, hablará en lenguaje patriarcal e inscribirá su discurso en valores patriarcales. Sin embargo, el análisis que hace Maria-Àngels Roque sobre "Religión popular" en el Magreb es sumamente revelador con respecto a lo que ella llama la "feminidad patriarcal" en la etnia amazigh (2000:

139), a tal punto que ameritaría leer el texto de El Hachmi a partir del marabutismo amazigh.[17] Más allá de destacar a las distintas mujeres cabileñas que lucharon contra la invasión árabe musulmana, Roque enfatiza el papel de las santas imazighen como árbitros en los conflictos entre tribus y también entre las tribus y el *majzén* (gobierno central):

> Las santas son muy activas, asumen los papeles más variados, desde la protección maternal hasta la protección contra las agresiones, incluso las violaciones de los hombres [...] [L]as mujeres rechazan su papel doméstico [...] [A]sumen papeles activos tanto en religión como en política [...]. [N]o hacen otra cosa que lo que hacen sus homólogos hombres (2000: 139-140).

En tiempos modernos-globalizados, la posibilidad de "reconquistar el poder de la mujer" en el Magreb o por parte de las inmigrantes norteafricanas en Europa consiste en una redefinición de ellas mismas y la creación de nuevas identidades culturales, aunque esta vez lo que tendería a las reformas tiene sustento más en las cuestiones económicas que hacen salir a la mujer de su ámbito doméstico que en la religión en sí.

La narradora de *L'últim patriarca* sentirá compasión por su madre y agradecimiento por el trato que le dispensa una de las amantes cristianas de su padre, Rosa, que la alentará a estudiar en lugar de realizar labores domésticas. Sin embargo, la narradora no entiende cómo la misma europea (Rosa) no haga nada por resolver su propia opresión (198). Es a partir de este episodio en el que se desvela la opresión de la mujer norteafricana como de la occidental por parte de un mismo hombre cuando la narradora toma definitivamente conciencia de género. En consecuencia, la narradora profundizará en la deconstrucción del imaginario colectivo negativo de las culturas de ambas márgenes del Estrecho, fustigando tanto a la resistencia cultural de los marroquíes-imazighen (en particular del rol sumiso y "hogareño" que le intenta inculcar su madre) como a la catalana/europea (a través del personaje femenino catalán), demasiado segura de sí misma y dominadora, pero también, consciente o inconscientemente, sometida a la dependencia económica y sentimental de un hombre. Josefina Bueno Alonso observa que "el Magreb está dominado por

[17] Muy sucintamente el morabito/la morabito ("Lalla" en amazigh) son personas pías en el Islam que luego son consagradas santas. Véanse *Islam Observed* de Clifford Geertz y *The Saints of the Atlas* de Ernest Gellner.

una cosmogonía androcéntrica [...] común a otros países de la cuenca Mediterránea como Italia, Grecia o España" (2005: 166). Dicha cosmogonía androcéntrica sería compatible con la mirada crítica que hace El Hachmi de "la compasión de Occidente", "a veces hecha con buena fe" (cit. por Navarro 2007) hacia aquellas sociedades que los europeos consideran discriminatorias hacia las mujeres. El objetivo de la escritora amazigh-catalana radica en utilizar el mismo criterio para medir las desigualdades en las mismas sociedades "primermundistas" desde donde parte esa mirada crítica hacia el "tercer mundo", y, a la vez, convertirse en un sujeto que no quiere que le den la libertad sino que quiere tomarla por sí misma, construyendo, como diría Mignolo, "su propio proyecto en un paradigma otro" (2000: 31).

A partir del momento que en la novela se introduce el nombre de la escritora Zadie Smith, la narradora convertirá lo que podríamos denominar una denuncia relativamente pasiva en llana transgresión. Aparte de las menciones que se hacen en la novela de Mercè Rodoreda y Víctor Català, el texto de El Hachmi buscará luego afinidades (explícitas por cierto) con el texto de la chicana Sandra Cisneros, *La casa en Mango Street.* Definitivamente, ambos textos presentan claros paralelismos que no podremos analizar en detalle, pero que se pueden resumir en: la edad de las muchachas (doce años), el despertar sexual, el abuso sexual, padres abusivos, amistades peligrosas y la entrega a la escritura como método terapéutico. De manera similar a la escritora "periférica" londinense Zadie Smith, que desenmascara los conflictos identitarios de los personajes inmigrantes en novelas como *White Teeth* y *On Beauty*, la novela de El Hachmi posee técnicas narrativas y descripciones que la acercarían al "hysterical realism", también llamado "recherché postmodernism" o "maximalismo", en tanto y en cuanto su prosa, trama y caracterización se tipifican entre pasajes elaboradamente absurdos y una cuidadosa representación de fenómenos sociales reales y específicos.

El padre de la narradora de *L'últim patriarca* insiste en que la muchacha deje los estudios, pero la fuerza de voluntad de esta última y sus "contactos catalanes" la seguirán impulsando a concluir el instituto. A todo esto se producen "desapariciones" en la escuela: niñas como ella que por quedar embarazadas o por tener que realizar labores domésticas no pueden asistir a la escuela. La madre terminará convenciéndose de las cualidades de la narradora e insistirá también en la continuación de sus estudios. En el instituto es donde se evidencian prácticas discriminatorias comunes en países de acogida europeos y en Estados Unidos: le recomiendan que siga carreras técnicas o de servicios. Le dicen que "en la teva cultura ja se sap que no val la pena, que us acaben casant tard o d'hora" (273).[18] Ahora las referencias intertextuales serán la mencionada (en la novela) *Zeida de nulle part* (1985), de la marroquí Leïla Hoauri –que también narra episodios traumáticos impulsados por choques culturales y una búsqueda de identidad signada por una vida "intersticial" entre Marruecos y Bélgica–, las novelas de Houaria Kadra Hadjadji (*Oumelkheir*, 1989), de Hafsa Sinaï-Koudil (*La fin d'un rêve*, 1984) y, de nueva cuenta, de Assia Djebar (*El amor, la fantasía*, 1985). Como comenta Cristina Boidard Boisson, en estas novelas la escuela es sinónimo de salida al espacio exterior vetado a la niña y la mujer (2005: 141), dando por tierra con el viejo dicho de que las mujeres no salen más que tres veces en su vida: del vientre de sus madres, el día que se casan y cuando mueren.

"La traición" hacia el patriarca en la novela de El Hachmi, surgida a partir de la penetración anal consensuada entre la narradora y su tío, deja un signo de interrogación abierto de cara al futuro, ya que la penetración anal asegura la negativa de engendramiento. Así, la transgresión de la híbrida moderna afro-europea exteriorizada en forma de peligro (nueva –y quizás definitiva– agresión del patriarca), pérdida (del orden familiar) y/o degeneración (evidente en la manera y en los involucrados en el coito) se traduce en la fuerza y vitalidad representada en ese orgasmo último. Como corolario se puede decir que la utilización de su cuerpo que hace la narradora no hace más que derrocar el poder patriarcal en la medida que ese cuerpo –y su "indomable sexualidad [...], esa fortaleza irreductible de la individualidad soberana" (Mernissi, *El miedo* 216)– constituye una entidad de mediación y de debate político, económico y religioso (Braidotti 2004: 16; Mernissi, *El miedo* 216), que posee la capacidad de subvertir, pervertir e intensificar los intercambios sociales. Si escribir para una mujer (musulmana o cristiana) ha sido considerado como la transgresión contra la autoridad y el poder masculino (Patricia Geesey, cit. por Nagy-Zekmi 1996: 34, 39), la escritura de El Hachmi logra superar el complejo de culpabilidad originado por la transgresión, vencer el miedo y la vergüenza. Denunciar y superar representaciones y valores patriarcales construidos a través de la transcripción de experiencias soterradas bajo los tabúes que promueven las tradiciones permite que la mujer se encuentre a sí misma. De suceder esto, de conocer

---

[18] De manera análoga El Kadaoui observa que el inmigrante marroquí había sido "[e]xpulsat d'un país que tancava les portes a tota aspiració de llibertat" para llegar a "un altre que t'accepta només com a mà d'obra" (85).

y explorar su cuerpo, devienen públicos cuestionamientos (en forma de libros o películas) que hacen trascender la violencia simbólica de la maternidad obligatoria, la sublimación de los códigos no escritos de obediencia y decencia, la aceptación de la infidelidad, y la negación de las prácticas sexuales que exijan la sumisión, la pasividad y la imposibilidad del goce pleno.

LÍMITES Y FRONTERAS

Límites y fronteras de Saïd El Kadaoui, es una novela neoexistencial que se convierte en un viaje de ida y vuelta entre Marruecos y Cataluña. El personaje principal tiene un brote psicótico y de allí surge la duplicidad marroquí-enfermo, europeo-normal. El melancólico ve el mundo como un teatro regido por un capricho del destino y un juego demoniaco: "Often mistaken for a mere misanthrope, the melancholic was in fact a utopian dreamer who had higher hopes for humanity" (Boyt 2001: 5). En el transcurso de la novela, el personaje principal Ismaïl va desde considerarse "el príncipe de los bereberes" hasta chocarse con la realidad de ser un amazigh que se siente europeo. Por tanto, lo más importante es resaltar que el personaje quiere tanto como odia a Marruecos y que se siente siempre sin propiedad porque cree que ser emigrante es alejarse irremediablemente no sólo de una tierra sino de un trozo de lo que uno es. De allí que no quedan al margen las referencias tanto a los árabes como usurpadores de la identidad amazigh como a la de los castellanos de la catalana:

> [Q]ueridos amigos, voy a hacer todo lo posible para liberar a los beréberes de ese miserable país que es Marruecos, los *emaziguen* [*sic*] somos un pueblo único, con un idioma pisoteado por los bárbaros árabes, son una cultura propia [...]. Pido a la nación catalana para que me ayude a llevar esta revolución que hoy emprendo. La nación catalana sabe de lo que hablo y tampoco debe dejarse pisotear por un estado opresor como es España. España, un país explotador de sus inmigrantes. España invasora del pueblo catalán y llena de gente como el jefe al que acabo de plantar [...] (14-18).

Ismaïl cuestiona su doble personalidad, de la locura como territorio liminal en el que se separa el alma y la razón del cuerpo. En la clínica el personaje se aficiona por la lectura, factor que le impulsa a analizar procesos de colonización por parte de los europeos en el mundo árabe. A su vez, Ismaïl descubre que "haber cruzado la frontera" no es un mero tránsito, sino más bien que vivir siendo europeo y olvidarse por completo de Marruecos actúa en detrimento de su forjamiento identitario.

A Ismaïl le perturba recordar el laberinto despersonalizador de su infancia. Para referirse a ese hecho despersonalizador lo hace, de nueva cuenta, a través de un cuento de una europea que se da cuenta de que los europeos son el ejemplo de todo y que los "árabes" representan "todo lo que ella no quería ser" (31). Por sus manos pasan las *Ficciones* de Borges y libros de José Agustín Goytisolo, Baudelaire, Hölderin, Gioconda Belli, Pushkin, Chejov y Saint-Exupéry. La sensibilidad de las lecturas le llevan a posicionarse, a radicalizarse: "La vida me ha jodido y yo jodo a la vida" (47).

Al personaje se le hace imposible volver a Marruecos: "hablo mejor el castellano y el catalán que el amazig y no tengo idea del árabe [...]. Pero sí hay algo que me preocupa. Quiero llegar a sentirme cómodo con esta doble nacionalidad" (97; se repite este pensamiento en el capítulo "Sobre l'amistat" de *Cartes* 137). El tema del bilingüismo es planteado en algunas páginas de la novela de El Kadaoui: "Odiaba España que me pedía integración pero hasta un límite. Un límite que yo me había atrevido a franquear enamorándome de una catalana y, lo que es peor, enamorándose ella de mí" (76).[19] Según Glissant, "es una gran barbaridad exigirle a una comunidad de inmigrantes que 'se integre' [...]. La criollización no es una fusión, exige que [...] sus componentes persistan, incluso cuando ya está cambiando. La integración es un sueño centralista y autocrático" (2006: 196). Al mismo tiempo, Ismaïl comienza a escribir artículos sobre las relaciones Oriente-Occidente, Israel-Palestina y la inmigración clandestina a Europa, y de esa manera logra sobrellevar su continuo reproche torturador de sus actos y sentimientos, y a dialogar consigo mismo. De cualquier modo, Ismaïl infiere que la información que va adquiriendo puede llegar a ser secuestrada y manipulada por los medios de prensa de los países poderosos. Es así como el personaje se sumerge en un caleidoscopio ciclotímico que lo lleva, de vez en cuando, a legitimar su enfado y, por otro lado, darle sentido a su vida. Los datos desajustados de la realidad le llevan no sólo a recuperar sus ganas de vivir, sino también a tratar de darle un sentido a su labor escrituraria:

[19] El Hachmi opina: "I si pretens ser com la gent d'aquí i gaudir dels mateixos drets, que és el que jo entenc per integració, resulta que ja no agrades. Pensen que tindran més competència o que els prendràs el lloc [...]. És un odi fomentat des de molts estaments" (Alexandre 2008: 66).

> Yo, un moro al otro lado del [E]strecho, siento que algo mío se muere cada vez que leo la muerte de un puñado de moros más en el [E]strecho. Me siento hermano de todos ellos y es tan grande mi dolor que preferiría ser uno de ellos y dejar que el mar hiciera con mis despojos aquello que le viniera en gana (121).

Para Ismaïl, Marruecos va a ser siempre un pasado nostálgico imposible de alcanzar. De esta forma, entiende que la nostalgia no es la verdad. Estas reflexiones le llevan a leer *Sueños en el umbral* de Fatema Mernissi, para descubrir que la palabra es el mejor instrumento para la libertad, si bien a través de una verdad más cruel, un mundo de tradicionalismos que coartan la misma libertad, particularmente la de la mujeres. Por ende, el personaje se pregunta dónde están esas mujeres marroquíes: en las bodas, perpetuando el tradicionalismo, por un lado, y luchando por hacer de Marruecos un país que se mueve, que cambia, que se abre, por el otro. Marruecos se convierte así "en el contenedor donde descarga toda [su] mierda" (145). Al país magrebí le achaca sus celos, pero concluye que su locura radica en haber nacido en un país y vivir en otro; "los celos no son patrimonio de los marroquíes" (145), le amonesta el psiquiatra que lo atiende.

Finalmente, Ismaïl hace un viaje de regreso a Marruecos donde no puede soportar el abuso de los hombres y la sumisión de las mujeres. Otra vez cae en la tristeza y la desorientación, comienza a odiar a su propia familia y desea regresar a Barcelona. A partir de este momento, también comprende que eso de "ser ciudadano del mundo" es un clisé que no se ajusta a la realidad: "Marruecos está lejos, lejos, lejos y España se me escapa de las manos, me resbala y no soy capaz de abrazarla del todo ni tampoco ella se deja" (163). Estas reflexiones le hacen regresar a su infancia, cuando los maestros despotricaban contra el machismo, la poligamia y "otras barbaries" de los marroquíes (165), creando en el joven un trauma que le es difícil de cauterizar y entendiendo, definitivamente, por qué se había querido alejar de ese "mundo atrasado" (165).

Un nuevo viaje a Marruecos vuelve a recomponer su actitud con su patria de origen y ver, si bien a través de la lectura de novelas de Tahar Ben Jelloun, las virtudes del país más occidental del mundo árabe. En este sentido, el personaje propone un "aggiornamento" de la cultura marroquí, opinando que el progreso no es patrimonio exclusivo del primer mundo. La palabra clave con la que juega el personaje es democracia, una democracia que no se ve traducida en hechos en Marruecos y que fomenta la dependencia de Europa, la negación del progreso personal y la falta de respeto a la ley y las instituciones. En el momento que el personaje dice recuperar completamente la cordura es cuando se decide a escribir el libro que el lector tienen en sus manos:

> Por unos instantes, mi pensamiento ha querido franquear la frontera que jamás debe cruzar y ha creído estar habitando en un mundo de diseñadores homosexuales que visten a las mujeres con esas prendas para ponernos en una situación límite a los heterosexuales (208).

Sirva esta referencia al travestismo social que hace del personaje Ismaïl un hombre benévolo, justo y racional en concomitancia con los textos autobiográficos de Laila Karrouch y Najat El Hachmi, en tanto y en cuanto los tres textos presentan por lo menos dos miradas: la que implica el esfuerzo del intelectual amazigh-marroquí contemporáneo para mejorar la situación de sus conciudadanos gracias, entre otras cosas, al acicate producido por el proceso escriturario que les permite analizar las culturas desde el espacio liminal cultural; y otra, de raigambre meramente paródica, que hace convertir aquello que da miedo en la vida cotidiana (religión, tradición, injusticia, violencia, patriarcado) en objeto paródico, rito que lo anula.

En consonancia con lo que expresa Amin Maalouf en relación a la aspiración de alcanzar una universalidad de valores y la vez eludir el encasillamiento en una sola identidad (101, 117), el mensaje que nos deja la lectura de los textos no sólo de los tres autores imazighen-catalanes escogidos para este capítulo, sino, y ya a modo de conclusión, la de todos los escritores referidos en este libro, radica en el imperativo de combatir la uniformización empobrecedora, la hegemonía ideológica y cultural, todo lo que es una mordaza para la multiplicidad de expresiones lingüísticas e intelectuales. Estos autores rompen con las fronteras de conocimiento y se apropian de lo que las sociedades europeas utilizan como factores unificadores y diferenciadores, siendo la *apropiación y subversión* de "sus lenguas" la mayor de las *conquistas.*

Conclusión

A través de los siete capítulos precedentes he analizado desde la narrativa corta y la poesía que irrumpe en las páginas de las revistas del Protectorado español hecha por autores cuyas vivencias socioculturales condicionaban su ser y estar como su quehacer literario e intelectual. La mayoría de ellos manifestaba a mediados del siglo pasado un compromiso intelectual motivado por la propia realidad que los circundaba, así como la influencia que ejercían las corrientes de pensamiento allende el Mediterráneo y desde el Oriente árabe-musulmán. El legado de este grupo ha consistido, en mayor medida, en una literatura realista, salvo contadas excepciones como la del poeta Muhammad Sabbag, que devienen crónicas antropológicas en todo caso, cargadas de belleza y de miseria, de nostalgia infantil y de amargura. Los temas de la opresión, la condición del proletariado, la marginación, las angustias que los jóvenes encuentran en sus carreras universitarias y la condición de la mujer marroquí predominan en los relatos que surgen en las páginas de "L'Opinion semanal" en los años ochenta del siglo XX. La mayoría de los jóvenes autores que publicaban en el semanario habían recibido estudios universitarios en un periodo de tiempo en el que tenía acceso a la universidad no sólo la burguesía, sino también las capas más populares.

El cuento escrito, género predominante en la literatura marroquí, tiene una historia relativamente corta. A través de ellos se ha podido atestiguar cómo el país magrebí observó profundas crisis histórico-sociales como resultado de los complejos traumas promovidos por la colonización, la misma que desestabilizó su relativo equilibrio tradicional y planteó el dilema entre aferrarse a las antiguas estructuras de poder o enfrentar nuevos retos de cara al progreso y superación de la (neo)colonización europea. De esta manera, el país norteafricano se debió someter a un examen de "identidad". Las mencionadas transformaciones e interacciones vieron su reflejo en los distintos niveles de pensamiento y expresión literaria y artística, en la sensibilidad cultural y en la nueva perspectiva del mundo que ejercieron, primariamente, sus intelectuales y escritores.

Con respecto a los temas y contenidos de los relatos cortos, se ha analizado cómo fue posible la representación de un mundo cada vez más globalizado a mediados de los años noventa del siglo pasado, en el que se producían fenómenos masivos de desplazamientos de norteafricanos y subsaharianos hacia Europa. A partir de estos fenómenos se ha cuestionado en *¡Hay moros en la costa!* la necesidad de seguir con las categorías clásicas de la crítica "occidental", identitaria, nacida en el siglo XIX a partir del Romanticismo; o sea, si era posible seguir hablando del carácter nacional de la literatura marroquí. Como consecuencia, se ha constatado que la llegada a "Occidente" de poblaciones provenientes de países que habían sufrido la colonización y la imposición forzosa de modelos culturales eurocéntricos había producido nuevos fenómenos interculturales que no permitía lecturas unilaterales. Se trataba, pues, del surgimiento de una literatura híbrida, de la migración, de la diáspora, o sea, de una literatura escrita por autores que elegían (que todavía eligen) para expresarse una lengua que no siempre es la lengua materna. Estos fenómenos comenzaron a producirse al principio desde la periferia, mientras que ahora surgen incluso en lo que convencionalmente definimos como "Centro" o "Primer Mundo": Europa (en nuestro caso la Península Ibérica).

En el transcurso de este estudio se han utilizado términos como literatura "transnacional" para referirnos a escritos que operan fuera del canon nacional, que tratan temas que conciernen a las culturas "desterritorializadas" y que presentan salidas para las comunidades "paranacionales". Se ha descrito a estas últimas como comunidades que existen dentro de las fronteras nacionales o que coexisten con ciudadanos del país receptor pero que se quedan distanciadas cultural y lingüísticamente de ellas, y, en algunas ocasiones, alienadas de ambas culturas (la de origen y la receptora). Para el caso, si bien se le ha dado más notoriedad mediática a las novelas de Najat El Hachmi, quisimos hacer del capítulo III sobre la mujer el esfuerzo de sobrepasar la angustia de la mujer sometida de *Las mil y una noches* y del harén, de la mujer que suspira tras la celosía, víctima de los celos y autoritarismo atávicos. Hallamos en la poesía Lamiae El Amrani y en los cuentos de Sanae Chairi una "literatura social" y feminista. En los textos sobre la emigración de El Amrani y Chairi algunos motivos recuerdan "El hambre mora" de Antonio Machado. En sus textos hallamos similar concisión y precisión, así como también compasión, obviamente, por aquellos para quienes "la esperanza / es como una eterna vela".

Se ha observado cómo la frontera es un lugar de tránsito, de tras-paso, para establecer nuevos encuentros y nuevos diálogos; en definitiva, la condición intersticial coadyuva a salir de la condición sociocultural fronteriza misma y circunscrita al espacio geofísico para conocer y criticar el nuevo orden mundial desde la periferia. El filósofo marroquí Mohamed Abd al-Jabri ha servido de guía para entender que sólo conociendo el Sur, con todas sus contradicciones, se podría llegar a interpretar el Norte. De esta manera, partiendo del razonamiento de al-Jabri y siguiendo con el pensamiento de Homi Bhabha, llegamos a definir cómo, por medio de los estudios fronterizos, se puede salir de la frontera misma y entrar en contacto con el Norte estableciendo con éste un diálogo entre pares. En *¡Hay moros en la costa!* se ha recurrido a Enrique Dussel para entablar un auténtico diálogo intercultural en el que observamos cómo la cultura "transmoderna" marroquí asume los momentos positivos de la modernidad europea, pero evaluados con criterios distintos desde su cultura milenaria. Una vez establecido este presupuesto teórico, se ha observado que Marruecos es poseedor de una "pluriversidad" rica que toma en cuenta las asimetrías existentes: lo moderno/lo tradicional, desarrollo/subdesarrollo, primer mundo/tercer mundo. Se ha sopesado, por ende, el concepto de transmodernidad como indicador de los aspectos que se sitúan "más allá" de las estructuras valoradas por la cultura moderna europea.

Montserrat Abumalham establece que el mundo árabe no es sino aquella misma gran esponja del pasado glorioso, capaz de absorber toda clase de influencias, de llenarlas de contenidos propios y características diferenciales y devolverlas al mundo como un producto cultural acabado, diferente y estimulante. Se ha analizado, de esta forma, de qué manera la mutación que propicia lo que se podría denominar "la suma cultural o tri-culturalismo" se da en mayor o menor grado en casi todos los escritores marroquíes que se han mencionado en este estudio. Con la implementación del término *tri-culturalismo*, y basando mi aseveración en la idea de Kamala Visweswaran de que no todos los híbridos son iguales, se ha cuestionado por qué los autores analizados en *¡Hay moros en la costa!* no pueden ser encasillados en lo que Pérez-Firmat llama "the one and a half generation", ni en lo que Melville J. Herskovits define como *sincretismo*, ni tampoco en lo que Ángel Rama define como *transculturación*. De esta manera, se ha atestiguado que en el proceso de tránsito de una cultura a otra no se pierde algo de las dos, sino todo lo contrario. En este sentido, la convivencia con los españoles (aunque forzada), la naturaleza árabe-marroquí-musulmana y la utilización voluntaria de la lengua castellana o catalana como expresión artística da como resultado tres culturas perfectamente definidas; siendo la suma de las dos primeras el fundamento básico de la tercera: híbrida, intersticial e interpelante en igual dimensión tanto de lo autóctono como de lo foráneo.[1] El lengua-

[1] Edward Said, con base en sus "reflexiones sobre el exilio", pero que bien se puede aplicar al caso del emigrante, denomina a esta fase como *contrapuntística*: "Most people are aware of one cul-

je, así, se convierte en medio de producción, en productor de realidad, y en expresión y autovalidación de la autoridad narrativa.

Salvo contadas excepciones, se ha observado cómo la crítica política directa que hacen los escritores marroquíes que se expresan en castellano y catalán hacia antiguos y nuevos "colonialismos" no es avasalladora, aunque tampoco podría considerarse sutil. En este sentido, hemos llegado a la conclusión de que existe en las narrativas analizadas en *¡Hay moros en la costa!* una obsesión por denunciar/interpelar y teorizar –en términos hermenéuticos– la verdad y el método que expresa la universalización del fenómeno interpretativo desde la concreta y personal historicidad del "ser marroquí intelectual", auspiciada por el encuentro-desencuentro entre el sujeto, la pluralidad de las tradiciones culturales, el plurilingüismo y los límites o fronteras culturales. De esta manera, los autores marroquíes que se han estudiado hacen válido el proceso que Walter Mignolo denomina *semiosis colonial* (1993: 126) en el que el sujeto enunciativo se coloca en diferentes tradiciones culturales para ser entendido. Aceptar por parte del autor descentrase de una historia unívoca y desempeñar varios papeles incompatibles y contradictorios, el allá y el aquí, que también son el ayer y el hoy, refuerzan su aptitud enunciativa y pueden tramar narrativas bifrontes (García Canclini 2003: 7).

A la hora de analizar la narrativa y poesía de todos los autores y textos en *¡Hay moros en la costa!* la intención consistió en detectar cómo el elemento literario y su valor social van de la mano, teniendo en cuenta que la narrativa y la poesía útil, urgente, es hasta ciertamente concomitante con la literatura social común a la literatura de "otros sures". El lenguaje evocador que utilizan varios de los autores analizados en este libro –en particular en los textos de Mohamed Lahchiri, Larbi El Harti y Ahmed Ararou– da la posibilidad de alcanzar un alto nivel de abstracción con respeto a la realidad contingente aun hablando de temas política o religiosamente comprometidos. La doble crítica de los autores mencionados, entonces, se convierte en una encrucijada, en el ya reiterado pensamiento fronterizo, puesto que ser crítico tanto hacia el fundamentalismo

ture, one setting, one home; exiles are aware of at least two, and this plurality of vision gives rise to an awareness of simultaneous dimensions, an awareness that –to borrow a phrase from music– is *contrapuntal*" (2000a: 186). Por su parte, Amin Maalouf observa que "la identidad no está hecha de compartimentos, no se divide en mitades, ni en tercios o en zonas estancas. Y no es que tenga varias identidades: tengo solamente una, producto de todos los elementos que la han configurado mediante una 'dosificación' singular que nunca es la misma en dos personas" (1999: 10).

occidental como hacia el islámico-marroquí implica pensar desde ambas tradiciones y, simultáneamente, desde ninguna de ellas.

Concluyo diciendo que queda mucho por trabajar con respecto a la literatura marroquí tanto en lengua árabe como en las distintas lenguas europeas y en el marco del poscolonialismo y de la hibridación cultural. La literatura marroquí analizada en este libro representa la voz de lo humano, está enraizada en la prehistoria, representa las heridas de la historia del Marruecos colonial y sobresale con una fuerza poderosa para subrayar los retos de un Marruecos que todavía duda entre dirigir su mirada a El Cairo o a Bruselas. Para complementar de manera eficaz el cierre de filas donde los "extremos" de las dos orillas se han hecho más "estrechos", por lo menos a nivel cultural-literario, y donde los modelos de vida, comportamiento y pensamiento se transmiten hoy más que nunca de manera coadyuvante, en tanto y en cuanto forman parte del gran proyecto común denominado mediterraneidad, anuncio el inicio de un nuevo proyecto subvencionado por la National Endowment for the Humanities: "Moroccan Literature and the Broadening of Postcolonial Literary Studies". En el mismo, y teniendo como base la estructura teórica utilizada en *¡Hay moros en la costa!*, la literatura marroquí en castellano y catalán se analizará de manera comparativa con la literatura marroquí escrita y publicada en Alemania, Holanda, Bélgica y Francia.

Bibliografía

ABDELLAH, Achmit (1987): "Para no olvidar…". *L'Opinion*, "L'Opinion semanal", 1 de febrero, 7. Impreso.

ABDELAZIZ BRIGÜECH, Samira (1996): "Palestina". *La literatura marroquí en lengua castellana.* Ed. de Mohamed Chakor y Sergio Macías. Madrid: Magalia, 257-258. Impreso.

ABRIGHACH, Mohamed (2006): *La inmigración marroquí y subsahariana en la narrativa española actual.* Agadir: Ormes. Impreso.

ABU-LUGHOD, Lila, ed. (2002): *Feminismo y modernidad en Oriente Próximo.* Madrid: Cátedra. Impreso.

ABUMALHAM, Montserrat (2001): *¿Te acuerdas de Shahrazad?* Madrid: Sial. Impreso.

— (2005): "A vueltas con la globalización y el mundo árabe". *Hesperia. Culturas del Mediterráneo* 1, 135-145. Impreso.

AGUILERA, Rafael (2000): "Prólogo". *Relatos de las Hespérides.* Tánger: Altopress, 7-8. Impreso.

AHDADDU, Rewan (1992): "Carnaval de alfanjes" [1986]. *Miradas desde la otra orilla. Una visión de España (antología de textos marroquíes actuales).* Ed. de Abdellah Dbjbilou. Madrid: Agencia Española de Cooperación Internacional, 93-97. Impreso.

AKALAY, Mohamed (2003): *Entre dos mundos.* Tánger: AEMLE, 2003. Impreso.

— (2006): *Entre Tánger y Larache.* Prólogo de Cristián H. Ricci. Madrid: Sial. Impreso.

AKALOO, Nasima (2007): "La doble visión de la inmigración magrebí en España". *Intersections.* Disponible en: <http://intersections.files.wordpress.com/2007/05/nasima-akaloo.pdf>.

— (2011a): *Representaciones de la migración marroquí desde las dos orillas del Estrecho.* Tesis doctoral. Universidad Carlos III de Madrid. Impreso.

— (2011b): "A Study of Muslim Representations in a Selection of Immigration Narratives". I Congreso Internacional de la Asociación Española de Teoría de la Literatura. Granada, 26-28 enero de 2011.

AKBIB, Abdellatif (2000): "Birth and Development of the Moroccan Short Story". *Rocky Mountain Review of Language and Literature* 54.1, 67-87. Impreso.

AKKAR, Abdelhamid (1999): "Transformaciones de la novela magrebí. Síntesis de conjunto". *El Magreb y Europa: literatura y traducción.* Ed. de Gonzalo Fernández Parrilla y Rosario Montoro Murilla. Cuenca: Universidad de Castilla-La Mancha, 161-174. Impreso.

AKMIR, Abdelouahed (1998): "La prensa marroquí de expresión española. *L'Opinion semanal* como modelo". *Escritura Marroquí en Lengua Española: actas del I Coloquio Internacional del 22 al 24 de noviembre de 1994.* Coord. de Abdelmouneim Bounou. Fez: Facultad de Letras Dhar El Mahraz, Universidad de Fez, 142-150. Impreso.

AL-AMRANI, Hasan (1992): "La segunda Granada" [1991]. *Miradas desde la otra orilla. Una visión de España (antología de textos marroquíes actuales).* Ed. de Abdellah Dbjbilou. Madrid: Agencia Española de Cooperación Internacional, 140-141. Impreso.

ALARCÓN, Francisco X., MATITIAHU, Margalit y EL FATHI, Abderrahman (2008): *Lenguas en la frontera.* Toledo: Escuela de Traductores/UCLM. Impreso.

ALARCÓN, Norma (1996): "La frontera de Anzaldúa. La inscripción de una neocrítica". B. González Stephan, comp. *Cultura y Tercer Mundo.* Tomo 2. *Nuevas identidades y Ciudadanías.* Caracas: Nueva Sociedad, 121-146. Impreso.

ALAUI, Sara (2001): *Narrativas y poemas.* Tánger: Altopress. Impreso.

— (2005): *Sólo mujer.* Tánger: AEMLE. Impreso.

AL-BOANANI, Mohamed (1953): "Hija de Al-Andalus". *Al-Motamid* 26, 9. Impreso.

ALEIXANDRE, Vicente (1953): "Carta marroquí". *Al-Motamid* 26, 2-3. Impreso.

— (1954): "Solapa". *El árbol de fuego.* Tetuán: Al-Motamid. Impreso.

ALEXANDRE, Víctor (2008): "Entrevista a Najat El Hachmi". *Nosaltres, els catalans.* Ed. de Víctor Alexandre. Barcelona: Pòrtic. Impreso.

AL-FASI, Abd Al-Rahman (1992): "La Giralda en mi maleta". *Miradas desde la otra orilla. Una visión de España (antología de textos marroquíes actuales).* Ed. de Abdellah Dbjbilou. Madrid: Agencia Española de Cooperación Internacional, 101-103. Impreso.

AL-JABRI, Mohamed Abd (1999): *Arab-Islamic Philosophy. A Contemporary Critique.* Disponible en: <http://www.aljabriabed.net/t10_arabIslamic_philosophy.pdf>.

AL-JATIB, Abdul Latif (1953): "La proscrita". *Ketama* 2, 8-9. Impreso.

— (1958): "Un patrimonio común". *Ketama* 12, 2. Impreso.

— (1956): "Equilibrio literario". *Ketama* 7, 2. Impreso.

AL-MISNAWI, Mustafa (2001): "Tariq, aquel que no conquistó Al-Andalus". *Cuentos de las dos orillas.* Granada: Junta de Andalucía. Impreso.

ALPERI, Víctor (1982): "El castellano en Marruecos". *L'Opinion,* "L'Opinion Semanal"., 18 de diciembre, 6. Impreso.

ALTARES, Guillermo (2007): "La voz de África". Entrevista a Ben Okri. *El País online. Suplemento Babelia,* 29 de diciembre. Disponible en: <http://www.elpais.com/articulo/narrativa/voz/Africa/elpepuculbab/20071229elpbabnar_8/Tes>.

AL-UMAMI, Muhammad (1992): "Viaje por ciudades andaluzas" [1956]. *Miradas desde la otra orilla. Una visión de España (antología de textos marroquíes actuales).* Ed. de Abdellah Dbjbilou. Madrid: Agencia Española de Cooperación Internacional, 98-100. Impreso.

ALYABURI, Ahmad (1999): "La génesis del discurso novelesco". *El Magreb y Europa: literatura y traducción.* Ed. de Gonzalo Fernández Parrilla y Rosario Montoro Murilla. Cuenca: Universidad de Castilla-La Mancha, 201-210. Impreso.

AMITI, Khadija (1997): "Mujer, identidad y conflicto de valores en el Magreb". *Identidades y conflicto de valores. Diversidad y mutación social en el Mediterráneo.* Ed. de Maria-Àngels Roque. Barcelona: Icaria. Impreso.

AMO, Mercedes del (2001): "La creación literaria de las mujeres magrebíes". *MEAH* 50, 53-67. Impreso.

AMORÓS PUENTE, Celia (2007): "Por una ilustración multicultural". "Segundo Seminario Internacional 'La participación de la mujer en los países de tradición islámica'". *Mujeres en red,* 26 y 27 de junio. Disponible en: <http://www.mujeresenred.net/IMG/pdf/doc_2632008_12194.pdf>.

AMRANI, Muhammad (1990): "Introducción". *Antología de relatos marroquíes.* Ed. de Mohamed Chakor y Sergio Macías. Murcia: Universidad de Murcia, 13-26. Impreso.

AMROUCHE, Taos (1997): *L'amant imaginaire* [1975]. Paris: Éditions Joële Losfeld. Impreso.

ANDRÉS-SUÁREZ, Irene, Marco KUNZ e Inés d'ORS, eds. (2002): *La inmigración en la literatura española contemporánea.* Madrid: Verbum. Impreso.

ANÓNIMO (1982): "Marruecos, país más avanzado en el estudio de la lengua y civilización españolas". *L'Opinion,* "L'Opinion Semanal", 30 de octubre, 5. Impreso.

— (1987): "La emancipación de la mujer en líneas". *L'Opinion,* "L'Opinion semanal", 4 de enero, 7. Impreso.

ANZALDÚA, Gloria (1999): *Borderlands/La Frontera.* San Francisco: Aunt Lute Books. Impreso.

APPADURAI, Arjun (1990): "Disjuncture and Difference in the Global Economy". *Public Culture* 2(2), 15-25. Impreso.

ARAROU, Ahmed (1997): "Ficción inaugural". *Langues et Littératures* XV, 139-146. Impreso.

— (2001a): "Ficción obsesionada por lo que no pudo ser". *Aljamía* 9, 70-76. Impreso.

— (2001b): "Rickiem". *Aljamía* 8, 75-77. Impreso.

— (2004a): "AMÉ...RICK". *La puerta de los vientos. Narradores marroquíes contemporáneos.* Ed. de Marta Cerezales, Miguel A. Moreta y Lorenzo Silva. Barcelona: Destino, 58-64. Impreso.

— (2004b): "La resaca". *La puerta de los vientos. Narradores marroquíes contemporáneos.* Ed. de Marta Cerezales, Miguel A. Moreta y Lorenzo Silva. Barcelona: Destino, 51-57. Impreso.

— (2004c): "Tabanxi". *La puerta de los vientos. Narradores marroquíes contemporáneos.* Ed. de Marta Cerezales, Miguel A. Moreta y Lorenzo Silva. Barcelona: Destino, 65-75. Impreso.

— (2008): *Miradas sobre el Oriente en Borges.* 2 tomos. Tesis doctoral. Rabat: Université de Rabat. Impreso.

ARIAS, Arturo (2001): "Authoring Ethnicized Subjects: Rigoberta Menchú and the Performative Production of the Subaltern Self". *PMLA* 116.1, 75-88. Impreso.

ARKOUN, Mohammed (1993): *Inmigración magrebí en España. El retorno de los moriscos.* Madrid: MAPFRE. Impreso.

— (1997): "Islam y modernidad". *Identidades y conflicto de valores. Viversidad y mutación cultural en el Mediterráneo.* Ed. de Maria-Àngels Roque. Barcelona: Icaria, 309-328. Impreso.

AZCOAGA, Enrique (1953): "En pro de un entusiasmo". *Al-Motamid* 25, 3. Impreso.

AZIRAR, Mohamed (1988-1989): *Kaddour "el fantasioso"* (novela por entregas) . *L'Opinion,* "L'Opinion semanal", 10 de julio-1 de enero. Impreso.

AZZUZ HAKIM, Mohammed Ibn (1949): *Rihla por Andalucía.* Tetuán: s/n. Impreso.

— (1950): *España precursora de la civilización en Marruecos.* Tetuán: s/n. Impreso.

— (1953): *Glosario de 1500 voces españolas.* Madrid: CSIC (Instituto de Estudios Africanos). Impreso.

— (1954): *Cuentos populares marroquíes.* Madrid: CSIC (Instituto de Estudios Africanos). Impreso.

— (1977): *El socialismo y el nacionalismo marroquí.* Tetuán: Minerva. Impreso.

— (1997a): "Educa". *La Mañana,* 23 y 24 de marzo, 4. Impreso.

— (1997b): *La Intifada de Tetuán. Novela histórica.* Prólogo de Manuel García Rato. Tetuán: Minerva. Impreso.

— (2002): *Diario de un alfaquí rural.* Prólogo de Manuel García Rato. Tetuán: Al Arabi. Impreso.

BALIBAR, Étienne e Immanuel WALLERSTEIN (1991): *Raza, Nación y Clase.* Madrid: IEPALA. Impreso.

BALLESTEROS, Isolina (2001): *Cine (ins)urgente: textos fílmicos y contextos culturales de la España posfranquista.* Madrid: Fundamentos. Impreso.

BARCE GALLARDO, Sergio (2000): *En el Jardín de las Hespérides.* Málaga: Aljaima. Impreso.

— (2004): *Últimas noticias de Larache y otros cuentos.* Málaga: Aljaima, 2004. Impreso.

— (2006): *Sombras en sepia.* Valencia: Pre-Textos, 2006. Impreso.

— (2011a) *Una sirena se ahogó en Larache.* Sevilla: Círculo Rojo, 2011. Impreso.

— (2011b): "Entrevista con Mohamed Chakor". *Islam Hoy.* Madrid: RTVE, 16 de agosto.

— (2013): *El libro de las palabras robadas.* El Ejido: Círculo Rojo. Impreso.

— (s/f): "Dris Diuri, poeta larachense". Disponible en: <http://sergiobarce.wordpress.com/ 2011/09/08/dris-diuri-poeta-larachense/>.

BEKERS, Elisabeth, Sissy HELFF, y Daniela MEROLLA (2009): *Transcultural Modernities: Narrating Africa in Europe.* Amsterdam: Rodopi. Impreso.

BELARDI, Aïcha (2000): "Evolución y perspectivas de la emigración femenina". *Mujer y migración en el Mediterráneo occidental. Traducciones culturales y ciudadanía.* Ed. Maria-Àngels Roque. Barcelona: Icaria, 27-46. Impreso.

BELL HOOKS (Gloria Jean Watkins) (1991): "Narratives of struggle". *Critical Fictions: the Politics of Imaginative Writing.* Washington: Bay Press, 53-61. Impreso.

BENABDELLATIF, Abdelkader (2005): *La columnas de Hércules.* Versión novelada de *El reto del Estrecho.* Tetuán: Universidad Abdelmalek Essaâdi. Impreso.

BENABUD, Muhammad (2002): Prólogo a Saïd Jdidi. *Autoindeterminación de invernadero.* Tetuán: Tetuán-ASMIR. Impreso.

BEN HADDOU, Halima (1982): *Aïcha la rebelle.* Paris: Jeune Afrique. Impreso.

BEN JELLOUN, Tahar (1992): "¿Cómo se dice 'boat people' en árabe?". *El País*, 28 de febrero, 3. Impreso.

— (2004): "La maleta invisible". *Unidad cívica por la República.* Trad. José María Puig. 5 de septiembre. Disponible en: <http://www.unidadcivicaporlarepublica.es/laicismo/la%20maleta%20invisible.htm>.

— (2006): *Partir.* Madrid: El Aleph. Impreso.

BEN MAYMUN, Ahmad (1992): "La salida del corazón de Bécquer de Sevilla". *Miradas desde la otra orilla. Una visión de España (antología de textos marroquíes actuales).* Ed. de Abdellah Dbjbilou. Madrid: Agencia Española de Cooperación Internacional. Impreso.

BENRADI, Malika (2000): "El derecho de familia en Marruecos y su repercusión en el estatuto jurídico de las mujeres". *Mujer y migración en el Mediterráneo occidental. Traducciones culturales y ciudadanía.* Ed. Maria-Àngels Roque. Barcelona: Icaria: 91-125. Impreso.

BERRADA, Mohammed (1986): *The Language of Childhood and Dream.* Rabat: The Moroccan Society of United Publishers. Impreso.

BESSIS, Sophie (2002): *El Occidente y los otros. Itinerarios de una supremacía.* Madrid: Alianza. Impreso.

BEVERLY, John (1989): "The Margin at the Centre. On *Testimonio*". *Modern Fiction Studies* 35.1, 11-28. Impreso.

— (1993): *Against Literature.* Minneapolis: University of Minnesota Press. Impreso.

BEYALA, Calixte (1994): *Assèze l'africane.* Paris: J'ai lu. Impreso.

BHABHA, Homi K. (1990): *Nation and Narration.* New York: Routledge. Impreso.

— (1996): *Locations of Culture: Discussing Post-Colonial Culture.* London: Routledge. Impreso.

BINEBINE, Mahi (2000): *La patera* [1999]. Trad. Marie-Paule Sarazin. Madrid: Akal. Impreso.

BOEHMER, Elleke (2005): *Colonial and Postcolonial Literature.* 2ª ed. Oxford: Oxford University Press. Impreso.

BOIDARD BOISSON, Cristina (2005): "Narrativa en lengua francesa. Origen y evolución". *Otras mujeres, otras literaturas.* Ed. de Inmaculada Díaz Narbona y Asunción Aragón Varo. Madrid: Zanzíbar. Impreso.

Boidard Boisson, Cristina y Claudine Lécrivain (2008): "Cruzando fronteras. España/Marruecos. Miradas cruzadas". *Colección diálogo de memorias*. Cádiz: Servicio de Publicaciones-Diputación de Cádiz/AECI, vol. 2, 157-201. Impreso.

Bouissef Rekab, Mohamed (1985): "Escribir en castellano". *L'Opinion*, "L'Opinion semanal", 28 de mayo , 5-6. Impreso.

— (1986): "Recuerdos que nunca volverán". *Temas Árabes* 1, 141.

— (1994): *El vidente (cuentos)*. Tetuán: Asociación de Actividades Sociales y Culturales de la Facultad de Letras de Tetuán. Impreso.

— (1996): *Inquebrantables*. Tetuán: Addamir. Impreso.

— (1997): *Escritores marroquíes de expresión española. El grupo de los 90*. Tetuán: Tetuán-Asmir. Impreso.

— (1998): *Los bien nacidos*. Tetuán: Casa de España. Impreso.

— (1999): *Intramuros*. Tánger: Altopress. Impreso.

— (2002): *El dédalo de Abdelkrim*. Granada: Port Royal. Impreso.

— (2005a): *El español en el mundo. Literatura marroquí de expresión española*. Madrid: Centro Virtual Instituto Cervantes. Disponible en: <http://cvc.cervantes.es/lengua/anuario/anuario_05/bouissef/p02.htm>.

— (2005b): "Candidez oculta". *Web Mohamed Bouissef Rekab*. 10 de mayo. Disponible en: <http://www.usuarios.lycos.es/mohbouissefrek/>.

— (2005c): "Cobijo inminente". *Web Mohamed Bouissef Rekab*. 10 de mayo. Disponible en: <http://www.usuarios.lycos.es/mohbouissefrek/>.

— (2005d): "Generosidad indeseable". *Web Mohamed Bouissef Rekab*. 10 de mayo. Disponible en: <http://www.usuarios.lycos.es/mohbouissefrek/>.

— (2006a): *El motín del silencio*. Tánger: AEMLE. Impreso.

— (2006b): *La señora*. Madrid: Sial. Impreso.

— (2007a): *Aixa, el cielo de Pandora*. Cádiz: Quórum. Impreso.

— (2007b): "Hispanistas que cierran el siglo XX y abren el nuevo milenio". *Intramuros* 13.26, 6-8.

— (2010): *Las inocentes oquedades de Tetuán*. Alcalá la Real: Alcalá. Impreso.

— (s/f): *Cuentos*. Disponible en: <www.usuarios.lycos.es/mohbouissefrek>.

Bounou, Abdelmouneim (1998): "Aspectos temáticos en el relato marroquí de expresión española". *Escritura Marroquí en Lengua Española: actas del I Coloquio Internacional del 22 al 24 de noviembre de 1994*. Coord. de Abdelmouneim Bounou. Fez: Facultad de Letras Dhar El Mahraz, Universidad de Fez, 37-42. Impreso.

— (2004): "¿Existe una novela marroquí de expresión española?". *Escritura Marroquí en Lengua Española: actas del II Coloquio Internacional: creación y comparación (1975-2000): del 11 al 12 de abril de 2000*. Coord. de Aziz Tazi. Fez: Facultad de Letras Dhar El Mahraz, Universidad de Fez, 143-149. Impreso.

Boyt, Svetlana (2001): *The Future of Nostalgia*. New York: Basic Books. Impreso.

Braidotti, Rosi (2004): *Feminismo, diferencia sexual y subjetividad nómade*. Barcelona: Gedisa. Impreso.

BRETT, Michael y Elizabeth FENTRESS (1997): *The Berbers* [1996]. Malden: Blackwell. Impreso.

BUENO ALONSO, Josefina (2005): "Narrativa en lengua francesa. Tendencias actuales". *Otras mujeres, otras literaturas.* Ed. de Inmaculada Díaz Narbona y Asunción Aragón Varo. Madrid: Zanzíbar. Impreso.

CABRAL, Amílcar (1973): *Return to the Source: Selected Speeches.* New York: Monthly Review Press. Impreso.

CAMPOY-CUBILLO, Adolfo (2012): *Memories of the Maghreb: Transnational Identities in Spanish Cultural production.* New York: Palgrave-Macmillan. Impreso.

CARTER, Paul (1992): *Living in a New Country. History, Travelling and Language.* London: Faber & Faber. Impreso.

CASTELLET, Josep Maria (2007): "Un solo libro de calidad ya hace grande una literatura periférica". *El País Online*, 6 de octubre. Disponible en: <http://www.elpais.com/articulo/semana/solo/libro/calidad/hace/grande/literatura/periferica/elpepuculbab/20071006elpbabese_37/Tes>.

CASTILLO, David (2003): "Prólogo" a Larbi El Harti. *Después de Tánger.* Madrid: Sial, 7-9. Impreso.

CATALÀ, Víctor (1976): *Solitud* [1905]. 15ª ed. Barcelona: Selecta. Impreso.

CERDÀ MORERA, Montserrat y Marta PUIG SEBANÉS (2005): *Itineraris de lecturas. Laila Karrouch.* Barcelona: Institució de les Lletres Catalanes. Disponible en: <http://www20.gencat.cat/docs/CulturaDepartament/ILC/Documents/Arxiu/Karrouch.pdf>.

CEREZALES, Marta, Miguel A. MORETA y Lorenzo SILVA, eds. (2004): *La puerta de los vientos. Narradores marroquíes contemporáneos.* Barcelona: Destino. Impreso.

CIORAN, Emil (1987): *Aveux et anathèmes.* Paris: Gallimard. Impreso.

CHAGHMOUM, Miloudi (2001): "La quema de los barcos" [1999]. *Cuentos de las dos orillas.* Granada: Junta de Andalucía, 59-74. Impreso.

— (2004): *La quema de los barcos* [1999], Jerez de la Frontera: F. Caballero Bonald. Impreso.

CHAIRI, Sanae (2008): "La imagen de la mujer en las dos literaturas, marroquí y española". *La imagen del otro en los escritores españoles y marroquíes en lengua española: actas del Coloquio Internacional: Fez, 24 y 25 de mayo de 2007.* Coord. de Aziz Tazi. Fez: Instituto Cervantes, 143-148. Impreso.

— (2012a): "Solimán el articulista". *Letras marruecas. Antología de escritores marroquíes en castellano.* Ed. Cristián H. Ricci. Madrid: Ediciones del Orto. 49-62. Impreso.

— (2012b): "Frustraciones de Fátima". *Letras marruecas. Antología de escritores marroquíes en castellano.* Ed. Cristián H. Ricci. Madrid: Ediciones del Orto, 63-70. Impreso.

CHAFIK, Mohamed (2002): "Letras". *La Mañana*, 5-11 de febrero, 17. Impreso.

CHAKOR, Mohamed (1993): *Aproximación al sufismo.* Prólogo de Juan Goytisolo. Alicante: Cálamo. Impreso.

— (1997): *La llave y Latidos del Sur.* Madrid: Cálamo. Impreso.

— (2005): *Diván sufí y otros poemas*. Málaga: La Chilaba. Impreso.

— (2006): *Tetuán en el corazón*. Tetuán: Tetuán Asmir. Impreso.

CHAKOR, Mohamed y Jacinto LÓPEZ GORGÉ (1985): *Antología de relatos marroquíes en lengua española*. Granada: Ediciones A. Ubago. Impreso.

CHAKOR, Mohammad y Sergio MACÍAS (1987): "Literatura marroquí en lengua castellana". *Encuentros literarios: Marruecos-España-Iberoamérica*. Madrid: CantArabia, 7-35. Impreso.

— (1996): *La literatura marroquí en lengua castellana*. Madrid: Magalia. Impreso.

CHAKKOR, Abdelcrim (2004): "Intruducción". *La Mudawama. El código de familia en Marruecos*. Disponible en: <http://www.intermigra.info/extranjeria/archivos/Mudawana.pdf>.

CHAMBERS, Iain (1993): *Migrancy, Culture, Identity*. New York: Routledge. Impreso.

CHANADY, Amaryll (1999): "La hibridez como significación imaginaria". *Revista de Crítica Literaria Latinoamericana* XXIV.49, 265-279. Impreso.

CHAOUI, Abdelkader (2007): "Marruecos y España: imagen y recepción". *Intramuros* 13.26, 4-5. Impreso.

CHERGUI, Abderrahman (1981): *Literatura y pensamiento marroquíes contemporáneos*. Madrid: Instituto Hispánico-Árabe de Cultura. Impreso.

CHRAÏBI, Driss (1960a): "Littérature nord-africaine d'expression française". *Confluent* 5, 24-29. Impreso.

— (1960b): "Littérature nord-africaine d'expression française". *Confluent* 35, 212-216. Impreso.

— (1962): "Littérature nord-africaine d'expression française". *Confluent* 5, 52-66. Impreso.

CHUKRI, Mohamed (1995): "Educa". *La Mañana*, 13 y 14 de agosto, 7. Impreso.

— (2007): "Raíces". *Intramuros* 13.26, 22-24. Impreso.

CLIFFORD, James (1999): *Itinerarios transculturales*. Barcelona: Gedisa. Impreso.

COHEN MESONERO, León (1992): "Camisas mojadas". *Europa Sur*, 10 de marzo, 9. Impreso.

— (2003): *Relatos robados al tiempo*. Libros en red. Impreso.

— (2006): *La memoria blanqueda: relatos y retratos sefardíes del norte de Marruecos?*. Madrid: Hebraica Ediciones. Impreso.

CORNEJO POLAR, Antonio (1973): *Los universos narrativos de José María Arguedas*. Buenos Aires: Losada. Impreso.

— (1986): "Las literaturas marginales y la crítica: una propuesta". *Augusto Roa Bastos y la producción cultural americana*. Comp. de Saúl Sosnowski. Buenos Aires: Ediciones de la Flor, 91-98. Impreso.

— (1997): "Mestizaje e hibridez: los riegos de las metáforas". *Revista Iberoamericana* 63.180, 341-344. Impreso.

CORONIL, Fernando (1996): "Beyond Occidentalism: Toward Non-imperial Geohistorical Categories". *Cultural Anthropology* 11.1, 51-87. Impreso.

CORRAL, Francisco (1998): "Prólogo" a Mohamed Sibari. *Cuentos de Larache.* Tánger: AEMLE, 6-8. Impreso.

CUCURRULL, Teresa, Lídia LLEONART y Guillermo ALONSO (1997): *Los pueblos Berereres en el Magreb.* Disponible en: <http://www.eurosur.org/ai/19/afr19.htm>.

"Cultura y sociedad" (2002): *La Mañana,* 5-11 de marzo, 20. Impreso.

DAOUDI, Ahmed (1994): *El diablo de Yudis.* Madrid: Vosa. Impreso.

DELEUZE, Gilles y Félix GUATTARI (1978): *Kafka: por una literatura menor.* México: Era. Impreso.

Democràcia intercultural i ciutat educadora (2006): Barcelona: Diputació de Barcelona. Impreso.

"Detenido el director del diario *Al-Massae*" (2011): *Reporteros sin fronteras,* 20 de abril, s/p. Impreso.

DIALMY, Abdessamad (2010): "Sexuality and Islam". *The European Journal of Contraception and Reproductive Health Care* 15, 160-168. Impreso.

DIJKSTRA, Bram (1994): *Ídolos de perversidad. La imagen de la mujer en la cultura de fin de siglo* [1986]. Madrid/Barcelona: Debate/Círculo de Lectores. Impreso.

DIURI, Driss (1962a): *Luz y Oscuridad.* s/n. Impreso.

— (1962b): *Palpitaciones,* s/n, 1962. Impreso.

— (1963): *Miscelánea, años 1382-1962.* Tetuán: Cremades. Impreso.

— (2005a): "A Larache". *Voces de Larache.* Ed. de Mohamed Laabi. Tánger: AEMLE, 56. Impreso.

— (2005b): "Homenaje a Larache". *Voces de Larache.* Ed. de Mohamed Laabi. Tánger: AEMLE, 56-59. Impreso.

DJBILOU, Abdellah, ed. (1992): *Miradas desde la otra orilla. Una visión de España (antología de textos marroquíes actuales).* Ed. de Abdellah Dbjbilou. Madrid: Agencia Española de Cooperación Internacional. Impreso.

DJEBAR, Assia (1961): *Women of Islam. Femmes d'Islam.* Trad. de Jean MacGibbon. London: A. Deutsch. Impreso.

— (1980): *Femmes d'Alger dans leur appartement.* Paris: Des femmes. Impreso.

— (1992): *Women of Algiers in their apartment.* Charlottesville: University Press of Virginia. Impreso.

— (1993): *Loin de Medine* [1991]. *Lejos de la Medina: hijas de Ismael.* Madrid: Alianza. Impreso.

DAVIS, Douglas A. y Susan SCHAEFER DAVIS (1989): *Adolescence in a Moroccan Town: Making Social Sense.* New Brunswick: Rutgers University Press. Impreso.

DORSEY, James (2010): "Morocco's queer uprising". *Eureka Street* 20.13, s/p. Disponible en: Disponible: <EurekaStreet.com.eu>.

DUSSEL, Enrique (1995): "Europa, modernidad y eurocentrismo". *Ciclos en la Historia, la Economía y la Sociedad* V.8, 41-53. Impreso.

— (1998): *Ética de la liberación en la edad de la globalización y de la exclusión.* Madrid: Trotta. Impreso.

— (2006): "Transmodernidad e interculturalidad. Interpretación desde la filosofía de la liberación". *Web de la Asociación de Filosofía y Liberación*, 24 de junio. Disponible en: <http://www.afyl.org/transmodernidadeinterculturalidad.pdf>.

ELALAMY, Youssouf A (2003): *Los clandestinos* [2000]. Trad. de Marina Casals Sala. Barcelona: Octaedro. Impreso.

EL AMRANI, Lamiae (2010a): *Tormenta de especias*. Granada: Comares. Impreso.

— (2010b): *Poesía femenina y sociedad: antología poética marroquí*. Sevilla: ArCiBel. Impreso.

— (2012a): "Las poetisas árabes, de moda". *Noticias de Yucatán*, 25 de abril. Disponible en: <http://www.noticiasyucatan.com/noticia/Sociales/Las-poetisas-arabes-de-moda.html>.

— (2012b): "La situación de las mujeres en el mundo árabe: Lamiae El Amrani". *Red pública*, 28 de noviembre. Disponible en: <http://www.redpublica.com.mx/?p=57239>.

EL AOUFI, Najib (1986): "The Moroccan Short Story: On the Line of Development or on the Brink of a Crisis?". *Studies in the Arab Short Story*. Beirut: The Arab Research Institution. Impreso.

— (1987): *An Approach to Reality in the Moroccan Short Story*. Beirut: The Arab Cultural Center. Impreso.

EL FASSI, Allal (2012): *Autocrítica*. Trad. de Kenza El Ghali. Dispnible en: <http://www.cristianhricci.com/download/autocritica.pdf>.

EL FATHI, Abderrahman (1998a): *Abordaje*. Tetuán: Universidad Abdelmalek Essaâdi. Impreso.

— (1998b): *Triana, imágenes y palabras*. Tetuán: Universidad Abdelmalek Essaâdi. Impreso.

— (2000): *Fantasías literarias*. Tetuán: Universidad Abdelmalek Essaâdi. Impreso.

— (2002): *África en versos mojados*. Tetuán: Universidad Abdelmalek Essaâdi. Impreso.

— (2003a): *Primavera en Ramallah y Bagdad*. Tetuán: Universidad Abdelmalek Essaâdi. Impreso.

— (2003b): *El cielo herido*. Cádiz: Aula Literaria José Cadalso-S. Roque. Impreso.

— (2004): *Desde la otra orilla*. Cádiz: Quórum. Impreso.

— (2011): *DANZADELAIRE*. Cádiz: Patio de Monipodio. Impreso.

EL GAMOUN, Ahmed (1998): "Imagen de España y de Marruecos en el semanario Marruecos 1976-77". *Escritura Marroquí en Lengua Española: actas del I Coloquio Internacional del 22 al 24 de noviembre de 1994*. Coord. de Abdelmouneim Bounou. Fez: Facultad de Letras Dhar El Mahraz, Universidad de Fez, 151-162. Impreso.

— (2004a): "La literatura marroquí de expresión española: un imaginario en ciernes". *Escritura Marroquí en Lengua Española: actas del II Coloquio Internacional: creación y comparación (1975-2000): del 11 al 12 de abril de 2000*. Coord. de Aziz Tazi. Fez: Facultad de Letras Dhar El Mahraz, Universidad de Fez, 151-160. Impreso.

— (2004b): "La Atlántida". *La puerta de los vientos. Narradores marroquíes contemporáneos.* Ed. de Marta Cerezales, Miguel A. Moreta y Lorenzo Silva. Barcelona: Destino, 151-164. Impreso.

El Hachmi, Najat (2000): "Sol d'hivern". *Papers de dona*, 67-75. Impreso.

— (2004a): "Carta d'un immigrant". *Inauguració del Congrés Mundial dels Moviments Humans i Immigració, organitzat per l'Institut Europeu de la Mediterrània.* Impreso.

— (2004b): *Jo també sóc catalana.* Barcelona: Columna. Impreso.

— (2008): *L'últim patriarca.* Barcelona: Planeta. Impreso.

El Hakim, Ahmed (2006): Prólogo a *El reto del Estrecho.* Tetuán: Universidad Abdelmalek Essaâdi, 1-13. Impreso.

El Harti, Larbi (2003): *Después de Tánger.* Madrid: Sial. Impreso.

— (2004): "La alienada". *La puerta de los vientos. Narradores marroquíes contemporáneos.* Ed. de Marta Cerezales, Miguel A. Moreta y Lorenzo Silva. Barcelona: Destino, 89-104. Impreso.

El Hassane, Arabi (1998): *Cuentos del Marruecos español.* Madrid: Libros Clan.

El Hauari, Abdeslam (1927): "Penetración de Andalucía en Marruecos". *Revista de la Raza* 142, 9. Impreso.

— (1928): "Tánger debe ser andaluz". *Revista de la Raza* 153-154, 23. Impreso.

El Idrissi, Mezouar (2005): *Elegía para la espalda mojada.* Trad. de Mezouar El Idrissi y Alberto Torés García. Málaga: CEDMA. Impreso.

El Kadaoui, Saïd (2008): *Límites y fronteras.* Barcelona: Milenio. Impreso.

— (2011): *Cartes al meu fill. Un català de soca-rel, gairebé.* Barcelona: Ara. Impreso.

El Khayat, Ghita (2004): *La mujer en el mundo árabe.* Barcelona: Icaria. Impreso.

— (2012): "Interview by Mediter". Disponible en: <http://www.euromediter.eu/>.

El Koudia, Jilali (1998): *Moroccan Short Stories.* Fez: I'Media. Impreso.

El Madini, Ahmed (s/f): *The Art of Short Story in Morocco.* Beirut: Dar El Aouda. Impreso.

El Messari, Mohamed (2006): "Amores ocultos". *Aljamía* 17.II, 35-36. Impreso.

Epps, Brad (2002): "Solitude in the City: Víctor Català y Mercè Rodoreda". *Women's Narrative and Film in Twentieth-Century Spain: A World of Difference(s).* Ed. de Ofelia Ferrán y Kathleen Glenn. New York: Routledge, 19-39. Impreso.

Fadela, Amara (2006): *Ni putas ni sumisas.* Madrid: Cátedra. Impreso.

Fanon, Frantz (1971): *Los condenados de la tierra* [1961]. Trad. de Julieta Campos. Prefacio de Jean-Paul Sartre. 5ª reimp. México: Fondo de Cultura Económica. Impreso.

— (2008): *Black Skin, White Masks.* New York: Grove Press. Impreso.

Fernández, Miguel (1951): "En busca de la joven poesía de Marruecos". *Al-Motamid* 23, 13. Impreso.

Fernández Hernández, Inma (1997): "Prólogo" a Mohamed Chakor. *La llave y Latidos del Sur.* Madrid: Cálamo, 53-54. Impreso.

FERNÁNDEZ PARRILLA, Gonzalo (2006): *La literatura marroquí contemporánea. La novela y la crítica literaria.* Cuenca: Universidad de Castilla-La Mancha. Impreso.

FERNÁNDEZ PARRILLA, Gonzalo y Rosario MONTORO MURILLO (1999): *El Magreb y Europa: literatura y traducción.* Cuenca: Universidad de Castilla-La Mancha. Impreso.

FLESLER, Daniela (2008): *The Return of the Moor: Spanish Responses to Contemporary Moroccan Immigration.* West Lafayette: Purdue University Press. Impreso.

FOUCAULT, Michel (1980): *The History of Sexuality.* Trad. de Robert Hurley. New York: Vintage Books. Impreso.

FRANK, Søren (2008): *Migration and Literature: Günter Grass, Milan Kundera, Salman Rushdie, and Jan Kjærstad.* New York: Palgrave Macmillan. Impreso.

— (2010): "Four theses on Migration and Literature". *Migration and Literature in Contemporary Europe.* Ed. de Mirjam Gebauer y Pía Schwarz Lausten. München: Martin Meidenbauer, 39-57. Impreso.

GAHETE, Manuel, Abdellatif LIMAMI, José SARRIA, Ahmed M. MGARA y Aziz TAZI (2008): *Calle del agua. Antología contemporánea de literatura hispano-magrebí.* Madrid: Sial. Impreso.

GALLENT, Guillermo Gustavino (1955): *De ambos lados del Estrecho: estudios breves hispano-africanos.* Tetuán: Instituto General Franco. Impreso.

GARCÍA BENITO, Nieves (1999): *Por la vía de Tarifa.* Madrid: Calambur. Impreso.

GARCÍA CANCLINI, Néstor (2000): "The State of War and the State of Hybridization". *Without Guarantees: In Honour of Stuart Hall.* Ed. de Paul Gilroy, Lawrence Grossberg y Angela McRobbie. New York: Verso, 38-52. Impreso.

— (2001): *Culturas híbridas. Estrategias para entrar y salir de la modernidad.* Barcelona: Paidós. Impreso.

— (2003): "Noticias recientes sobre la hibridación". *Trans. Revista transcultural de música* 7, s/p. Impreso.

— (2005): *Diferentes, desiguales y desconectados. Mapas de la interculturalidad* [2004]. Barcelona: Gedisa. Impreso.

GARCÍA FIGUERAS, Tomás (1929): "La paz de Marruecos". *Revista de la Raza* 163, 15-17. Impreso.

GARCÍA RATO, Manuel (1997): "Prólogo" a Mohamed Ibn Azzuz Hakim. *La Intifada de Tetuán. Novela histórica.* Tetuán: Minerva, 5-8. Impreso.

— (2002): "Prólogo" a Mohamed Ibn Azzuz Hakim. *Diario de un alfaquí rural.* Tetuán: Al Arabi, 1-4. Impreso.

GARZÓN SEFARTY, Moisés (2006): *Voz de eternidad.* Caracas: CESC. Impreso.

GASPAR DE ALBA, Alicia (2000): "Literary Wetback". *Literatura chicana: reflexiones y ensayos críticos.* Granada: Comares, 9-18. Impreso.

GIL GRIMAU BENUMEYA, Rodolfo (2002): *La Frontera Sur de al-Andalus. Estudios sobre la Península Ibérica y sus relaciones históricas con Marruecos.* Tetuán: Tetuán-Asmir. Impreso.

— (2006): "La literatura oral en el Magreb y su papel en el mundo global". *Oráfrica* 2, 13-30. Impreso.

— (2008a): "El marroquí y el español como individuos sociales en las respetivas 'literaturas' escritas en español". *La imagen del otro en los escritores españoles y marroquíes en lengua española: actas del Coloquio Internacional: Fez, 24 y 25 de mayo de 2007.* Coord. de Aziz Tazi. Fez: Instituto Cervantes, 19-24. Impreso.

— (2008b): "Una breve acotación literaria acerca de la literatura mabrebí de expresión española". *Calle del agua. Antología contemporánea de Literatura Hispanomagrebí.* Madrid: Sial, 13-20. Impreso.

Gil Grimau Benumeya, Rodolfo y Mohamed Ibn Azzuz Hakim (1988): *Que por la rosa roja corrió mi sangre. Estudio y antología de la literatura oral en Marruecos.* Madrid: Ediciones de la Torre. Impreso.

Gilloch, Graeme (1997): *Myth and Metropolis: Walter Benjamin and the City.* Cambridge: Polity Press. Impreso.

Gilroy, Paul P. (1993): *The Black Atlantic. Modernity and Double Consciousness.* Cambridge: Harvard University Press. Impreso.

Glissant, Édouard (2002): *Introducción a una poética de lo diverso* [1996]. Trad. de Luis Cayo Pérez-Bueno. Barcelona: Ediciones del Bronce. Impreso.

— (2006): *Tratado del todo-mundo* [1997]. Trad. de María Teresa Gallego Urrutia. Barcelona: El Cobre. Impreso.

Gómez Nisa, Pío (1950): "En busca de la joven poesía de Marruecos". *Al-Motamid* 21, 15. Impreso.

— (1954): "Mohamed Sabbag: *El árbol de fuego*". *Al-Motamid* 28, 9. Impreso.

Gontard, Mark (1981): *Violence du texte: littérature marocaine de langue française.* Paris/Rabat: L'Harmattan/SMER. Impreso.

Goytisolo, Juan (1980): *Makbara.* Barcelona: Seix Barral. Impreso.

— (1981): *La Chanca.* Barcelona: Seix Barral. Impreso.

— (1983): "¿Condenados a entenderse?". *L'Opinion,* "L'Opinion semanal", 22 de enero, 5. Impreso.

— (1996): "Nadie parece preocuparse de la labor creadora de los marroquíes hispanohablantes". *La literatura marroquí en lengua castellana.* Ed. de Mohamed Chakor y Sergio Macías. Madrid: Magalia, 287-289. Impreso.

— (1997): "Letras", *La Mañana,* 13 de octubre de 1997, 6. Impreso.

— (2003a): "Entrevista". *La Mañana,* 18-24 de febrero, 13. Impreso.

— (2003b): *España y sus ejidos.* Madrid: Muley-Rubio. Impreso.

— (2003c): "Prólogo" a Edward W. Said. *Orientalismo* [1978]. Barcelona: Debolsillo, 11-18. Impreso.

Gracia, Jordi (2011): "Soliloqui purgatiu. *La caçadora de cossos*". *El País-Catalunya* 14 de abril. Disponible en: <http://www.elpais.com/articulo/paginas/Soliloqui/purgatiu/elppor/20110414elpbqcpag_3/Tes>

Gramsci, Antonio (1971): "Alcuni temi della questione meridionale". *La costruzione del partito comunista.* 5ª ed. Torino: Eunaudi. Impreso.

Grifti, Adb Al-Sallam (1928): "La luna". *Revista de la Raza* 151-152, 22.

Hadj Nasser, Badia (2007): *El velo al desnudo.* Jaén: Alcalá. Impreso.

Hall, Stuart y Paul du Gay (1996): *Questions of Cultural Identity.* Thousand Oaks: Sage. Impreso.

Hamarneh, Walid (1999): "Introducción" a Mohamed Ibd al-Jabri. *Arab-Islamic Philosophy A Contemporary Critique.* Disponible en: <http://www.aljabriabed.net/t10_arabIslamic_philosophy.pdf>.

Hanchard, Michael (2011): *Afro-Modernity: Temporality, Politics and the African Diaspora.* Durham: Duke University Press. Impreso.

Hart, David (1993): "Tradición, continuidad y modernidad en el derecho consuetudinario". *Amazigh-Tamazight. Debate Abierto.* Melilla: UNED/Ardaba, 153-170. Impreso.

Hassan, Abdellah (1998): "Bastante[s] sentimientos". *L'Opinion,* "L'Opinion semanal", 24 de enero, 8. Impreso.

Hausman, Bernice L. (1990): "Words between Women: Victoria Ocampo and Virginia Woolf". *In the Feminine Mode: Essays on Hispanic Women Writers.* Ed. de Noel Valis y Carol Maier. London: Bucknell University Press, 204-226. Impreso.

Hernández Guarch, Gonzalo (1998): *Los espejismos.* Almería: Ayuntamiento de Roquetas del Mar. Impreso.

Hutcheon, Linda (1998): "Irony, Nostalgia and the Postmodern". Disponible en: <http://www.library.utoronto.ca/utel/criticism/hutchinp.html>.

Inch' Allah Dimanche (2006): Dir. Yamina Benguigu. Film Movement.

Jameson, Frederic (1991): *Postmodernism, or, the Logic of Late Capitalism.* Durham: Duke University Press. Impreso.

Jdidi, Saïd (2000): *Grito primal.* Tetuán: Tetuán-ASMIR. Impreso.

— (2002): *Autoindeterminación de invernadero.* Tetuán: Tetuán-ASMIR. Impreso.

— (2003): *Precintado.* Tetuán: Tetuán-ASMIR. Impreso.

— (2006): *Yamna o Memoria íntima.* Tánger: AEMLE. Impreso.

Jebrouni, Driss (s/f): "La falacia de la literatura marroquí en castellano". Disponible en: <http://www.marruecosdigital.net/xoops/modules/wfsection/article.php?articleid=1075>.

Jedidi, Jannet (1983-1984): "Carta a mi amigo español". *L'Opinion,* "L'Opinion semanal", 25 diciembre-23 de enero, 6 y 7. Impreso.

Jitrik, Noé (1998): "Canónica, regulatoria y tansgresiva". *Dominios de la literatura. Acerca del canon.* Ed. de Susana Cella. Buenos Aires: Losada, 19-42. Impreso.

Junyent, María Carme (2002): "Imaziguen in Catalonia. A Case of Hidden Identity". *The Amazigh Voice* 11.1, 9-10. Impreso.

Kaltoni, Mohamed Idrissi (1982): "Presentación de la sección 'L'Opinion semanal'". *L'Opinion,* 3 de enero, 6. Impreso.

KAPCHAN, Deborah A. (1996): *Gender on the Market: Moroccan Women and the Revoicing of Tradition.* Philadelphia: University of Pennsylvania Press. Impreso.

KARRER, Wolfgang (2001): "Postcolonial Identity in Chicano Movement. Rethoric and Literature". *Aztlán. Ensayos sobre literatura chicana.* Ed. de Federico Eguíluz *et al.* Bilbao: Universidad del País Vasco. Impreso.

KARROUCH, Laila (2004): *De Nador a Vic.* Barcelona: Columna. Impreso.

— (2013): *Petjades de Nador.* Barcelona: Columna. Impreso.

KENDILI, Imani, S. BERRADA y N. KADIRI (2010): "Homosexuality in Morocco: Between cultural influences and life experience". *Sexologies* 10, 153-156. Impreso.

KHAIR, Tabish (2011): *Babu Fictions. Alienation in Contemporary Indian English Novels.* Oxford: Oxford University Press. Impreso.

KHALLAF, Mohamed (1983): "El hispanismo marroquí puede jugar un papel decisivo en nuestras relaciones con el mundo hispánico". *L'Opinion,* "L'Opinion semanal", 27 de noviembre, 6. Impreso.

— (1998): "Reflexiones sobre el aspecto creativo de la producción literaria del hispanismo marroquí". *Escritura Marroquí en Lengua Española: actas del I Coloquio Internacional del 22 al 24 de noviembre de 1994.* Coord. de Abdelmouneim Bounou. Fez: Facultad de Letras Dhar El Mahraz, Universidad de Fez, 101-116. Impreso.

KHATIBI, Abdelkebir (1983): *Maghreb pluriel.* Paris: Denoël. Impreso.

— (1991): "Literary Nationalism and Internationalism". *Crisscrossing Boundaries in African Literature. Annual Selected Papers of African Literature.* Washington: Three Continents, 3-10. Impreso.

— (2001): "Maghreb plural". *Capitalismo y geopolítica del conocimiento: el eurocentrismo y la filosofía de la liberación en el debate intelectual contemporáneo.* Comp. e introd. de Walter Mignolo. Buenos Aires: Ediciones del Signo, 71-92. Impreso.

KING, Russell, John CORNELL y Paul WHITE (1995): *Writing Across Worlds. Literature and Migration.* London: Routledge. Impreso.

KIRBY, Vicki (1989): "Corporeographies". *Inscriptions* 5, 103-120. Impreso.

KRISTEVA, Julia (2006): "Thinking in Dark Times". *Profession* 9, 13-21. Impreso.

LACOSTE-DUJARDIN, Camille (1994): "Los kabilios: ¿son una oportunidad para la democracia argelina?". *Imazighen del Magreb entre Occidente y Oriente.* Ed. de Rachid Raha. Granada, 133-145. Impreso.

LAHCHIRI, Mohamed (1994): *Pedacitos entrañables.* Casablanca: SERAR. Impreso.

— (1995): "Última página". *La Mañana,* 25 de febrero, 6. Impreso.

— (1996): "Para rascarte nada mejor que tus propias uñas", "Educa", *La Mañana,* 12 y 13 de mayo, 4. Impreso.

— (2002): "Letras". *La Mañana,* 19-25 de febrero, 23. Impreso.

— (2003a): "El escritor de la frontera". *Ateneo* 3, 165-168. Impreso.

— (2003b): "Entrevista a Juan Goytisolo". *La Mañana,* 18-24 de febrero, 13. Impreso.

— (2003c): "La ilusión de aprender catalán". *La Mañana,* "Cultura", 17 de mayo-2 de junio, 18. Impreso.

— (2003d): "Entrevista Jordi Roigé i Solé". *La Mañana*, "Nacional", 5-11 de noviembre, 7. Impreso.

— (2004): *Cuentos ceutíes.* Casablanca: AEMLE. Impreso.

— (2006): *Una tumbita en Sidi Embarek y otros cuentos ceutíes.* Casablanca: Dar Al Karaouine. Impreso.

— (2007a): "La casualidad de escribir en castellano". *Intramuros* 13.26, 26-28. Impreso.

— (2007b): "Sobre literatura marroquí en castellano". *Marruecos Digital*, 28 de octubre. Disponible en: <http://www.marruecosdigital.net/xoops/modules/wfsection/article.php?articleid=1667>.

— (2011): *Un cine en el Príncipe Alfonso y otros relatos.* Casablanca: Dar Al Karaouine. Impreso.

— (2012): "La pesadilla". *Letras marruecas. Antología de escritores marroquíes en castellano.* Ed. de Cristián H. Ricci. Madrid: Ediciones del Orto, 166-177. Impreso.

LALAMI, Laila (2005): *Hope and Other Dangerous Pursuits.* Chapel Hill: Algonquin. Impreso.

— (2009): *Secret Son.* Chapel Hill: Algonquin. Impreso.

LAROUI, Abdallah (1973): *Idéologie arabe contemporaine: essai critique.* Paris: F. Maspero. Impreso.

LAU, Lisa (2005): "Making the difference: The Differing Presentations and Representations of South Asia in the Contemporary Fiction of Home and Diasporic South Asian Women Writers". *Modern Asian Studies* 39.1, 237-256. Impreso.

LIMAMI, Abdellatif (2008): "Análisis crítico general (género narrativa)". *Calle del Agua. Antología contemporánea de literatura hispano-magrebí.* Madrid: Sial, 51-68. Impreso.

LIONNET, Françoise (1989): *Autobiographical Voices. Race, Gender and Self-portraiture.* Ithaca: Cornell University Press. Impreso.

LITVAK, Lily (1990): "Exotismo del Oriente musulmán fin de siglo". *Awraq* XI, 73-103. Impreso.

LON, Jordi (2008): "Najat El Hachmi. Escriptora i mediadora cultural". *Estris 147*, 15-18. Disponible en: <http://www.peretarres.org/estris/estris147a.pdf>.

LÓPEZ ENAMORADO, María Dolores (1999): *Cuentos populares marroquíes.* Madrid: Alderabán. Impreso.

LÓPEZ GARCÍA, Bernabé (1992): *España-Magreb, siglo XXI. El porvenir de una vecindad.* Madrid: MAPFRE. Impreso.

— (1993): *Inmigración magrebí en España. El retorno de los moriscos.* Madrid: MAPFRE. Impreso.

LÓPEZ GORGÉ, Jacinto (1956): "Poesía árabe en lengua castellana". *Diario de África*, 3 de noviembre. Impreso.

— (1987): "Dos revistas hispano-marroquíes". *Encuentros literarios: Marruecos-España-Iberoamérica.* Madrid: CantArabia, 37-57. Impreso.

— sel., prólogo y notas (1990): *Del fuego y de la luna y otros poemas.* Antología poética de Mohammad Sabbag. Madrid: Rialp, 1990. Impreso.

— (1998): "La narrativa y la poesía en lengua española de algunos significativos autores marroquíes". *Escritura Marroquí en Lengua Española: actas del I Coloquio Internacional del 22 al 24 de noviembre de 1994.* Coord. de Abdelmouneim Bounou. Fez: Facultad de Letras Dhar El Mahraz, Universidad de Fez, 43-52. Impreso.

— (1999): *Nueva antología de relatos marroquíes.* Granada: Port-Royal. Impreso.

LORENZO, Arturo (1994): "Prefacio" a Mohamed Lahchiri. *Pedacitos entrañables.* Casablanca: SERAR, 7-9. Impreso.

Los perdedores (2008): Dir. Driss Deiback. Sur Films.

LOUKILI, Nabil (2006): "Quemador". *Aljamía* 17.II, 67-76. Impreso.

LOZANO, Antonio (2002): *Harraga.* Granada: Zoela. Impreso.

— (2007): *Donde mueren los ríos.* Córdoba: Almuzara. Impreso.

LUNSFORD, Andrea A. (2004): "Toward a Mestiza Rhetoric: Gloria Anzaldúa on Composition and Postcoloniality". *Crossing Borderlands: Composition and Postcolonial Studies.* Pittsburgh: University of Pittsburgh Press, 33-66. Impreso.

"Llamamiento" (1953): *Al-Motamid* 25, 1. Impreso.

MAALOUF, Amin (1999): *Identidades asesinas.* Trad. de Fernando Villaverde. Madrid: Alianza. Impreso.

MAGRIS, Claudio (1999): *Microcosms.* Trad. de Iain Halliday. London: Harvill. Impreso.

MANZANO MORENO, Eduardo (2000): *Orientalismo, exotismo y traducción.* Cuenca: Universidad de Castilla-La Mancha. Impreso.

MARCOS MARÍN, Francisco A. (2005): "Cultura al margen: inmigración lengua e identidad". *Revista de Occidente* 288, 5-29. Impreso.

MARTÍN, Miguel (1973): *El colonialismo español en Marruecos.* Paris: Ruedo Ibérico. Impreso.

MARTIN-MÁRQUEZ, Susan (2008): *Disorientations. Spanish Colonialism in Africa and the Performance of Identity.* New Haven: Yale University Press. Impreso.

MARTÍN MUÑOZ, Gema (1997): "Razones en contra de la confrontación islam/Occidente". *Identidades y conflicto de valores. Viversidad y mutación cultural en el Mediterráneo.* Ed. Maria-Àngels Roque. Barcelona: Icaria, 329-346. Impreso.

— (2000): "Lo real y lo irreal en la representación occidental del mundo Musulmán". *Revista de Occidente* 224, 106-122. Impreso.

MARTÍN RODRÍGUEZ, Manuel (2000): "¿Quién es el público y dónde se lo encuentra". *Literatura chicana: reflexiones y ensayos críticos.* Granada: Comares, 253-261. Impreso.

— (2001): "Aztlán y Al-Andalus: la idea del retorno en dos literaturas inmigrantes". *Palabra y hombre* 120, 29-38. Impreso.

— (2003): *Life in Search of Readers.* Albuquerque: University of New Mexico Press. Impreso.

MARTÍNEZ MONTÁVEZ, Pedro (1992): *Al-Andalus, España en la literatura árabe contemporánea: la casa del pasado.* Madrid: MAPFRE. Impreso.

MAYRATA, Ramón (2001): *Relatos del Sahara español.* Madrid: Libros Clan. Impreso.

MAZIZ, Mohammed (1987): "¿Por qué no una literatura maghrebina de expresión española?". *L'Opinion,* "L'Opinion semanal", 1 de febrero, 7. Impreso.

MDARHRI ALAOUI, Abderrahman (1991): "Réflexions sur l'identité interculturelle en littérature maghrebine". *Revue de la Faculté des Lettres de Rabat* 19, 17-20. Impreso.

MECHAKRA, Yamina (1979): *La grotte éclatée.* Alger: SNED. Impreso.

MENNUM, Lahsen (1877): "Carta de Marruecos". *El Imparcial,* 24 de mayo, 2. Impreso.

MERCADER, Trina (1947): "Presentación del primer número de la revista *Al-Motamid*". *Al-Motamid* 1, 2. Impreso.

— (1950a): "Aquí Marruecos. Hispanomarroquismo". *Al-Motamid* 21, 4. Impreso.

— (1950b): "Aquí Marruecos. Razón de existencia" *Al-Motamid* 22, 4. Impreso.

MERINO, Leonor (2002): "Fábula, mito, ficción, tesoro intercultural en la oralidad magrebí". *Sociedad Española de Literatura General y Comparada.* Madrid: Caballo Griego para la Poesía, 117-123. Impreso.

MERNISSI, Fatema (1995): *Sueños en el umbral: memorias de una niña del harén.* Barcelona: El Aleph. Impreso.

— (1996): *El poder olvidado, las mujeres ante un Islam en cambio.* Barcelona: Icaria. Impreso.

— (1997): "Mujeres del Magreb: interlocutoras insoslayables del equilibrio mediterráneo". *Identidades y conflicto de valores. Diversidad y mutación social en el Mediterráneo.* Ed. de Maria-Àngels Roque. Barcelona: Icaria, 143-154. Impreso.

— (2001): *Scheherazade Goes West. Different Cultures, Different Harems.* New York: Washington Square Press. Impreso

— (2004): *Las sultanas olvidadas.* Barcelona: Quinteto. Impreso.

— (2007): *El miedo a la modernidad: Islam y democracia* [1992]. Trad. de Inmaculada Jiménez Morell. Madrid: Ediciones del Oriente y del Mediterráneo. Impreso.

MEROLLA, Daniela (2008): "Poetics of Transition – Africa and Dutch Literary Space". *Matatu: Journal for African Culture & Society* 36, 35-55. Impreso.

MESBAHI, Mohamed (2006): "La otra cara de la modernidad de Averroes". *Hesperia Culturas del Mediterráneo* 3, 183-197. Impreso.

MESSARI, Mohamed Larbi (1983): "Un año va". *L'Opinion,* "L'Opinion semanal", 1 de enero de 1983, 4. Impreso.

— (1984): "A guisa de presentación". *L'Opinion,* "L'Opinion semanal", 27 de mayo, 6. Impreso.

— (1985): "Reflexiones sobre la debilidad del instrumento de intercambio cultural". *L'Opinion,* "L'Opinion Semanal", 17 de agosto, 9. Impreso.

MGARA, Ahmed (1996): *Tetuán… embrujo andalusí.* Tetuán: s/n. Impreso.

— (2002a): *Desde Tetuán… con amor.* Tetuán: El Puente. Impreso.

— (2002b): "Desde El Feddán". *La Mañana,* 27 de julio, 32. Impreso.

— (2005): *Divagaciones.* Tetuán: AEMLE. Impreso.

— (2007): *Presencias.* Tetuán: AIMAD. Impreso.

MIAMPIKA, Landry-Wilfrid (2005): "Narrativa subsahariana en lengua francesa: origen y evolución". *Otras mujeres, otras literaturas.* Ed. de Inmaculada Díaz Narbona y Asunción Aragón Varo. Madrid: Zanzíbar. 17-34. Impreso.

MIAMPIKA, Landry-Wilfrid *et al.* (2007): *Migraciones y mutaciones interculturales en España. Sociedades, artes y literatura.* Madrid: UAH. Impreso.

MIGNOLO, Walter (1991): "Canons A(nd) Cross-Cultural Bounderies (Or, Whose Canon are we Talking About?". *Poetics Today* 12.1, 1-28. Impreso.

— (1995): "Occidentalización, imperialismo, globalización: herencias coloniales y teorías poscoloniales". *Revista Iberoamericana* 61.170-171, 27-40. Impreso.

— (2000): *Local Histories/Global Designs: Coloniality, Subaltern Knowledges, and Border Thinking.* Princeton: Princeton University Press. Impreso.

— comp. y ed. (2001): *Capitalismo y geopolítica de conocimiento: El eurocentrismo y la filosofía de la liberación en el debate intelectual contemporáneo.* Buenos Aires: Ediciones del Signo. Impreso.

— (1993): "Colonial and Postcolonial Discourse: Cultural Critique or Academic Colonialism?" *Latin American Research Review* 28.3 120-134. Impreso.

— (2006): "Posoccidentalismo: las epistemologías fronterizas y el dilema de los estudios (latinoamericanos) de área". *América Latina, giro óptico: nuevas visiones desde los estudios literarios y culturales.* Puebla: Universidad de las Américas, 191-217. Impreso.

MONLEÓN, José, ed. (2001): *Cuentos de las dos orillas.* Granada: Junta de Andalucía. Impreso.

MONTERDE, José Enrique (2008): *El sueño de Europa. Cine y migraciones.* Madrid: Ocho y Medio. Impreso.

MORAGA, Cherríe (1993): *The Last Generation. Prose and Poetry.* Boston: South End Press. Impreso.

MORATA, Miguel Ángel (2004): "Viejas historias de Marruecos". *La puerta de los vientos. Narradores marroquíes contemporáneos.* Ed. de Marta Cerezales, Miguel A. Moreta y Lorenzo Silva. Barcelona: Destino, 285-291. Impreso.

MORENO FERNÁNDEZ, Francisco (1992): "El español en el mosaico lingüístico del Magreb". *Revista de Filología Española* 72, 5-35. Impreso.

MORENO TORREGROSA, Pasqual y Mohamed EL GHERYB (1994): *Dormir al raso.* Madrid: Vosa. Impreso.

NAGY-ZEKMI, Silvia (1996): *Paralelismos transatlánticos: postcolonialismo y narrativa femenina en América Latina y África del Norte.* Providence: Inti. Impreso.

NAÏR, Sami y Juan GOYTISOLO (2000): *El peaje de la vida.* Madrid: Aguilar. Impreso.

NAVARRO, Nuria (2007): "Entrevista. Najat El Hachmi. La 'pornografía étnica' también nos hace daño", 8 de agosto. Disponible en: <http://www.gencat.net/salut/portal/cat/_notes/trans/nachat.pdf>.

NDONGO-BIDYOGO, Donato (2000): "La literatura moderna hispanófona en Guinea Ecuatorial. *Afro-Hispanic Review* 19.1, 39-44. Impreso.

NGUGI WA THIONG'O (2006): "For Peace, Justice, and Culture: The Intellectual in the Twenty-First Century". *Profession* 9, 33-39. Impreso.

NINI, Rachid (2002): *Diario de un ilegal* [1999]. Madrid: Ediciones del Oriente y del Mediterráneo. Impreso.

OHAN, Michael (2004): *En ruta hacia una nueva esclavitud. El trágico y mortal viaje de africanos a Europa a través del Sahara y del Mediterráneo.* Madrid: Mundo Negro. Impreso.

OKRI, Ben (2007): "Entrevista con Guillermo Altares". *El País Online*, "La voz de África", 29 de diciembre. Disponible en: <http://www.elpais.com/articulo/narrativa/voz/Africa/elpepuculbab/20071229elpbabnar_8/Tes>.

OUBALI, Ahmed (2009): "Mohamed Chakor o el aristócrata del verbo". *Blog Hispanismo Marroquí.* Disponible en: <http://elhispanismo.blogspot.com/2009/06/curriculum-vitae-de-ahmed-oubali.html>.

PANNIKAR, Raimundo (1988): "What is comparative philosophy comparing?". *Interpreting Across Bundaries: New Essays in Comparative Philosophy.* Ed. de Gerald Larson y Eliot Deutsch. Princeton: Princeton University Press, 116-136. Impreso.

PAPASTERGIADIS, Nikos (1997): "Tracing Hybridity in Theory". *Debating Cultural Hybridity. Multi-Cultural Identities and the Politics of Anti-Racism.* Ed. de Pnina Werbner y Tariq Modood. London: Zed. Impreso.

PÉREZ FIRMAT, Gustavo (1987): *Literature and Liminality: Festive Readings in the Hispanic Tradition.* Durham: Duke University Press. Impreso.

PEYRON, Michael (1996-1997): "La mujer tamazight del Marruecos central". *El Vigía de Tierra* 2.3, 139-149. Impreso.

PONZANESI, Sandra y Daniela MEROLLA (2005): *Migrant Cartographies: New Cultural and Literary Spaces in Post-Colonial Europe.* Lanham: Lexington Books. Impreso.

PRABHU, Anjali (2007): *Hibridity: Limits, Transformations, Prospects.* Albany: State University of New York Press. Impreso.

PULTZ MOSLUND, Sten (2010): *Migration Literature and Hybridity: the Different Speeds of Transcultural Change.* London: Palgrave. Impreso.

QUIJANO, Aníbal (2000): "Coloniality of Power, Eurocentrism, and Latin America". *Nepantla: Views from South* 1.3, 533-580. Impreso.

RABINOW, Paul (2007): *Reflections on Fieldwork in Morocco* [1977]. Berkeley: University of California Press. Impreso.

RACHID O. (2005): *Varias vidas* [1996]. Trad. de Javier Montes. Madrid: El Tercer Nombre. Impreso.

— (2007): *El niño deslumbrado* [1995]. Trad. de Javier Montes. Madrid: El Tercer Nombre.

RAMÍREZ, Ángeles (2000): "Las fronteras del Mediterráneo: las mujeres marroquíes, las migraciones y el matrimonio". *Mujer y migración en el Mediterráneo occidental. Tra-*

ducciones culturales y ciudadanía. Ed. de Maria-Àngels Roque. Barcelona: Icaria: 13-26. Impreso.

RAMOS CALVO, Ana (1992): "El movimiento literario magrebí: la literatura contemporánea en Marruecos, Túnez y Argelia". *España-Magreb, siglo XXI. El porvenir de una vecindad.* Madrid: MAPFRE, 259-308. Impreso.

RIBAS-MATEOS, Natalia (2005): *The Mediterranean in the Age of Globalization. Migration, Welfare and Borders.* New Brunswick: Transaction Press. Impreso.

RICCI, Cristián H. (2005): "El regreso de los moros a España: fronteras, inmigración, racismo y transculturación en la literatura marroquí contemporánea". *Cuadernos de ALDEEU* XXI, 1-12. Impreso.

— (2006a): "La literatura marroquí de expresión castellana en el marco de la transmodernidad y la hibridación poscolonialista". *Afro-Hispanic Review* 25.2, 89-107. Impreso.

— (2006b): "Entrevista con Lorenzo Silva". 8 de julio.

— (2007a): "Mohamed Chakor: poeta nostálgico". *Tres Orillas. Revista Intercultural* 8, 94-96. Impreso.

— (2007b): "Najat El Hachmi y Laila Karrouch: escritoras marroquíes-imazighen catalanas en el marco del fenómeno migratorio moderno". *Revista EntreRíos* 6, 92-97. Impreso.

— (2007c): "Prólogo" a Mohamed Bouissef Rekab. *Aixa, el cielo de Pandora.* Cádiz: Quórum, 7-12. Impreso.

— (2007d): "Entrevista con Laila Karrouch". 10 de agosto.

— (2008a): "Entrevista con Mohamed Toufali". 2 de mayo.

— (2008b): "Entrevista con Najat El Hachmi". 18 de mayo.

— (2010a): "African Voices in Contemporary Spain". *Hispanic Issues* 37, 203-231. Impreso.

— (2010b): *Literatura periférica en castellano y catalán: el caso marroquí.* Madrid: Ediciones del Orto/University of Minnesota Press. Impreso.

— (2010c): "*L'últim patriarca* de Najat El Hachmi y el forjamiento de la identidad amazigh-catalana". *Journal of Spanish Cultural Studies* 11.1, 71-91. Impreso.

— (2010d): "Historia e historias de desplazamientos en los cuentos ceutíes de Mohamed Lahchiri" *Aljamía* 21, 37-46. Impreso.

— (2011): "Entrevista con Sergio Barce Gallardo". 21 de septiembre.

— (2012): *Letras marruecas. Antología de escritores marroquíes en castellano.* Madrid: Ediciones del Orto. Impreso.

— (2013): "El arte de hacer ficción sobre el proceso de evolución del orientalismo literario occidental en la cuentística de Ahmed Ararou." *Hispania* 96.1, 2-16. Impreso.

RICCI, Cristián H. e Ignacio LÓPEZ-CALVO (2007): *Caminos para la paz: literatura israelí y árabe en castellano.* Buenos Aires: Corregidor. Impreso.

RICHARD, Nelly (2005): "Globalización académica, estudios culturales y crítica latinoamericana". *Cultura y sociedad. Perspectivas latinoamericanas.* Ed. de Daniel Mato *et al.* Buenos Aires: CLACSO, 455-470. Impreso.

RICŒUR, Paul (1992): *Onself as Another*. Chicago: University of Chicago Press. Impreso.

RIDAO, José María (2007): "Los escritores africanos y la lengua". *El País online. Suplemento Babelia,* 29 de diciembre. Disponible en: <http://www.elpais.com/articulo/narrativa/escritores/africanos/lengua/elpepuculbab/20071229elpbabnar_9/Tes>.

RÍOS GARCÍA, Francisco (1957a): "Adiós al Protectorado". *Mauritania* 354, 223-228. Impreso.

— (1957b): "Adiós al Protectorado". *Mauritania* 355, 267-270. Impreso.

RODOREDA, Mercè (1978): *Mirall Trencat* [1974]. 3ª ed. Barcelona: Club Editor. Impreso.

RODRÍGUEZ MAGDA, Rosa María (2004): *Transmodernidad.* Barcelona: Anthropos. Impreso.

RODRÍGUEZ MÉNDEZ, José María (1974): *Pudriéndome con los árabes.* Barcelona: Península. Impreso.

ROGLAN, Joaquim (2007): "En la llamada Catalunya catalana". *La vanguardia,* 12 de mayo. Disponible en: <http://www.lavanguardia.mobi/slowdevice/noticia/51345296561/En-la-llamada-Catalunya-catalana.html>.

ROQUE, Maria-Àngels, ed. (1997): *Identidades y conflicto de valores. Diversidad y mutación cultural en el Mediterráneo.* Barcelona: Icaria. Impreso.

— (2000): *Mujer y migración en el Mediterráneo occidental. Traducciones culturales y ciudadanía.* Barcelona: Icaria. Impreso.

ROY, Olivier (2006): "El Islam en Europa. ¿Una religión más o una cultura diferente?". Conferencia en la Universidad Complutense de Madrid, 2 de febrero. Disponible en: <http://www.ucm.es/info/fgu/descargas/forocomplutense/conferencia_oroy.pdf>.

RUBIO, Pedro (1992): "Españoles en Casablanca". *La Mañana*, 12 de marzo, 6. Impreso.

RUSHDIE, Salman (1983): *The Eye of the Beholder Indian Writing in English.* London: Commonwealth Institute. Impreso.

— (1992): *Imaginary Homelands.* London: Penguin. Impreso.

RUSSEL, Allison (2000): *Crossing Boundaries: Post-Modern Travel Literature.* New York: Palgrave. Impreso.

SABBAG, Muhammad (1954): *El árbol de fuego.* Tetuán: Al-Motamid. Impreso.

— (1956): *La luna y yo.* Tetuán: El-Mahdia. Impreso.

— (1958): "Cuerdas de fuego". *Ketama* 12, 4. Impreso.

— (1990): *Del fuego y de la luna y otros poemas (antología).* Pról., ed. y notas de Jacinto López Gorgé. Madrid: Rialp. Impreso.

— (1992): "Al-Andalus, manuscrito raro árabe". *Miradas desde la otra orilla. Una visión de España (antología de textos marroquíes actuales).* Ed. de Abdellah Dbjbilou. Madrid: Agencia Española de Cooperación Internacional, 91-92. Impreso.

SABIA, Saïd (1998): "Temas y problemas en una novela marroquí en español. Propósito de *El caballo* de Mohamed Sibari". *Escritura Marroquí en Lengua Española: actas del*

I Coloquio Internacional sobre. Coord. de Aziz Tazi. Fez: Facultad de Letras Dhar El Mahraz, Universidad de Fez, 61-67. Impreso.

— (2004): "Trayectoria narrativa de Mohamed Sibari". *Escritura Marroquí en Lengua Española: actas del II Coloquio Internacional del 22 al 24 de noviembre de 1994*. Coord. de Abdelmouneim Bounou. Fez: Facultad de Letras Dhar El Mahraz, Universidad de Fez, 79-90. Impreso.

SABRY, Tarik (2005): "Emigration as Popular Culture. The case of Morocco". *European Journal of Cultural Studies* 8, 6-22. Impreso.

SAID, Edward W. (1994): *Culture and Imperialism*. London: Vintage. Impreso.

— (1996): *Cultura e imperialismo*. Barcelona: Anagrama. Impreso.

— (2000): *Reflections on Exile and Other Essays*. Cambridge: Harvard University Press. Impreso.

— (2003): *Orientalismo* [1978]. Prólogo de Juan Goytisolo. Barcelona: Debolsillo. Impreso.

SAFIR, Nadji (1997): "Dinámicas de la identidad y retos de la modernidad en el Magreb". *Identidades y conflicto de valores. Viversidad y mutación cultural en el Mediterráneo*. Ed. Maria-Àngels Roque. Barcelona: Icaria, 263-281. Impreso.

SALDÍVAR, José David (1997): *Border Matters*. Berkeley: University of California Press. Impreso.

SALGUEIRO, Francisco (1952): "En busca de la joven poesía de Marruecos". *Al-Motamid* 24, 14. Impreso.

SANZ CABRERIZO, Amalia (2008): *Interculturas/Transliteraturas*. Madrid: Arco. Impreso.

SARRIA, José (2008): "Otra literatura posible. La literatura en español desarrollada por escritores de la ribera vecina. El caso de Mohamed Doggui y Aziz Tazi". *La imagen del otro en los escritores españoles y marroquíes en lengua española: actas del Coloquio Internacional: Fez, 24 y 25 de mayo de 2007*. Coord. de Aziz Tazi. Fez: Instituto Cervantes, 149-157. Impreso.

SARTRE, Jean-Paul (1971): "Prefacio" a Frantz Fanon. *Los condenados de la tierra* [1961]. Trad. de Julieta Campos. 5ª reimp. México: Fondo de Cultura Económica, 5-16. Impreso.

SAVATER, Fernando (1997): "Ideoclips". *Renacimiento: Revista de Literatura* 17-18, 7-8. Impreso.

SAYAHI, Lotfi (2004): "The Spanish language presence in Tangier, Morocco: a sociolinguistic perspective". *Afro-Hispanic Review*, 54-61. Impreso.

SEFRIOUI, Ahmed (1971): "Le roman marocain d'expression française". *Études Philosophiques et Littéraires* 9.33.28, 107-117. Impreso.

SEGARRA MONTANER, Marta (1997); *Mujeres magrebíes: La voz y la mirada en la literatura norteafricana*. Barcelona: Icaria. Impreso.

SENDER, Ramón J. (1930): *Imán*. Madrid: Cenit. Impreso.

SERNA, Alfonso de la (1996): "Epílogo". *La literatura marroquí en lengua castellana.* Ed. de Mohamed Chakor y Sergio Macías. Madrid: Magalia, 331-338. Impreso.

SEYHAN, Azade (2010): "Unfinished Modernism: European Destinations of Transnational Writing". *Migration and Literature in Contemporary Europe.* Ed. de Mirjam Gebauer y Pía Schwarz Lausten. München: Martin Meidenbauer. 11-21. Impreso.

SHOHAT, Ella Habiba (1992): "Notes on 'the Postcolonial'". *Social Texts* 31-32, 99-113. Impreso.

SHOWALTER, Elaine (1982): "Feminist criticism in the Wilderness". *Writing and Sexual Difference.* Ed. de Elizabeth Abel. Chicago: University of Chicago Press. Impreso.

SIBARI, Mohamed (1993): *El caballo.* Tánger: Éditions Marocaines et Internationales.

— (1994a): *Poemas de Larache.* Madrid: Lalla Menana. Impreso.

— (1994b): *Regulares de Larache.* Tánger: EMI. Impreso.

— (1995a): *Judería de Tetuán.* Tánger: EMI. Impreso.

— (1995b): ¿Por qué escribimos en español". *La Mañana,* 9 y 10 de abril, 7. Impreso.

— (1996): *La rosa de Xauen.* Tánger: EMI. Impreso.

— (1998): *Cuentos de Larache.* Tánger: AEMLE. Impreso.

— (1999): *Sidi Baba.* Tánger: Altopress. Impreso.

— (2000): *Relatos de las Hespérides.* Tánger: Altopress. Impreso.

— (2001): *Relatos del Hammam.* Tánger: Altopress. Impreso.

— (2002): *Pinchitos y divorcios.* Tánger: Altopress. Impreso.

— (2004): "Mi creación entre los dos coloquios". *Escritura Marroquí en Lengua Española: actas del II Coloquio Internacional: creación y comparación (1975-2000): del 11 al 12 de abril de 2000.* Coord. de Aziz Tazi. Fez: Facultad de Letras Dhar El Mahraz, Universidad de Fez, 107-112. Impreso.

— (2005): *El babuchazo.* Tánger: AEMLE. Impreso.

— (2006): *De Larache al cielo.* Madrid: Lalla Menana. Impreso.

— (2008a): *Poemas del Lukus.* s.l.: Milles Poetes LLC. Impreso.

— (2008b): *Diez Poemas de Amor y una Paloma (poesía).* Tánger: Altopresss. Impreso.

— (2009): *El lobo de guante blanco.* Larache: s/n. Impreso.

SILVA, Lorenzo (2004): "*La puerta de los vientos.* Relatos en español de autores marroquíes". *ABC Online,* 8 de julio. Disponible en: <http://hemeroteca.abc.es/nav/Navigate.exe/hemeroteca/madrid/abc/2004/07/08/058.html>.

SIRAJ, Aifa (2006): "On being homosexual and Muslim: conflicts and challenges". *Islamic Masculinities.* Ed. de Lahoucine Ouzgane. New York: Zed Books, 202-216. Impreso.

SMITH, Zadie (2000): *White Teeth.* New York: Random House. Impreso.

SOLER, Jordi (2005): "Los colores de Irán. Entrevista a Marjane Satrapi". *El País Semanal,* 22 de mayo, 36-39. Impreso.

SOLER-ESPIAUBA, Dolores, ed. (2004): *Literatura y pateras.* Madrid: Akal. Impreso.

Sorel, Andrés (2000): *Las voces del Estrecho*. Barcelona: Muchnik. Impreso.

Sotorra, Andreu (2004): "La força moral d'una autora". *Avui* (Suplement de cultura), 15 de abril. Disponible en: <http://www20.gencat.cat/docs/CulturaDepartament/ILC/Documents/Arxiu/Karrouch.pdf>.

Spivak, Gayatri C. (1987): *In Other Worlds*. New York: Routledge. Impreso.

— (1988): "Can the subaltern speak?". *Marxism and the Interpretation of Culture*. Urbana: University of Illinois Press, 271-313. Impreso.

— (1999): *A Critique of Postcolonial Reason. Toward a History of the Vanishing Present*. Cambridge: Harvard University Press. Impreso.

— (1990): "Reading *The Satanic Verses*". *Third Text* 11, 41-60. Impreso.

Taha, Mohamed Mahamud (*Momata*) (1993): *Lágrimas de una pluma*. Larache: s/n. Impreso.

— (1995): *Susurros*. Larache: Ex-Libris. Impreso.

— (1999): "Letras". *La Mañana*, 21 y 22 de febrero, 6. Impreso.

Taïa, Abdallah (2007): *El Ejército de Salvación* [2006]. Trad. de Gerardo Markuleta. Irún: Alberdania. Impreso.

Talón, Vicente (1982): "El castellano en Marruecos". *L'Opinion*, "L'Opinion semanal", 17 de julio, 6. Impreso.

Tazi, Aziz, coord. (2008): *La imagen del otro en los escritores españoles y marroquíes en lengua española: actas del Coloquio Internacional: Fez, 24 y 25 de mayo de 2007*. Fez: Instituto Cervantes. Impreso.

Temsamani, Mohamed (1955): "Sulija". *Ketama* 5, 5-6. Impreso.

Tello, Antonio (1997): *Extraños en el paraíso. Inmigrantes, desterrados y otras gentes de extranjera condición*. Barcelona: Flor del Viento. Impreso.

Teriah, Mohamed (2002): *Les "Harragas" ou Les barques de la Mort*. Casablanca: Afrique Orient. Impreso.

Tilmatine, Mohand (2002): "El amazige (bereber) en el contexto de la inmigración: ¿hacia un proceso de reconocimiento?". *Al-Andalus Magreb. Estudios Árabes e Islámicos* 10, 265-280. Impreso.

Toro, Alfonso de (2004): "Introducción: Teatro como discursividad espectacular-teórico-cultural-epistemológica-mediatica-corporal". *Estrategias postmodernas y postcoloniales en el teatro latinoamericano actual. Hibridez, medialidad, cuerpo*. Madrid/Frankfurt: Iberoamericana/Vervuert, 9-20. Impreso.

Torres, Rafael (1995): *Yo, Mohamed*. Madrid: Temas de Hoy. Impreso.

Torres Benumeya, Omar-Jalil (1926): "La necesidad mínima". *Revista de la Raza* 134, 5-7. Impreso.

— (1927): "Política morisca". *Revista de la Raza* 142, 10-11. Impreso.

Toufali, Karima (2008a): "Un taxi para la ida". *Escritores rifeños contemporáneos. Antología de narraciones y relatos de escritores del Rif*. Ed. de Mohamed Toufali. Lulu, 69-77. Impreso.

— (2008b): "En un mar profundo y oscuro". *Escritores rifeños contemporáneos. Antología de narraciones y relatos de escritores del Rif.* Ed. Mohamed Toufali. Lulu, 79-87. Impreso.

— (2010): *Desde adentro. Relatos del Rif.* Melilla: GEEPP. Impreso.

TOUFALI, Mohamed (2004): "¿Existe una literatura rifeña en castellano?". *La puerta de los vientos. Narradores marroquíes contemporáneos.* Ed. de Marta Cerezales, Miguel A. Moreta y Lorenzo Silva. Barcelona: Destino, 273-278. Impreso.

— (2006): *Canciones y poesías.* Lulu. Impreso.

— ed. (2008): *Escritores rifeños contemporáneos. Antología de narraciones y relatos de escritores del Rif.* Lulu. Impreso.

TRIBAK, Hassan (¿1990?): *El eco de la huida. Poesía.* Tánger: EMI. Impreso.

TRIBAK, Jalil (1990): *Lo que he pintado en blanco… a media luz.* Tetuán: Promodif. Impreso.

UARIACHI, Abdelkader (1987): "¡Bienvenido señor Don Quijote!". *L'Opinion*, "L'Opinion semanal", 28 de junio-19 de julio. Impreso.

— (1990a): *El despertar de los leones.* Tetuán: s/n. Impreso.

— (1990b): "Influencia magrebí en la composición de *El Quijote* y el cervantismo en la literatura marroquí de habla hispana". *La Mañana*, 13 de julio, 4. Impreso.

VALENZUELA, Javier y Alberto MASEGOSA (1996): *La última frontera: Marruecos el vecinoinquietante.* Madrid: Temas de Hoy. Impreso.

VALLS, Manuel (2007): *¿Dónde estás, Ahmed?* [2000]. Madrid: Anaya. Impreso.

VÁZQUEZ MONTALBÁN, Manuel (1994): "Prólogo" a Pasqual Moreno Torregrosa y Mohamed El Gheryb. *Dormir al raso.* Madrid: Vosa, 15-18. Impreso.

VV.AA. (1998): *Escritura Marroquí en Lengua Española: actas del I Coloquio Internacional del 22 al 24 de noviembre de 1994.* Coord. de Abdelmouneim Bounou. Fez: Facultad de Letras Dhar El Mahraz, Universidad de Fez. Impreso.

— (2004): *Escritura Marroquí en Lengua Española: actas del II Coloquio Internacional: creación y comparación (1975-2000): del 11 al 12 de abril de 2000.* Coord. de Aziz Tazi. Fez: Facultad de Letras Dhar El Mahraz, Universidad de Fez. Impreso.

— (2005): *Otras mujeres, otras literaturas.* Ed. de Inmaculada Díaz Narbona y Asunción Aragón Varo. Madrid: Zanzíbar. Impreso.

— (2007): *Al-Andalus, el paraíso. Revista EntreRíos* 4-5. Impreso.

— (2006): *Inmenso Estrecho II.* Madrid: Kailas. Impreso.

WALKOWITZ, Rebecca, ed. (2007): *Immigrant Fictions.* Madison: University of Wisconsin Press. Impreso.

WOLF, Mary Ellen (1992): "Textual Politics in Contemporary Moroccan Francophone Literature". *The Journal of the Midwest Modern Language Association* 25.1, 32-40. Impreso.

XAVIER, Subha (2010a): "From Weltliteratur to Littérature-monde: Lessons from Goethe for the Francophone World". *Contemporary French and Francophone Studies* 14.1, 57-65. Impreso.

— (2010b): "Le désir militant: Genet, Ben Jelloun et la défense des immigrés". *Transatlantique*, 107-114. Impreso.

ZAKARIA, Mjdoub (1987): "¿La mujer? Otra canción". *L'Opinion*, "L'Opinion semanal", 27 de diciembre, 8. Impreso.

ZAZAF, Muhammad (1997): *La mujer y la rosa* [1972]. Trad. de Beatriz Molina Rueda y Zouhir Louassini. Madrid: Agencia Española de Cooperación Internacional. Impreso.

Índice onomástico